ढलती शाम के लम्बे साये

ढलती शाम के लम्बे साये

गोपाल माथुर

वाणी प्रकाशन

वाणी प्रकाशन

4695, 21-ए, दरियागंज, नयी दिल्ली 110 002

फ़ोन : +91 11 23273167 फ़ैक्स : +91 11 23275710

शाखाएँ

अशोक राजपथ, पटना 800 004, बिहार

कॉफ़ी हाउस कैम्पस, महात्मा गाँधी मार्ग, इलाहाबाद 211 001, उत्तर प्रदेश

महात्मा गाँधी अन्तरराष्ट्रीय हिन्दी विश्वविद्यालय, वर्धा 442 001, महाराष्ट्र

सुल्तानिया रोड, मोतिया पार्क, भोपाल 462 001, मध्य प्रदेश

www.vaniprakashan.com
marketing@vaniprakashan.in
sales@vaniprakashan.in

Dhalti Sham Ke Lambe Saye
by Gopal Mathur

ISBN : 978-93-5518-000-1
Novel

प्रथम संस्करण 2022

मूल्य : ₹ 499

आर. टेक ऑफ़सेट प्रिंटर्स, दिल्ली-110032 में मुद्रित

वाणी प्रकाशन का लोगो मक़बूल फ़िदा हुसेन की कूची से

गगन गिल जी
के लेखन में सतत प्रवाहित
शोक के अन्डरकरेन्ट को,
जो मुझे
हमेशा अभिभूत कर देता है

एक

मैं-अभिनव

अक्टूबर की कुनकुनी धूप किनारे

नीरव जंगल में
सन्नाटों ने बना लिए हैं अपने घर
परिन्दों के ख़ाली रैन बसेरे
उनकी प्रतीक्षा में थक कर हो चुके हैं निढ़ाल
हवा के बदन से रिस रहे हैं घाव
और जंगल के सभी जीव
मृतात्मा से भटक रहे हैं
क्योंकि न जाने क्यों
अवसाद के ये बादल
बरसे ही जा रहे हैं

वह एक पुरानी आवाज़ थी, जिसे मैंने एक दिन कहीं सुना था...शाम छत पर टहलते हुए या किसी रात सीढ़ियाँ चढ़ते हुए। कितना अजीब है कि कई बार घटना याद नहीं रहती, पर उससे जुड़ी आवाज़ याद रह जाती है। उस घटना तक पहुँचने के लिए आवाज़ का सहारा लेते हुए पीछे लौटना पड़ता है।

मैं चौंक गया, जैसे छत पर सचमुच कोई भटक रहा हो, अकेला और तन्हा। पर वहाँ कोई नहीं था, कोई भी नहीं...वह मेरे अपने चलने की आवाज़ थी, जिसे एक शाम मैं एक ख़ास घर की दहलीज़ पर छोड़ आया था... पर उस दहलीज़ ने उसे सम्भालने से इन्कार कर दिया था। आवाज़ मेरे पीछे–पीछे चली आयी थी। मेरे एकान्त क्षणों में वह गाहे–बगाहे दस्तक दिया करती थी। वह मुझे पहचानती थी। दरअसल पहचान ही वह प्रमुख कारण थी, जो मेरी असह्य वेदना की जड़ बनी थी। मैं ऐसे दिन की कल्पना भी नहीं कर सकता कि किसी सुबह मैं सोकर उठूँ और लगे कि मुझे कोई नहीं पहचानता, मैं स्वयं भी नहीं!

अपनी पहचान बनाने के जुनून ने ही तो मुझसे वह सब करवाया था, जो किसी हद तक अव्यावहारिक था। इसी जुनून में मैं भटकने लगा था, एक उदासी से दूसरी उदासी के बीच। पहचान तो मिली, पर तब तक बहुत देर हो चुकी थी। इसे पाने की मुझे बहुत बड़ी क़ीमत चुकानी पड़ी थी। बहुत देर बाद समझ में आया कि आप समुन्दर के किनारे बैठे रहते हैं, किसी ख़ास लहर की प्रतीक्षा करते हुए, वह लहर आती तो है, पर इससे पहले कि आप उसे अपनी मुट्ठियों में क़ैद कर पायें, वह वापिस समुन्दर में लौट जाती है और आप अपनी ख़ाली मुट्ठियों को असहाय से देखा करते हैं।

मैं चुपचाप अपनी स्टडी में बैठा रहा। ऊँची छतों के रोशनदानों में बने घौंसलों में कुछ परिन्दे हमेशा बैठे रहते। वहाँ उनके छिपे हुए सुरक्षित घर थे। जब कोई परिन्दा उड़ता, उसकी फड़फड़ाहट देर तक गूँजती रहती। इस फड़फड़ाहट की आवाज़ मेरे एकान्त की उस आवाज़ से बिल्कुल अलग थी, जो प्रायः मुझे सुनायी दिया करती थी।

और खिड़की से बाहर अवसन्न आकाश दिखायी देता, शहर पर मटमैली चादर सा तना हुआ। कोई उसे नहीं देखता, किसी के पास इतना अवकाश नहीं था।

* * *

जब बहुत सारी उलझनें एक साथ उठ खड़ी हों, तो उन्हें सुलझाना कोई सहज बात नहीं होती। एक का सिरा पकड़ो, तो दूसरी हाँफती–काँपती आ धमकती है, दूसरा पकड़ो, तो तीसरी मुँह उठाने लगती है। आप उलझनों के जाल में और उलझते चले जाते हैं। कोई ऐसी स्पेस नज़र नहीं आती, जहाँ कुछ पल ठहरकर साँस ली जा सके। आदमी एक उदास दायरे से दूसरे के बीच भटकता रहता है।

मैंने सिगरेट का एक गहरा कश लगाया। काश! उलझनों को भी सिगरेट के धुँए की तरह उड़ाया जा सकता! पर हर मनचाहा तो सम्भव नहीं हो सकता। ऐसा नहीं कि सिगरेट पीने से मुझे कोई ख़ास तसल्ली मिलती थी। दरअसल मैं तसल्ली के हर दायरे से बाहर जा चुका था। बल्कि कई बार मुझे लगता, जैसे इधर मुझमें कोई और शख़्स भी रहने लगा हो, मेरी ही तरह का, जो मुझमें ही साँस लेता है और मेरी ही तरह जीता भी है। लगातार सिगरेट पीने वाला शख़्स कोई और है और मैं कोई और!

क्या यह सम्भव है कि आप जीवित हों और आप में ही कोई अपरिचित इन्सान भी डेरा डाल कर बैठ जाये! शायद तब पहचान का संकट खड़ा हो जाये कि दरअसल मैं कौन सा वाला आदमी हूँ! सच तो यह है कि ये सब भटकते हुए ख़्याल हुआ करते थे,

जिनकी उम्र सिगरेट की उम्र से भी कम हुआ करती थी। जल्दी ही मैं अपने आप में लौट आया करता था और अपने भीतर आने–जाने का रास्ता बन्द कर दिया करता था। सोचता था, ऐसा कर देने से किसी को मेरी उलझी हुई मनःस्थिति का अन्दाजा नहीं लग सकेगा। पर मैं सिरे से ग़लत था। न आप अपने सुखों में अकेले हो सकते हैं, न ही यातना के क्षणों में।

मैंने अपने बेटे पंकज की ओर देखा, जो अपनी वर्क टेबिल पर कम्प्यूटर में उलझा हुआ था।

"तुम कहो तो मैं नहीं आया करूँ।" मैंने पंकज से पूछा।

"ऐसा तो मैंने नहीं कहा। पर आपके आने से हम सबको असुविधा हो गयी है। जब आसपास के लोग आपके बारे में हमसे पूछते हैं, तो आप ही बताइये, हम उन्हें क्या जवाब दें!" पंकज का स्वर तीख़ा हो आया था। उसका ध्यान कम्प्यूटर से हटकर मुझ पर आ लगा था।

"और तुम? तुम क्या चाहते हो?"

"आप मेरी चिन्ता छोड़िये। अगर आपको मेरी फ़िक्र होती, तो छब्बीस बरस पहले मुझे और ममा को यूँ अकेला छोड़कर नहीं चले जाते।" उसकी आवाज़ की तल्ख़ी गयी नहीं थी।

"मैं छोड़कर नहीं गया था, तुम्हारी ममा ने मुझे छोड़ा था।" मैंने कहा। मेरा स्वर भी खुरदरा हो गया था, जबकि शुरू से ही मैं इससे बचना चाह रहा था। पुराने ज़ख़्मों को यदि कोई कुरेदे, तो टीस तो उठेगी ही!

तभी पंकज का फुफकारता सा स्वर मेरे कानों में पड़ा, "ये सब मैं नहीं जानता और न ही जानना चाहता हूँ। मैं सिर्फ़ यह जानता हूँ कि मैं एक नॉर्मल इन्सान की तरह बड़ा नहीं हो पाया हूँ। ममा ने मुझे सिंगल पैरेन्ट की तरह बड़ा किया है, सारी लड़ाइयाँ उन्होंने ख़ुद लड़ीं हैं और उनसे ही मैंने सीखा है कि बिना पिता के अकेले जीवन कैसे जीया जाता है।"

पल भर के लिए वह रुका। शायद वह मेरी प्रतिक्रिया की प्रतीक्षा में था। पर मैंने कुछ नहीं कहा, एक शब्द भी नहीं, जो उसकी

दुविधाओं को एक ओर सरका कर उसे राहत पहुँचा सके। मेरे सारे तर्क शिप्रा के लिए थे, उसकी ममा और मेरी पत्नी के लिए, पंकज के लिए नहीं।

फिर उसका थका हुआ स्वर मुझ तक आया, "अकेलापन मुझे विरासत में मिला है और अब मुझे उसके साथ जीने की आदत पड़ गयी है। सबसे बुरी बात तो यह हुई है कि मेरी मनःस्थितियों का सीधा असर मेरे बीवी–बच्चों पर भी पड़ रहा है, जबकि मेरे हाथ में कुछ भी नहीं है, न तब था और न ही अब है। मैं कुछ भी नहीं कर सकता!"

मैं दृश्य से बाहर था और वह अन्दर! उसने मुझसे किनारा कर लिया था। वैसे नहीं जैसे हम सड़क पर मिले अनजान व्यक्तियों से कर लेते हैं, बल्कि जैसे हम अपने परिचित दायरे में अनाधिकार घुस आये व्यक्ति से करते हैं। यह तो स्पष्ट था कि उसने मुझे ख़ारिज कर दिया था, एक व्यक्ति की तरह भी और पिता की तरह भी। पहली बार मुझे एक अपरिचित से ख़तरे का अहसास हुआ, जैसे मेरे साथ कुछ बुरा घटने वाला हो। जो परिस्थितियाँ अनायास ही उत्पन्न हो गयी थीं, उनकी जटिलता ने कुछ हद तक मुझे भयाक्रान्त कर दिया था।

वह फिर अपने कम्प्यूटर में उलझ गया था, हालाँकि शायद इस बार उसका ध्यान वहाँ नहीं था। मैं जानता था कि कई बार हम उपस्थित होते हुए भी अनुपस्थिति होते हैं। उसने यह साफ़ कर दिया था कि उसने जो अकेला जीवन जीया है, उसके लिए केवल मैं ही गुनहगार था। वह इतना ग़लत भी नहीं था। छब्बीस साल पहले यदि मैं चुपचाप बिना बहस किये शिप्रा को छोड़कर नहीं चला जाता, तो सम्भव है, आज यह स्थिति नहीं आती! पर अब यह सोचना कि तब मैं यह कर लेता या वह कर लेता, कोई मायने नहीं रखता। आप अपने अतीत को याद तो कर सकते हैं, पर उसे बदलने वहाँ पहुँच नहीं सकते। आपका आज बीते हुए कल के खण्डहरों पर खड़ा होता है।

मैंने अपने बेटे की ओर देखा। मैं उसे बताना चाहता था कि अकेलापन केवल उसके हिस्से ही नहीं आया था। मैंने भी ये छब्बीस

साल अपने अकेलेपन के साथ गुज़ारे थे। अपने उसी ख़ालीपन को भरने की उम्मीद लिए मैं उनके पास लौटा था। लेकिन मेरे मुँह से एक शब्द भी नहीं निकला।

जो समय बीत चुका है, वह एक कभी न लौटने वाली ट्रेन में बैठकर जा चुका था, जबकि मैं स्टेशन पर खड़ा रह गया था, ख़ाली और निरुपाय। लेकिन ज़िन्दगी ने रुकने से इनकार कर दिया था। वह प्रतीक्षा में थी कि कोई नयी ट्रेन आये, जिसमें बैठकर नये सिरे से यात्रा शुरू की जा सके। यही प्रयास मुझे यहाँ बैंगलोर ले आया था। सोशल मीडिया पर उस दिन यदि मुझे अचानक शिप्रा की प्रोफ़ाइल नहीं मिल जाती, तो इनका पता भी नहीं चलता! उसने मेरी फ्रेंड रिक्वेस्ट स्वीकार कर ली थी। वहीं से मुझे शिप्रा का मोबाइल नम्बर मिला था, पर पंकज के लिए बीता हुआ समय बीत कर भी बीता नहीं था, वह एक अदृश्य छाप की तरह उसके मन पर अंकित था और वहाँ मेरी उपस्थिति एक खलनायक से अधिक नहीं थी। एक ऐसा क्रूर व्यक्ति, जिसने अपने विवाह के महज तीन वर्ष बाद ही अपनी पत्नी को छोड़ दिया था, वह भी अपने आठ माह के बेटे के साथ अकेले! अब इतना समय गुज़र जाने के बाद मेरा होना, न होना उसके लिए कोई महत्त्व नहीं रखता था। मेरा लौटना अपनी अर्थहीन उपस्थिति के साथ मेरा मुँह ताक रहा था।

मैंने सिगरेट का अन्तिम कश लगाया और धुँआ खिड़की से बाहर निकाल दिया। पंकज को मेरा सिगरेट पीना पसन्द नहीं था। दरअसल उसे मैं ही पसन्द नहीं था। और जब कोई व्यक्ति आपको पसन्द नहीं हो तो उसकी कोई भी बात आपको अच्छी नहीं लगती। भले ही उसका घर आप सोने से मँढ़वा दें, उसे यही लगेगा की पीतल जड़वा दिया गया है। उसके और मेरे बीच एक पीढ़ी का अन्तर था। मैं उसकी ओर देख रहा था, जबकि उसने मुझसे पीठ कर रखी थी। मैं उससे कुछ कहना चाहता था, कुछ भी, जो उसे सान्त्वना दे सके। बेटे को ही नहीं, मुझे भी। पर शायद उसे किसी भी प्रकार की सान्त्वना की चाहना नहीं थी। विशेषकर मुझसे। होता है।

कई बार हम आदी हो जाते हैं, जैसे हैं वैसे बने रहने के लिए अभिशप्त। कोई हवा हमें स्पर्श नहीं कर पाती, कोई बारिश हमें भिगो नहीं पाती, कोई आवाज़ हमें अपनी ओर खींच नहीं पाती। हम पत्थर हो जाते हैं।

"हादसा सिर्फ़ तुम्हारे और तुम्हारी ममा के साथ ही नहीं, मेरे साथ भी हुआ है। तुम क्या समझते हो, मैंने इतने साल अकेले क्या ख़ुशी–ख़ुशी बिताये हैं!" मैंने कहा। मेरी आवाज़ का रूखापन अभी गया नहीं था।

उसने भी अपनी खुरदरी आवाज़ छुपाने का कोई प्रयास नहीं किया था, "आपकी बात अलग है। आप पुरुष हैं और अकेले रह सकते हैं। और फिर आप पर कोई ज़िम्मेदारी भी नहीं थी। ममा ने सारी ज़िन्दगी मुझे अकेले पाला है। आप जब गये थे, तब मैं सिर्फ़ आठ महीने का था! आप सोच भी नहीं सकते, ममा ने क्या–क्या सहा होगा!"

यातनाओं को ढोना कोई आसान बात नहीं होती और न ही कोई व्यक्ति जानते–बूझते अपनी आवाज़ खुरदरी करता है। सबसे कठिन स्वयं को समझ पाना होता है। कई बार तो आदमी यह भी ठीक–ठीक समझ नहीं पाता कि वह आख़िर चाहता क्या है! मैं स्वयं ऐसी ही विकट परिस्थितियों से जूझ रहा था। इन स्थितियों में पंकज की बात काटना व्यर्थ था। ऐसा नहीं कि इन सब बातों की पहले मैंने कल्पना नहीं की थी। मैं सोचता था और उदास हो जाया करता था। कितनी ही बातें मैं पंकज को बताना चाहता था। यह भी कि मैं अपनी ज़िम्मेदारियों से भाग नहीं रहा था। अलग हो जाने के साल भर बाद ही मैं शिप्रा के पास हमारे घर भोपाल गया भी था, पर तब तक वह शहर छोड़कर कहीं जा चुकी थी। प्रयास करने के बाद भी मुझे उसका कोई पता नहीं चल सका था। भोपाल जैसे बड़े शहर में किसी को ढूँढ़ पाना आसान नहीं हुआ करता। मुझे ख़ाली हाथ लौटना पड़ा था। मेरी हताशा सिर्फ़ मैं ही जानता था। मुझे यह सोचकर दुःख होता था कि एक ओर शिप्रा थी, जिसे मैं हमेशा के लिए खो चुका था और दूसरी ओर मेरी कुछ अधूरी

और अनिश्चित महत्त्वाकांक्षाएँ थीं, जिन्हें मैं पाना चाहता था। खोना आसान था और पाना मुश्किल। ऐसा कोई बँधा–बँधाया रास्ता नहीं था, जिस पर चलकर कहीं पहुँचा जा सकता हो। वे असमंजस से भरे दुविधापूर्ण दिन थे, जो अपने साथ अजीब–सा ख़ालीपन भी साथ लाये थे। धीरे धीरे यही अकेलापन मेरा एकमात्र साथी बन गया था और आदत भी, हालाँकि बाद में किताबों ने इसे कम करने में मेरी भारी मदद की थी। सच तो यह है कि ज़िन्दगी की राह में मुझे कुछ भी सहज रूप से कभी हासिल नहीं हुआ। परिवार का साथ तो कभी मिला ही नहीं। मेरी साहित्यिक उपलब्धियाँ भी मुझे सहज ही नहीं मिल गयी थीं। संघर्ष के बादल हमेशा गरजते रहे थे। पर इन सबके विषय में अपने बेटे से मैं एक शब्द भी नहीं बोल सका था। उसकी आवाज़ का खुरदरापन मुझमें भीतर तक किसी नश्तर सा चुभ रहा था।

"तो क्या सारा कसूर मेरा था?" मैं उसके आरोप से तिलमिला गया था। हालाँकि मैं उससे बहस नहीं करना चाहता था, क्योंकि मैं अपने अनुभवों से जानता था कि बहस करके आप कहीं नहीं पहुँच सकते। पर अपने पर लगे आरोपों ने मुझे काफ़ी हद तक विषैला बना दिया था। खीझ कर मैंने बची हुई सिगरेट को ऐश ट्रे में मसल डाला।

पंकज ने कम्प्यूटर से अपना ध्यान हटा कर क्षण भर के लिए मेरी ओर देखा। उसकी आँखों की भर्त्सना जलते अँगारे सी दहक़ रही थी। अपने पिता की तरह तो उसने मुझे कभी देखा ही नहीं था, पर उस समय वह मुझे किसी प्रतिद्वन्द्वी की तरह देख रहा था। मुझे लगा, जैसे वह कोई तीख़ी प्रतिक्रिया देना चाहता हो, कुछ भी, जो मुझे चोट पहुँचा सके, लेकिन अन्तिम क्षणों में उसने अपना इरादा बदल दिया और एक बार फिर अपने काम में व्यस्त होने की कोशिश करने लगा था।

उसकी ख़ामोशी उसके संवादों से ज़्यादा घातक थी।

एक सीमा तक बहस के बाद मैं ऊब का शिकार होने लगता हूँ। उस दिन भी मुझे सहसा गहरी ऊब हो आयी थी, स्वयं से भी और उन स्थितियों से भी, जो मेरे उस घर में लौट आने से उत्पन्न हो

गयी थीं। मैं यहाँ आया ही क्यों? जो सम्बन्ध बरसों पहले बिखर गये थे, मैं उन्हें जोड़ने के थका देने वाले प्रयास में क्यों लगा हुआ था? क्या मैं किसी कँटीले जंगल में राह भटक गया था? एक उम्र होती है, जब आपमें बहुत कुछ कर गुज़रने का हौसला होता है, अड़चनें आपका रास्ता नहीं रोकतीं, पर जब उम्र शाम ढलने के बाद वाले कालखण्ड में पहुँच जाये और साये लम्बे होने लगें, तब सब कुछ अनिश्चित और धुँधला हो जाता है।

शायद मैं यहाँ नहीं आता, जीवन वैसे ही चलने देता, जैसा चल रहा था। दिन चुपचाप किसी तरह कट ही रहे थे, बिना किसी उठापटक के। एक क्रमविहीन सी ज़िन्दगी थी। उसे जहाँ पहुँचना था, पहुँच चुकी थी। आगे के सारे रास्ते एक डैड एण्ड पर समाप्त हो रहे थे। मैंने यथास्थिति स्वीकार भी कर ली थी। लेकिन उस दिन फेसबुक पर शिप्रा की प्रोफ़ाइल देखकर बीता हुआ कल अपनी पूरी शिद्दत से सामने आ खड़ा हुआ था। आप बहुत कुछ भूल सकते हैं, लेकिन अपना पहला प्यार नहीं। यह उसी परिचिता का चेहरा था, जो मेरा पहला प्यार थी और अन्तिम भी, जो कभी मेरी पत्नी हुआ करती थी, जिस चेहरे के पीछे एक दिन मैंने अपना घर देखा था, बहुत सारे सपने देखे थे, जो कभी मेरी सोच का एक अहम् हिस्सा हुआ करती थी। सहसा मुझे एक तीव्र आकांक्षा ने जकड़ लिया था। यह जानने की गहरी उत्कण्ठा हुई कि जो समय हमें एक साथ बिताना चाहिए था, अलग–अलग कैसे गुज़ारा?

पर नहीं जानता था कि छब्बीस बरस बाद उसके पास आकर स्थितियाँ इतनी उलझ जायेंगी। कोई भी सिरा पकड़ में नहीं आ रहा था। यह भी मेरी समझ से बाहर था कि शिप्रा ने मुझे वहाँ आने की अनुमति की दी क्यों! उसकी सहमति के बाद ही तो मैं बैंगलोर आया था!

मेरे साथ ही ऐसा क्यों होता है? एक साँस के बाद दूसरी साँस ठीक प्रकार से आ भी नहीं पाती कि बीच में अनेक उलझनें आ खड़ी होती हैं। प्रश्नों के मैरी गो राउण्ड घेरे में घूमते हुए मुझे कुछ भी सुझायी नहीं देता। कोहरे घने होते जाते हैं और मैं प्रायः उत्तरों की

तलाश में यहाँ–वहाँ भटकता रहता हूँ। मुझे हमेशा उन लोगों पर आश्चर्य होता, जो बिना किसी उलझन के अपना जीवन सहजता से जीते चले जाते हैं।

पर इस बार मैं कोई न कोई हल अवश्य ढूँढ़ लूँगा। या तो इस पार या उस पार। भटकने की भी एक सीमा होती है, जिसके दूसरी तरफ़ शायद रास्ते साफ़ और सीधे होते हों, जहाँ झिरमिर बरसती बारिश में सुकून से भीगा जा सकता हो, मन्द बयार को अन्दर तक अनुभव किया जा सकता हो, जहाँ फूल मुस्कराते हों, जिनकी मदमाती महक़ आवाज़ देकर अपनी ओर बुलाती हो। पर वह क्षण अभी तक आया नहीं था। पंकज की अस्वीकृति एक बड़ा व्यवधान बनकर बीच में खड़ी हुई थी।

तभी नन्हा पीयूष वहाँ आ गया, जो बराबर वाले कमरे में सो रहा था। वह अभी पूरे दो साल का भी नहीं हुआ था। मुझे याद आया, पंकज इससे भी छोटा था, जब मैंने उसे अन्तिम बार देखा था। पल भर के लिए मुझे लगा, जैसे वह पीयूष नहीं, पंकज की रिप्लिका हो!

पीयूष के आ जाने से हमारी बहस बीच में ही कट गयी थी, जैसे फ़िल्म हॉल में चलते–चलते बीच में फ़िल्म कट जाती है। आधी फ़िल्म एक चक्के में और आधी दूसरे में। उसे चलाने के लिए उन अधूरे टुकड़ों को फिर जोड़ना पड़ता है। पर उस दिन टूटे हुए सिलसिले को जोड़ने का प्रयास किसी ने नहीं किया, न मैंने और न ही पंकज ने। अधूरी छूटी बात अपने पूरे होने की कोई सम्भावना देख नहीं पा रही थी।

पी़यूष सीधा अपने पिता के पास चला गया था। इन दो दिनों में मेरे तमाम प्रयासों के बाद भी वह मुझसे खुल नहीं पाया था, हालाँकि मैं उसके लिए अनेक खिलौने और चौकलेट्स ही नहीं, एक सोने की चेन भी लेकर आया था। बच्चों की स्वीकृति किसी उपहार की मोहताज होती भी नहीं। कमरे में पंकज और पीयूष की आवाज़ें गूँज रही थीं और मैं फ्रेम से बाहर खड़ा हुआ चुपचाप उन्हें देख रहा था।

स्थितियाँ मेरे हाथों से फिसल कर दूर चली गयी थीं। मैं उन्हें फिसलते हुए महसूस रहा था। कुछ नहीं कर पाने की विडम्बना मुझे कचोटने लगी थी। मैं ख़ुद को ऐसे रेलवे स्टेशन पर खड़ा हुआ पा रहा था, जहाँ जिस ट्रेन में मुझे जाना था, वह मेरे सामने खड़ी हुई थी, लेकिन उसमें पाँव रखने की रत्ती भर भी जगह नहीं थी।

*   *   *

कई बार जब कोई जुनून सवार हो जाता है तो उसकी घनी छाया में कुछ भी साफ़–साफ़ दिखायी नहीं देता। उन दिनों मैं कुछ अलग करना चाहता था। भीड़ से अलग दिखने की सनक ने मुझसे मेरी सारी सहजता छीन ली थी और मैं अपनी लगी लगायी नौकरी छोड़ बैठा था। उन दिनों शिप्रा के दिमाग़ में अलग होने का जो विचार घर कर गया था, वह मेरे नाकारा होने के कारण ही पैदा हुआ होगा। मैं कुछ बड़ा करना चाहता था, बहुत बड़ा, जिससे लोग मुझे मेरे नाम से पहचानें। मेरी महत्त्वाकांक्षा मेरा जुनून बन चुकी थी, जिसने हमारे प्रेम को तेज़ी से निगलना शुरू कर दिया था। बहुधा महत्त्वाकांक्षाएँ रिश्तों को मार देती हैं, प्रेम तक को किनारे कर देती हैं...पर तब यह बात मुझे समझ में नहीं आयी थी।

"कविता लिखना शौक़ हो सकता है, पर कैरियर नहीं..." वह कहती, "इसके लिए भी भला कहीं नौकरी छोड़ी जाती है! तुम पागल हो गये हो!"

"देखना तुम! एक दिन मेरा यही पागलपन मेरी पहचान बनेगा।" मैं कहता।

"और तब तक हम खायेंगे क्या? मैं कमाऊँगी और तुम खाओगे?"

"तो क्या आदमी सिर्फ़ खाने–कमाने के लिए पैदा होता है?"

"तो क्या कविता लिखने के लिए पैदा होता है? अगर ज़िन्दगी भर कुछ करना ही नहीं था, सिर्फ़ कविताएँ ही लिखनी थीं, तो मुझसे शादी क्यों की?" मुझे आहत करने के लिए यह उसका सबसे सशक्त हथियार था, जिसे वह गाहे–बगाहे काम में लेने लगी थी।

"आदमी को परिवार पालने और पैसे कमाने के अलावा भी बहुत कुछ करना होता है।" मैं उसे निरुत्तर करने के लिए अपना वहीं पुराना पैंतरा काम में लेता, "कुछ काम उसे अपनी आत्मा की सन्तुष्टि के लिए भी करने पड़ते हैं।"

एक बार फिर बहस शुरू हो जाती, जिसका अन्त हमेशा कड़ुवाहट के साथ होता था। कमरे की दीवारें, खिड़कियाँ, फर्नीचर सब हमारी बहस के गवाह बनते। वह मुझे लहूलुहान करने का एक भी अवसर नहीं चूकती थी। मेरे लिए उसे यह समझा पाना एक असम्भव काम था कि मैं नौकरी करने के लिए बना ही नहीं था। पर यह मैंने बाद में जाना कि उसे ही क्या, किसी को भी यह समझा पाना सम्भव नहीं था।

और हमारा प्रेम! वह किसी अँधेरे कोने में जा छिपा था।

भला ऐसे भी कहीं ज़िन्दगी जी जाती है! काम–धाम कुछ करो नहीं, बस दिवास्वप्न देखते रहो! और सपने भी ऐसे, जिनके पूरा होने का कोई न तो कोई बना–बनाया तयशुदा रास्ता हो और न ही यह पता हो कि वह सपना कभी सच होगा भी कि नहीं! लेकिन अनिश्चितता का चुनाव करते हुए भी मेरे मन में कहीं यह आश्वस्ति अवश्य थी कि एक दिन आयेगा, जब मैं अपनी मंज़िल अवश्य पा लूँगा। मुझ पर यह सोच इतनी हावी थी कि मुझे शिप्रा की हर बात बेमानी लगती थी।

पर सच तो यह है कि अपने घावों के लिए मैं स्वयं दोषी था। और चूँकि दोष शिप्रा का नहीं था, इसलिए उसे मेरे घावों की बिल्कुल परवाह नहीं थी। मुझे याद नहीं कि उसने कभी मेरे रिसते हुए घावों पर मरहम लगाया हो। बल्कि उन घावों को कुरेदने में उसे एक प्रकार का विशेष आनन्द ही मिलता था, एक आन्तरिक ख़ुशी, जो जब वह कुटिलता से मुस्कराया करती थी, तब बहुधा उसके चेहरे पर झलक जाया करती थी। वह एक विजेता की तरह मुझ पर अपनी निगाहें डालती, गैरेज से कार निकालती और कॉलेज चली जाती, जहाँ वह अंग्रेज़ी पढ़ाया करती थी।

यह तो उससे अलग हो जाने के बाद जब फितूर उतरा, तब समझ में आया कि वह इतनी ग़लत भी नहीं थी। हर स्त्री चाहती है कि उसे एक सुरक्षित घर मिले, जहाँ आर्थिक सुरक्षा के साथ–साथ उसे प्यार करने वाला पति भी हो। मैं दोनों ही फ्रन्ट्स पर नाकारा सिद्ध हो चुका था। मेरी अपनी अनिश्चित महत्त्वाकांक्षाओं ने उसके सपनों की ही नहीं, हमारे साझा भविष्य की भी हत्या कर दी थी... अब मुझे यह सोचकर आश्चर्य होता है कि इतनी सहज सी बात मैं तब क्यों नहीं समझ पाया था!

अपनी नौकरी छोड़ने के बाद उसके कॉलेज से लौट आने तक मैं घर पर छः माह के पंकज की देखभाल किया करता था। ऐसे में कविता लिखना तो दूर, कविता लिखने के ख़्याल तक आने बन्द हो गये थे। शिप्रा के तीख़े व्यंग्य सुनूं, पंकज की देखभाल करूँ कि अपने सपने को सच करने के लिए कोई प्रयास करूँ! जब मन में इतनी उथल–पुथल मची हो, तब भला कोई कैसे कविता लिख सकता है! कई बार मुझे लगने लगता था कि मैंने नौकरी छोड़कर सचमुच ग़लती की है। क्षणिक आवेग में लिए गये अपने नौकरी छोड़ने के अव्यावहारिक निर्णय पर अनेक बार मुझे ग्लानि भी होती, पर तब कुछ नहीं किया जा सकता था।

ऐसे दुश्वार हालातों में आदमी बदल जाता है। लाख प्रयासों के बाद भी वह, वह नहीं रहता, जो दरअसल में होता है। बल्कि कई बार तो उसे स्वयं को पहचान पाना भी मुश्किल हो जाता है। जहाँ से मेरी सोच शिप्रा से अलग हुई थी, वहाँ लौटने के सारे रास्ते बन्द हो चुके थे और नयी राहें अपहचान का संकट खड़ा कर रही थीं। यही वह प्रस्थान बिन्दु था, जहाँ से भटकनें अपना सिर उठाने लगी थीं। मुझे पता भी नहीं चला था और मैं भटकता चला गया था।

शिप्रा का आर्थिक स्वावलम्बन उसकी सबसे बड़ी ताक़त था, जिसे वह प्रायः मेरे ख़िलाफ़ एक अचूक अस्त्र की तरह इस्तेमाल किया करती थी। प्रायः मैं चुप रह जाया करता था। जब बदलाव का समय आता है, तब शुरू–शुरू में हम विरोध किया करते हैं,

लेकिन जल्दी ही नयी स्थिति को निर्विकार भाव से स्वीकार कर लिया करते हैं। उसके अचूक अस्त्र आहिस्ता–आहिस्ता भोथरे पड़ने लगे थे और मुझ पर उनका कोई ख़ास असर नहीं पड़ता था। दरअसल मेरे अवचेतन में कहीं एक प्रकार की आश्वस्ति थी कि मेरे पिता मेरे नाम जो प्रॉपर्टी छोड़ गये हैं, वह मेरे और मेरे परिवार के जीवनयापन के लिए पर्याप्त होगी। फिर मेरी ज़रूरतें बहुत कम थीं, शिप्रा की तुलना में तो और भी कम, जिस कारण नौकरी नहीं होने के बाद भी मुझे आर्थिक असुविधा होने की सम्भावना नगण्य ही थी।

यह स्वीकार करने में मुझे कोई संकोच नहीं कि मुझे अपनी पुश्तैनी जायदाद का अच्छा ख़ासा गुरूर था। शुरू–शुरू में मैं शिप्रा पर अपनी प्रॉपर्टी का रोब दिखाने का कोई अवसर हाथ से नहीं जाने दिया करता था। वह जब भी मेरे नाकारा होने का ताना देती, मैं कहता, "मैं तो सोने की चम्मच मुँह में लेकर पैदा हुआ हूँ। मुझे काम धाम करने की ज़रूरत क्या है!"

वह मेरे तर्क को एक ही झटके में ख़ारिज कर दिया करती थी, "बैठे–बैठे खाओ तो कुबेर का ख़जाना भी ख़त्म हो जाता है।"

मुझे निरुत्तर करने के सारे तरीक़े उसे अच्छे से आते थे।

ये सब छब्बीस साल पुरानी बातें थीं, जब हम अलग नहीं हुए थे और अब इन्हें पंकज को बताने का कोई औचित्य नहीं था। यदि आपने स्वयं अवरोधों का सामना नहीं किया है, तो दूसरों के बताये हुए अनुभव आपकी कोई मदद नहीं करते। वे केवल निरर्थक शोर बनकर रह जाते हैं। मेरे अनुभव मेरे बेटे के लिए भी शोर से अधिक कुछ नहीं थे, जो उसके कानों से टकरा कर बिना उसे प्रभावित किये मेरे पास लौट आते थे। उसे अपने अनुभव अपनी तरह से ख़ुद बटोरने होंगे, यह सच मैं जानता था।

पीयूष अपने पिता से खेल रहा था। मुझे याद आया कि शिप्रा से अलग होने से पहले पंकज भी मेरे साथ खेला करता था। पर तब उसकी उम्र पीयूष से बहुत कम हुआ करती थी। आज मुझे वे दिन बहुत दूर की बात लग रहे हैं। जैसे जो कुछ घटा था, वे सब मेरी नहीं,

किसी दूसरे की ज़िन्दगी का हिस्सा रहा हो...और तब पहली बार जाना कि एक उम्र गुज़र जाने के बाद आप अपनी बीती ज़िन्दगी को थियेटर में लगी किसी फ़िल्म की तरह देखने लगते हैं।

लेकिन आप ज़िन्दगी से भाग नहीं सकते, विशेषकर जब वह एक मर्मांतक आह–सी आपके साथ लिपटी हुई हो, जब बीता हुआ कल किसी हादसे के सच सा आपके साथ लिपट कर घिसटता रहता हो। आप न तो उससे पीछा छुड़ा सकते हैं और न ही साथ रख सकते हैं...मैंने भी कब चाहा था कि यह सब मेरे साथ घटित हो। पर हुआ और मैं उसे घटते हुए देखता रहा...जैसे स्टेज पर नाटक खेल भी मैं ही रहा हूँ और दर्शक भी मैं ही हूँ!

इतने अरसे बाद शिप्रा के पास लौटकर यह निर्णय लेना कठिन था कि इस त्रासदायक स्थिति से कैसे बाहर निकला जाये! एक विचार ठीक से आ भी नहीं पाता था कि दूसरा आ धमकता था। कुछ भी स्पष्ट नहीं हो पा रहा था। विचारों के अतिरेक ने नयी उलझनें खड़ी कर दी थीं।

अपनी उत्तरोत्तर बढ़ती बेचैनी से निजात पाने के लिए मैं सहसा उठ खड़ा हुआ और बेटे के पास जाकर ज़ोर देकर बोला, "ठीक है, मैं कल वापस पूना लौट जाता हूँ।"

मैं एक बार फिर पराजित हो गया था। पर इस बार बेटे से।

उसने मेरी ओर देखा, "जैसा आप ठीक समझें।"

उसका चेहरा निर्विकार था और पता लगा पाना मुश्किल था कि मेरे इस निर्णय से उसे ख़ुशी हुई थी कि नहीं! वह अपने भावों को छुपाना जानता था, ठीक अपनी माँ की तरह। माँ के कुछ न कुछ गुण बच्चों में आ ही जाते हैं। शिप्रा इस कला में माहिर थी। जिस दिन उसने मुझसे अलग होने के पेपर्स साइन करवाये थे, उससे पहले उसके मन में क्या चल रहा था, उसने कब पेपर्स तैयार करवाये, इन बातों की मुझे कभी भनक तक नहीं लगने दी थी। पहली बार मैंने जाना था कि उसने चुपचाप मुझसे दूरियाँ बना ली थीं। संवादहीनता ने दूरियाँ बढ़ाने में मदद की थी। लेकिन यह भी सच है कि काफ़ी

कुछ छिपा लेने के उसके इस गुण के कारण भी हम सम्भवतः अत्यन्त कटु स्थितियाँ उत्पन्न करने से बच गये थे।

"यह क्या है?" जब पेपर्स मेरे पास आये थे, तब मैंने पूछा था। ज़ाहिर है कि मैं बहुत ग़ुस्से में था। हमारे सम्बन्ध कितने भी ख़राब क्यों न रहे हों, मैंने कभी अलग होने के बारे में नहीं सोचा था। शायद बर्दाश्त करने की अद्‌भुत क्षमता ने मुझे ऐसा बना दिया था। और फिर मैं निभाना भी चाहता था। मेरा प्रयास हमेशा यही रहा करता था कि किसी तरह सामंजस्य बना रहे। फिर नन्हे पंकज के भविष्य का प्रश्न भी था। मैं अपनी ज़िम्मेदारियों से मुँह मोड़ने की बात सोच भी नहीं सकता था!

"अनपढ़ नहीं हो तुम! पढ़ सकते हो।" वह बिना मेरी ओर देखे बोली थी। वह अपनी गोद में बेटे को सम्भाले हुए थी।

"मुझसे पूछा तक नहीं?" बौखलाहट में मेरे मुँह से शब्द भी ठीक से नहीं निकल पा रहे थे।

"इसमें पूछना क्या था! तुम जानते ही हो कि हम दो किनारों की तरह हैं। अब हम और ज़्यादा दिन साथ नहीं रह सकते।"

"हम नहीं, यूँ कहो कि तुम मेरे साथ नहीं रह सकती।"

"ठीक है, यही समझ लो! हमारा विवाह एक हादसा था और उससे उबरने का यही एकमात्र समाधान है।" इस बार वह कुछ ज़्यादा ही ज़ोर से चिल्लायी। मेरे प्रति वह इतनी वितृष्णा पाले हुए थी, इसका पता मुझे पहली बार लगा था। उसकी गोद में नन्हा पंकज रोने लगा था। वह सारा प्रेम, जो हमारे विवाह का आधार बना था, सहमा सा किसी कोने में दुबक गया था। शिप्रा को न हमारे प्रेम की परवाह थी और न ही मेरे मन में चल रही अन्तर्द्वन्द्व की। मैं उसके लिए 'दूसरे' इन्सान में बदल चुका था। उसने स्वयं को एक ऐसी दुनिया में समेट लिया था, जहाँ मेरी उपस्थिति एक अपरिचित की उपस्थिति बनकर रह गयी थी।

"अलग होना था, तो इतना नाटक करने की क्या ज़रूरत थी? तुम कहती तो सही, मैं तुम्हें बिना एक भी शब्द कहे यहाँ से चला जाता।"

मैं अपमान से जला जा रहा था। उसने स्वयं ही इतना बड़ा निर्णय ले लिया था और मुझसे पूछना तक ठीक नहीं समझा था। अलग होने के पेपर्स उसने मेरे मुँह पर फेंक मारे थे। मैं चाहता तो पेपर्स पर साइन किये बग़ैर उसे बीच की मनःस्थिति में झूलता हुआ छोड़कर जा सकता था, जो आने वाले दिनों में उसके लिए त्रासद हो सकती थी। पर मैंने एक क्षण भी गँवाये बिना पेपर्स पर साइन किये, अपनी अटैची पैक की और जाने लगा।

"तुम चाहो तो मेरा सूटकेस चैक कर सकती हो कि कहीं कोई वैल्यूएबल्स तो नहीं ले जा रहा!" मैंने उससे कहा। मैं मन ही मन आक्रोश से भरा पड़ा था और चाहता था कि यह लावा बह निकले। लेकिन मैंने अपने पर क़ाबू रखा और संयम से काम लिया, क्योंकि इतना तो मुझे समझ में आ गया था कि अब बहस करना अर्थहीन है। मैं बाज़ी हार चुका था और अब लड़ने–भिड़ने, बहस करने या समझौते करने का वक़्त निकल चुका था।

पंकज उसकी गोदी में रो रहा था। वह उसे चम्मच से कुछ खिलाने का प्रयास कर रही थी, पर उसका ध्यान कहीं और था। उसने मेरी बात का कोई जवाब नहीं दिया। मेरी ओर देखा तक नहीं। वह अपने को समेटना अच्छी तरह जानती थी। अलग होने के पेपर्स वहाँ मुझे कहीं दिखायी भी नहीं दिये। उसने उन्हें सम्भाल लिया था। मैंने अपने नन्हे बेटे की ओर देखा, जो लगातार रोता हुआ अपनी माँ की गोद में टाँगें चला रहा था। वह अपने ख़्यालों में इतनी खोयी हुई थी कि उसे पंकज का रोना भी सुनायी नहीं दे रहा था...और तब पहली बार मुझे महसूस हुआ जैसे मैं उसे अन्तिम बार देख रहा होऊँ।

"जब तक कोई दूसरा इन्तज़ाम नहीं हो जाता, तुम दूसरे कमरे में रह सकते हो।" जब मैं जाने लगा, तब शिप्रा ने कहा। उसकी आवाज़ में एक अजीब–सी दृढ़ता थी, जिसने मुझ पर अन्तिम ख़रोंच लगाने का काम किया।

"इतना अहसान किस लिए?" मैंने अन्तिम निगाह उस पर डाली, अपना सूटकेस लिया और बाहर निकल गया। मेरे मन में भी अचानक

कुछ बुझ–सा गया था, जिसने वहाँ रुकने की इच्छा को अन्तिम तौर पर मार डाला था। काँच या तो साबुत होता है या फिर टूटकर बिखरा हुआ। किरचों को भला कौन सम्भाल कर रखता है!

छः महीने बाद हमें कोर्ट ने अलग घोषित कर दिया था।

*　　　　*　　　　*

यदि मैं अपने बारे में कहूँ, तो मैं एक सहज प्रकृति वाला इन्सान हूँ, जो प्रायः अपनी कमज़ोरियों से पराजित भी हो जाया करता है। शिप्रा से मेरा प्रेम एक कमज़ोरी था तो उससे यूँ बिना बहस किये अलग हो जाना दूसरी। यदि स्थितियाँ सामान्य रहतीं, तो मैं उसके साथ एक लम्बा समय बिना किसी विवाद के व्यतीत कर सकता था। पर मैं ख़ुद विवाद का कारण बना। मैं एक ऐसे सपने का शिकार हो गया था, जिसका भविष्य पूरी तरह सन्दिग्ध था।

जहाँ तक शिप्रा का प्रश्न है, उसका विज़न बिल्कुल स्पष्ट और व्यावहारिक था। वह एक सुनिश्चित भविष्य चाहती थी, जो मैं उन मनःस्थितियों में नहीं दे सकता था। जो चीज़ मुझे लगातार डसती रहती थी, वह थी, उसका मुझ पर लगातार हावी बने रहना। इसका कारण मेरा नाकारा होना उतना नहीं था, जितना कि उसका आर्थिक स्वालम्बन था। इसी ने उसे अतिरिक्त आत्मविश्वास से भर दिया था। एक बार वह जो ठान लेती थी, उसे पूरा करके ही मानती थी, चाहे मुझे पसन्द हो या न हो। विवाह के शुरू–शुरू में हम आपसी सलाह से काम किया करते थे, पर मेरे नौकरी छोड़ते ही उसने ऐसा करना बन्द कर दिया था। वह मान कर चलने लगी थी कि उसने जो भी निर्णय लिया है, वह मुझे मान्य होगा।

देखा जाये तो वह इतनी ग़लत थी भी नहीं। जब किसी को आर्थिक स्वतन्त्रता प्राप्त हो, तब चाहे वह आदमी हो या औरत, उसमें कुछ न कुछ गुरूर तो आ ही जाता है और विशेषकर तब, जब उसका काउंटरपार्ट आर्थिक रूप से असक्षम हो। यह हमने अपने विवाह के बाद जाना कि शिप्रा का जीवन जीने का अपना ढंग था और मेरा अपना।

यह अन्तर हमारे बीच की दूरियाँ बढ़ाने के लिए एक पर्याप्त और एक ठोस कारण था। मुझे लगता था कि बच्चा हो जाने के बाद सब कुछ ठीक हो जायेगा, ज़िन्दगी एक सहज प्रवाह में चलने लगेगी, लेकिन पंकज के जन्म के बाद भी कुछ नहीं बदला। प्रतिदिन होने वाली बहस में सबसे पहले यदि किसी ने अपने प्राण त्यागे, तो वह था हमारे बीच का प्रेम।

आदमी आख़िर कब तक बर्दाश्त कर सकता है! सहने की भी एक सीमा होती है, जिससे बाहर निकलने के लिए एक समय सीमा के बाद वह छटपटाने लगता है। यह मैं अपने लिए उतना नहीं, जितना शिप्रा के लिए कह रहा हूँ। सम्भवतः ऐसा ही कुछ उसके मन में आया होगा और उसे अलग होने में ही अपने जीवन की सार्थकता दिखायी दी होगी। मैं ठीक से नहीं कह सकता कि उन दिनों उसके मन में क्या चल रहा था, क्योंकि मेरे अपने मन में क्या चल रहा था, इस बात पर अपनी अँगुली रख पाना आज भी मेरे लिए एक कठिन काम है। हम न सिर्फ़ देह से, बल्कि मन से भी कोसों दूर हो गये थे। मैंने और उसने जुड़कर जो घर बसाया था, वह असमय ही मरने लगा था और हम प्रतिदिन उसे मरते हुए देखा करते थे। वे आवाज़ें, जो हमारे प्रेम का कारण बनी थीं, किसी मृतात्मा सी भटकने लगी थीं।

डायवोर्स पेपर्स पर अपने दस्तख़त करने के साथ वह घर भी पूरी तरह मर गया था। मुझे आश्चर्य हुआ कि किस प्रकार महज एक हस्ताक्षर आपसे आपकी दुनिया छीन सकता है...वहाँ से निकल कर मैं सड़क किनारे अकेले काफ़ी देर तक यूँ ही खड़ा रहा। यह स्थिति अचानक आयी थी और इसे मुझे अकेले ही झेलना था। दूर–दूर तक पसरी लम्बी सड़क पर गहरी निस्तब्धता व्याप्त थी, जिस पर बहते हुए ट्रैफ़िक ने मुझे और भी अधिक अकेला कर दिया था। वह शोर मेरे कानों से टकराकर भी सुनायी नहीं दे रहा था, ठीक वैसे ही, जैसे मेरे सामने के दृश्य आँखों के सामने होते हुए भी दिखायी देने से इन्कार कर रहे थे...जैसे कोई मूक, दृश्यविहीन फ़िल्म चल रही थी। कोई आ रहा था, कोई जा रहा था।

हर किसी को कहीं न कहीं पहुँचना था, सिवाय मेरे। एक अकेला मैं था, जो सड़क के किनारे फेंके गये व्यर्थ सामान की तरह खड़ा हुआ था, अपमानित और किसी सूखे कूएँ की तरह ख़ाली।

मैं अपने किसी दोस्त के घर जाना चाहता था, पर मुझे पूरे भोपाल शहर में एक भी ऐसा दोस्त याद नहीं आया, जहाँ मैं निःसंकोच जा सकता था। मेरा एकाकी स्वभाव ही इसका प्रमुख कारण था। यदि किसी के यहाँ चला भी जाता, तो इसकी कोई गारण्टी नहीं थी कि वह मुझ जैसे नाकारा आदमी से कोई सहानुभूति रखता। और यदि रखता भी तो महज दो–चार दिनों के लिए! अधिकतर सम्बन्ध आपकी आर्थिक और सामाजिक स्थितियों के कारण बने रहते हैं, किसी हद तक दोस्ती भी। किसी के यहाँ जाना दुबारा अपमानित होने का कारण भी बन सकता था।

तर्कों की अपनी दुनिया होती है। उस दुनिया में प्रायः आदमी स्वयं को अकेला ही पाता है। सही रास्ते दिखायी देने बन्द हो जाते हैं और ऐसे में वही रास्ता ठीक जान पड़ता है, जो सबसे अधिक सुविधापूर्ण हो। ऐसी मनःस्थिति में तर्कों से जूझते, उलझते हुए आप जो निर्णय लेते हैं, आवश्यक नहीं कि वे ठीक ही हों।

पहली बार मुझे भयावह अकेलेपन का अहसास हुआ। यह अकेलापन उस अकेलेपन से अलग था, जो मैं शिप्रा के साथ रहते हुए महसूस करने लगा था। उससे बहस के बाद या तो मैं घर के बाहर निकल जाता था या फिर दूसरे कमरे में जाकर किताबों में अपना सिर खपाया करता था। दोनों ही स्थितियों में मुझे पता होता था कि शिप्रा बेडरूम में है, बेटे के पास। पर उस दिन, उससे अलग होने के बाद, मैं सड़क पर लावारिस सा खड़ा हुआ था। सड़क पर ऐसा कोई 'दूसरा' कमरा नहीं होता, जहाँ जाया जा सके। मैंने पहली बार जाना कि सिर पर छत का नहीं होना भी इन्सान को अकेला बना जाता है! अचानक आयी परिस्थितियों ने मुझे नये सिरे से सोचने के लिए मज़बूर कर दिया था।

किसी होटल में जाने के अतिरिक्त कोई अन्य विकल्प मेरे पास नहीं था, जहाँ का एकान्त मुझे उस नयी मनःस्थिति पर विचार करने

में मेरी मदद कर सकता था। मेरा एकान्त मुझे हमेशा से प्रिय रहा है। जब दूर तक कोई अपना साथ देता नज़र नहीं आता, तब एकान्त ही आपकी मदद करता है। पर उस दिन मदद कहीं नहीं थी। वह मेरी पहुँच से बाहर थी और मैं उसकी। उसके हाथ मुझ तक पहुँचने के लिए छोटे पड़ गये थे। मदद को ख़ुद मदद की आवश्यकता थी। बस, एक वीरानी थी, जो अपने पाँव पसारते हुए मेरे मन में हिमखण्ड सी जमने लगी थी।

आज भी उस दिन को याद करता हूँ तो मन डूबने लगता है। मन में भारी उथल–पुथल मची हुई थी। अवसाद के नुकीले पंजों ने मुझे बुरी तरह लहूलुहान कर दिया था। लगता था, जैसे किसी गहरी खाई में डूबता चला जा रहा हूँ और खाई थी कि ख़त्म होने का नाम ही नहीं ले रही थी! कभी कुछ परछाइयाँ मेरी ओर दौड़ने लगतीं तो कभी कुछ विचित्र आवाज़ें मेरा पीछा करने लगतीं। मैं नहीं जानता था कि वे आवाज़ें क्या थीं और क्या कहना चाह रही थीं। भयानक क़िस्म की अर्थहीनता ने मुझे जकड़ लिया था। कहीं कोई सान्त्वना शेष नहीं बची थी।

बेचैनी में उठकर मैं उस बहुमंज़िली होटल की खिड़की पर आ खड़ा हुआ। सारा शहर सोया पड़ा था। अँधेरी रात में शहर की रोशनियाँ किसी स्वप्नलोक सी जगमगा रही थीं। इन्हीं रोशनियों तले शिप्रा भी होगी, पंकज भी होगा और वह घर भी होगा, जो अब मेरे लिए मकान में बदल चुका था! इन्हीं रोशनियों ने उन आँसुओं को निगल लिया था, जो मेरी आँखों से निकले थे, और शायद शिप्रा की आँखों से भी!

उस शाम मैंने अपनी पहली लम्बी कविता लिखी थी।

* * *

बहुत--सी दुर्घटनाएँ तय होती हैं। उन्हें घटना ही होता है। पर यदि आप प्रयास करें, तो उन्हें घटने से रोक सकते हैं। लेकिन कई बार जब घटना का सच आपके सामने खुलता है, तब तक बहुत देर हो

चुकी होती है। मेरे साथ भी ऐसा ही हुआ था। जब तक मैं स्वयं को सम्भाल पाता, कुछ समझ पाता, हादसा घट चुका था। मेरी विफलताओं और ग़लत निर्णयों ने मुझे पंगु बना दिया था। अपनी निगाहों में उतना नहीं, जितना शिप्रा की निगाहों में। यह बहुत बाद में जाना कि हमारे द्वन्द्व के कारण कितने ओछे थे! यदि मैं शिप्रा को कुछ स्पेस दे देता और वह मुझे, तो शायद अलग होने की स्थितियाँ जन्म ही नहीं लेतीं। पर तब तो हमारे अहम् इतने उग्र थे कि न मैं उसे समझ पाया और न वह मुझे।

जब मैं शिप्रा से अलग हुआ था, तब मेरा बेटा पंकज कुछ भी समझने के लिए बहुत छोटा था। घर छोड़ने के बाद भी उसका मासूम सा चेहरा बहुत देर तक मेरा पीछा करता रहा था। पर मेरे मन की कड़वाहट इतनी सघन थी कि मुझे तुरन्त घर से बाहर निकल जाने के अतिरिक्त और कुछ सुझायी नहीं दे रहा था। और फिर क्या शिप्रा के मन में यह विचार नहीं आया होगा कि बिना पिता के अकेले वह बेटे का ख़्याल कैसे रख पायेगी? पर वह तो अकेले ही अलग होने का निर्णय ले चुकी थी। मैंने उसे नहीं छोड़ा था, उसने मुझे छोड़ा था। और एक बार आप किसी को छोड़ दो, तो फिर उसे ठीक वैसा नहीं पा सकते, जैसा वह छोड़ने से पहले रहा होता है।

उस दिन ये सारी बातें पंकज को समझा पाना लगभग असम्भव लग रहा था, हालाँकि अब वह बड़ा हो चुका था और एक आईटी कम्पनी में बहुत सीनियर पोजिशन पर कार्यरत था। पर उन स्थितियों को हू–ब–हू वैसे ही बता पाना, जैसी कि वे तब थीं, एक अत्यन्त दुरूह काम था। आप सारे हालातों को ठीक वैसा बयाँ नहीं कर सकते, जैसे कि वे घटते समय होते हैं। कोई शब्द, कोई भाषा इतनी सशक्त नहीं होती कि बीते हुए पलों को उसकी तमाम गन्ध, रूप और धड़कनों के साथ पुनर्जीवित कर सके।

शायद पंकज समझना चाहता भी नहीं था। उसके अपने क्लेश थे और वह अपनी एक अलग ही दुनिया का वासी था, जहाँ होश सम्भालने के बाद उसने स्वयं को अकेला पाया था। उसकी दुनिया

उसकी माँ शिप्रा, पत्नी अंकिता और उसके बेटे पीयूष के दायरे में सिमट कर रह गयी थी। उसके लिए पिता का छब्बीस बरस बाद यूँ अचानक प्रकट होना एक असहज और अमान्य स्थिति थी, जो उसके सहज जीवन में सेंध लगाकर हलचल मचा रही थी।

मेरे विचारों का क्रम शिप्रा के आने से टूटा, जो बाज़ार गयी हुई थी। उसके पीछे पंकज की पत्नी अंकिता भी थी। शिप्रा ने साड़ी पहन रखी थी और अंकिता ने जीन टॉप। वह अपनी बहू की तुलना में कहीं अधिक उम्र की लग रही थी। अंकिता ने हाथ में थैले पकड़ रखे थे। वे दोनों बिना मेरी ओर कोई ध्यान दिये बग़ैर अन्दर जाने लगीं।

"मुझसे कह देती, मैं ले आता।" मैंने कहा।

"जानते नहीं, मुझे अपना काम ख़ुद ही करने की आदत है, और फिर अंकिता साथ थी न!" उसने कहा। हालाँकि यह वाक्य तल्ख़ियों भरा हो सकता था, पर ग़नीमत थी कि उसका स्वर शान्त था।

अंकिता बिना कुछ कहे सीधे अन्दर चली गयी थी।

वह हमारे विवादों के बीच कम ही पड़ा करती थी, जैसे ये सब उसके परिवार की नहीं, किसी दूसरे के परिवार की चर्चा हो। लेकिन उसके चेहरे का विस्मय मुझे हमेशा दुविधा में डाल देता था, जैसे वह जानना चाह रही हो कि मैं कौन हूँ और अचानक उनके जीवन में क्यों चला आया हूँ। अपनी सहज जी रही ज़िन्दगी में इस प्रकार के व्यवधान की सम्भवतः उसने अपेक्षा नहीं की थी। पंकज भी पीयूष को गोदी में लिए उसके साथ अपने कमरे में चला गया।

"छब्बीस साल एक लम्बा अरसा होता है बहुत कुछ भुला देने के लिए।" मैंने कहा। मैंने भी यथासम्भव शान्त स्वर में ही उसे जवाब दिया था। मैं किसी भी प्रकार के विवाद में पड़ना नहीं चाह रहा था। मैं इसलिए आया भी नहीं था, बल्कि चाहता था कि जमी हुई बर्फ़ पिघल सके। मैं अपने परिवार को पाने लौटा था, पर वे थोड़ा सा भी खिसक कर मुझे जगह देने के लिए तैयार नहीं थे।

पल भर वह चुप रही, फिर वहीं सोफ़े पर बैठते हुए बोली, "हाँ, कह तो तुम ठीक रहे हो। सच कहूँ, इन दिनों तो मैं तुम्हारा चेहरा

तक भूलने लगी थी। कई बार याद करने की कोशिश करती थी तो अजीब–अजीब चेहरे उभरने लगते थे।"

"तो इसका मतलब यह हुआ कि कभी–कभी मुझे याद किया करती थी?" मैंने उसकी बात पकड़ते हुए एक क्षण भी गँवायें बिना कहा। मैं मुस्कराये बिना नहीं रह सका था।

"तुम नहीं करते थे?"

"नहीं करता तो इतने सालों बाद तुम्हें यूँ ढूँढ़ नहीं निकालता।"

"पर तुमने मुझे ढूँढ़ा ही क्यों?"

"यह तो ठीक–ठीक मैं भी नहीं जानता...शायद ढूँढ़ना कहना ग़लत होगा। तुम्हारी प्रोफ़ाइल स्वतः ही मेरे सामने आ गयी थी... जब हम अपने आप को समय के हाथों में छोड़ देते हैं, तब यह सोच पाना कठिन हो जाता है कि वह हमसे क्या करवाने वाला है।" मैंने सफ़ाई दी, हालाँकि यह सफ़ाई देना कम और शिप्रा के प्रश्न को टालना अधिक था।

वह शायद कुछ कहना चाहती थी, लेकिन अन्तिम क्षण उसने ख़ुद को रोक लिया था, हालाँकि यह उसके स्वभाव के विरुद्ध था। यह संकेत था कि वह भी कटु नहीं होना चाहती थी। मैं भी चुप रहा। फिर मैं उठा और शिप्रा के पास वाले सोफ़े पर जाकर बैठ गया, "क्या तुमने उन्हें देखा?"

उसकी आँखें विस्मय से फैल गयीं, "किन्हें देखा?"

मुझे हल्की सी निराशा हुई, "उन्हें...मेरी किताबों को, जो मैंने तुम्हें दी थीं।"

"ओह! किताबें...देखी थीं।"

"कैसी लगीं?"

"अच्छी ही होंगी...अभी मैंने पढ़ी कहाँ हैं!"

"किताबें और भी हैं, पर सारी किताबें लाना सम्भव नहीं था।"

उसने मेरी बात पर विशेष ध्यान नहीं दिया। वह अपने ही विचारों में खोयी हुई थी। मुझे याद आया कि ऐसा वह तभी किया करती थी, जब उसे कोई तीखी बात कहनी होती थी। मैंने मन ही

मन ख़ुद को तैयार किया ताकि उसके वार को सहज भाव से झेल सकूँ। किसी भी प्रकार की बहस से दूर रहने के अतिरिक्त मेरे पास अन्य कोई विकल्प था भी नहीं।

"ये कविताएँ कब से लिखने लगे?" उसने पूछा। मुझे आश्चर्य हुआ कि उसका स्वर असाधारण रूप से नरम था, इतना नरम कि मेरी अवधारणा एक बार तो पूरी तरह खण्डित होकर बिखर गयी थी।

"क्यों? पर इसमें नयी बात क्या है! उन दिनों भी लिखा करता था। यह अलग बात है कि तुमने कभी इस ओर ध्यान ही नहीं दिया था।" मुझे आश्चर्य हुआ कि वह यह बात कैसे भूल गयी थी! हमारे बीच प्रेम की पहली वजह मेरी कविताएँ ही थी...हालाँकि बाद के दिनों में मेरा कविता लिखना उसे बर्दाश्त नहीं हुआ करता था। वह मेरे नाकारा होने की मुख्य वजह मेरा रूमानी क़िस्म का कविता–प्रेम भी मानती थी।

"मेरा मतलब यह नहीं था। पर उन दिनों तो तुम शौक़िया लिखा करते थे, पर अब लगता है कि प्रोफ़ेशनल हो गये हो।"

मैं हैरान सा उसे देखता रह गया। एक कवि के 'प्रोफ़ेशनल' होने का क्या अर्थ हो सकता है! शायद पैसा कमाना। यह विचार मेरे लिए बिल्कुल नया था। मुझे याद नहीं कि इन छब्बीस वर्षों में मैंने स्वयं को कभी इस प्रकार के प्रोफ़ेशनल कवि की तरह देखा हो! मेरे लिए कविता लिखना एक सहज नैसर्गिक प्रक्रिया थी, जैसे कि हम साँस लेते हैं या सपने देखते हैं। प्रोफ़ेशनल शब्द मुझ पर हथौड़े की तरह पड़ा, मेरे लिए कविता लिखना पैसा कमाने का ज़रिया भी हो सकता है, यह विचार ही मुझे अश्लील लगा था।

"यदि प्रोफ़ेशनल होने से तुम्हारा मतलब है कि मैं कविता लिखकर पैसे कमाने लगा हूँ, तो तुम्हें बता दूँ कि मैंने कभी इसे कमाई का ज़रिया नहीं बनाया है। प्रकाशकों से जो रॉयल्टी मिलती है, उसे मैं किताबें ख़रीदने में ख़र्च कर देता हूँ।" मैं चाह कर भी ख़ुद को तल्ख़ होने से रोक नहीं पा रहा था। साथ ही मैं उस पर यह भी ज़ाहिर कर देना चाहता था कि मेरा नौकरी नहीं करने से मेरे जीवन में कोई अन्तर नहीं पड़ा था।

उसने एक शब्द भी नहीं कहा, जिससे मैं जान पाता कि उसके मन में क्या चल रहा था। वह असाधारण रूप से चुप थी। हमारे बीच छाये मौन को मैंने ही तोड़ा, "पैसे कमाना कभी मेरे जीवन का लक्ष्य रहा ही नहीं। उसके लिए तो मेरे माँ–बाप की प्रॉपर्टी ही काफ़ी थी...ऐसा भी मत समझना कि मैं उनके कमाये हुए पैसों को उड़ाने में लगा हुआ हूँ। पैसे से पैसा बनाना शायद सबसे आसान काम हुआ करता है। आज मेरे पास उससे कहीं ज़्यादा पैसे हैं, जितना मेरे पिता छोड़ गये थे।"

दरअसल अपने को नाकारा साबित नहीं करने के लिए मुझे इससे बेहतर कोई अन्य तर्क नहीं सूझा था। इतना ही नहीं, मैं यह भी समझ गया था कि 'प्रोफ़ेशनल' शब्द का प्रयोग उसने मेरे नाकारापन के सन्दर्भ में किया था और मैं नहीं चाहता था कि वह यह समझे कि मैं अपने पिता के पैसों पर ऐश करता रहा हूँ।

"मुझे तुम्हारी बातें समझ में नहीं आती...पहले भी नहीं आया करती थीं।" सहसा वह मेरी ओर घूमी, "अच्छा, एक बात बताओ। यदि तुम्हारे पिता इतनी प्रॉपर्टी छोड़कर नहीं जाते, तब भी क्या तुम ऐसा ही सोचते? क्या तब भी तुम कोई काम नहीं करते?"

"यह एक हाईपोथैटिकल सवाल है, जिसका जवाब भी हाईपोथैटिकल ही होगा। क्या तुम चाहती हो कि मैं झूठ बोलूँ?" मैंने कहा, "और वैसे भी, मेरे लिए कविता लिखना एक फुल टाइम जॉब है।"

"तुम्हारी यह बात किसी के भी गले नहीं उतर सकती।"

"भले ही न उतरे। मेरे लिए यह बात महत्त्वपूर्ण है कि मैं तमाम उम्र रचनात्मक बना रहा और मैं इस बात पर दृढ़ता से विश्वास करता भी हूँ।" मैंने एक–एक शब्द पर ज़ोर देते हुए कहा।

उसने उठते हुए कहा, "माना कि विश्वास एक बड़ी बात है, लेकिन इतनी बड़ी भी नहीं कि हर विश्वास पर विश्वास किया जा सके।"

वह मेरा जवाब सुनने के लिए रुकी नहीं, उठी और सीधी रसोई में चली गयी, जहाँ अंकिता उसकी प्रतीक्षा कर रही थी। उसने अपनी बात दृढ़ता से कही थी, लेकिन उसकी आवाज़ असाधारण रूप से

सामान्य थी, किसी हद तक नरम...सच बात तो यह है कि इस बार भी मेरे पास उसकी बात का कोई ठोस उत्तर नहीं था। आदमी अपने विश्वास स्वयं निर्धारित करता है और स्वयं उन्हें तोड़ता भी है। दूसरों के विश्वास आपके लिए नींद में बड़बड़ाने से अधिक महत्त्व नहीं रखते। उन पर आप तभी यक़ीन कर सकते हैं, जब तक कि आप उन्हें अपने अनुभवों की आग में तपा कर परख न लें।

* * *

अलग होने के तुरन्त बाद ही मैंने भोपाल शहर छोड़ दिया और पूना चला आया था। यह मेरा शहर था, जहाँ मेरा जन्म हुआ था, मेरा बचपन बीता था, मैं युवा हुआ था। इसी शहर में मैंने पहले अपनी माँ को और फिर पिता को खोया था। मेरे पिता की शहर के बीचोंबीच साड़ियों की एक प्रसिद्ध दुकान हुआ करती थी, जो उनकी मृत्यु के बाद बन्द हो गयी थी। शुरू से ही मैं दुकान पर नहीं बैठना चाहता था। मेरी ज़िद के कारण ही उन्होंने मुझे एमबीए करने की अनुमति दी थी। मेरी इसी डिग्री की वजह से मुझे भोपाल में जॉब मिली थी, जहाँ मैं शिप्रा से मिला था। पूना लौटने के बाद सबसे पहले मैंने पिता की बन्द दुकान किराये पर चढ़ा दी थी। प्राइम लोकेशन पर होने के कारण मुझे अच्छा ख़ासा किराया सहज ही मिलने लगा था, जो सुविधाजनक जीवन बिताने के लिए पर्याप्त था। फिर पिता ने तो पूरे शहर में काफ़ी प्रॉपर्टी भी बना कर रखी थी। अपने पुराने घर को छोड़कर काफ़ी प्रॉपर्टी बेच डाली थी और नयी प्रॉपर्टीज ख़रीद ली थीं। प्रॉपर्टीज ख़रीदने बेचने से भी मुझे अच्छी ख़ासी आय होने लगी थी। और चूँकि ख़रीदने–बेचने का उबाऊ काम प्रॉपर्टी डीलर्स किया करते थे, इसलिए मेरे पास काफ़ी ख़ाली समय उपलब्ध था, जिसे मैं किताबें पढ़ने में व्यतीत किया करता था।

यह एक प्रकार का पलायन था। जीवन की मुश्किलों से जूझने के बजाय मैंने आसान रास्ता चुना था। अब सोचता हूँ तो लगता है कि मेरा यह चुनाव एक सहज निर्णय था। भोपाल शहर छोड़ने के

बाद भी मेरा मन शिप्रा की ज़्यादतियों में उलझा रहता था। उसका गुरूर, उससे हुई बहसें, उसका आत्माभिमान, उसकी व्यंग्यात्मक मुस्कान...बहुत कुछ था, जो मेरी नींदें उड़ाने के लिए पर्याप्त था। घटनाएँ इन्सान पर अपना गहरा प्रभाव छोड़ती हैं और यही मेरे साथ भी हो रहा था। उससे अलग होकर जाना कि कई बार किसी से अलग होकर भी अलग हो पाना आसान नहीं होता। उसका चेहरा, उसकी आवाज़, उसकी आँखें, उसका स्पर्श छूट कर भी छूट नहीं पाये थे। दोपहर की वीरान घड़ी में कई बार मुझे लगता, जैसे उसने मुझे पुकारा हो, मैं पीछे घूमता, पर वहाँ कोई नहीं होता। वह छूट कर भी छूटी नहीं थी। उसकी छाया मेरी देह से आबद्ध होकर रहने लगी थी...और फिर नन्हा पंकज भी तो था, जिसका नरम, कोमल स्पर्श और किलकारियाँ मुझे बार–बार अपने विगत की ओर खींचकर ले जाती थीं।

सच तो यह था कि शिप्रा के निर्णय ने मुझे अकेलेपन की यन्त्रणादायक स्थितियों में धकेल दिया था। मेरे लिए उन मनःस्थितियों से बाहर निकल पाना कोई आसान काम नहीं था। वे गाहे–बगाहे मुझे दबोच लिया करती थीं। शामें लम्बी और उदास होने लगी थीं। रात ढलते ही प्रायः मैं यूँ ही सड़कों पर निकल जाया करता था और ट्रैफ़िक के शोर में स्वयं को झोंक दिया करता था। मुझे न तो कहीं जाना होता था, न ही कहीं पहुँचना, बस भटकना होता था, कई बार ख़ुद से बाहर तो कई बार ख़ुद के भीतर!

यह क्रम शायद इसी प्रकार चलता रहता यदि मेरी वह पहली लम्बी कविता एक विख्यात पत्रिका में प्रकाशित नहीं हो गयी होती, जिसे मैंने शिप्रा से अलग होने के बाद होटल में कमरे के एकान्त, पीड़ामय, बीहड़ क्षणों में लिखा था। वह कविता अनायास ही ख़ासी चर्चा में आ गयी थी और अन्य सम्पादक भी मुझसे कविताओं की माँग करने लगे थे। मैंने अपनी कुछ पुरानी कविताओं को निकाल कर उन्हें एक बार फिर सँवारा। मेरी बिखरी हुई मनःस्थितियों और अन्तर्द्वन्द्वों ने उन कविताओं में संवेदनाएँ भरने में अच्छी ख़ासी मदद की थी। जो कविताएँ पहले सम्पादकों द्वारा लौटा दी गयी थीं,

अब वे भी प्रकाशित होने लगी थीं। नाम और शोहरत की ओर यह मेरा पहला क़दम था। इसी कारण कभी–कभी मुझे लगने लगा था कि मेरा बीता हुआ कल बीते दिनों का दुःखद स्वप्न बनकर रह जायेगा।

पर ऐसा हुआ नहीं। आप चाह कर भी अतीत से पीछा नहीं छुड़ा सकते, क्योंकि आपकी ख़ुशियाँ, यातनायें, सपने और सोच अतीत के आँगन में ही जन्म लेते हैं और वे तब तक आपके साथ घिसटते रहते हैं, जब तक आपकी साँसें उन्हें जीवित रहने का अवकाश देती हैं। मेरी सारी ख़रोंचें अभी भी टीस रही थीं, किसी ताज़ा चोट की तरह। दूर–दूर तक कहीं कोई सान्त्वना भरा स्पर्श नहीं था, कोई उम्मीद नहीं थी, सिवाय कविताओं के, जो मेरे साथ किसी अदृश्य नियति की तरह आकर रहने लगीं थीं। मेरी मनःस्थिति ने मेरे मन में अनायास ही एक ऐसे शब्दकोश को जन्म दे दिया था, जहाँ शब्द और भाषा के स्थान पर केवल संवेदनाओं का महत्त्व था, और उन्हीं संवेदनाओं को मैं लिखने लगा था, कविता की विधा में!

आपको मेरी बात विरोधाभासी लग सकती है, लेकिन जब आप यन्त्रणा भरी मनःस्थिति में जी रहे हों, तब एक सीधी लाइन पर चल पाना असम्भव हो जाता है। कई बार मुझे लगता था कि उन दिनों शायद शिप्रा भी मेरी तरह ही उलझी हुई मनःस्थिति में जी रही थी, लेकिन मैं यह भी जानता था कि इस प्रकार की उलझने उसे प्रायः कम ही परेशान किया करतीं थीं। कई बार मुझे यह सोचकर गहरा आश्चर्य होता था कि अजेय होना और रहना उसकी प्रकृति में कब शामिल हो गया था, इस बात का मुझे पता ही नहीं चल पाया था। उसने मुझे इस बात की भनक तक नहीं लगने दी थी कि वह मुझसे अलग होना चाहती थी, और वह अलग हुई भी। क्या अलग होकर उसने राहत की साँस ली होगी?

"जानते हो, इन्सान के लिए सबसे घातक क्या होता है?" एक बार उसने मुझसे पूछा था।

"क्या?"

"प्रेम!"

"यह तुम क्या कह रही हो!"

"मैं माँ और बच्चों वाले प्रेम की बात नहीं कर रही और न ही भाई–बहन, दोस्त–रिश्तेदारों और अड़ोस–पड़ोस के प्रेम की बात कर रही हूँ...मेरा सीधा सा संकेत उस प्रेम की ओर है, जो स्त्री–पुरुष के बीच होता है।"

"मैं नहीं मानता।"

"मत मानो। यह स्त्री–पुरुष के बीच का प्रेम इन्सान का विवेक हर लेता है, उसके सोचने–समझने की ताक़त समाप्त कर देता है, उसकी आँखों के आगे एक ऐसा पर्दा डाल देता है, जिसके पीछे स्थितियाँ वैसी नहीं रह जातीं, जैसी कि वे दरअसल में होती हैं। प्रेम सारा परिदृश्य बदल डालता है, सोच बदल देता है।" शिप्रा ने कहा। वह पलंग पर बैठी हुई सुबह धोये कपड़ों की तह लगा रही थी।

मैंने अपनी निगाहें किताब से हटायी और उसे सीधे देखते हुए कहा, "लेकिन लोग प्रेम को ईश्वर का दर्जा देते हैं, इसे संसार की सबसे ख़ूबसूरत सौगात मानते हैं।"

"मानते होंगे, लेकिन तब तक, जब तक कि उन्हें प्रेम से मिलने वाली पीड़ा का अनुभव नहीं हो जाता।" उसने कहा था, "पीड़ा प्रेम का बाई प्रोडेक्ट होती है।"

"लेकिन ज़रूरी तो नहीं कि यह थ्योरी प्रत्येक व्यक्ति पर समान रूप से लागू हो।" मैंने उसकी बात काटते हुए कहा था।

"हो सकता है, लेकिन यह तो तय है कि विवाह के बाद सबसे पहले जो चीज़ मरती है, वह प्रेम ही होता है...दरअसल जब हम किसी को पूरा–पूरा पा लेते हैं, तब उसी दिन से उसके प्रति हमारा आकर्षण कमज़ोर पड़ने लगता है और तब प्रेम एक आदत में बदल जाता है, वैसे ही जैसे हम कपड़े धोते हैं, सुखाते हैं, तह लगाते हैं और फिर आलमारी में रख देते है...यन्त्रवत, बिना किसी संवेदना के।" उसने कपड़े आलमारी में रखते हुए कहा।

"तुम तो ऐसे कह रही हो, जैसे तुम्हें प्रेम और पीड़ा का गहन अनुभव रहा हो!" मैं व्यक्तिगत स्तर पर उतर आया था।

बहस में इतना नीचे गिरना घृणास्पद ही कहा जायेगा, लेकिन मुझे और कोई तर्क सूझ ही नहीं रहा था।

"तो क्या तुम्हें प्रेम और पीड़ा के अन्य अनुभव भी हैं?" उसके प्रतिप्रश्न ने मुझे निरुत्तर कर दिया था। वह मान कर चल रही थी कि विवाह से पहले मैंने उसके अतिरिक्त कभी किसी से कोई प्रेम नहीं किया था!

मुझे हथियार डालने पड़े थे। हमेशा की तरह वह मुझे हरा कर खुश दिखायी दे रही थी। ऐसा नहीं कि उसने कोई महासमर जीत लिया था, लेकिन जीत आख़िर जीत होती है, भले ही वह कितनी भी छोटी क्यों न हो! उसकी व्यंग्यात्मक मुस्कान मुझे काँटे की तरह चुभ रही थी। यदि मैं चाहता तो उसे अपने कॉलेज के दिनों के अधूरे प्रेम के बारे में बता कर अपना तर्क प्रस्तुत कर सकता था, किन्तु यह प्रयास मेरे लिए आत्मघाती सिद्ध हो सकता था। कौन जाने वह भी अपने किसी पुराने प्रेम का कच्चा चिट्ठा खोलकर बैठ जाती और एक बार फिर मुझे निरुत्तर कर देती। इतना तो हम समझते ही थे कि अपने अतीत को नये सिरे से उद्घाटित करना हम दोनों के लिए ही घातक सिद्ध होता।

जिस प्रकार प्रत्येक व्यक्ति के जीने के अपने तर्क होते हैं, अपनी वजहें होती हैं, उसी प्रकार किसी के साथ रहने की भी। मेरे और शिप्रा के बीच यूँ तो कुछ भी कॉमन नहीं था, पर फिर भी हम जुड़े हुए थे और वह भी बिना किसी सार्थक तर्क और वजहों के। यह सच है कि हमने प्रेम–विवाह किया था, लेकिन उस नाजुक उम्र में प्रेम हो जाना बहुधा एक सहज सी नैसर्गिक क्रिया होती है। इसी क्रिया का परिणाम था हमारा बेटा पंकज। शिप्रा ने बहुत जल्दी कन्सीव कर लिया था और उसका, और किसी हद तक मेरा भी, ख़्याल था कि बच्चे के जन्म लेने के बाद सब कुछ सामान्य हो जायेगा। लेकिन कुछ भी सामान्य नहीं हो सका था। मैंने सनक में अपनी जॉब छोड़ दी थी। मैं सारा दिन घर पर रहता और पंकज की देखभाल किया करता था, जबकि शिप्रा कॉलेज जाती। उसके लिए मुझे यूँ घर में ख़ाली बैठे देखना असम्भव होता जा रहा था।

"बच्चे को पालना पुरुषों का काम नहीं होता" वह अक्सर कहा करती थी, "और न ही नौकरी करके घर चलाना स्त्रियों का।"

"तो छोड़ दो न अपनी प्रोफ़ेसरी और चलो मेरे साथ पूना। तुम्हें वहाँ काम करने की कोई ज़रूरत नहीं होगी। घर पर बैठना और पंकज का ध्यान रखना।" मैंने उसका तीर उसी पर चला दिया था।

"तो तुम चाहते हो कि मैं अपनी सुरक्षित लाइफ छोड़कर तुम्हारे साथ अनिश्चिय से भरी ज़िन्दगी जीने पूना चलूँ?" वह बिफर पड़ी थी।

मेरे पास उसकी इस बात का कोई सटीक उत्तर था भी नहीं। नौकरी मैं छोड़ चुका था और दूसरी नौकरी करने की मेरी कोई आकांक्षा नहीं थी। पूना पहुँचकर मुझे क्या करना होगा, इसकी भी कोई मुकम्मल तस्वीर मेरे पास नहीं थी। मन में हमेशा कुछ बड़ा करने का विचार घुमड़ता रहता था। कुछ इतना बड़ा, जो मेरी अपनी पहचान बने, एक ऐसी पहचान, जिसमें माता–पिता या किसी भी दूसरे का कोई हाथ न हो। इस 'बड़ा' बनने में शिप्रा और पंकज के लिए भी कोई जगह नहीं थी।

"चलो, माना तुम कुछ बड़ा करना चाहते हो, पर यह तो बताओ कि वह बड़ा आख़िर है क्या?" कई बार जब वह सुलह करने के मूड में होती थी, तब पूछा करती थी। तब उसका स्वर शान्त हुआ करता था।

"यह जानने के लिए मुझे कुछ समय चाहिए...अभी कुछ भी निश्चित नहीं है।" मैं कह तो देता था पर इससे वह संतुष्ट नहीं होती थी।

"तुम्हारी यह अनिश्चितता कहीं हमारी बरबादी का कारण न बन जाये!" उसके मन की आशंका उसके चेहरे पर लिखावट बनकर उभर आती थी।

"कुछ न कुछ तो करना ही है और लीक से हटकर करना है, पर ये सब रुटीन टाइप वाले जॉब नहीं।" यह एक अन्य अनिश्चिय से भरा उत्तर हुआ करता था, जिसका भविष्य भी उतना ही अनिश्चित था, जितना कि स्वयं यह उत्तर।

"पर आदमी को कुछ न कुछ तो तय करना ही पड़ता है। इस प्रकार अधरझूल में कब तब रहा जा सकता है!" शिप्रा की बात से स्पष्ट संकेत मिल रहा था कि वह चाहती थी कि मैं इस 'लीक से हट कर' वाले कन्सेप्ट से अपना ध्यान हटा कर किसी ठोस, व्यावहारिक बात पर अपना ध्यान फोकस करूँ।

ऐसे में मेरे पास चुप रह जाने के अतिरिक्त कोई दूसरा रास्ता शेष नहीं बचता था। एक तरफ़ मैं अपने भविष्य के प्रति अनिश्चित था, तो वह मेरे आज को लेकर सशंकित। एक ओर मेरे सपने थे तो दूसरी ओर उसका व्यावहारिक पक्ष। हम दो सिरों पर जी रहे थे। बीच का कोई रास्ता नहीं था। साथ रहते–रहते हम एक–दूसरे को काफ़ी कुछ पहचानने लगते हैं और अनेक बार वह पहचाना हुआ चेहरा वीभत्स निकलता है। लेकिन तब उसे झेलने के अतिरिक्त कोई अन्य रास्ता होता भी नहीं। शिप्रा जैसी भी थी, मैंने उसे उसी रूप में स्वीकार कर लिया था, जबकि वह मुझे अपने बदले हुए स्वरूप में स्वीकार नहीं कर पा रही थी।

एक–दूसरे को नहीं समझ पाने की उलझनों ने हमें अकेला कर दिया था। छत एक होते हुए भी निरन्तर अजनबी होने का अहसास मन को छीलता रहता था। भीतर सुलगता तनाव बिस्तर पर भी नहीं पिघलता था। उन दिनों पहली बार लगने लगा था कि हम एक–दूसरे के लिए बने ही नहीं थे। हमारी वैवाहिक़ शुरुआत ने हमें ग़लत सिद्ध करने में कोई कसर नहीं छोड़ी थी। लेकिन इन सब विपरीत परिस्थितियों के बावजूद भी मैंने कभी अलग होने के विषय में नहीं सोचा था। मैं निभाने में विश्वास करता था३लेकिन उस दिन अचानक सब कुछ ख़त्म हो गया था, जिस दिन शिप्रा ने डायवोर्स के पेपर्स मेरे मुँह पर दे मारे थे।

* * *

खिड़की से अक्टूबर का आकाश अन्दर झाँक रहा था। न ज़्यादा गर्म, न ज़्यादा ठण्डा। बैंगलोर में वैसे भी ज़्यादा गर्मी नहीं पड़ती।

बारिश किसी घूमन्तू सी कभी भी आ टपकती है। जब भी बारिश होने लगती, मैं प्रायः बॉलकनी में बैठे बारिश का बरसना देखा करता था। वैसे भी, जब कोई काम करने को न हो, तो बारिश बरसते देखना भी एक काम बन जाता है। अपने बीते हुए कल की पत्नी और बेटे–बहू के उस घर में मेरे पास कोई दूसरा काम था भी नहीं...दसवें फ्लोर पर बादलों भरा आकाश पास उतर आता था और ज़मीन दूर चली जाती थी। दिन का उजाला एक धुँधलके में बदल जाता था और शाम आने से पहले ही चली जाया करती थी। कबूतर इमारत के रोशनदानों में दुबक जाते और बारिश के रुकने की प्रतीक्षा किया करते थे। हरसिंगार के पेड़ फूलों से लद गये थे। जब हवा चलती, वे टूटकर ज़मीन पर बिखर जाते थे और वहाँ एक कालीन सा बिछ जाता था।

यह तो मैं समझ गया था कि मेरे वहाँ चले आने से घर का माहौल तनावपूर्ण हो गया था। सभी लोग मुझसे ही नहीं, एक–दूसरे से भी कटे–कटे से रहने लगे थे। ज़रा सी बात पर वे नन्हे पीयूष को डाँटने लगते थे और मेड सरवेन्ट भी सारा दिन उनके ग़ुस्से का शिकार हुआ करती थी। कोई अन्धा भी देख सकता था कि यह सारा तनाव मुझ जैसे अनचाहे और अवान्छित मेहमान के आने के कारण ही पैदा हुआ था।

"तुम चाहो तो मैं किसी होटल में चला जाता हूँ।" मैंने लन्च पर शिप्रा से पूछा था। मेरा बेटा और बहू कभी डायनिंग टेबिल पर मेरे साथ खाना नहीं खाया करते थे। हाँ, शिप्रा अवश्य मेरा साथ दिया करती थी। वह मेरे ठीक सामने बैठी हुई थी।

"अब परसों सुबह तो तुम जा ही रहे हो...एक दिन के लिए कहाँ होटल में जाओगे!" उसने कहा। उसका स्वर शान्त था, शान्त और किसी हद तक तटस्थ भी। उसके वाक्य में बेटे–बहू की अरुचि भी बाहर झाँक रही थी। उसके स्वर में रुकने का आग्रह नहीं था तो कटुता भी नहीं थी। मेरे लिए यह समझ पाना आसान नहीं था कि वह क्या चाह रही थी। उसका स्वर मुझे निर्लिप्त सा सुनायी दिया, पूरी तरह से असम्पृक्त, किसी भी निर्णय के परे।

मैं चुपचाप खाना खाता रहा था।

"तुम बहुत बदल गयी हो।" मैंने कहा।

"इतने सालों में कौन नहीं बदल जाता! तुम भी तो कितना बदल गये हो!" मुझे निरुत्तर करने की कला वह भूली नहीं थी...पर सम्भव है, मेरा अनुमान ग़लत रहा हो। हो सकता है वह मुझे निरुत्तर नहीं करना चाह रही हो, केवल अपनी स्थिति स्पष्ट कर रही हो!

मैं किसी नये विवाद को जन्म नहीं देना चाहता था, इसलिए बात बदलना ही ठीक लगा, "यहाँ से लौटते ही अगले महीने मुझे दिल्ली जाना है। वहाँ एक अन्तरराष्ट्रीय सेमिनार हो रही है। मुझे भी बुलाया है।"

"कविताएँ पढ़ोगे?"

"कविताएँ तो पढ़नी ही हैं, साथ ही व्याख्यान भी देना है। मैं चीफ गैस्ट हूँ उस प्रोग्राम का।" मैंने अपनी उपलब्धियों को बढ़ा–चढ़ा कर बताना ठीक समझा, ताकि वह जान सके कि पिछले छब्बीस सालों में मैंने वे सब हासिल कर लिया है, जिसे पाने के कभी मैं सपने देखा करता था। अलग होने से पहले अपना कहा सिद्ध भी करना चाह रहा था कि आदमी सिर्फ़ पैसा कमाने और घर चलाने के लिए ही नहीं बना है। जीवन में और भी बहुत कुछ होता है करने के लिए।

वह पहली बार कुछ प्रभावित लगी, "हिन्दी में ही लिखते हो कि अंग्रेज़ी में भी?"

"हिन्दी में ही...हिन्दी ही मेरी सोच की भाषा है, सपने भी हिन्दी में देखता हूँ और हिन्दी में ही स्वयं को बेहतर ढंग से अभिव्यक्त कर पाता हूँ।" मैंने कहा, पर फिर मुझे याद आया कि शिप्रा अंग्रेज़ी की प्राध्यापिका रही है। क्या पता वह भी कुछ अंग्रेज़ी प्राध्यापकों की तरह हिन्दी को दोयम दर्जे की भाषा मानती हो, "पर मैंने कुछ अंग्रेज़ी किताबों के हिन्दी अनुवाद किये हैं, उनमें से दो किताबें तो नोबेल पुरस्कार प्राप्त लेखकों की हैं।"

"ओह!" फिर वह खाना खाने लगी। उसका यह 'ओह' इस बात का संकेत था कि उसकी रुचि इससे अधिक नहीं थी। यह एक तरह

का पूर्णविराम था, जो उस विषय को वहीं समाप्त करने के लिए उसने लगाया था। उसका ठण्डापन बार–बार उभर आता था।

पर मुझे ख़ुद को सिद्ध करने का अवसर मिल गया था, इसलिए मैंने उसके पूर्णविराम को और आगे सरका कर अपनी बात जारी रखी, "इतना ही नहीं, मेरी अपनी किताबें भी अंग्रेज़ी में अनुवादित हो चुकी हैं। बल्कि मेरी कुछ कविताएँ तो विदेशों के कॉलेजों में पढ़ायी भी जाती हैं।"

मुझे अजीब–सा लग रहा था कि मुझे अपनी पत्नी के सामने स्वयं को सिद्ध करना पड़ रहा था, हालाँकि यह बात सच थी कि मेरी कविताएँ मेरी पहचान बन चुकी थीं और अनेक विदेशी भाषाओं में अनुवादित भी हो चुकी थीं। शिप्रा को ये सब बताते हुए उस दिन पहली बार अहसास हुआ कि भले ही सारी दुनिया आपकी प्रतिभा को पहचाने, किन्तु यदि आपके अपने नहीं पहचानते, तो वह उपलब्धि कोई मायने नहीं रखती।

एक अजीब–सा ख़ालीपन घर करने लगा था। बरसों पहले जो कड़वाहट घर कर गयी थी, वह एक बार फिर सिर उठाने लगी थी। मैंने उसे वहीं दबा दिया। मैं इसलिए तो यहाँ नहीं आया था! बीच के छब्बीस वर्षों में फैला सन्नाटा, भयावह अकेलापन और लम्बे–लम्बे उचाट दिन सहसा आँखों के आगे घूम गये। मैं उनके विषय में कोई बात नहीं करना चाहता था। एक अकेले व्यक्ति की मनःस्थिति प्रायः अकेलेपन में ही त्राण पाती है। वह मेरा कमाया हुआ अकेलापन था।

मुझे विषय बदलना ही एकमात्र विकल्प दिखायी दिया, "तुमने कॉलेज कब छोड़ा?"

"कोई तीन साल पहले, जब बेटे की बैंगलोर में जॉब लगी, तब कम्पलसरी रिटायरमेंट लेकर उसके साथ यहीं आ गयी थी। उसकी शादी के लिए भोपाल ज़रूर गयी थी।" क्षण भर के लिए वह रुकी, "अब मुझसे भी ज़्यादा भागदौड़ नहीं की जाती...बहुत जल्दी थकान महसूस होने लगती है।"

उसका स्वर शान्त **था।** वह बिना किसी उत्तेजना के बोल रही थी। उसके ठण्डेपन और **तटस्थ**ता के बावजूद भी वह मुझे सहज लगी।

मैं जब से यहाँ आया था, उसके मुँह से एक भी कटु बात नहीं सुनी थी। वह इतने सहज रूप में विवाह से पहले बातें किया करती थी या फिर बाद के एक डेढ़ वर्ष तक। मुझे कुछ विचित्र–सा लगा। क्षण भर को आभास हुआ कि यह वह शिप्रा नहीं है, जिसने एक दिन मुझे छोड़ दिया था।

कुछ देर हम चुपचाप खाना खाते रहे।

"अब तुम बहुत बदल गये हो।" सहसा शिप्रा ने कहा।

"यही बात मैं अभी तुम्हारे लिए सोच रहा था।" वह भूल गयी थी कि अभी कुछ देर पहले ठीक यही बात मैं उससे कह चुका था। शायद मेरी बात उस तक पहुँची नहीं थी और यदि पहुँची थी, तो उसने उसे बाहर से ही विदा कर दिया था, जैसे हम किसी अनचाहे व्यक्ति को दरवाज़े से ही लौटा देते हैं। अब एक बार फिर उसी बात को महत्त्व देने का कोई औचित्य नहीं था। सहज सामान्य–सी दिखने वाली बातों पर यदि ज़ोर दिया जाये, तो प्रायः वे विकृत हो जाया करती हैं।

"क्या मैं बदल गयी हूँ?" विस्मय से भरी उसकी आँखें मुझ पर उठ आयीं थीं।

"बहुत ज़्यादा! तुम्हें कोई पुराना परिचित देखे तो पहचान भी न सके।" मैंने कहा, हालाँकि मैं अपने कहे पर ज़्यादा आश्वस्त नहीं था।

वह एक बार फिर चुप हो गयी थी, जैसे अनजाने में मैंने उसकी किसी दुखती रग पर अपनी अँगुली रख दी हो। पीड़ा ऐसे ही उभर कर बाहर आती हैं...जैसे कोई बन्द कमरे की खिड़की खोल दे और अन्दर की घुटन खुले में निकल आये।

उसने अपना खाना बन्द नहीं किया था, उसका धीमा, धकियाता, अकेला सा स्वर मुझ तक आया, "अब मेरा कोई परिचित नहीं बचा है।"

"क्यों? तुम्हारे कॉलेज के साथी लेक्चरर होंगे, पुराने दोस्त होंगे!"

उसने बीच में ही बात काट दी, "भोपाल छूट गया, उसके साथ ही वे सब भी पीछे छूट गये। महीनों गुज़र जाते हैं, किसी का फ़ोन भी नहीं आता...आउट ऑफ़ साइट, आउट ऑफ़ माइंड।"

"और मम्मी–पापा?"

"पापा ने तो उन्हीं दिनों दिल्ली ट्रान्सफर ले लिया था...भोपाल में अब कोई नहीं रहता।" वह धीरे से बोली। मैं समझ रहा था कि 'उन्हीं दिनों' से उसका अर्थ वे दिन थे, जब हम अलग हुए थे।

बहुत–सी मनःस्थितियों के साथ हम अपना अकेलापन भी अर्जित करते हैं। यह उसका वही अर्जित अकेलापन था, जो बेटे, बहू और पोते के साथ होने के बाद भी उसमें जीवित था। आदमी अपने सुख दुःख–बाँट सकता है, अपने अनुभव, सपने और रुपया–पैसा बाँट सकता है, पर अपना अकेलापन उसे ख़ुद ही ढोना पड़ता है। यह रहस्य समझ आने में उम्र गुज़र जाती है कि न तो साथ रहना, साथ होना होता है और न ही साथ होना साथ रहना।

मुझे कुछ कहना आवश्यक लगा, कुछ भी, जो उसे तसल्ली दे सके, उसके उन आँसुओं को पोंछ सके, जो उसने अपनी आँखों के पीछे छिपा रखे थे, "कुछ दिनों तक तो सब साथ देते हैं, फिर सब अपनी–अपनी दुनियाओं में व्यस्त हो जाते है...वे इतने ग़लत भी नहीं होते।"

"हाँ, यह तो है...पर फिर भी लगता है कि कोई तो हो, जिससे मन की बात बाँटी जा सके, अपना दुःख कहा जा सके।" शिप्रा का सूखा सा स्वर मुझ तक बह आया था, वैसे नहीं जैसे हवा बह कर आती है, बल्कि जैसे कोई बादल का टुकड़ा अपने पानी के बोझ सहित आवारा घूमता हुआ यूँ ही आ टिकता हो। उसका स्वर कुछ ऐसा था, जैसे वह मुझसे नहीं, अपने आप से बात कर रही हो।

"तुम ऐसा कैसे सोच सकती हो! तुम्हारे पास तो पूरा परिवार है। मेरी ओर देखो, जिसने सारी उम्र अकेले ही गुज़ार दी है।"

"और वही अकेलापन तुम अपने साथ यहाँ ले आये हो। क्या तुम देख नहीं रहे कि तुम्हारे आने से हम सब कितने अकेले हो गये हैं!" उसने कहा। सहसा इस बार उसका स्वर कुछ रूखा हो गया था। रूखा और उखड़ा हुआ, लेकिन उसमें वितृष्णा नहीं थी। इतना तो मैं जान ही गया था कि उसकी ख़ीज मुझ पर नहीं थी, मेरे आने पर थी, जैसे मैं अलग होऊँ और मेरा आना अलग!

"मैं सिर्फ़ अपने लिए नहीं लौटा हूँ..." मैंने कहा, "मेरे लौटने में तुम सब शामिल हो...और बिना बताये तो आया नहीं, तुम्हारी सहमति के बाद ही आया हूँ।" मैं सारा दोष स्वयं पर नहीं लेना चाहता था। उसे पता होना चाहिए था कि यदि वह मना कर देती, तो मैं नहीं आता। उन तनावपूर्ण स्थितियों के लिए अकेला मैं ही ज़िम्मेदार नहीं था।

"पर मैं नहीं जानती थी कि ये दोनों तुम्हें अस्वीकार कर देंगे। यह घर सिर्फ़ मेरा नहीं है...मुझसे अधिक इस घर पर पंकज और अंकिता का अधिकार है।"

"काश! यह तुम पहले सोच पाती..." एक झुरझुरी ने मुझे भीतर तक हिला दिया था। फिर वह जैसी आयी थी, वैसे ही चली भी गयी। उसके आने और जाने के बीच बिखरे हुए विचारों की एक लम्बी शृंखला जुड़ी हुई थी। उन विचारों का सीधा सम्बन्ध मुझसे था, मेरे यहाँ आने से था...मैं नहीं जानता कि शिप्रा को मेरे अन्तर्द्वन्द्व का आभास हुआ था कि नहीं!

उसने मेरी बात पर कोई ध्यान नहीं दिया था, और यदि दिया भी, तो उसे ज़ाहिर नहीं होने दिया था। मेरा वाक्य देर तक हवा में टँगा रहा। अनुत्तरित। एक अनाम सी ख़ामोशी चली आयी थी। वह चुपचाप खाना खाती रही और फिर बिना कोई उत्तर दिये उठ खड़ी हुई। मैं चुपचाप अपनी जगह पर बैठा हुआ उसे प्लेटें समेटते हुए देखता रहा। प्लेटें लेकर वह चुपचाप रसोई में चली गयी।

तो वह चाहती थी कि मैं चला जाऊँ! क्या एक बार वह फिर मुझे परास्त करने में कामयाब हो गयी थी?

मैंने देखा कि अचानक बादल चले गये थे और दोपहर की धूप का एक टुकड़ा खिड़की के रास्ते फ़र्श पर आ गया था। वह हमारे प्रति उतना ही उदासीन था, जितने कि हम उसके प्रति। वह धीरे–धीरे सरक रहा था, बिना किसी आहट के, जैसे कि उम्र सरकती जाती है। हमारी भी सरक रही थी। चुपचाप। अपनी–अपनी यातनाओं को ढोते हुए...कई बार हम सोचते हैं कि कल कुछ होगा, कुछ भी, जो हमारी यातनाओं को एक ओर बुहार कर हमारे जीने में अर्थ भर देगा,

पर होता कुछ नहीं, दुःख वैसे ही बने रहते हैं। बस, एक ख़ाली दिन खिसक कर दूसरे ख़ाली दिन को जगह दे देता है...यदि कुछ होता है तो वैसा नहीं, जैसा हमने चाहा था और यदि वह होना हमारे चाहे अनुसार न हो, तो फिर वह कितना भी अर्थपूर्ण क्यों न हो, उसका होना न होना कोई विशेष मायने नहीं रखता।

जो कबूतर कुछ देर पहले कोटरों में दुबके हुए थे, अब बाहर निकल आये थे। हवा चलने लगी थी और सूने तार साँय–साँय करने लगे थे। एक पतंग तार से उलझ कर हवा में फड़फड़ा रही थी। उसका दुःख बाँटने वाला वहाँ कोई नहीं था।

मुझे पहली बार यह अहसास हुआ कि छब्बीस वर्षों बाद मैं व्यर्थ ही अपने बिछुड़े परिवार के पास चला आया था। जिन सम्बन्धों की साँसें छीन ली गयी थीं, उनमें भला प्राण कैसे फूँके जा सकते थे! बरसों पहले लिए गये निर्णय बीते हुए कल की घटना थे और अब यू टर्न लेने की कोई सम्भावना शेष नहीं बची थी। एक बार यदि कोई बिछुड़ जाये, तो फिर बिछुड़ ही जाता है। आप लौटते हैं कि आपके मन के ख़ाली पड़े कोने भर जायेंगे, आपका अकेलापन बँट जायेगा, पर वह बँटता नहीं, बल्कि एक–दूसरे क़िस्म के अकेलेपन को जन्म देने लगता है। समय चुपचाप फिर आपके कान पकड़कर किसी दूसरी दिशा में ले जाता है।

यूँ देखा जाये तो शिप्रा का इतना दोष भी नहीं था। उसे आशा रही होगी कि पंकज और अंकिता मुझे स्वीकार कर लेंगे। शायद यही सोचकर उसने मुझे वहाँ आने के लिए मना नहीं किया था। किन्तु उसे यह अनुमान नहीं रहा होगा कि वे दोनों मेरे प्रति इतनी वितृष्णा पाले हुए होंगे, विशेषकर पंकज। मेरे आने से घर इतना अकेला–अकेला सा हो जायेगा, इसकी तो उसने कल्पना भी नहीं की होगी। मैं कुछ–कुछ उसकी मनःस्थिति का अनुमान लगा पा रहा था और यही सोचकर मेरा मन उसके प्रति निर्मल करुणा से भर गया था।

मुझे तुरन्त लौट जाना चाहिए। परसों की प्रतीक्षा क्यों? बीच के एक दिन में आख़िर ऐसा क्या विशेष घट जायेगा? कारण चाहे कुछ

भी रहा हो, पर देखा जाये तो शिप्रा ने मुझे दूसरी बार भी ख़ारिज कर दिया था। ऐसे में वहाँ रुकने का कोई औचित्य नहीं बचा था। और यदि एक बार आप जाने का निर्णय ले लें, तो फिर रुकने का कोई अर्थ नहीं रह जाता।

मेरी विवशताएँ मुझे कचोटने लगी थीं। कमज़ोर क्षणों में आदमी अधिक निस्सहाय हो जाता है। जो कुछ भी घट रहा था, उस पर मेरा कोई नियन्त्रण नहीं था। मैं उनके बीच ऐसे उपस्थित था, जैसे नाटक के बीच कोई अवान्छित पात्र चला आया हो। देखा जाये तो मैं नेपथ्य का पात्र भी नहीं था। इस सच को मुझे जल्द से जल्द स्वीकार कर लेना चाहिए था। मुझे उनका नाटक ख़राब करने का कोई नैतिक अधिकार था भी नहीं। जब किसी का जीवन सहज प्रवाह से चल रहा हो, तब उसमें अनाधिकार प्रवेश करना एक प्रकार की हिंसा होती है और मैं उसी हिंसा का दोषी था।

पंकज के कौंचने वाले संवादों और तटस्थ व्यवहार से मैं पहले ही घायल था। शिप्रा ने भले ही दिल दुखाने वाली कोई बात नहीं की थी, लेकिन उसका व्यवहार बेहद उदासीन रहा था। न तो वह विवाह पूर्व की प्रेमिका थी और न ही बाद की विवाहिता। बात करने के लिए एक भी संवाद शेष नहीं बचा था। मेरी उपस्थिति एक एलियन की सी थी, जिससे सारा परिवार त्रस्त था। यहाँ आने से पहले मेरे मन में जो हल्की सी आकांक्षाएँ थीं, उनका एक छोटा सा अंश भी बाक़ी नहीं रह गया था। आदमी कितने भी प्रयास क्यों न कर ले, सारी चाहतें कभी पूरी होती भी नहीं। उन्हें किनारे छोड़ना ही पड़ता है।

मैंने तुरन्त लौटना ही बेहतर समझा।

*　　　*　　　*

मैं एक बार फिर ख़ारिज कर दिया गया था। उसी रात फ्लाइट पकड़ कर मैंने वापस पूना लौटना बेहतर समझा। किसी ने एक बार भी मुझे रोकने की कोशिश नहीं की थी। मुझे लग रहा था, जैसे मैं धक्के देकर निकाल दिया गया हूँ। सिर्फ़ शिप्रा मुझे नीचे तक छोड़ने आयी थी

और मेरी कैब के चले जाने तक वहीं खड़ी रही थी। मेरी तमाम साहित्यिक उपलब्धियों का उस पर क्या असर पड़ा था, मेरे पास यह जानने का कोई तरीक़ा नहीं था। उसने मेरी किताबों को हाथ भी नहीं लगाया था, और यदि लगाया भी था, तो कम से कम मुझे तो इस बात की भनक भी नहीं पड़ने दी थी। वह मुझे कुछ करते देखना चाहती थी और अब, जब मैं शौहरत की बुलन्दी पर था, उसने फिर मुझे छिटक दिया था। मेरी सफलताएँ उसके लिए महत्त्वहीन थीं। पहली बार मेरी अपनी ही उपलब्धियाँ मेरा मुँह चिढ़ा रही थीं। मेरे लिए शिप्रा को समझ पाना स्वयं को नयी उलझनों के दायरे में डाल देने जैसा होता जा रहा था।

क्या अब भी मैं उसके लिए नाकारा ही बना हुआ था?

अपने भीतर के बीहड़ से लड़ते–लड़ते कई बार आप पत्थर हो जाते हो। आपका बाह्य भी जड़ता का शिकार हो जाता है। कुछ भी कर गुज़रने की क्षमता क्षीण होकर बीमार हो जाती है और आप जीवित होकर भी लगभग मृत से होकर रह जाते हो।

पूना लौटने के बाद मेरी मनःस्थिति भी ऐसी ही हो गयी थी। समय मानो थक कर खूँटी पर लटक गया था। बैंगलोर में उन लोगों के साथ बिताये महज दो दिन बीत कर भी बीत नहीं रहे थे। अर्थहीनता पाँव पसारे हुए बैठ गयी थी। क्यों मैंने सोशल मीडिया की मदद से शिप्रा से बात की, क्यों मैं बैंगलोर गया और सबसे बड़ा प्रश्न कि क्यों मैंने उम्मीदें बाँधी? शिप्रा उनमें से नहीं थी, जो टूटे हुए रिश्तों को फिर से संवार सके। पीछे मुड़कर देखना उसके स्वभाव में नहीं था। कुछ लोग होते हैं ऐसे, जो किसी भी क़ीमत पर न तो अपना वर्तमान ख़राब करते हैं और न ही भविष्य। प्रेक्टिकल टाइप के। वह भी कुछ ऐसी ही थी। मुझसे अलग होकर उसने अपना वर्तमान और भविष्य दोनों सुरक्षित कर लिए थे।

मेरी हताशाओं ने दिनों को लम्बा और वीरान कर दिया था। वे किसी तरह बीत तो जाते थे, लेकिन अपने पीछे भयावह सलवटें और अँधेरा छोड़ जाते थे। मैं अपने बड़े से बंगले के कमरों में यूँ ही भटका

करता था, लेकिन मेरा अधिकतर समय अपनी स्टडी में निकला करता था। चारों ओर किताबों से भरी आलमारियों के बीच मुझे अजीब–सी राहत मिला करती थी। मैं भले ही भीतर से ख़ाली रहा होऊँ, पर किताबें अपने अन्दर से भरी हुई थीं। यह स्थिति एक प्रकार से इस दुनिया से किनारा कर किसी दूसरी दुनिया में जीने जैसी थी। आप हाँफते–काँपते उस छोर को छोड़ तो देते हैं, जहाँ पीड़ा बँधी होती है, पर सच यह है कि सुकून कहीं नहीं मिलता। यह नैराश्य उस निराशा जैसा ही था, जिसे मैंने छब्बीस साल पहले शिप्रा से अलग होकर पहली बार महसूस किया था।

बैंगलोर जाने से पहले मेरे दिन सहजता से कट रहे थे। इतने साल अकेले रहते–रहते आदमी एक रुटीन ज़िन्दगी जीने का आदी हो जाता है। पर वहाँ जाकर मैंने अपना सारा चैन बिसार दिया था। बैंगलोर जाना अपने अतीत में जाना ही तो था! शिप्रा का उदासीन व्यवहार, पंकज, उसकी पत्नी और नन्हे पीयूष की तटस्थता मुझे हर समय कचोटा करती थी, जैसे मैंने उनके पास जाकर कोई भयानक अपराध कर डाला हो, जबकि मेरा उद्देश्य उन्हें और मुझे पूर्णता देना था। अपनी सहज जी रही ज़िन्दगी में मैंने ही असहजता का विष घोला था। बल्कि मैंने अपने ही नहीं, उनके जीवन में भी उथल–पुथल मचा दी थी। एक बार जो रिश्ते टूट जाते हैं, उनका पुनः जुड़ पाना कोई आसान बात नहीं होती।

मेरे दिल्ली जाने के दिन पास आते जा रहे थे। शुरू–शुरू में जो उत्साह था, उसका अब एक भी अंश शेष नहीं बचा था। बीते हुए कल की यात्रा से लौटने के बाद आने वाले कल की यात्रा पर जाने का ज़रा भी मन नहीं था। पर जाना तो था ही। उन्होंने सारे प्रोग्राम्स फाइनल कर दिये थे। अन्तिम क्षणों में मना करना अभद्रता होती। आदमी को अनेक बार अनमनेपन से भी बहुत कुछ करना पड़ता है, विशेषकर जब दूसरों की गतिविधियाँ आपसे जुड़ी हों। बुझे मन से मैंने अपना पेपर तैयार किया। मैं जानता था कि पेपर उतना अच्छा नहीं बन पाया था, जितना कि लिखा जा सकता था।

वे नवम्बर के आख़िरी सूने दिन थे। वे न तो ज़्यादा लम्बे थे, न ही छोटे। कुनकुनी धूप अपनी ऊष्मा खोकर सारा दिन पसरी रहा करती थी। हरसिंगार के जो फूल अक्टूबर के शुरू में लदने शुरू हुए थे, अब मुरझाने लगे थे। उनका सफ़ेद रंग किसी विधवा के सफ़ेद कपड़ों सा मन में उदासी भर जाता था। रातों में हल्की सी ठण्ड पड़ने लगी थी और मटमैला सा आकाश तारों को सहेजे रहता था। देर रात खरबूजे की कटी फाँक सा चाँद खिड़की से अन्दर आ जाया करता था। उसके पास भी मुझे देने के लिए सान्त्वना का एक भी रजत कण नहीं होता था। कमरे के पर्दे हवा में हिलते रहते और विन्ड चाइम्स लगातार बजती रहती थी। मन में छाया अवसाद अपनी सम्पूर्ण शक्ति के साथ ख़रोंचता रहता था। अव्यक्त ख़ामोशी में पसरे उन दिनों में यह समझ पाना कठिन था कि आख़िर मैं चाहता क्या था?

दिल्ली जाने से पहले वाली रात मैं अपने ड्रिंक्स के गिलास के साथ यूँ ही बॉलकनी में बैठा रहा। वर्तमान अपने अर्थ बिसार कर घायल पड़ा हुआ था और आने वाला कल नाउम्मीदियों के रथ पर सवार था। यदि कुछ साफ़ था तो आकाश, बिना बादलों वाला, जहाँ से बहुत सारे तारे नीचे झाँक रहे थे। इसी आकाश के नीचे बैंगलोर होगा, शिप्रा होगी, पंकज होगा, और दिल्ली भी।

इतनी ख्याति पाने के बाद भी मैं अपने अकेलेपन से निजात नहीं पा सका था। यह मेरी नियति बन गया था। लोगों के हुजूम में भी सन्नाटा बजता रहता था। मैं जानता था कि वह सन्नाटा कहीं बाहर नहीं, मेरे भीतर था, पर मैं उसका कुछ नहीं कर सकता था।

मैं उठा और दिल्ली जाने की तैयारी करने लगा। मैं नहीं जानता था कि कल दिल्ली में मेरे साथ क्या होने वाला था!

* * *

जब सुबह मैं दिल्ली एयरपोर्ट पर उतरा, वहाँ काफ़ी घना कोहरा छाया हुआ था। इस बार कोहरा कुछ जल्दी ही आ धमका था। विजिबिलिटी कम होने के कारण ही प्लेन बहुत देर तक हवा में ही

मँडराता रहा था। क्षण भर के लिए मुझे ख़्याल आया कि यदि उतरते समय प्लेन क्रेश हो जाये, तो सारा झंझट ही ख़त्म! पर प्लेन क्रेश होने से बच गया और मैं मरने से! आप जो चाहें, तुरन्त मिल जाये, ऐसा भला कहीं होता है!

अपने ख़्याल के मनहूस होने के बावजूद भी मैं मुस्कराये बिना नहीं रह सका। गहरे अवसाद की स्थिति में हमें प्रायः ऐसे ऊलजलूल ख़्याल आते रहते हैं, जिनका कोई अर्थ नहीं होता, जो कभी–कभी एक ऐसी मुस्कराहट को जन्म देते हैं, जिसका जन्म जितना तात्कालिक होता है, उतनी ही उसकी मृत्यु भी।

आयोजकों ने मुझे लेने एयरपोर्ट पर कार भेजी थी। अलसुबह की धुँध में लिपटा मटमैला सा आलोक पाँव पसारने लगा था। मेरे सामने सुबह–सुबह की दिल्ली स्वयं को धीरे–धीरे खोलने लगी थी। हल्की ठण्ड के बावजूद भी सड़कों पर गाड़ियाँ दौड़ रही थीं, लोग जोगिंग कर रहे थे और बहुत से लोग तो अपने काम पर जाने के लिए भी निकल पड़े थे। कार की खिड़की के बाहर पसरी दिल्ली से मैं अपनी धुँधलायी आँखों के साथ मिल रहा था।

होटल का कमरा बहुत सुविधाजनक था, जैसे कि प्रायः पाँच सितारा होटल्स में हुआ करते हैं। पूना में प्लेन पकड़ने के लिए रात दो बजे ही अधूरी नींद से उठना पड़ा था, थकान भी थी, शायद इसीलिए लेटते ही नींद ने आ दबोचा था।

* * *

मोबाइल की घण्टी से मेरी आँख खुली। शायद काफ़ी देर से चीख़ रहा था। इतनी सुबह कौन हो सकता है! लेटे–लेटे ही मोबाइल उठाया। देखा, स्क्रीन पर शिप्रा का नाम चमक रहा था। पलक झपकते मेरी आँख पूरी खुल गयी। मैंने झपट कर मोबाइल कान पर लगाया, "हलो।"

"हलो, मैं शिप्रा बोल रही हूँ। कहाँ से बोल रहे हो?" उस छोर से उसका झिझका सा स्वर सुनायी दिया।

"अभी–अभी दिल्ली उतरा हूँ...क्या बात है, सब कुछ ठीक तो है न!" मैं डर गया था। कँपकँपी वाला डर, जिसने मेरी हड्डियों तक को ठण्डा कर दिया था। वह मुझे फ़ोन करेगी, इस बात की कल्पना करना भी मेरे लिए असम्भव था। मेरा डर मेरी आवाज़ पर सवार होकर उस तक पहुँच गया था।

"सब ठीक है...बात कर सकती हूँ?" उसकी आवाज़ सन्तुलित थी, कोई उतराव–चढ़ाव नहीं था और न ही वह ठण्डापन, जो बैंगलोर में मैं झेल चुका था।

"हाँ, हाँ, क्यों नहीं!" मैं बिस्तर पर ही उठकर बैठ गया था। मेरे लिए वे असम्भव क्षण थे। सारा संसार जैसे कान और उससे सटे मोबाइल के बीच झीने से अन्तराल में समा गया था।

पल भर दूसरी ओर सन्नाटा रहा। फिर उसकी आवाज़ आयी, "मैं भी दिल्ली आयी हुई हूँ। पापा बीमार थे, उन्हें देखने आना था।"

"क्या हुआ उन्हें?"

"दूसरा मेजर हार्ट अटैक है। घर तो आ गये हैं, पर बेड रेस्ट पर हैं।" वह धीरे–धीरे बोल रही थी।

"ओह!"

"अभी न्यूज पेपर में देखा कि तुम आज दिल्ली सेमिनार में आ रहे हो। सोचा, तुमसे बात कर लूँ। कोई ख़ास बात नहीं, बस, ऐसे ही।"

"क्या कर रही हो दिन में?" शिप्रा की बात सुनकर मेरा डर सहसा बह गया था, हालाँकि दिल अब भी ज़ोर–जोर से धड़क रहा था। पर अब यह धड़कन किसी डर से नहीं, शिप्रा की आवाज़ कानों के ज़रिये मन तक पहुँचने के कारण थी।

"कुछ ख़ास नहीं।" उसने कहा।

"तुम चाहो तो सेमिनार में आ सकती हो। हम मिल भी लेंगे।"

एक बार फिर उस ओर ख़ामोशी छायी रही। वे उसके निर्णय लेने के पल थे। क्षण भर के लिए मुझे लगा कि मैं शायद अति कर रहा था।

फिर उसका धीमा सा स्वर आया, "पक्का नहीं कह सकती। शायद पापा को अच्छा नहीं लगे। पर यदि आना हुआ तो मैसेज कर दूँगी।"

"एड्रेस व्हाट्सएप करता हूँ।"

"नहीं, वह पेपर में छपा हुआ है।"

"तुम आओगी, तो मुझे अच्छा लगेगा।" मैंने एक–एक शब्द पर ज़ोर देते हुए कहा।

"मैं कोशिश करती हूँ।"

कुछ पल पहले जहाँ डर था, अब वहाँ विस्मय आ बैठा था। कहीं मैं सपना तो नहीं देख रहा था? एक प्रकार का दिवास्वप्न, जो प्रायः हम जागती आँखों से देखा करते हैं। जिस प्रकार मैं अपमानित होकर बैंगलोर से लौटा था, उसके बाद न तो कभी मैंने उसे फ़ोन किया था और न ही उसने...आश्चर्य तो मुझे स्वयं पर हो रहा था कि इतना कुछ हो जाने के बाद भी मैं उससे सामान्य व्यक्ति की तरह बात कर रहा था। कहीं कोई विक्षोभ नहीं, ग़ुस्सा नहीं, दुविधा नही...

दरअसल सबसे कम हम ख़ुद को समझ पाते हैं। यदि हम बँधी–बँधाई लकीरों पर, स्पष्ट निर्देशों के अनुसार चलते रहें, तो फिर हममें और रोबोट में अन्तर ही क्या रह जायेगा! इन्सान की फितरत उसका लगातार परिवर्तनशील होना ही है। अपने को तसल्ली देने के लिए मुझे इससे बेहतर कोई तर्क सूझ भी नहीं रहा था, हालाँकि मन में सन्देह बना हुआ था कि मैं कहीं दुबारा कोई ग़लती तो नहीं करने जा रहा!

लेटे रहना असम्भव हो गया था। मैं उठा और खिड़की का पर्दा एक ओर सरका दिया। इसके साथ ही ढेर सारा उज्ज्वल आलोक अन्दर आ गया। सुबह की पहली धूप का मैंने स्वागत किया, जैसे हम किसी अपने का करते हैं। यह धूप ही थी, जिसने कोहरे का कोहराम कम कर दिया था। कुछ परिन्दे छज्जे पर आ बैठे थे। वे भी धूप का अभिनन्दन कर रहे थे। दिन उगने के साथ ही सड़क पर ट्रैफ़िक किसी तेज़ धार वाली नदी की तरह बहने लगा था!

मैंने घड़ी देखी। मुझे जाने में अभी काफ़ी समय बचा हुआ था।

*　　　　*　　　　*

पता नहीं क्यों, मन की सारी कटुता चुपचाप जैसे किसी बीहड़ में जा छुपी थी। शिप्रा के इस एक फ़ोन ने बैंगलोर की तमाम अनचाही स्मृतियाँ मानो झाड़–पोंछकर एक ओर बुहार दी थीं। हमारे सम्बन्ध बरसों पहले टूटकर बिखर गये थे और पिछले महीने एक बार फिर वही सब घटित हुआ था। विगत स्वयं को दोहरा रहा था और मैं उसे दोहराते हुए देख रहा था...मैं उन्हीं किरचों से एक बार फिर कुछ पाने की उम्मीद क्यों लगा बैठा था? आख़िर मैं चाहता क्या था? क्या एक बार फिर अपमानित होना? जब बहुत सारे प्रश्न एक साथ आ खड़े हों, तब आप उत्तर ढूँढ़ते–ढूँढ़ते भटकने लगते हैं। उत्तर नहीं ढूँढ़ पाने की असमर्थता नये प्रश्नों को जन्म देने लगती है और आप किसी और ही अपरिचित दिशा की ओर घूम जाते हैं।

यदि तरीक़े से देखा जाये तो मुझे फैन्स के किसी एक तरफ़ होना चाहिए था। या तो अपने पक्ष में, या फिर शिप्रा के पक्ष में। इन्सान तभी सुखी रह सकता है, जब वह किसी एक तयशुदा दिशा में चलता रहे, इधर–उधर न भटके। पर मैं ऐसा नहीं कर पा रहा था। मुझे लगता है, अधिकतर लोग नहीं कर पाते और क्यों नहीं कर पाते, इस प्रश्न का कोई मुकम्मल उत्तर किसी के पास नहीं होता।

दुविधा में डूबी मनःस्थिति भी अजीब होती है। अनिर्णय के क्षणों में आप इधर से उधर और उधर से इधर डोलते रहते हैं, अतीत, वर्तमान, भविष्य और फिर भविष्य, वर्तमान, अतीत। हासिल कुछ होता नहीं। बल्कि आप एक उलझन से दूसरी के दायरे में घूमने लगते हैं। परिस्थितियाँ अपना खेल खेलती रहती हैं और आप उनकी जकड़न से ख़ुद को मुक्त भी नहीं कर सकते।

मेरे तैयार होने तक मुझे लेने कार आ गयी थी।

*　　　　*　　　　*

जब मैं अपने उद्‌बोधन के लिए डायस पर पहुँचा, तब मैंने शिप्रा को

पहली बार देखा। उसे आते हुए मैंने नहीं देखा था। वह सेमिनार रूम के सबसे पीछे बैठी थी, गहरे नीले रंग की साड़ी में, बिना सिर पर पल्ला किये। उसके घने बालों ने, जिन्हें उसने काला रंग रखा था, उसके कानों को ढक रखा था। मुझे याद आया कि विवाह के पहले मैंने इन्हीं बालों पर एक नौसिखिये सी कविता लिखी थी। उसकी आँखों पर चश्मा चढ़ा हुआ था, जिसे मैं बैंगलोर में भी देख चुका था।

मुझे हल्की सी उम्मीद थी कि वह आयेगी, पर ज़्यादा नहीं। उसने जिस तरह अपने पापा के बुरा मानने की बात कही थी, उसे याद करके तो मुझे उसका आना सन्दिग्ध लग रहा था। पर वह आयी थी और पीछे एक कोने में अकेली बैठी हुई थी...अपने सामने श्रोताओं में उसे देखकर एक बार तो मैं हड़बड़ा ही गया था। यह अवसर पहली बार आया था, जब मुझे उसके सामने डायस पर खड़े होकर बोलना था। पर शीघ्र ही मैंने स्वयं को सम्भाल लिया। मेरे अन्दर रहने वाला दूसरा 'मैं' तुरन्त जाग गया था और वह नहीं चाहता था कि उसके सामने मुझे एक बार फिर अपमानित होना पड़े। यह वह 'मैं' था, जिसके कारण हम अलग हुए थे, भीड़ से अलग वाला 'मैं', विशेष और काफ़ी हद तक सफल भी! वही "मैं" चाहता था कि मैं उसे अपने सम्भाषण से न सिर्फ़ प्रभावित करूँ, बल्कि उपस्थिति दर्शकों की तालियों का भी उस पर अच्छा प्रभाव पड़े। इत्तफाक से मैं इस काम में माहिर था भी। बल्कि सच तो यह है कि मुझे बस एक यही काम आता था। पिछले छब्बीस सालों का एक यही तो हासिल था!

मैं लगभग पौन घण्टे धारा प्रवाह बोलता रहा। बार–बार तालियाँ बजती रहीं। बीच–बीच में मैं उसे भी देख लिया करता था। वह भी एकाग्र होकर मुझे सुन रही थी। तमाम उम्र उसने अंग्रेज़ी साहित्य पढ़ाया था, इसलिए मेरी बातें उसे समझ में नहीं आ रही हों, इस बात का तो प्रश्न ही नहीं उठता था। पर साहित्य पढ़ाना और रचना दो अलग–अलग बातें होती हैं। मुझे याद नहीं कि अंग्रेज़ी साहित्य

की प्राध्यापिका होने के बाद भी कभी उसने एक पंक्ति भी लिखी हो। साहित्य पढ़ाना उसकी आर्थिक मज़बूरी से अधिक कुछ नहीं था।

डायस से हटने के बाद भी मेरे चाहने वाले मुझे और बोलने का आग्रह करते रहे, पर एक बार मैं जो लौटा, तो फिर दुबारा जाने का नाम नहीं लिया। दरअसल मेरा सारा ध्यान शिप्रा पर लगा हुआ था, जो गहरे नीले रंग की साड़ी पहने हुए थी और लगातार मुझे देखे जा रही थी। मुझे हल्का–सा डर भी लगा कि कार्यक्रम समाप्त होते ही कहीं वह मुझसे बिना मिले ही न चली जाये! हालाँकि मैं यह भी जानता था कि मेरा यह डर कितना बेमानी था। पर आप किसी ख़्याल को आने से रोक नहीं सकते।

कार्यक्रम से निवृत्त होकर मैं उसकी ओर बढ़ा। मेरे हाथ प्रशस्ति पत्र, किताबें, बुके जैसी चीज़ों से लदे हुए थे। मुझे बीच में ही रुकना पड़ा क्योंकि कुछ लड़के–लड़कियाँ मेरा ऑटोग्राफ लेना चाहते थे। मैंने अपना सामान एक कुर्सी पर रखा और उन्हें ऑटोग्राफ देने लगा। कुछ प्रशंसक हाथ मिला रहे थे। मैंने मुस्कराकर कनखियों से शिप्रा की ओर देखा। वह चुपचाप एक कोने में खड़ी मुझे ही देख रही थी। सफलता का महत्त्व तब कुछ ज़्यादा ही बढ़ जाता है, तब कोई अपना साथ हो। यूँ तो बरसों पहले ही हम अलग हो चुके थे, पर एक कमज़ोर डोर ने हमें अब तक बाँधे रखा था। यह स्वीकार करने में मुझे कोई संकोच नहीं कि मेरी मुस्कान में कुछ न कुछ गर्व का भाव अवश्य रहा होगा। आदमी अपनी कमज़ोरियों का शिकार हो न हो, गर्व का शिकार ज़रूर हो जाता है।

जब मैं उसके पास पहुँचा, उसने मुस्कराकर मेरे हाथों से कुछ सामान ले लिया। वह सहज लग रही थी। आश्चर्य की बात तो यह थी कि लग ऐसा रहा था, मानो हम कल ही मिले हों, जैसे कभी कुछ ग़लत नहीं हुआ हो, जैसे गुज़रे हुए कल की तमाम घटनाएँ झूठी हो! क्या वह सचमुच उन्हें पीछे छोड़कर वहाँ आयी थी! सहजता इतनी अधिक थी कि क्षण भर के लिए मैं आतंकित सा हो गया था।

"तुम यहाँ कब पहुँची?" यह मेरा पहला प्रश्न था।

"तुम्हारा प्रोग्राम शुरू होने ही वाला था। मैंने तुम्हें डायस पर बैठे देख लिया था।" वह ठीक मेरे सामने खड़ी हुई थी, मेरा कुछ सामान थामे हुए। उसका सिर मेरे कन्धे के नीचे तक ही आ पाता था। जब वह बहुत पास होती थी, तब उसके बालों की गन्ध मेरे नथुनों में भरने लगती थी।

"मैंने कभी नहीं सोचा था कि हम किसी तीसरे शहर में मिलेंगे।" मैंने कहा। यह सच भी था। मैं उसे भोपाल से जोड़कर जानता था। वह भोपाल में बसती थी और भोपाल उसमें। बैंगलोर में उससे मिलना कोई मिलना नहीं था। और रही बात दिल्ली की, तो इस शहर में उसके मिलने की कोई सम्भावना नहीं थी। मैं नहीं जानता था कि यहाँ उससे मिलना कैसा अनुभव होगा! नये शहर में जाने–पहचाने लोग भी अपरिचित हो जाते हैं और उन्हें नये सिरे से समझना पड़ता है।

वह मुस्करा दी। जब वह मन से मुस्कराती थी, तब उसके साथ उसकी आँखें भी मुस्कराने लगती थीं। अपने चश्मे के पीछे से वह मुझे देख रही थी। उसकी बॉडी लैंग्वेज में मुझे एक प्रकार की लापरवाही नज़र आयी, एक प्रकार की तसल्ली, जो उसे उस परिचित चेहरे से अलग कर रही थी, जिसे मैं जानता था। पहली बार मुझे अहसास हुआ कि वह अपनी यातनाओं की गठरी पीछे छोड़कर आयी थी।

पर तुरन्त ही मैंने अपनी सोच को एक ओर सरका दिया। मैं पूरा–पूरा उसके साथ होना चाहता था, देह से भी और विचारों से भी।

"यदि तुम जल्दी में नहीं हो, तो मैं यहाँ पास ही ठहरा हुआ हूँ। हम वहाँ चलकर बात कर सकते हैं।" मैं जल्दी से बोला। मुझे डर था कि कहीं मैं फिर अपनी वही पुरानी नकारात्मक सोच की ज़द में न आ जाऊँ।

वह अपनी सोच के मुहाने पर ठिठक गयी थी, जैसे कोई पहेली हल करनी हो, "वहाँ नही...कहीं और।"

"तो फिर हम यहीं कैन्टीन में चाय पी सकते है...या फिर तुम जैसा चाहो।" मैंने उसके असमंजस को बुहारते हुए कहा।

इस बार वह झिझकी नहीं, "ठीक है, कैन्टीन चलते हैं।"

हम सेमिनार रूम के लम्बे गलियारे में चल रहे थे। वह मेरे साथ थी और मैं उसका साथ होना बहुत गहरे तक महसूस कर रहा था। चमत्कार घटित हो रहा था और मैं उसका गवाह बना हुआ था...हमें उन लोगों से बचते हुए चलना पड़ रहा था, जो सेमिनार अटेन्ड करने आये हुए थे...वे लोग मेरे प्रशंसक थे, मुझसे बात करना चाहते थे, मुझे अपनी किताबें भेंट करना चाहते थे, लेकिन मैं सबको टाल रहा था।

गलियारे के अन्त में सीढ़ियाँ थीं, जो नीचे बेसमेन्ट में कैन्टीन तक जाती थीं। हम सीढ़ियाँ उतरने लगे। मैं एक लम्बे अरसे बाद उसके साथ यूँ सीढ़ियाँ उतर रहा था। सहसा मुझे याद आया कि उन दिनों यूनिवर्सिटी लाइब्रेरी की सीढ़ियाँ उतरते हुए कई बार वह मेरा हाथ पकड़ लिया करती थी...बीते हुए कल के बहुत सारे पल हमारे पीछे–पीछे चुपचाप चले आये थे। मैंने उन्हें आने दिया। वे अपनी कड़वाहटें अपने साथ लाना भूल गये थे।

मेरे बहुत से परिचित हमें देख रहे थे। नीली साड़ी वाली यह महिला कौन है? उनकी आँखों की उत्सुकता कोई भी पढ़ सकता था। मैंने उनकी ओर ध्यान नहीं दिया। वे उत्सुकताएँ इसके लिए बनी भी नहीं थी, लेकिन शायद शिप्रा असहज हो गयी थी।

मुझे सहसा उन क्षणों पर विश्वास नहीं हो रहा था। वे असम्भव क्षण थे, जो अनायास ही हमारे बीच चले आये थे। हो सकता है कि उन क्षणों का कोई भविष्य न हो, पर मैं केवल वर्तमान का होकर रह गया था। तात्कालिकता का अपना सौन्दर्य होता है, यदि वह अपने आगत और विगत से तटस्थ हो!

"कहीं मैं सपना तो नहीं देख रहा?" आख़िरकार मैंने कह ही दिया। सीढ़ियाँ उतरकर हम एक–दूसरे गलियारे में चल रहे थे, जो केन्टीन में जाकर समाप्त होता था।

"क्यों?"

"मैंने नहीं सोचा था कि इस जन्म में हम फिर मिलेंगे।"

वह एक बार फिर मुस्करा दी, "च्यूँटी काट कर देख लो।"

मैं हँस पड़ा, "किसके? तुम्हारे या मेरे?"

"संशय तुम्हें हुआ है...अपनी काटो।"

पल भर मैं चुप रहा, फिर बोला, "नहीं, मैं अपने को च्यूँटी नहीं काट सकता। क्योंकि अगर यह सच है, तो ख़ूबसूरत सच है और मैं इसे जीवित रखना चाहूँगा। लेकिन अगर सपना है, तो टूट जायेगा और मैं इस सपने को तोड़ना नहीं चाहता।"

इस बार वह ज़ोर से हँस दी, "तुम तो मुझसे भी कविता में बात करने लगे!"

"इस जीवन की यही तो एक कमाई है!"

यह वह शिप्रा नहीं थी, असम्पृक्त और हमले को तैयार, जिससे मिलने की सुबह मैं आशा कर रहा था। वह न तो भोपाल वाली शिप्रा थी और न ही बैंगलोर वाली। वह कुछ अलग ही दिखायी दे रही थी, कुछ खुली हुई सी, कुछ निश्चिन्त। जैसे उसने अपने वे कपड़े उतार फेंके हों, जिन्हें मैं देखने का आदी था। न तो उसमें भोपाल वाली क्रूरता थी और न ही बैंगलोर वाली तटस्थता। हो सकता है कि वह सायास स्वयं को अनुशासन में बाँधकर रख रही हो। मेरे लिए वे दुविधा में डूबे क्षण थे...जैसे आप किसी को जानते हों, पर जब मिलो तो लगे कि यह वह इन्सान नहीं है जिसे आप जानते थे।

कहीं अवचेतन में यह असमंजस भी उठ खड़ा हुआ था कि आख़िर वह मुझसे मिलना क्यों चाहती थी? मैं बैंगलोर की घटना भूला नहीं था। मुझे वहाँ न सिर्फ़ अपमानित होना पड़ा था, बल्कि एक दिन पहले पूना लौटना भी पड़ा था...पर मैं अपनी ओर से कोई उतावली ज़ाहिर नहीं करना चाहता था। सब कुछ धीरे–धीरे सहज भाव से सामने आये, तभी ठीक रहता है। मैंने उसे उचित स्पेस देना ठीक समझा। यदि वह समय लेना चाहेगी, तो भले ही ले, मैं उसे रोकूँगा नहीं।

कैन्टीन में ज़्यादा भीड़ नहीं थी। इत्तफाकन हमें कोने वाली एक जगह ख़ाली मिल गयी। हम आमने सामने बैठ गये थे।

मुझे याद आया विवाह से पहले उसे रेस्टोरॉं में हमेशा खिड़की के पास कोने वाली टेबिल पर बैठना ही अच्छा लगता था। 'यहाँ बैठकर तुम एक साथ अन्दर और बाहर दोनों जगह हो सकते हो'—वह कहा करती थी। मैं उसे सुनता और हँसता रहता था। आज वह दिन बहुत दूर की बात लगता है।

"और तुम कैसे हो?" उसने बैठते ही पूछा। अपनी नीली साड़ी उसने चारों ओर कस रखी थी। दिल्ली में नवम्बर के महीने में कभी–कभी कोहरे के साथ हल्की ठण्ड भी पड़नी शुरू हो जाती है। इस बार सर्दियाँ जल्दी आयेंगी, मैंने सोचा।

"चश्मा कब से लगाने लगी?" उसकी बात अनसुनी करते हुए मैंने पूछा। मेरी निगाहें उसी पर लगी हुई थीं।

"क्यों? क्या बैंगलोर में नहीं देखा था?"

"देखा था, पर यह पूछा नहीं था।"

"कॉलेज में थी, तभी से...दूर का है।" उसने चश्मा उतारते हुए पूछा, "और तुम?"

"हो गये होंगे पन्द्रह बीस साल। मेरा तो दूर और पास दोनों का है।" मैंने कहा।

पल भर हम चुप रहे। मैंने उसे देखा, वह मुझे ही देख रही थी।

"घर पर सब ठीक तो हैं न!" मैंने पूछा।

"हाँ।"

"तुम्हारे पापा को क्या हुआ?" मैंने पूछा। सहसा मुझे ध्यान आया कि जब मैं बैंगलोर गया था, तब मैंने उसके माता–पिता के विषय में ज़्यादा बात नहीं की थी। तब मेरा ध्यान शिप्रा के साथ–साथ पंकज, अंकिता और पीयूष पर ही केन्द्रित रहा था। उनके अवहेलना भरे व्यवहार ने कुछ और सोचने का अवकाश दिया भी नहीं था। तब तो स्वयं को वर्तमान के हवाले करके अपने अतीत को पुराने सामान की तरह कोने में धकेल दिया था।

तभी वेटर चाय रख गया। शिप्रा गर्म चाय से उड़ती हुई भाप को कुछ देर देखती रही। फिर उसने एक घूँट भरी और अपने परिवार के

विषय में बताने लगी। दोनों भाई इंजीनियरिंग करने के बाद विदेश चले गये थे, वहीं उन्होंने शादियाँ कीं और पिता अपने प्रमोशन के बाद दिल्ली आ गये थे। अपने रिटायरमेन्ट के बाद भी उन्होंने दिल्ली में ही रहने का निर्णय लिया था। पिता की ही तरह उसकी माँ भी बीमार रहने लगी थीं।

मुझे उन दिनों पर आश्चर्य हुआ, जब हर शाम मैं शिप्रा के पिता से मिलने उनके घर जाया करता था। छत पर हम पता नहीं क्या–क्या बहस किया करते थे! शिप्रा अपनी झिड़कती आँखों से प्रायः मुझे मना किया करती थी...लौटते समय दीवार पर लगी शिप्रा की बड़ी सी तस्वीर देखना मैं कभी नहीं भूलता था...आज तो शायद वे मेरा चेहरा देखना भी पसन्द नहीं करें!

मुझे शिप्रा के परिवार के विषय में ज़्यादा कुछ जानने में कोई विशेष दिलचस्पी नहीं थी। क्या जानना चाहिए और क्या नहीं, इसकी कोई बनी बनायी मुकम्मल तस्वीर मेरे मन में थी भी नहीं। जो कुछ वह मुझे बता रही थी, वो उन डाक्यूमेन्ट्री फ़िल्मों की तरह था, जिन्हें प्रायः मुख्य फ़िल्म से पहले दिखाया जाता है। उन्हें देखना दर्शक की मज़बूरी होती है। शिप्रा के विगत को सुनना मेरी ठीक ऐसी ही मज़बूरी थी, ताकि मैं वर्तमान से साक्षात्कार कर सकूँ। मेरी दिलचस्पी सिर्फ़ शिप्रा में थी।

"तुम्हारे पापा के बारे में जानकर दुःख हुआ। तुम उन्हें अपने साथ बैंगलोर क्यों नहीं ले जाती?" मैंने पूछा।

"वे चलना ही नहीं चाहते! अब दिल्ली ही उन्हें अपना घर लगता है।"

"ऐसा हो जाता है। एक जगह रहते–रहते हम उस जगह के आदी हो जाते हैं, वहाँ के मोहपाश में बँध जाते हैं। हमें लगता है कि यदि हम उस जगह को छोड़कर चले गये, तो हमारा भी बहुत कुछ वहीं छूट जायेगा..." मैंने शिप्रा की बात अपनी तरह से कही।

कुछ कहने से पहले वह रुकी रही। वह रुकना, कुछ सोचने जैसा नहीं था, बस, पल भर के लिए ठिठक जाना भर था,

जैसे पीछे से किसी ने आवाज़ दी हो...पर कोई आवाज़ देने वाला नहीं होता, कई बार हम ख़ुद ही अपने को पुकारने लगते हैं।

फिर वह बोली, "क्या तुमने यही सोचकर पूना नहीं छोड़ा?"

"मेरी बात अलग है...शहर बदलने का ख़्याल मुझे कभी आया ही नहीं।" मैं मुस्कराया, "अपने पिता का घर छोड़कर जाता भी तो कहाँ जाता! कुछ लोग अभिशप्त होते हैं, सिर्फ़ एक शहर में रहने के लिए ही नहीं, अकेले जीने के लिए भी...मैं उनमें से एक हूँ।"

"मैं सोचती हूँ, शहर बदलने से कुछ नहीं होता। पुराना शहर साथ चला आता है...मुझे ही देखो, क्या मैं भोपाल छोड सकी? शायद नहीं। यह बात अलग है कि भोपाल ने मुझे छोड़ दिया।" अपने प्रश्न का उसने स्वयं ही उत्तर भी दे दिया था। कुछ प्रश्न अपने उत्तर साथ लेकर पैदा होते हैं। सहसा मुझे याद आया, उसने कहा था कि अब भोपाल से किसी का फ़ोन भी नहीं आता।

रह–रहकर मेरा ध्यान भी भोपाल पर अटक जाता था। यही वह शहर था, जहाँ मैं शिप्रा से पहली बार मिला था, उससे प्रेम हुआ था और विवाह भी...और यह वह शहर भी था, जहाँ हमारे विवाह की दुःखद परिणीति तीन साल बाद अलग होकर हुई थी।

मैंने शेष चाय एक ही घूँट में ख़त्म कर दी और दो और चाय का ऑर्डर दिया। शिप्रा चुपचाप मुझे ही देख रही थी। इतनी तसल्ली से उसने मुझे बैंगलोर में एक बार भी नहीं देखा था। शायद पंकज और अंकिता की उपस्थिती में वह सामान्य नहीं हो पायी थी। मुझे वह एक़दम सहज सी महसूस हो रही थी। लग रहा था, जैसे उसे जाने की कोई जल्दी भी न हो।

"अरे लो! बातों ही बातों में मैं तुम्हें इतने सुन्दर उद्‌बोधन के लिए बधाई देना तो भूल ही गयी!" सहसा उसने कहा। यह बात बदलने का संकेत था।

"तुम्हारा आना किसी भी बधाई से बड़ा है।" मैंने कहा।

"तुम बहुत कम बोले। लोग कितना चाहते थे कि तुम और बोलो।"

मैं धीरे से मुस्करा दिया, "बोलता कैसे! जुबान थी कहाँ! तुम्हें देखने के बाद मेरा सारा शरीर आँख में बदल चुका था।"

इस बार वह धीरे से हँस दी। उसकी आँखें भी हँस पड़ी थीं। मैं इस हँसी को पहचानता था। यह उसकी पुरानी हँसी थी। विवाह से पहले यही हँसी उसका वैभव हुआ करती थी। जिस दिन वह काँच की चूड़ियाँ पहने हुए होती थी, उसकी हँसी उन ध्वनियों से मिलकर मैटेलिक हो जाया करती थी। मैं उस ध्वनि को चुरा लाया करता था।

थोड़ी देर हम चुप बैठे रहे। अजीब था यह महसूस करना कि हम चुप थे, पर संवाद अनवरत जारी थे। शायद मन में चल रहे संवादों के अतिरेक ने उन्हें ख़ामोशी में बदल दिया था। हम दोनों के चेहरों पर मुस्कराहट चस्पा थी, एक सच्ची, निर्मल मुस्कराहट, जो अपने सच होने का प्रमाण नहीं माँगती।

वेटर चाय रख गया था।

"जानते हो, एक बार मैं पूना आयी थी।" थोड़ी देर बाद उसका फुसफुसाता सा स्वर मेरी ओर लुढ़क कर आया।

मैं आश्चर्य से उसे देखता रहा। वह मेरे शहर आयी थी और मुझे पता तक नहीं चल सका था!

"कब?"

गर्म चाय की उसने एक बड़ी घूँट भरी, "इसी जुलाई की बात है। तुम्हारे बैंगलोर आने से कुछ ही महीने पहले ही। पंकज को वहाँ ऑफ़िस का कुछ काम था। अंकिता और पीयूष भी साथ थे।"

"जब मैं तुम्हारे पास बैंगलोर आया था, तब तुमने नहीं बताया।"

"मौक़ा ही नहीं मिला...देखा नहीं तुमने, पंकज और अंकिता कितने टेन्शन में थे। तुमसे ढंग से बात तक तो कर नहीं पा रही थी।"

शिप्रा का यह वाक्य मेरे लिए सान्त्वना की उमड़ती नदी बनकर आया था। उसके इस वाक्य ने सहसा मेरे भीतर का सारा आक्रोश धो डाला था। मन किसी पहाड़ी झरने सा निर्मल हो गया था, "काश! मुझे पता होता, तो हम मिल पाते!"

"पर कैसे मिलते, न तो मेरे पास तुम्हारे घर का पता था और न ही कोई फ़ोन नम्बर।"

"पर मुझे यह जानकर अच्छा लग रहा है कि तब तुमने मेरे बारे में कम से कम सोचा तो था! यह क्या कम बड़ी बात है!" मैंने कहा, "पंकज और अंकिता तो कभी जान भी नहीं पायेंगे कि उस दिन तुम्हारे मन में क्या चल रहा था!"

"जान सकते ही नहीं थे। इन फैक्ट, पंकज को तो याद भी नहीं रहा होगा कि तुम पूना में रहते हो।"

"क्या उसे पता था?"

"हाँ, सालों पहले, शायद दस–पन्द्रह साल पहले एक बार इस बारे में बात हुई थी...वह भी बिल्कुल महत्त्वहीन तरीक़े से। सम्भव है वह भूल गया हो।" उसकी आवाज़ बिल्कुल शान्त थी, जैसे जब हवा नहीं चल रही होती थी, तब पेड़ निश्चल खड़े रहते हैं।

मैं उसे सुन रहा था। मुझे विश्वास नहीं हो रहा था कि यह वही शिप्रा है, जिसने अभी कुछ दिन पहले ही मुझे अपने घर से अपमानित कर बाहर निकाल दिया था...यूँ देखा जाये तो शिप्रा ने ऐसा कुछ ख़ास नहीं कहा था, लेकिन उसके बिना कहे ही मैं अब जान गया था कि वह निकाला जाना पंकज और अंकिता के कारण था, उसके अपने कारण नहीं। यह एक बड़ा सच था, जो अनायास ही मेरे सामने उद्घाटित हो गया था। पल भर के लिए मुझे भ्रम हुआ कि मैं कहीं किसी स्वप्न में तो नहीं चला आया था! वैसे भी यदि देखा जाये तो स्वप्न और वास्तविकता में बहुत झीना सा अन्तर होता है। कभी–कभी तो हम जान ही नहीं पाते कि कब स्वप्न ख़त्म हुआ और कब वास्तविकता शुरू! कहीं मैं इन दोनों के बीच तो उलझा हुआ नहीं था!

मैं मुस्कराये बिना नहीं रह सका था।

कुछ देर हम चुपचाप चाय पीते रहै। उस दोपहर के साथ अनेक पुरानी दोपहरें भी हमारे बीच आ बैठी थीं। बीता हुआ कल एक जीवित कथा थी, भले ही किसी ने उसे शब्द नहीं दिये हों,

पर वह थी, अपनी सम्पूर्ण धड़कनों के साथ हममें जीवित थी। अनायास ही हम अपने को अतीत के हवाले कर चुके थे। साथ घिसटता आज अपने तमाम सन्देहों के साथ अतीत को देख रहा था।

फिर मैंने ही पूछा, "तुम कब तक हो यहाँ?"

"अभी कुछ दिन तो और हूँ...और तुम?"

"मेरी तो कल रात की ही रिटर्न फ्लाइट है।"

"ओह!"

यह वह सीमा रेखा थी, जहाँ पहुँचकर मैं ठिठक गया था। यदि मैं चाहता तो अपना लौटना स्थगित कर सकता था और हम फिर मिल सकते थे। पर मुझे डर था कि कहीं पुराने प्रकरण उभर आये, तो फिर अपमानित होना पड़ सकता है। मैं कैसे भूल सकता था कि बैंगलोर में भले ही पंकज ने मुझे स्वीकार नहीं किया था, पर शिप्रा ने भी मुझे रोकने का कोई प्रयास नहीं किया था...किसी चोट खाये परिन्दे का जीवन उसके न उड़ पाने के अक्षमता के कारण अकारथ हो जाता है। वह प्रतीक्षा करता है अपने ठीक होने की, ताकि फिर उड़ सके और उड़ते हुए वे सारी सावधानियाँ बरतता है, ताकि उसे फिर से चोट न लगे। मैं भी फिर से आहत नहीं होना चाहता था।

काफ़ी देर तक हममें से कोई नहीं बोला। सम्भवतः वह भी ऐसे ही किसी असमंजस में उलझी होगी। शान्त जल के भीतर की हलचल का अनुमान लगा पाना कोई सहज काम नहीं होता। किसी कमज़ोर–सी तरंग या पानी के छोटे–छोटे बुलबुलों से भीतर की उथल–पुथल का हल्का–सा अन्दाज़ अवश्य लगाया जा सकता है।

"मुझे कहने का हक़ तो नहीं, लेकिन फिर भी कह रही हूँ...जब तुम बैंगलोर आये थे, तब एक दिन पहले ही तुम्हें वहाँ से लौटना पड़ा था। क्या वह एक दिन अब तुम लौटा सकते हो? मेरे लिए...प्लीज।"

"शिप्रा..."

"मैं तुम्हारी मनःस्थिति समझ सकती हूँ। तुम्हारी जगह अगर मैं होती, तो शायद मिलने भी नहीं आती। बैंगलोर में तुमने बहुत ह्यूमिलिएटेड' फील किया था, यह बात मैं जानती हूँ...मैं नहीं चाहती थी

कि ऐसा हो, पर बेटा तुम्हें स्वीकार करने के लिए कतई तैयार नहीं था। उसका मन रखने के लिए मुझे भी तुमसे दूरी बना कर रखनी पड़ी थी।"

"पंकज की नाराज़गी मुझे समझ में आती है, पर तुम? तुमने एक बार भी नहीं सोचा कि मुझ पर क्या बीती होगी?"

"नहीं सोचा होता तो क्या ममा–पापा से छिपकर तुमसे मिलने आज यहाँ आती? तुम्हें तो पता भी नहीं कि ममा–पापा तुम्हें कितना नापसन्द करने लगे हैं! पर मुझे तुमसे मिलना था...बैंगलोर की बात अलग थी। वहाँ मैं पंकज और अंकिता को नाराज़ करना अफोर्ड नहीं कर सकती थी।" उसने कहा। उसके स्वरों में कोई उतार–चढ़ाव नहीं था, वे किसी शान्त, समतल नदी से बहकर मुझ तक पहुँचे थे।

इस बार चकित होने की बारी मेरी थी। आदमी जब किसी उत्तर विशेष की अपेक्षा न करे, पर फिर भी वही उत्तर उसके सामने आ खड़ा हो, तो वह लगभग बौरा ही जाता है...मैं औचक उसे देखे जा रहा था, जैसे वह कोई अजूबा हो। शायद उसे मेरी मनःस्थिति का अनुमान हो गया था। अपने बिखरे मन को समेटने के लिए उसने चाय की एक बड़ी सी घूँट भरी।

मेरी चाय ख़त्म हो गयी थी और मैं गिलास की सतह पर यूँ ही अपनी अँगुली घुमा रहा था। मेरा भय लौट आया था। मैंने आहिस्ता से कहा, "शिप्रा, बहुत मुश्किल से मैं अपने में लौटा हूँ। मुझे डर है कि कहीं मैं फिर न उलझ जाऊँ।"

"मैं कोई जबरदस्ती नहीं कर रही, निर्णय तो तुम्हारा ही होगा।"

"बुरा मत मानना शिप्रा, पर मुझे सोचने के लिए थोड़ा समय दो। जल्दी ही मैं तुम्हें बताता हूँ।" मैंने कहा, हालाँकि कहने के बाद मुझे लगा कि इतनी बचकानी बात कहने की मुझे आवश्यकता क्या थी!

"ठीक है, पर फ़ोन मत करना मुझे। बस मिस कॉल दे देना। फिर जब मुझे अवसर मिलेगा, मैं बात कर लूँगी।" वह आश्वस्त लग रही थी, पर वह उठी नहीं। वहीं बैठी रही, जैसे उस दृश्य के संवाद अभी शेष हों।

पर केवल संवाद ही नहीं, और भी बहुत कुछ शेष था। हम शेष हो चले दो लोगों के बीच यदि कुछ शेष बचा रह गया था, तो वह था हमारा अपना अपना वीरान समय, जो हमने अलग–अलग बिताया था। पहली बार महसूस हुआ कि समय भी कटकर मेरा–तुम्हारा हो जाता है, मेरा समय, तुम्हारा समय, और बीच में पसरा हुआ अथाह शून्य समय, जो अलग–अलग बँटे समय को जुड़ने नहीं देता, जिसकी कोई परिधि नहीं होती, वह निस्सीम होता है।

कैन्टीन में बहुत से लोग आ गये थे...पर बढ़ते शोर के बावजूद भी हम एक–दूसरे को सुन पा रहे थे। हमारी आवाज़ें मरती नहीं थीं, उनमें इतनी ताक़त होती थी कि वे एक–दूसरे के कानों तक पहुँच सकें। शायद वह हमारी आवाज़ों की ताक़त नहीं, बल्कि हमारे एक–दूसरे में डूबे रहक़र सुनने की ताक़त थी।

"बाहर चलें?" मैंने पूछा।

उसने सिर हिलाया और हम सीढ़ियाँ चढ़कर ऊपर लॉन्ज में आ गये। वहाँ पहुँचते ही कुछ लोगों ने मुझे फिर घेर लिया था। उनके हाथों में मेरी किताबें थीं, जिन पर वे मेरे ऑटोग्राफ लेना चाहते थे। मैंने देखा कि शिप्रा एक कोने में खड़ी चुपचाप मुझे देख रही थी। उसकी आँखों में कौतूहल था, जिसे मैंने पहले कभी नहीं देखा था।

क्या पहली बार मैं जीत गया था?

* * *

लेकिन जीत–हार की बात सोचने का कोई विशेष अर्थ नहीं था, क्योंकि वहाँ कोई युद्ध की स्थिति तो थी नहीं, हालाँकि मैं उसका स्वभाव अच्छी तरह जानता था। वह कब किस बात पर बिफर पड़ेगी, इस बात का पता तो उसे स्वयं भी नहीं होता था। किसी भी अनचाही बात के कारण उसकी मनःस्थिति बिगड़ सकती थी। और तब अवान्छित बहस की सम्भावना से इन्कार भी नहीं किया जा सकता था। रही मेरी बात, तो मैं ख़ुद को यथासम्भव सहज बनाये हुआ था और ऐसी कोई बात नहीं करना चाहता था, जो मुश्किल से मिले उन सौहार्द्ध के क्षणों को नष्ट कर दे।

पर वह हमारी दोपहर थी, हम दोनों की साझी दोपहर, और सौहार्द्ध हमारा तीसरा साथी बनकर हमारे साथ चल रहा था। उसने एक हाथ से मुझे और दूसरे हाथ से शिप्रा को थाम रखा था। पिछले महीने ऐसे ही किसी क्षण की अनेक सम्भावनाएँ सँजोए मैं बैंगलोर गया था...लेकिन वहाँ इसने मिलने से मना कर दिया था...वह आया, पर उसने आने में सचमुच बड़ी देर कर दी थी।

कैन्टीन से ऊपर आते ही मैं अपने चाहने वालों के हुजूम से घिर गया था। मैं शिप्रा को बार--बार देख लिया करता था, जो गहरे नीले रंग की साड़ी में लिपटी इस उम्र में भी आकर्षक लग रही थी। वह मुझसे कुछ दूर अकेली खड़ी हुई थी और उसकी निगाहें मुझ पर लगी हुई थीं। उसने अपने हाथों में मेरा सामान पकड़ रखा था। अब तक इतना तो मैं जान ही गया था कि उसने अपने तमाम अनिश्चयों को झाड़ पौंछकर मन को साफ़ कर रखा था...

क्या वह सुख था? क्या सुख बिना दस्तक दिये आया था? हाँ, वे सचमुच सुख के क्षण थे। वह सुख शिप्रा के अचानक बहुत पास आ जाने का मीठा अहसास था...अपनी असहमतियों के बावजूद भी हम सहसा बहुत क़रीब आ गये थे। हुआ कुछ भी ख़ास नहीं था, जिस पर अँगुली रखी जा सके...न मैंने कुछ कहा था, न उसने। पर उन पलों ने पिछले छब्बीस सालों के विषाद को बुहार दिया था। कितनी अजीब बात है! कई बार संवाद आपकी कोई मदद नहीं करते, पर उनके पीछे छिपा मौन सुख बो जाता है!

प्रशंसकों से मुक्ति पाकर मैं सीधा शिप्रा की ओर गया। उसके चेहरे पर मुस्कान थी, सहज स्मित सी। मैं इसे भी पहचानता था। विवाह से पहले इसी मुस्कान ने मुझे अपने मोहपाश में बाँध लिया था।

"सौरी, तुम्हें इन्तज़ार करना पड़ा।"

"नहीं, कोई बात नहीं...बहुत पोपुलर हो गये हो!"

पता नहीं यह प्रतिक्रिया थी कि प्रश्न, या दोनों ही, पर उत्तर देने के बजाय मैंने मुस्कराकर चुप रह जाना ही ठीक समझा, "चलें?"

"कहाँ चलेंगे?"

"जहाँ तुम चाहो..."

कुछ देर वह चुप रही, फिर उसने पूछा, "क्या अगला सेशन तुम्हें अटेंड नहीं करना?"

"नहीं, अब कल सुबह के सेशन में आना है, फिर वेलेडिक्ट्री। फिर रात की फ्लाइट, यदि नहीं रुका तो!" मैंने कहा। मैं उसे स्पष्ट संकेत दे रहा था कि मैं रुक भी सकता हूँ!

"चलो, यहाँ से तो चलते हैं। बाहर सोचेंगे।"

बिल्डिंग के बाहर आकर हम ठिठक गये। ढलती दोपहर के बावजूद भी कोहरा पूरी तरह गया नहीं था। आकाश में जैसे एक सफ़ेद छतरी तनी हुई थी। सूरज जैसा कोई गोला अपनी सम्पूर्ण ऊष्मा बिसार कर वहाँ अटका हुआ था। सड़क पर दौड़ता हुआ ट्रैफ़िक थोड़ी दूर जाकर आँखों से ओझल हो जाता था। नवम्बर के महीने में ही दोपहर तक कोहरा छाया रहेगा, यह पहले नहीं सोचा था।

"कहाँ चलें?" मैंने पूछा।

"कहीं नहीं, बस यूँ ही थोड़ी देर फुटपाथ पर चहल–क़दमी कर लेते हैं...फिर मुझे लौटना भी तो है।" उसने कहा। उसका स्वर धुला हुआ था, धुला और साफ़, जैसे उसने अपनी सारी कड़वाहट धोकर बहा दी हो...मैं तो कुछ देर पहले ही अपनी कटुता बहा चुका था।

हम चुपचाप फुटपाथ पर चलने लगे। पतझड़ अभी दूर था, पर कुछ पत्ते समय से पहले ही सूख कर बिखर गये थे। जब हम चलते, तो वे कराहने लगते। उनका दुःख ट्रैफ़िक के शोर में दब जाता। किसी के पास इतना समय नहीं था कि वह उनकी निःशब्द पीड़ा की ओर ध्यान देता। हमारे पास भी नहीं।

सहसा मुझे याद आया, "जब तुम भोपाल में थी, तब क्या कभी हमारे पुराने घर की तरफ़ जाती थी?"

"नहीं, कभी नहीं।" वह क्षण भर इस दुविधा में ठहरी रही कि कहे या चुप रहे, फिर बोली, "जानते हो, तुम्हारे जाने के बाद मैं ग्यारह साल तक उस रास्ते से ही नहीं गुजरी...जब जाना हुआ तो देखा कि अब वहाँ कोई नहीं रहता। दरवाज़े पर ताला लगा हुआ था।"

मेरा मुँह आश्चर्य से खुला रह गया, "ओ माई गोड!"

"घर को बन्द देखकर मुझे दुःख हुआ था। ऐसा लगा, मानो जिस एक धागे ने अतीत से जोड़ रखा था, वह भी टूट गया हो। कई दिनों तक मैं सहज नहीं हो पायी थी..." पल भर के लिए वह ठहरी, "जानते हो, घर के बाहर तुमने जो प्लेट लगायी थी–Happiness rests and pain sighs here–अब तक वहीं लगी हुई है।"

मैं चुपचाप उसे सुनता रहा। वह इतनी छू लेने वाली बात कहेगी, मैंने कभी इसकी कल्पना नहीं की थी। पल भर के लिए उसकी निगाहें मुझ पर ठिठकीं। उस एक निगाह में इतना कुछ था, जिसे लिखने के लिए मुझे कई किताबें लिखनी पड़ेंगी। सारा अतीत उस एक छोटी–सी निगाह में समा गया था। वह अतीत, जिसे हमने साथ गुज़ारा था और वह भी, जिसे अलग गुज़ारना पड़ा था।

वह रुकी नहीं, आहिस्ता से बोली, "कई बार मुझे हमारे विवाह के पहले के दिन भी बहुत याद आते हैं...उन दिनों हम बड़े तालाब के पास रहा करते थे। हर शाम तुम हमारे यहाँ आया करते थे। पापा छत पर हुआ करते थे और तुम सीधे ऊपर चले जाते थे..."

"मुझे याद है, उन दिनों तुम सलवार–शर्ट पहना करती थी।"

"फिर मैं तुम दोनों के लिए चाय बनाकर लाती थी।"

"जिसके साथ पकौड़े या कोई दूसरा नाश्ता हुआ करता था।"

"पर हमेशा नहीं। कई बार तुम भी आते समय कुछ लेते आते थे। तुम्हें पापा की सब पसन्द मालूम थीं।"

"मैं तुम्हारे मम्मी–पापा की निगाह बचा कर तुम्हें बार–बार देखा करता था।"

"पर पता नहीं क्यों, तुम हर बार पापा से किसी न किसी बहस में उलझ जाया करते थे।"

"और तुम हमेशा अपनी निगाहों से मुझे डाँटती थी कि मैं क्यों उनसे बहस करता हूँ!"

"फिर रात गहराने लगती और तुम चले जाते थे।"

"लेकिन जाते समय नीचे कमरे में लगी तुम्हारी तस्वीर देखना कभी नहीं भूलता था।"

इस बार वह तुरन्त कुछ नहीं कह सकी। पल भर के लिए मुझे देखा और फिर थोड़ी देर ठहर कर उसने कहा, "वह तस्वीर आज भी वहीं लगी हुई है।"

उसकी आवाज़ में एक ऐसा सूनापन था, जिसके प्रभाव ने थोड़ी देर के लिए मुझे स्तब्ध कर दिया था, "अब कोई रहता है वहाँ?"

"कोई नहीं। पापा–मम्मी के दिल्ली चले जाने के बाद से ही वह घर बन्द पड़ा हुआ है।"

मुझे अजीब–सा अहसास हुआ कि एक घर है, जिसमें कोई नहीं रहता, पर वहाँ वह तस्वीर अब तक लगी हुई है, जिसे देखकर मैं उस घर से बाहर आया करता था! जैसे मुझे वह तस्वीर आज भी याद है, क्या उस तस्वीर की स्मृति में मैं भी होऊँगा?

कुछ देर हम यूँ ही चुपचाप चलते रहे। हमारे बराबर दौड़ता भागता ट्रैफ़िक हमसे उतना ही तटस्थ था, जितना कि हम उससे। एक ख़ामोशी थी, ट्रैफ़िक के शोर से अलग, जिसने हमें अपनी जद में ले रखा था। हमारी दो अलग देहों के बावजूद भी साझा स्मृतियों ने हमें सहसा एक धागे से बाँध दिया था।

थोड़ी देर चुप रहक़र उसने पूछा, "अच्छा, एक बात बताओ।"

मैंने उसकी ओर देखा।

"तुम्हारा इतना नाम हो गया है, इतनी किताबें हैं, लोग तुम्हारी इतनी इज्जत करते हैं...तुम यही सब तो चाहते थे। क्या अब ख़ुश हो तुम?"

मुझे इस प्रश्न की उम्मीद नहीं थी। ऐसी स्थिति में यकायक कोई उत्तर मुझे सूझा भी नहीं। पर ऐसा नहीं कि मेरे पास कोई उत्तर नहीं था। कहना तो मैं बहुत कुछ चाहता था, बहुत कुछ, जो पिछले कई सालों से मेरे भीतर जमा होता रहा था, पर एक शब्द भी बाहर नहीं निकाल सका। कुछ देर मैं वैसे ही चुपचाप उसके साथ चलता रहा।

"कुछ कहोगे नहीं?"

"मैं मानता हूँ ज़िन्दगी ने मुझे बहुत कुछ दिया है। इतना कुछ कम लोगों को ही मिल पाता है। लोग मेरी कविताओं को पसन्द करते हैं, मुझे पसन्द करते हैं और इज्जत भी देते हैं। ढेरों सम्मान और पुरस्कार मिल चुके हैं। लेकिन..." मैं कहते कहते बीच में ही ठिठक गया।

वह मेरी बात ध्यान से सुन रही थी, "लेकिन...लेकिन क्या!"

"हम सोचते हैं कि कुछ हासिल कर लेंगे तो कोई बड़ा तीर मार लेंगे, पर ऐसा होता नहीं। बड़ी देर बाद समझ में आया कि यदि कोई अपना साथ न हों तो कोई भी उपलब्धि मायने नहीं रखती... और इतना कुछ मुझे यूँ ही नहीं मिल गया...यह भी तो देखो कि जो कुछ हासिल हुआ है, उसे पाने के लिए कितना कुछ खोना पड़ा है।"

वह चुप रही। मेरी बात का उस पर क्या असर हुआ, मैं यह ठीक से नहीं देख सका था। वह मेरे साथ चल रही थी और ऐसे में मैं उसकी केवल प्रोफ़ाइल ही देख सकता था...पर उसकी लम्बी ख़ामोशी बहुत कुछ कह देने के लिए पर्याप्त थी।

"तुम क्या सोचती हो?"

"किस बारे में?"

"यही...मैंने जो महत्त्वाकांक्षाएँ पाल ली थीं, क्या वे ग़लत थीं?"

उसने कोई उत्तर नहीं दिया। मेरे लिए अनुमान लगाना कठिन था कि वह क्या सोच रही थी। मैं सचमुच जानना चाहता था कि अतीत में लिए मेरे निर्णय के बारे में वह अब क्या सोचती थी। पर उसकी सोच का अपना एक दायरा था, जहाँ मेरा प्रवेश वर्जित था।

अचानक हवा चलने लगी थी। वह बार-बार हमारे कपड़ों में भर जाती और हम हमारे हाथ कस कर बाँध लेते, ताकि हवा को बाहर ही रोका जा सके। शिप्रा ने अपने उड़ते बालों को अपनी नीली साड़ी के पीछे छिपा लिया था। इससे उसका चेहरा आधा ढक गया था। कुछ देर बाद वह झोंका मर गया, पर हमारी देह उसकी छाया में देर तक काँपती रही थी, ठण्ड बनकर।

मेरा अनुत्तरित प्रश्न हवा उड़ा कर ले गयी थी।

तभी हमें फुटपाथ पर अकेले चलते देखकर एक ख़ाली ऑटो ठीक हमारे सामने आ रुका था। उसे शायद लगा हो कि हमें ऑटो की ज़रूरत होगी...इसके पहले कि मैं कुछ कह पाता, शिप्रा ने मेरा सामान मुझे लौटाया और उसमें बैठ गयी, "अब मैं चलती हूँ...फ़ोन करूँगी।"

ये सब कुछ इतना अचानक और तेज़ी से हुआ कि मैं उसे ठीक से विदा भी नहीं कर पाया था। जैसे कोई कसक बाक़ी रह गयी हो... उसके जाने के बाद भी मैं वहीं खड़ा रहा। सड़क का कोलाहल मुझे छू भी नहीं पा रहा था...मेरी आँखों में बस एक छवि बची रह गयी थी, शिप्रा की छवि, जो कभी मेरी पत्नी रही थी। उस दिन उसके तमाम अपनेपन के बावजूद भी मेरे मन में एक बेचैनी सी तारी थी। उसके आने का कोई प्रयोजन मुझे समझ में नहीं आ रहा था। अलग होने के छब्बीस बरस बाद इस प्रकार मुझसे मिलने का क्या कारण हो सकता था! सम्भव है, कोई कारण रहा ही नहीं हो! अनेक बार हम अपने मन में उठती तीव्र तरंगों से संचालित होते हैं, जहाँ सारे तर्क अपने अर्थ खोकर बेमानी हो जाते हैं...कहीं यह मेरे बैंगलोर अचानक उनके घर पहुँच जाने का प्रत्युत्तर तो नहीं था!

शाम अभी दूर थी और उसके आने की आहटें भी अभी सुनायी नहीं दे रही थीं। दोपहर बाद का मद्धम उजास उसी तरह फैला हुआ था। कोहरा अब सुबह जितना घना नहीं रह गया था। देर तक मैं सड़कों पर यूँ ही भटकता रहा था और सोचता रहा था उसके बारे में, जो गहरे नीले रंग की साड़ी पहनकर मुझसे मिलने आयी थी।

क्या मृत प्रेम का कोई जीवष्म उसमें शेष रह गया था?

*　　　　*　　　　*

सारी रात मैं ठीक से सो नहीं पाया था। कभी शिप्रा का मुस्कराता हुआ चेहरा मेरी चेतना के दरवाज़े पर दस्तक देने लगता, तो कभी बैंगलोर का ठण्डा व्यवहार। काश! किसी के मन में घुस कर झाँकने

का कोई उपकरण होता, तो मैं उसका मन ठीक–ठीक पढ़ सकता था। पर एक अकेली वह ही क्यों, हम सब भी अपने मन के दरवाज़े बन्द रखते हैं। कोई कितना भी अपना क्यों न हो, हम उसे एक सीमा तक ही प्रवेश की अनुमति देते हैं और वह भी अनेक शर्तों के साथ, मानो प्रवेश पाते ही वह उन भेदों को जान लेगा, जो हमने कभी किसी पर उजागर नहीं किये होते।

कोई किसी के पास क्यों लौटता है? उसके साथ आपका कुछ चला गया था, उसे लौटाने या फिर आपसे अपना कुछ वापस लेने? लौटा तो मैं भी था उसके पास। पर उसने मुझे ख़ारिज कर दिया था। तो फिर उसके इस लौटने का क्या अर्थ हो सकता है?

पता नहीं यह लौटना था भी कि नहीं। या फिर लौटने और नहीं लौटने के बीच का कोई भटका हुआ लम्हा था, जो भूले से चला आया था। जो भी हो, कल दोपहर शिप्रा का साथ मन में ख़ुशी भर गया था। बैंगलोर के दिनों का अवसाद किसी स्वप्न की सी घटना लग रही थी...आदमी भी कितनी अजीब शै होता है! किसी घटना की तात्कालिकता में कई बार वह अपने अनेक पुराने घाव तक भुला देता है।

दीवार पर लगी घड़ी ढाई बजा रही थी। रात के अँधेरे में रेडियम घड़ी का प्रत्येक अंक चमक रहा था। लगा, जैसे समय अपनी अनेक आँखों से मुझे देख रहा हो। पर देखा जाये तो समय मुझे नहीं, मैं उसे देख रहा था। शिप्रा ही वह समय थी, जो उस रात मेरे तमाम वजूद पर पसरी हुई थी। उसका होना मेरे इर्द–गिर्द नवम्बर के कोहरे की तरह छाया हुआ था, जिसे कल सुबह प्लेन से उतरते ही पहली बार देखा था।

लेटे रहना मुश्किल हो गया था। मैं उठा और मैंने खिड़की का पर्दा एक ओर खिसका दिया। बाहर इतना आलोक होगा, यह मैंने नहीं सोचा था। वह होटल की लाइटों का प्रकाश था। मुझे कुछ सान्त्वना सी महसूस हुई। यह सम्भवतः अँधेरे से उजाले में आने से मिली राहत थी। जो कुछ भीतर उमड़–घुमड़ रहा था, वह सतह पर

बैठने लगा था, तलछट की तरह। आकाश अब भी धुँध से आच्छादित था। उसके परे हँसिया चाँद होगा, तारे भी होंगे, जो धुँध के छँट जाने की प्रतीक्षा में टकटकी लगाये नीचे झाँक रहे होंगे।

जब मेरी आँख लगी, सुबह होने में ज़्यादा समय शेष नहीं बचा था।

* * *

स्वप्न में कोई मोबाइल लगातार बज रहा था। उसी ने मेरी आँखें खोल दी थीं। मैं कोई सपना नहीं देख रहा था। वह आवाज़ सचमुच मेरे मोबाइल की थी।

"हलो..."

"हलो..."

"हलो, यह मैं हूँ, शिप्रा..." दूसरी तरफ़ से वह बोल रही थी। उसकी आवाज़ बिल्कुल साफ़ थी और मन्दिर में प्रार्थना की घण्टियों सी मुझ तक पहुँच रही थी।

"हाँ शिप्रा...मैं गहरी नींद में था।" मैं उठ बैठा।

"आज सेमिनार में नहीं जाना?"

"जाना है। बस, अभी मुझे लेने कोई आता ही होगा।"

"भूखे पेट मत जाना। कुछ खाकर जाना।"

"हाँ, ब्रेकफास्ट यहाँ कॉम्प्लीमेंट्री मिलता है..."

कुछ पल ख़ामोशी छायी रही, "कब फ्री होगे?"

"यही कोई तीन बजे तक..."

"मिलोगे?"

"हाँ, क्यों नहीं...मैं सारी रात यही सोच रहा था। सेमिनार में आओगी?"

"वहाँ नहीं, कहीं और...जगह मैं तुम्हें मैसेज कर दूँगी।"

"ठीक है।"

एक बार फिर ख़ामोशी छा गयी। वे असमंजस के क्षण थे। कुछ नहीं होने और बहुत कुछ होने के बीच के धुँधले क्षण, जिन्हें किसी भी

अनिश्चित सम्भावना से भरा जा सकता था या फिर ख़ाली छोड़ा जा सकता था। कानों में लगा मेरा मोबाइल निःशब्द प्रतीक्षा करता रहा। फिर उसकी झिझकती सी आवाज़ आयी, "मिलना चाहते तो हो न!"

"हाँ, यह भी कोई पूछने की बात है भला!"

इस बार उसका जवाब आने में समय नहीं लगा, "फिर ठीक है। मैं बताती हूँ तुम्हें।"

मोबाइल कटते ही सन्नाटा छा गया। मैं मोबाइल को देखता रहा, जिसमें से अभी उसकी आवाज़ आ रही थी। उस आवाज़ ने रात की मेरी सारी दुविधाओं को हर लिया था। मुझे लगा जैसे कोई पुराना दिन भूले से चला आया था। अजीब था इस तरह शिप्रा के बारे में सोचना और लगातार सोचते ही चले जाना। अब वह न तो विवाह पूर्व की प्रेमिका थी और न ही पत्नी और जब उम्र ढलती हुई शाम की लम्बी होती परछाइयाँ देखने लगी हो, तब बरसों पहले के अहसास का इस प्रकार लौटना और भी विस्मयकारी था। यह मैं समझता था कि ख़ुद को बीते हुए कल के हवाले करने का विचार इतना सहज भी नहीं होता कि वर्तमान और भविष्य के ख़तरों को टाला जा सके। पर एक आस होती है, अस्पष्ट सी आस, जो आपको धकाए चलती है।

सहसा मुझे याद आया कि कल सुबह भी मैं शिप्रा के फ़ोन से ही जागा था। भले ही वह अब मेरी पत्नी नहीं हो, लेकिन उसका व्यवहार पत्नी जैसा ही था...मैं मुस्कराये बिना नहीं रह सका था।

ढेर सारा कोहरा बिन बुलाये मेहमान की तरह आ धमका था। कल की तरह। हल्की ठण्ड के बावजूद भी मुझे उसका यूँ चले आना अच्छा लग रहा था, जैसे कोई ख़ुशी बिन बुलाये चली आयी हो। कल की तरह!

शायद वह ख़ुशी शिप्रा से मिलने की ख़ुशी थी।

* * *

क्या आप विश्वास करेंगे कि दो बार अपमानित होने के बाद भी मैं शिप्रा से मिलने में ख़ुशी ढूँढ़ रहा था! कहीं वह तलछट की तरह

बचा हुआ प्रेम तो नहीं था, जो अवसर पाते ही किसी खरगोश की तरह बिल से बाहर झाँकने लगा था। नहीं, वह प्रेम नहीं था, केवल प्रेम की स्मृतियाँ थीं, सुखद स्मृतियाँ, जिन्होंने किसी मोहक़ गन्ध की तरह मुझे सम्मोहित कर लिया था। सारी रात की भयानक मानसिक उथल–पुथल सहसा कहीं गायब हो गयी थी और रास्ते सीधे सपाट दिखायी देने लगे थे, जैसे कभी कुछ हुआ ही न हो! ये सब क्या था, क्यों था, इन प्रश्नों का मेरे पास कोई निश्चित उत्तर नहीं था।

दूसरे दिन सेमिनार में मेरी कोई विशेष भूमिका नहीं थी। पर मेरी उपस्थिति आवश्यक थी। मेरी मनःस्थिति सेमिनार से जुड़ पाने की कतई नहीं थी। स्टेज पर बैठे हुए मेरी निगाहें शिप्रा को ढूँढ़ रही थीं। हालाँकि उसने आने के लिए मना किया था, लेकिन क्या पता उसे अवसर मिल गया हो! पर मुझे वह कहीं भी दिखायी नहीं दी। वह कुर्सी ख़ाली पड़ी थी, जहाँ कल वह बैठी हुई थी। मुझे स्वयं पर ख़ीज भी हुई कि क्यों मैं उससे अधिक अपेक्षा कर बैठा हूँ!

मेरी निगाहें शिप्रा के मैसेज की प्रतीक्षा कर रही थीं। बीच–बीच में मैं अपना मोबाइल चैक कर लेता था। मैसेज का नहीं आना मेरे मन में अनेक शंकाओं को जन्म देने लगा था। बार–बार मुझे स्वयं को समझाना पड़ रहा था कि धैर्य रखूँ, आ जायेगा। प्रतीक्षा की विकल घड़ियाँ उस ट्रेन की तरह थीं, जिसे आना तो था, पर कब, यह कोई नहीं जानता था।

कार्यक्रम समाप्ति पर था और मुझे प्रतिभागियों को स्मृति चिह्न देने के लिए स्टेज पर बुलाया गया। मैं उठा और जैसे ही वहाँ पहुँचा, मेरा मोबाइल घनघना उठा। उस समय मैं देख नहीं सकता था, हालाँकि मैं जानता था कि मैसेज शिप्रा का ही होगा। मुझे आश्चर्य हुआ कि शिप्रा को भी ऐसे अजीब समय मैसेज करना था!

मैसेज सचमुच उसी का था।

"साढ़े तीन बजे, कनॉट प्लेस, रीगल सिनेमा।"

यही वे सात शब्द थे, जिनकी मैं अपने सम्पूर्ण उतावलेपन के साथ प्रतीक्षा कर रहा था। छोटी–सी बात थी, पर उसका घनत्व इतना अधिक था कि वह मेरे सोच के केन्द्र बिन्दु में स्थापित हो गयी थी। एक विचित्र सी राहत महसूस हुई। मेरी तमाम शंकाओं को इन शब्दों ने दूर कर दिया था।

मैंने घड़ी देखी। साढ़े तीन बजने में ज़्यादा समय नहीं था।

*　　　*　　　*

जब मैं रीगल सिनेमा पहुँचा, मुझे थोड़ी देर हो चुकी थी। सिनेमा हॉल का कोर्टयार्ड, जो कि पेवमेंट के ऊपर ही बना हुआ है, आने–जाने वाले लोगों से अटा पड़ा था। मैंने इधर–उधर देखा, शिप्रा कहीं नहीं थी। इतने सारे लोगों के बावजूद भी पहली बार मुझे ख़ाली–ख़ाली सा लगा। ख़ाली और निचाट। यह वह ख़ालीपन था, जो उसके आने से भरने वाला था।

मैं निरुद्देश्य–सा यूँ ही यहाँ–वहाँ भटकता रहा। मनःस्थिति थी कि किसी एक जगह स्थिर नहीं हो पा रही थी। तरह–तरह की आशंकाएँ सिर उठाने लगी थीं...किसी आवश्यक काम के कारण उसे देर हो गयी होगी। हो सकता है ट्रैफ़िक में फँस गयी हो, या कहीं उसके पिता की तबियत तो नहीं बिगड़ गयी...? जो शंकाएँ कुछ देर पहले चली गयी थीं, उन्होंने एक बार फिर आ जकड़ा था।

एक बार मन हुआ कि उससे मोबाइल पर बात कर लूँ। कम से कम इस घुटन से कुछ राहत तो मिलेगी! हालाँकि उसने बात करने से मना किया था, पर फिर भी जेब से मोबाइल निकाला, मैसेज बॉक्स चैक किया, उसे व्यर्थ ही उलटा–पलटा, पर उससे बात करने का हौसला नहीं जुटा सका। मेरी अँगुलियों और मोबाइल के बीच पिछले दो बार के अपमान आ बैठे थे। मोबाइल का ख़ाली स्क्रीन मुझे ताक रहा था। मैं उससे महज दस नम्बरों की दूरी पर था, पर वह दूरी अलंघ्य लग रही थी।

आप प्रतीक्षा करते हैं और स्वयं को भूल जाते हैं। आने वाला व्यक्ति आपके तमाम वजूद को किसी अदृश्य छाया से ढक देता है। आप उस आने वाले के अतिरिक्त और कुछ सोच नहीं पाते ...वह आयेगा कि नहीं आयेगा, आयेगा तो कब आयेगा, नहीं आया तो कहीं कोई दुर्घटना तो नहीं हो गयी...असमंजस का एक ऐसा सिलसिला शुरू हो जाता है, जिसका दूसरा सिरा कहीं दिखायी नहीं देता...उन दुरूह क्षणों में आप अपनी देह से निकलकर स्वयं प्रतीक्षा बन जाते हैं।

उन क्षणों में मैं भी ऐसे ही कुछ अनुभवों से गुज़र रहा था।

थोड़ी देर बाद मैं सिनेमा हॉल के कोर्टयार्ड से बाहर फुटपाथ पर चला आया, जहाँ पर नयी–पुरानी किताबों की सेल लगी हुई थी। ज़्यादातर अंग्रेजी भाषा की किताबें थीं, कुछ बेस्ट सैलर्स, कुछ रोमान्टिक नॉवेल, कुछ थ्रिलर्स...मेरी एक भी किताब वहाँ नहीं थी और न ही मुझे अपने काम की कोई पुस्तक दिखायी दी। मुझे आश्चर्य हुआ कि लोग कैसी कैसी किताबें पढ़ते हैं, हालाँकि इसमें आश्चर्य की कोई बात नहीं थी।

तभी मुझे अजीब–सा अहसास हुआ। एक क़िस्म की बेधती बेचैनी, जैसे कोई मेरे पास खड़ा हो और मुझे ही देख रहा हो। उसकी अदृश्य निगाहें मेरी देह में धँसी हुई थीं। मैं अपने पीछे घूमा।

शिप्रा ठीक मेरे पीछे खड़ी हुई थी।

मैं उसे देखकर मुस्कराया। वह भी मुझे देखकर मुस्करायी।

"मैं तुम्हें वहाँ अन्दर ढूँढ़ रही थी, और तुम यहाँ किताबें देख रहे हो!" शिप्रा की आँखों में झिड़की थी, पर ऐसी नहीं, जो बुरी लगे। एक सामान्य शिकायत, जो हम प्रायः कर दिया करते हैं।

"मैं तो बहुत पहले ही आ गया था। अन्दर इन्तज़ार करते–करते थक कर यहाँ आ गया।" मैंने उसे देखते हुए कहा। उसने पीच कलर की साड़ी पहनी हुई थी, जिस पर फूलों का सुन्दर प्रिन्ट था। वह साड़ी उस पर सूट कर रही थी। बालों का जूड़ा बना हुआ था जहाँ कुछ पिनें लगा रखी थीं। हल्के से श्रृंगार ने उसे और अधिक

आकर्षक बना दिया था। उसकी बड़ी–बड़ी आँखें चश्में के पीछे से मुझे ही देख रही थीं। मैं अपनी निगाहें उससे हटा नहीं पा रहा था।

"ऐसे क्या देख रहे हो?" उसने पूछा। उसने अपनी निगाहें झुका ली थीं।

"तुम्हें ही देख रहा हूँ...यह साड़ी तुम पर अच्छी लग रही है।" मैं खिसक कर वहाँ से कुछ दूर हो गया। वह भी मेरे पीछे वहाँ आ गयी थी।

"क्या?" उसने पूछा। वह मेरी बात सुन नहीं सकी थी। ट्रैफ़िक का शोर और हवा शब्दों को उड़ा कर ले गयी थी। मुझे अपनी बात दोहराने में संकोच हुआ, जैसे वह कोई भेद भरी बात रही हो। हमारे आस–पास से गुज़रते लोगों को शायद आश्चर्य हुआ हो कि अधेड़ उम्र के ये स्त्री–पुरुष आख़िर दोपहर की इन आवारा घड़ियों में कर क्या रहे हैं! पर मैं ग़लत था। किसी के पास इतना अवकाश नहीं होता, जिसे अपरिचितों पर ख़र्च किया जा सके।

"कुछ नहीं।" मुझे ज़ोर से बोलना पड़ रहा था, ताकि उसे सुनने में असुविधा न हो।

उसने मुझे अविश्वास भरी नज़रों से देखा। शायद उसने कुछ सुन लिया था, जो सुने जाने के बाद भी अनसुना रह गया था। मैं समझ रहा था कि अब मेरे शब्द प्रेत बनकर हवा में भटकते रहेंगे। उन्हें पकड़ कर अर्थ देने वाला कोई नहीं होगा, मैं भी नहीं।

"ऐसे मत देखो यार...कह रहा था कि अच्छा हुआ तुम बाल बाँध कर आयी हो। अब वे कल की तरह उड़ेंगे नहीं।" मैंने बात बदलते हुए कहा।

इस बार उसने मुझे सुन लिया था। पर उसका अविश्वास अभी गया नहीं था। हालाँकि वह मुझे देखते हुए मुस्करा दी थी।

"तो अब?" मैंने पूछा।

"तुम बताओ, क्या करें?"

"फव्वारे पर चलते हैं। वहाँ घास पर सुकून से बैठेंगे।"

"चलो..." उसने कुछ ऐसे कहा, मानो मेरी हर बात उसे स्वीकार हो।

फव्वारा सड़क के उस पार था। रीगल सिनेमा से चलकर हम पास वाले चौराहे पर आ गये और जेबरा क्रॉसिंग पर लाइट के हरी होने की प्रतीक्षा करने लगे। सड़क पर ट्रैफ़िक अनवरत रूप से बह रहा था। बहुत सारी आवाज़ें भी उसके साथ चली आयी थीं। हम चुपचाप उस बहते हुए ट्रैफ़िक को देखते रहे, उसके शोर को सुनते रहे...हम भले ही दो देह रहे हों, लेकिन दृश्य और ध्वनि मेरे लिए वही थे, जो उसके लिए। उन्होंने हमें एक सूत्र में जोड़ दिया था...यह एक विचित्र अहसास था। हम उन बिम्बों के माध्यम से जुड़ गये थे, जो हमारे नहीं थे, सिर्फ़ हमारे सामने थे।

जेबरा क्रॉसिंग की लाइट हरी होते ही सड़क के दोनों ओर प्रतीक्षारत लोगों का काफ़िला तेज़ी से इधर से उधर और उधर से इधर आने-जाने लगा था। अपने पाँव तले की सफ़ेद लाइनों पर चलते हुए एक बार मेरा मन हुआ कि मैं शिप्रा का हाथ पकड़ लूँ। लेकिन साहस नहीं बटोर सका। हम दोनों की हथेलियों के बीच अलग-अलग बिताये छब्बीस साल खड़े हुए थे।

रोड क्रॉस कर हम बड़े से फव्वारे के बग़ीचे में आ गये। वह दोपहर और शाम के बीच का ऊँधता हुआ समय था, हल्के कोहरे से लदा, जब न तो दिन की तीव्र ऊष्मा थी और न ही शाम का मखमली अहसास। इसके बावजूद भी वहाँ काफ़ी लोग जमा थे। सहसा मुझे याद आया, कल भी हम दोनों ठीक इसी समय दिल्ली की सड़कों पर भटक रहे थे। हमें करना कुछ नहीं था, बस, साथ कुछ वक़्त गुज़ारना था। हालाँकि बीच में सिर्फ़ चौबीस घण्टों का अन्तराल था, लेकिन लग ऐसा रहा था, मानों एक लम्बे अरसे बाद मिल रहे हों।

"कल यहाँ से जाने के बाद क्या किया?" मैं जानना चाहता था कि क्या कल वह मुझे अपने साथ ले गयी थी?

"कुछ ख़ास नहीं...देर तक तो तुम ही मन में घूमते रहे थे।"

"मुझे भी सिर्फ़ तुम याद रह गयी थी...मैं भूल गया था कि यहाँ मैं एक सेमिनार में आया हुआ हूँ।"

कुछ पल वह चुप रही, फिर उसका धीमा–सा स्वर मुझ तक पहुँचा, "एक लम्बे अरसे बाद कल पहली बार तुम्हारा ख़्याल बहुत देर तक घूमता रहा था।"

"जब बैंगलोर आया था, तब भी नहीं?"

"नहीं...तब तो तुमसे ज़्यादा वे उलझनें थीं, जो तुम्हारे आ जाने से उठ खड़ी हुई थी।"

"मैं समझ सकता हूँ।"

"जानते हो, यहाँ तुमसे मिलकर बहुत दिनों बाद लगा है, जैसे ख़ुद से मिल रही हूँ...इतने सालों अकेले रहते–रहते मैं अपने को लगभग भूल ही चुकी थीं।"

क्षण भर मैं चुप रहा, फिर आहिस्ता से बोला, "जिस शिप्रा से मिलने मैं बैंगलोर गया था, वह मुझे यहाँ दिल्ली में मिली है।"

उस रोज़ कोहरा कम था और झिझकती हुई सी धूप भी निकल आयी थी। वह अपनी ऊष्मा खोकर किसी विरहन सी महसूस हो रही थी। उसी विरहन की छाँव तले खुले आकाश के नीचे हम भी बैठ गये। कुछ और लोग भी उस कुनकुनी धूप में ऊँघते हुए लेटे हुए थे, कुछ बेंचों पर यूँ ही ख़ाली बैठे हुए थे, तो कुछ अपने साथियों से बतिया रहे थे...पल भर के लिए मुझे लगा, जैसे वह जगह ख़ाली और उदास लोगों की आरामगाह हो, जहाँ वे सब कुछ पल सुकून की साँस लेने आये हुए थे।

हम भी उन्हीं में से एक थे–ख़ाली और शायद उदास भी।

शिप्रा ने अपना चश्मा उतारते हुए कहा, "कभी सोचा नहीं था कि हमें इस तरह मिलना पड़ेगा।"

"हम मिल रहे हैं, यह क्या कम बात है! नहीं मिलने से तो मिलना अच्छा है...नहीं क्या?" मैं भी उसके ठीक सामने बैठ गया था।

"हाँ...शायद।"

"शायद? शायद क्यों?"

"क्योंकि अब हमारे मिलने से कुछ हासिल नहीं होने वाला।"

"इतना तो मैं भी समझता हूँ। पर क्या तुम समझती हो कि मैं कुछ पाने के लिए मिल रहा हूँ?"

"तो फिर इतने सालों बाद बैंगलोर आने का क्या अर्थ हो सकता है।" उसने मुझे देखते हुए पूछा। उसकी आँखों में एक उदास क़िस्म की जिज्ञासा थी।

"ठीक–ठीक तो यह मैं भी नहीं जानता। पर कुछ था, जो तुमसे अलग होने के बाद मन को कचोटता रहता था...शायद उसी का उत्तर पाने वहाँ आया होऊँ!" कुछ सोचते हुए मैंने कहा।

वह मुझे टकटकी लगाये देख रही थी।

मैंने अपनी बात पूरी की, "किसी उत्तर का पाना स्वयं को समझ पाने का बहाना था...लेकिन पाना तो दूर, बहुत कुछ खोकर लौटना पड़ा था।"

थोड़ी देर वह चुप रही। वह अकारण ही घास पर अपने हाथ घुमा रही थी, "बैंगलोर में तुम्हें रोक पाना सम्भव नहीं था...जानते हो, यहाँ भी तुमसे मिलने के लिए दोनों बार मुझे पापा से झूठ बोल कर आना पड़ा है। अगर उन्हें पता चले कि मैं तुमसे मिलने जा रही हूँ, तो पता नहीं उनका क्या रिएक्शन होगा! शायद सारा घर सिर पर ही उठा लें!"

पल भर रुक कर मैंने कहा, "मेरे लिए महत्त्वपूर्ण यह नहीं है कि तुम्हारे पापा क्या सोचते हैं या पंकज क्या सोचता है। मेरे लिए यह जानना ज़्यादा ज़रूरी है कि तुम क्या सोचती हो।"

एक बार वह फिर चुप हो गयी। वह उन कबूतरों को देख रही थी, जो हमारे सामने उतर आये थे। वे दाना चुगने में मग्न थे, इस बात से बेख़बर कि दो जोड़ी आँखें उन पर टिकी हुई थीं। उनमें एक सफ़ेद कबूतर भी था, जो झुण्ड में शामिल होने के बाद भी अलग नज़र आ रहा था। सहसा मुझे याद आया कि एक दिन 'अलग' दिखने की धुन ने ही मुझे शिप्रा से अलग कर दिया था।

"मैं कई बार सोचती हूँ, तुम मुझे मिले ही क्यों? यदि नहीं मिलते तो ज़िन्दगी कुछ और तरह से गुज़रती।" उसने एक कंकड़ कबूतरों की ओर उछाला, जिससे डर कर एक ही बार में वे सब उड़ गये। उनके परों की फड़फड़ाहट ने हमारा सारा ध्यान अपनी ओर खींच लिया था।

"नहीं शिप्रा, प्रश्न यह नहीं है कि हम मिले क्यों, प्रश्न दरअसल यह है कि हम बिछुड़े क्यों? यदि नहीं बिछुड़ते, तो ज़िन्दगी कुछ और तरह से गुज़रती।"

"हम साथ रहने के लिए बने ही नहीं थे।"

"और देखो, बिछुड़ कर हम क्या बन गये हैं!"

वह मेरा संकेत समझ गयी थी। मुझे लगा कि शायद अब वह कोई कचोटती हुई बात कहेगी, जैसी कि उसकी आदत थी। पर मैं ग़लत था। क्योंकि जब वह बोली, तब उसमें तल्ख़ी का एक भी स्वर नहीं था।

"मैं नहीं जानती ऐसा क्यों हुआ? हम क्यों साथ नहीं रह सके? कई बार मैंने पुराने दिनों में जाकर कारण ढूँढ़ने का प्रयास भी किया, पर मुझे एक भी ठोस वजह नज़र नहीं आयी।" वह रुकी, मानों साँस लेने सतह पर आयी हो, "जब तुम बैंगलोर आये थे, तब मैंने बेटे का मन लेने की कोशिश की थी, पर वह तुम्हें क्षमा कर देने की मनःस्थिति में नहीं था। उसका अन्तर्द्वन्द्व मैं पढ़ पा रही थी। मुझे उसका साथ देना ही था।"

"मैं समझ सकता हूँ। यह बात समझ तो मैं भी गया था। मुझे बेटे और बहू से कोई शिकायत है भी नहीं। उनकी जगह यदि मैं होता, तो सम्भवतः अपने पिता के साथ और भी बुरा व्यवहार करता।"

कहना तो मैं यह भी चाहता था कि शिकायत मुझे इस बात से थी कि उसने मुझे दूसरी बार अपमानित कर घर से बाहर निकाला था, पर मैंने चुप रहना ही ठीक समझा। इतनी कटु बात बोलने का मुझे कोई जायज़ कारण भी नज़र नहीं आ रहा था।

जब मछलियाँ पानी में शान्ति से तैर रही हों, तब कंकड़ डालकर उन्हें डराने का कोई औचित्य नहीं होता।

"शायद हम एक–दूसरे को कभी समझ ही नहीं पाये। शायद वह प्रेम नहीं, हमारा बचपना था! शायद हम समय से पहले मिल गये थे।" उसने कहा।

"तुम क्या समझती हो, यदि हम देर से मिलते, तो एक–दूसरे को समझ पाते?" मैंने प्रतिप्रश्न किया।

"पता नही...पर हो सकता इतनी उलझनें नहीं होतीं।"

"और यह भी सम्भव है कि हम अलग भी नहीं हुए होते।"

कबूतर आकाश में चक्कर लगा कर फिर वहीं आ बैठे थे। सम्भवतः वहाँ कोई व्यक्ति दाने डालकर जाता होगा। मैंने उस सफ़ेद कबूतर को ढूँढ़ने का प्रयास किया, पर वह मुझे दिखायी नहीं दिया। अपने झुण्ड से बिछुड़ कर वह कहाँ जा सकता है! कोई भी कहाँ कैसे जा सकता है!

मैंने शिप्रा की ओर देखा। वह चुपचाप बैठी कबूतरों को देख रही थी। यह वह शिप्रा नहीं थी, जिससे मैं बैंगलोर में मिला था। यह वह शिप्रा भी नहीं थी, जिससे मैंने प्रेम किया था, विवाह किया था। वह अपनी सारी पहचानें उतार कर वहाँ आयी थी। सिर्फ़ उम्र थी, जो उसकी देह पर ठहर गयी थीं।

हल्की हवा पेड़ों के बीच जगह बनाती हुई कोहरे के साथ खेलने लगी थी। घास पर पड़े सूखे पत्ते बच्चों के खिलौनों की तरह इधर–उधर तब तक डोलते रहते, जब तक हवा थम नहीं जाती। कबूतर एक बार फिर डर कर उड़ गये थे। वहाँ एक बार फिर अब अजीब–सा सूनापन घिर आया था।

"जानते हो, जब तुम बैंगलोर आये थे, तब इतने सालों बाद तुम्हें देखकर मैं डर गयी थी।" शिप्रा ने चुप्पी तोड़ी।

"डर! कैसा डर?"

"अपने लिए नहीं, बेटे के लिए...मैं जानती थी कि वह तुम्हें पिता के रूप में कभी स्वीकार नहीं करेगा...और मैं उसे खोना नहीं चाहती थीं।"

"मैं समझ सकता हूँ। एक उम्र के बाद हम कुछ खोने की स्थिति में नहीं रहते, क्योंकि तब पाने जैसा कुछ होता भी नहीं।"

"उसके लिए मेरा अकेला होना ही एकमात्र सच है। वह मुझे किसी से भी जोड़कर देखने की कल्पना भी नहीं कर सकता।"

"हमें जो स्थितियाँ मिलती हैं, हम उनके आदी हो जाते हैं। उसने शुरू से ही तुम्हें एकाकी ही देखा है। ऐसे में भला उसे मेरी उपस्थिति कैसे सहन होती?"

शिप्रा सहसा चुप हो गयी। दुविधा में डूबा आदमी प्रायः ख़ामोशी में ही अपने उत्तर ढूँढ़ता है। एक वह ही नहीं, मैं स्वयं भी गहरे असमंजस में उलझा हुआ महसूस कर रहा था। यह स्थिति अलग–अलग रहने से नहीं, बल्कि छब्बीस सालों बाद मिल जाने से पैदा हुई थी।

मैंने ही चुप्पी को तोड़ा, "प्रत्येक आदमी के जीवन में कभी न कभी ऐसे क्षण अवश्य आते हैं, जब अनेक समस्याएँ उसे जकड़ लेती हैं। उन्हें हाशिये पर सरका कर ही आगे बढ़ा जा सकता है।"

"आगे तो तुम बढ़ ही गये हो। पर मैं वहीं पर रुकी हुई हूँ।"

"तो क्या सारा कसूर मेरा था?"

"मैं यह नहीं कह रही। परिस्थितियाँ हाथ से निकलती जा रही थीं और हमने उन्हें निकल जाने दिया था। घर बचाने की न तुमने कोशिश की और न मैंने...आवेग के तेज़ बहाव में लिए गये निर्णय कैसे ठीक माने जा सकते हैं!"

"शिप्रा, अब इन बातों का क्या अर्थ रह गया है! अनेक बार हम ख़ुद भी नहीं जान पाते कि हम चाहते क्या हैं! तब भी नहीं जानते थे और शायद अब भी नहीं...जीवन हमें वहाँ ले जा रहा है, जहाँ वह ले जाना चाहता है।"

"पर यह ग़लत है...क्या हम हमारा जीवन अपने तरीक़े से जी भी नहीं सकते?"

"जी तो रही हो तुम! क्या नहीं जी रही? ऐसी ज़िन्दगी तुम्हीं ने तो चाही थी! अलग होने का निर्णय तुम्हारा था...मेरी हैसियत एक

बेजान मोहरे सी थी, जिसे तुमने व्यर्थ मानकर बाहर फेंक दिया था।" चाह कर भी मैं ख़ुद को कड़वा होने से बचा नहीं पाया था। सालों से भरा ज़हर जुबान के मुहाने आकर बैठ गया था।

"मानती हूँ निर्णय मेरा था, पर तुमने विरोध क्यों नहीं किया? एक बार बहस तक नहीं की...क्या पुरुष ऐसे होते हैं! बस, अपना सामान उठाया और चले गये। तुम आख़िर मेरे पति थे, अपने अधिकार के प्रति इतने तटस्थ कैसे हो गये थे?"

"मैं उस टाइप का व्यक्ति न था, न हूँ। अधिकार जताने के वजाय मैंने तुम्हारे निर्णय का सम्मान करना ज़्यादा उचित समझा था।" मैंने कहा, हालाँकि यह पूरा सच नहीं था। मैं कभी भूल नहीं सकता कि उस दिन मैं कितना अपमानित महसूस कर रहा था। मेरे रग–रग में उसके व्यंग्य बाणों का ज़हर दौड़ रहा था। एक पल के लिए भी उसके साथ एक ही छत के नीचे रुक पाना सम्भव नहीं हो पा रहा था।

पर मैं चुप रहा। कड़वाहटों को फिर से जीवित करने का कोई उचित कारण था भी नहीं। बड़ी बात यह थी कि वह स्वयं मेरे पास लौटी थी, भले ही यह लौटना कुछ पलों के लिए ही था! उसके इस आने ने मेरे दोनों अपमानों को किसी हद तक नेपथ्य में धकेल दिया था। ठीक वैसे ही, जैसे नाटक में अभिनय करते पात्र अपने संवाद पूरे होते ही नेपथ्य में चले जाते हैं और तब तक स्टेज पर वापस नहीं आते, जब तक पुनः उनकी भूमिका का समय नहीं आ जाता।

कुछ देर तक हम चुपचाप बैठे रहे। फिर मैंने ही कहा, "तुम्हें तो ख़ुश होना चाहिए कि तुमने अपने रास्ते ख़ुद तय किये, बिना किसी दूसरे की मदद के...यही तो तुम चाहती थी।"

"चाहना एक बात होती है और ख़ुश होना दूसरी...जो चाहो, उसे पा लेना ख़ुश होने का कारण हो सकता है, पर इसके लिए जो क़ीमत चुकानी पड़ती है, वह तोड़कर रख देती है...बहुत–सी बातों की समझ देर से आती है।" उसने आहिस्ता से कहा।

"तुम ठीक कह रही हो...मैं अभी यही कह रहा था। मैंने भी यह बहुत बाद में जाना कि कुछ पाने की चाह में कितना कुछ खोना पड़ता है।" अनायास ही हम एक सुर में बात करने लगे थे। मेरे लिए यह घटना किसी आश्चर्य से कम नहीं थी। पल भर के लिए मुझे लगा कि यह मैं नहीं, मेरे अन्दर से कोई और बोल रहा था। एक ऐसा इन्सान, जो अकस्मात ही पुनराविष्कृत हुआ हो!

सहसा हवा तेज़ चलने लगी थी। मुझे याद आया कि कल भी ऐसे ही तेज़ झोंके के बाद शिप्रा चली गयी थी...पर यह आवश्यक तो नहीं कि कल जो घटा, वह आज भी घटे! मैंने स्वयं को सन्तुलित किया और आज में लौट आया...और उस आज का सच यह था कि वह मेरे पास बैठी थी, अपने आप आयी थी और हम दोनों के विगत को अतीत के नहीं, वर्तमान के आईने में देख रही थी।

कोहरा, जो लगातार कमज़ोर पड़ता जा रहा था, हमसे खेलने लगा था, किसी बच्चे की तरह नहीं, बल्कि किसी सिद्धहस्त खिलाड़ी की तरह, जो जानता था कि खेल किस प्रकार जीता जाता है। खुले में यूँ बैठे रहना मुश्किल होता जा रहा था।

"चाय–कॉफ़ी कुछ पीओगी?"

"नहीं, अब मैं चलूँगी। पापा इन्तज़ार कर रहे होंगे।"

"इतनी जल्दी?"

"जाना तो पड़ेगा ही...तुमसे मिलने आयी क्योंकि तुम्हारे जाने से पहले एक बार तुम्हें देखना चाहती थी, तुम्हारी आवाज़ सुनना चाहती थी, अपने पास महसूस करना चाहती थी...क्या यह छोटी बात है?"

"तो क्या हम अन्तिम बार मिल रहे हैं?"

उसने कुछ नहीं कहा। चुपचाप वह मुझे देखती रही। मेरी निगाहें भी उसके चेहरे पर टिक गयी थीं। उसकी ख़ामोशी का कोई भी अर्थ लगाया जा सकता था, पर यह नहीं कि हम अन्तिम बार मिल रहे थे। हमारा मिलना एक नयी शुरुआत जैसा था। लगा, कुछ नहीं बीता है, कुछ नहीं घटा है, बीच के तमाम वर्ष झूठे हैं।

मैं उससे पहली बार मिल रहा हूँ और वह मुझसे। यह अहसास इतना घनीभूत होकर उभरा था कि मैं उसके हाथ को पकड़ने से स्वयं को रोक नहीं सका था। उसकी हथेली के नरम स्पर्श ने मुझे भीतर तक भिगो दिया था।

"शिप्रा, इन छब्बीस सालों का यह अहसान तो रहेगा, कि इसने उन छोटे–छोटे कारणों को धो डाला है, जिनके कारण हम अलग हुए थे।

''बस, मैं यही चाहता हूँ कि पति–पत्नी न सही, हम कम से कम दोस्त तो बने रहें...यदि हम ख़ुश हों, तो अपनी ख़ुशी बाँट सके..."

"और यदि मैं पीड़ा में हूँ, तो वह तुम तक पहुँच जाये और तुम्हारी मुझ तक।" उसने बात पूरी की। इन दो वाक्यों के बीच हमारे जीवन के अर्थ समाए हुए थे। ये वाक्य देह से नहीं, मन से साथ होने का आश्वासन दे रहे थे। हम दोनों ने एक–दूसरे को मन के ड्रॉइंग रूम में बिठा लिया था। बरसों पहले घटी घटना एक बार फिर घट रही थी। उसके घटने पर तब भी हमारा नियन्त्रण नहीं था और न ही उस दिन। हम बस उसे घटने दे रहे थे।

उसकी हथेली अब भी मुझसे जुड़ी हुई थी। उनका जुड़ना होना हम भूल गये थे। मन का जुड़ना किसी भी जुड़ने से बड़ा होता है। वह बहुत कुछ भुला देता है और बहुत कुछ याद रखने के लिए दे जाता है। वे स्थायी स्मृति बनने के क्षण थे और हम उन्हें बनते हुए महसूस कर रहे थे। कोहरा, घास पर बिताये वे क्षण, दाना चुगते कबूतर और कभी चलती कभी रुकती हवा उन क्षणों के साक्षी थे।

"चलें?" सहसा उसने मौन तोड़ा।

फिर हम साथ–साथ उठ खड़े हुए। हम अनायास ही उस दृश्य का हिस्सा बन गये थे, जो मानो हमारे लिए ही रचा गया था। हमने अपने–अपने संवाद बोल दिये थे और अब हमें नाटक से बाहर जाना था।

उसी जेब्रा क्रॉसिंग से होते हुए एक बार फिर हम रीगल सिनेमा पहुँच गये। यहीं उस कैब को आना था, जिसे शिप्रा ने अपने मोबाइल से बुक करायी थी। हमें ज़्यादा देर तक प्रतीक्षा नहीं करनी पड़ी। सड़क पर भागते–दौड़ते ट्रैफ़िक के शोर ने हमारे संवादों को दबा दिया था।

"मैं चलती हूँ। अभी रुकोगे?" शिप्रा ने कैब में बैठते हुए कहा।

"आज रात की फ्लाइट है...तुम बैंगलोर कब जाओगी?"

"पता नहीं...शायद अगले हफ़्ते।"

"क्या मैं तुम्हें फ़ोन कर सकता हूँ?"

कुछ सोचती हुई सी वह बोली, "यह शायद ठीक नहीं रहेगा। मैं ही मौक़ा देखकर तुम्हें फ़ोन करूँगी...अपना ध्यान रखना।"

"हाँ, और तुम भी।"

उसके चले जाने के बाद भी मैं वहीं खड़ा रहा। मुझे याद आया सुबह शिप्रा का फ़ोन आने के बाद मैं सुख के बारे में सोच रहा था।... सुख सचमुच आया था, कोहरे में लिपटा हुआ, कबूतरों के पंखों पर सवार, दोपहर की कुनकुनी धूप से सराबोर...पीच कलर की साड़ी पहने हुए वह उस सुख को ही तो लायी थी। शायद सुख ऐसे ही आता है, चाहे उसका आना कुछ क्षणों के लिए ही क्यों न हो! वैसे भी सुख की उम्र लम्बी नहीं होती। एक पुराना शेर अनायास ही याद आ गया–उनको देखा तो सब भूल गया, बस इतना याद रहा कि कुछ कहना ज़रूर था।

दो

मैं-शिप्रा

दुःख रख गया था कोई दहलीज़ पर

जहाँ कभी प्रेम था
आज वहाँ अभिशप्त आत्माओं का डेरा है
और स्थापित है यातना
अपनी सम्पूर्ण ऊर्जा के साथ
मैंने उसे बुलाया नहीं था
वह तो स्वयं ही आ गयी थी
बिना दरवाज़ा खटखटाये
और अब रह रही है
मेरी अन्तरंग मित्र बनकर।

अजीब दिन थे। गर्मियों ने अभी विदा नहीं ली थी और सर्दियाँ आयी नहीं थीं। सारा दिन कुनकुनी सी धूप पसरी रहती थी। अक्टूबर का नीला आकाश ग्यारहवें माले पर कुछ ज़्यादा ही पास महसूस हुआ करता था। पूरी सोसाइटी में दूर–दूर तक गुलमोहर और हरसिंगार दहका करते थे, जिन्हें मैं अपनी बॉलकनी से देखा करती थी। पंकज के ऑफ़िस चले जाने के बाद कुछ काम शेष बचता भी नहीं था। अंकिता प्रायः अपने कमरे में रहती और मैं अकेली अपने कमरे में। नन्हा पीयूष अंकिता और मेरे कमरे के बीच खेलता रहता था। एक अकेला वही था, जिसकी वजह से घर में चहल–पहल बनी रहती थी।

जो घटनाएँ अचानक घटती हैं, वे अपना स्थायी प्रभाव छोड़ जाती हैं। वह एक ऐसा दिन था और वह एक ऐसी ही घटना। उस दिन को याद करते ही उस घटना की फ़िल्म दिमाग़ में स्वतः ही चलने लगती है। दोपहर का समय था और मैं हर रोज़ की तरह खाना खाने के बाद बॉलकनी में आ बैठी थी। वह कुछ बेमानी सा समय था, जिसके किनारे बैठे रहने की मेरी आदत हो गयी थी। ग्यारहवें फ्लोर पर वैसे भी सब कुछ बेगाना सा लगने लगता है। आप न तो ज़मीन पर होते हो, न ही आकाश में...बीच की मनःस्थिति हमेशा यन्त्रणादायक ही होती है।

पर मुझे कोई यन्त्रणा नहीं थी, न कोई दुःख था और न ही कोई यातना। सिर्फ़ एक ख़ालीपन था, जो पिछले अनेक बरसों से मेरा साथी बनकर रह रहा था। यह मेरा चुना हुआ ख़ालीपन था, जिसके लिए मैं स्वयं जवाबदेह थी। विचित्र बात तो यह थी कि यह ख़ालीपन मुझे चुभता नहीं था। मैं इसकी आदी हो गयी थी।

मुझे पता ही नहीं चल पाया कि कब मुझे अपना एकान्त प्रिय लगने लगा था।

तभी मेरा मोबाइल घनघना उठा। कोई अपरिचित नम्बर था। मैंने फ़ोन उठाया, "हलो..."

"यह मैं बोल रहा हूँ..."

"मैं कौन?"

"मैं अभिनव...पूना से।" उस ओर से उसकी झिझकती हुई आवाज़ आयी।

पहले उसकी आवाज़ पहचान बनकर आयी, फिर नाम। कुछ आवाज़ें, कुछ नाम आप चाह कर भी ताउम्र भूल नहीं सकते। यह ऐसी ही एक आवाज़ थी, अपने बीते हुए नाम के साथ, मेरे अतीत के अँधेरों में खोयी हुई...अभिनव, यही वह नाम था, जिसने मेरा जीवन पूरी तरह बदल डाला था। मैं भला उसे कैसे भूल सकती थी! पर इतने अरसे बाद! छब्बीस साल कोई छोटी अवधि नहीं होती! मेरा हृदय ज़ोर–ज़ोर से धड़कने लगा था।

"अभिनव, यह तुम हो?" मैंने गहरे आश्चर्य में डूब कर कहा, "इतने सालों बाद! यह मेरा मोबाइल नम्बर कहाँ से मिला तुम्हें?"

"तुम्हारी फेसबुक प्रोफ़ाइल से...भूल गयी क्या कि तुम मेरी फेसबुक फ्रेन्ड हो। क्या तुम्हें बुरा लगा?"

"नहीं..." मैंने झिझकते हुए कहा। मुझे याद आया कि हाल ही में उसकी फ्रेन्ड रिक्वेस्ट आयी थी और मैंने उसे एक्सेप्ट भी कर लिया था, पर वह मुझे फ़ोन करेगा, यह सोच पाना मेरी कल्पना से बाहर था। यकायक यह तय कर पाना कठिन हो रहा था कि मैं बात करूँ या नहीं करूँ!

"कहाँ से बोल रही हो?"

"बैंगलोर से..."

"बात कर सकता हूँ न!"

"हाँ...पर एक मिनिट रुको..."

मैं वहाँ से उठकर अपने कमरे में आ गयी, लगभग भागते हुए।

मैं हड़बड़ाहट में थी और नहीं चाहती थी कि अंकिता देखे। वह पीयूष के साथ अपने कमरे में थी। दहक़ते हुए हरसिंगार वहीं रह गये थे, गुलमोहर वहीं रह गये थे, दोपहर वहीं रह गयी थी।

"हाँ, अब बोलो..." मैंने कमरे का दरवाज़ा बन्द करते हुए कहा। हालाँकि छिपाने वाली कोई बात नहीं थी, पर एक अपरिचित से डर ने न जाने क्यों दस्तक दे दी थी। यह डर फिर कभी गया ही नहीं, और न ही मैं चाहते हुए भी कभी अभिनव के विषय में खुलकर बात कर पायी। पंकज के मन में अपने पिता के प्रति जो वितृष्णा भरी हुई थी, उससे मैं अच्छी तरह परिचित थी।

थोड़ी देर उस ओर ख़ामोशी छायी रही, "समझ में नहीं आ रहा, कहाँ से शुरू करूँ!"

समझ मुझे भी नहीं आ रहा था। हमारे बीच छब्बीस सालों का वीरान फासला पसरा हुआ था। यह कोई छोटा फासला नहीं होता और न ही बैंगलोर पूना के बीच की दूरी कोई कम दूरी होती है... पर सहसा मोबाइल ने दोनों अन्तरों को पाट दिया था। उसका फ़ोन आना एक बड़ी घटना थी, जिसने अनेक प्रश्नों को जन्म दे दिया था और जब बहुत सारे सवाल एक साथ आ खड़े हों, तो सही सिरा पकड़ पाना आसान नहीं होता।

मैंने ही उस मौन को तोड़ा था, "आज अचानक! इतने सालों में मेरी कभी याद नहीं आयी?"

"क्या ऐसा हो सकता है भला! पर मेरे पास तुम तक पहुँचने का कोई ज़रिया नहीं था।"

"तो फिर अब कैसे ढूँढ़ लिया?"

"हर काम का एक समय निश्चित होता है तुमसे जुड़ पाना आज नियत था...तुम्हें शायद याद हो मैसेंजर पर हमारी छुटपुट बातें हुई थीं।"

"हाँ, मुझे याद है..."

"तभी से तुमसे बात करना चाह रहा था। कई दिन तो हिम्मत जुटाने में ही निकल गये..." वह भी सहज नहीं हो पा रहा था।

मैं उसकी उतरती–चढ़ती साँसें महसूस कर सकती थी। वह मेरे कान के बिल्कुल पास था, पर देह से मीलों दूर। एक पल में ही उसने मेरे सारे वजूद को ढँक लिया था। छब्बीस वर्षों बाद उस व्यक्ति से बात करना, जिसका नाम अभिनव था और जो कभी मेरा पति था, मेरे लिए भी आसान नहीं था।

फिर कुछ देर सामान्य जानकारियाँ इधर–उधर होती रहीं। न उसने और न ही मैंने ऐसी कोई बात की, जो विशेष रही हो। मुझे जानकर गहरा आश्चर्य हुआ कि अभिनव एक बार मुझसे मिलने भोपाल गया था। पर तब तक मैं वह घर छोड़ चुकी थी, जहाँ विवाह के बाद हम रहा करते थे। उन दिनों मैं एक साल की विदाउट पे लीव पर ममा–पापा के साथ दिल्ली में थी।

"क्या मैं कभी बेटे से मिल सकता हूँ?"

उसकी यह चाहना अप्रत्याशित थी, किसी हद तक दुस्साहसपूर्ण भी। मुझे सहसा कुछ भी उत्तर देते नहीं बन रहा था। बिना पंकज का मन लिए मैं कुछ भी कह सकने की स्थिति में नहीं थी। जब मैं अभिनव से अलग हुई थी, तब पंकज सिर्फ़ आठ महीने का था। चेहरा, गन्ध, स्पर्श...उसे कुछ भी याद होगा, इसकी कोई सम्भावना नहीं थी। मैंने अभिनव की सारी तस्वीरें फाड़ फेंक दी थीं, विवाह का एलबम भी। अलग होने के बाद मैं उसका एक भी चिह्न अपने पास नहीं रखना चाहती थी।

"शिप्रा...परेशान मत हो। मैं तुम्हारी मनःस्थिति समझ सकता हूँ। तुम चाहो तो मना कर सकती हो। मुझे बुरा नहीं लगेगा।" शायद वह मेरे असमंजस को भाँप गया था।

मुझे गहरी सान्त्वना महसूस हुई, "मुझे घर पर सबसे बात करनी पड़ेगी...पर तुम फ़ोन मत करना...मैं ही बात करूँगी।"

"क्या कभी मैंसेज कर सकता हूँ?"

"कभी–कभी...वह भी सिर्फ़ रात में..."

"ठीक है। तुम अपना समय ले सकती हो। मैं तुम्हारे फ़ोन की प्रतीक्षा करूँगा...पंकज कैसा है?" सहसा उसने पूछा। उसके मुँह से

पंकज का नाम सुनकर मैं बेचैन हो गयी थी। मुझे डर लगा कि मेरे अतिरिक्त भी कहीं कोई है, जिसका पंकज पर जैविक अधिकार है।

"बड़ा हो गया है। यहाँ जॉब करता है। मैं उसकी पत्नी अंकिता और बेटे पीयूष के साथ ही रह रही हूँ।"

"पीयूष! वाह! मैं दादा बन गया हूँ!"

"पर मैं नहीं जानती पंकज तुमसे मिलना चाहेगा कि नहीं! मुझे उससे बात करनी पड़ेगी।" मैंने तुरन्त कहा। वही डर एक बार फिर झाँकने लगा था।

"ठीक है, मुझे प्रतीक्षा रहेगी।" और उसने फ़ोन काट दिया था।

दोपहर जैसे बजने लगी थी, किसी साज सी नहीं, झरने की कलकल सी भी नही...जैसे किसी ख़ाली बर्तन पर टंकार कर दी गयी हो, जो देर तक गूँजती रहती है। वह गूँज आहिस्ता–आहिस्ता ख़त्म हो जाती है, लेकिन अभिनव के आवाज़ की गूँज अपनी सम्पूर्ण ऊर्जा के साथ मुझमें देर तक बजती रही थी...मैं नहीं चाहती थी कि वह मेरे सुरक्षित दायरे में सेंध लगाये। मैं जहाँ थी, जैसी थी, ठीक थी। प्रत्येक व्यक्ति का एक कम्फर्ट जोन होता है, जिसका वह आदी हो जाता है। मैं भी असुरक्षित क्षेत्र में जाने से डरती थी। यूँ तो एक निश्चित, सुरक्षित और मनचाहे जीवन की चाहना इतनी ग़लत बात भी नहीं है, लेकिन ज़िन्दगी ठीक वैसी ही गुज़रे, जैसी आपने चाही थी, यह ज़रूरी तो नहीं।

मेरे साथ ऐसा ही हुआ। शायद सभी के साथ होता हो! मैंने भी अपने तरीक़े से जीना चाहा था, एक सुरक्षित, स्वाभिमानी और आत्मनिर्भर जीवन। किसी हद तक वैसा ज़िन्दगी जी भी...पर नहीं जानती थी कि एक दिन आयेगा, जब मेरा ही स्वाभिमान मेरे सामने एक विकट प्रश्न बनकर खड़ा हो जायेगा। एक ऐसा प्रश्न, जो मेरे अस्तित्व को उलट–पलट कर रख देगा और मैं अन्तर्द्वन्द्व के अपने ही बनाये जाल में उलझ कर रह जाऊँगी...मेरे लिए अभिनव को बुलाने का निर्णय लेना कोई सहज प्रक्रिया नहीं रह गयी थी।

पंकज को सफल इन्सान बनाने की धुन में बहुत–सा समय पानी सा बह गया था। जो समय अभिनव के साथ गुज़ारना था,

उसे बेटे के हवाले कर दिया था। यह पहले नहीं सोचा था कि उसकी सफलता के साथ इतना घनीभूत अकेलापन भी आ जायेगा। यह अकेलापन अनायास नहीं आया था, बल्कि साल–दर–साल चुपचाप मन में इकट्ठा होता रहा था...जब आँख खुली, तो बहुत देर भी हो चुकी थी। ज़िन्दगी एक नयी राह पर चल पड़ी थी और अतीत केवल स्मृति बनकर रह गया था। सालों पहले जो गाँठें पड़ गयी थीं, उनकी जकड़न आहिस्ता–आहिस्ता कम होने लगी थी। कभी–कभी लौटने का मन करता था, पर लौटने के सारे रास्ते बन्द हो चुके थे ...और फिर लौटती भी, तो कहाँ लौटती? अभिनव का मेरे पास कोई ठौर–ठिकाना नहीं था...प्रश्न यह भी था कि क्या वह मुझे अपना लेगा? उसने तो अब तक दूसरा विवाह भी कर लिया होगा!

कई बार उम्र गुज़र जाने के बाद अपने ही लिए निर्णय सन्देहास्पद लगने लगते हैं। जो निर्णय उन दिनों सही लग रहे थे, वक़्त गुज़र जाने के बाद सहसा सन्देह के घेरे में आ गये थे...एक–दूसरे के साथ रहना ही काफ़ी नहीं होता, एक–दूसरे को समझना भी आवश्यक होता है, तभी सम्बन्ध स्थायी हो पाते हैं। क्या हम एक–दूसरे को समझ पाये थे? क्या मैंने अलग होने की जल्दबाज़ी की थी? क्या मुझे हमारे रिश्ते को एक और अवसर देना चाहिए था?

मैं यह सब सोचना नहीं चाहती थी, लेकिन कई बार अपने पर आपका कोई नियन्त्रण नहीं रहता। आप स्वयं को अनिश्चिय के हवाले कर देते हैं और वह होने देते हैं, जो सहज रूप से हो रहा होता है। सोच एक नदी में बदल जाता है, आप जिसके किनारे बैठकर उसका बहना तो देख सकते हैं, लेकिन उसके प्रवाह को रोक नहीं सकते...एक अनकहा–सा अवसाद चुपचाप चला आया था और कुण्डली मारकर बैठ गया था।

मुझे स्वयं पर आश्चर्य भी हुआ कि कहाँ तो मैं अभिनव का पता ठिकाना मालूम नहीं होने पर उदास हो गयी थी और कहाँ अब उसका फ़ोन आने पर इतनी उलझ गयी हूँ! मनःस्थिति उस बगुले–सी हो गयी थी जो यह निर्णय नहीं ले पा रहा था कि पानी

में तैरता रहे कि पास वाले वृक्ष पर बैठ जाये! बहू, बेटे और पोते के होते हुए भी अकेलापन मन को सालने लगा था। यह उस तरह का अकेलापन था भी नहीं, जिसे इन सबसे बाँटा जा सके। इनके अतिरिक्त कोई अपना, कोई दोस्त, कोई रिश्तेदार भी याद नहीं आया। अपना एकान्त अच्छा लगने लगा था। मन करता था सारा दिन कमरे में अकेली बैठी रहूँ, कोई मुझसे बात नहीं करे।

अजीब ऊहापोह में उलझा समय था। वैसे भी जब आप हलचलों के हुजूम में हों, तो कुछ भी सामान्य नहीं रह पाता। सब कुछ अस्त व्यस्त महसूस होने लगा था, जैसे किसी अंधड़ ने तबाही मचा दी हो। मुझे कई बार अभिनव पर ख़ीज भी हो आती थी। क्या ज़रूरत थी उसे हमारी बँधी–बँधाई ज़िन्दगी में तूफ़ान लाने की!...पर तूफान तो आ चुका था। अब ज़रूरत थी उससे मुकाबला करने की।

अन्ततः एक सुबह मैंने पंकज को बताना ही ठीक समझा। पर मैं नहीं जानती थी कि पंकज इतना बखेड़ा खड़ा कर देगा। वह बुरी तरह उखड़ गया था।

"उनकी हिम्मत कैसे हुई आपसे बात करने की?" पंकज बहुत ग़ुस्से में था, "इतने दिन हम अकेले रहे, तब तो उन्हें मेरी याद नहीं आयी और अब इतने सालों बाद मुझसे मिलना चाहते हैं! नहीं मिलना मुझे।"

"ऐसा नहीं है पंकज। उन्होंने कोशिश की थी। वे भोपाल भी गये थे। पर तब तक हम वह घर छोड़ चुके थे।" मैंने धीरे से कहा।

"आप उनका पक्ष क्यों ले रही हैं?"

"मैं सिर्फ़ बता रही हूँ।" इस बार भी मेरी आवाज़ बहुत धीमी थी।

"तो फिर यह भी बता दो कि वे मिलना क्यों चाहते हैं?"

"वे सिर्फ़ एक बार तुम्हें और पीयूष को देखना चाहते हैं। यदि तुम नहीं चाहोगे, तो वे नहीं आयेंगे।" मैंने धीरे से कहा। स्पष्ट था कि मैं अभिनव का पक्ष ले रही थी।

पहली बार पंकज कुछ नरम पड़ा, "मैं नहीं चाहता कि वे आयें। हम जैसे हैं, ख़ुश हैं। उनके बिना भी ख़ुश हैं।"

"ठीक है, यदि तुम नहीं चाहते, तो मैं मना कर देती हूँ।" मैंने कहा। मेरी ओर से यह बात समाप्त करने का संकेत था।

पर पंकज के मन में कुछ और प्रश्न उठ खड़े हुए थे, "सवाल यह नहीं है कि मैं क्या चाहता हूँ या अंकिता क्या चाहती है...असली बात यह है कि आप क्या चाहती हैं?"

"मैं वही चाहती हूँ, जो तुम सब चाहते हो..."

"नहीं ममा...बात केवल इतनी सी नहीं है। यदि होती, तो आप हमें बिना बताये उन्हें मना कर देती...पर आपने ऐसा किया नहीं।"

"तुम सबसे पूछे बिना मैं कोई निर्णय नहीं लेना चाहती थी। तुम जानते ही हो कि तुम्हारा निर्णय मेरे लिए कितना महत्त्वपूर्ण है!"

पंकज ने कोई उत्तर नहीं दिया। वह चुपचाप ऑफ़िस जाने की तैयारी करता रहा। उसके मन की उथल–पुथल चेहरे पर उभर आयी थी। मैं उसकी ऐसी मनःस्थिति को पहचानती थी। आख़िर उसकी माँ थी। फिर वह सहसा मेरे पास आया, मेरा हाथ अपने हाथ में लिया और आहिस्ता से बोला, "ममा, मेरे लिए आप माँ और बाप दोनों हो... किसी दूसरे के लिए अब कोई जगह नहीं है...आप समझ रही हैं न कि मैं क्या कहना चाह रहा हूँ? आप बुलायेंगी, तो मैं रोकूँगा नहीं। यह घर आपका ही है। आप जो चाहे निर्णय ले सकती हैं।"

पता नहीं क्यों, मेरी आँखें भीग गयी थीं। मेरे लिए पंकज से बढ़ कर कोई दूसरा नहीं था। इतने सालों वह हमेशा ही मेरे केन्द्र में रहा था। उसकी दुनिया ही मेरी दुनिया थी। मैंने मन ही मन अभिनव को इन्कार करने का निर्णय ले लिया था। जिन रिश्तों पर बरसों पहले पूर्णविराम लग चुका था, उन्हें पुनः खोलने में कोई सार्थकता थी भी नहीं, विशेषकर पंकज के मना कर देने के बाद तो बिल्कुल भी नहीं। दूसरा सच यह भी है कि इस निर्णय से मुझे मन ही मन राहत ही महसूस हुई थी। जैसे विगत कई दिनों से चल रहा झंझावात सहसा थम गया हो।

पर कहानी ख़त्म होकर भी ख़त्म नहीं हुई थी। ऑफ़िस से पंकज का फ़ोन आया, "ममा, क्या आपने उन्हें मना कर दिया?"

"नहीं...क्यों, क्या हुआ?"

"उन्हें बुला लो ममा। कहीं बाद में अफसोस न हो कि यदि उन्हें बुला लेते, तो ठीक रहता...उन्हें स्वीकार करना नहीं करना तो हमारे हाथ में है।" पंकज का स्वर दृढ़ था, मानो उसने बहुत सोच–समझ कर निर्णय लिया हो।

पंकज ने मुझे एक बार फिर उसी मनःस्थिति में धकेल दिया था। यह तो तय था कि अभिनव के आने से घर का माहौल असहज होने वाला था...पर वह अपने बेटे से मिलना चाहता था, मुझसे नहीं। उसका थोड़ा बहुत हक़ तो बनता भी था। आख़िर पिता था वह उसका...लेकिन इससे पहले कि मैं किसी निर्णय पर पहुँच पाती, मुझे थोड़ा और वक़्त चाहिए था।

*   *   *

मैं एकान्त चाहती थी, ताकि इस नयी स्थिति पर विचार कर सकूँ। जिस व्यक्ति को मैंने एक दुःस्वप्न की तरह बिसार दिया था, वह एक बार फिर मन के दरवाज़े पर दस्तक दे रहा था। उन आवाज़ों ने मेरे शान्त मन में उथल–पुथल मचा दी थी। जिस एकाकी जीवन को मैंने ख़ुद चुना था, उसे भरभरा कर गिरने तो नहीं दिया जा सकता था! देखा जाये तो उतना एकाकी भी नहीं था मेरा जीवन। मेरा बेटा पंकज इत्तफाक से मेरी झोली में आ गिरा था। उसने मेरे एकाकीपन को कम तो किया, पर उस तरह नहीं, जिस तरह एक साथी करता है।

विलग होने के इतने वर्षों बाद मिलने का क्या अर्थ हो सकता है! क्या वह सिर्फ़ पंकज से मिलना चाहता था, मुझसे नहीं? उसे पंकज से कुछ हासिल नहीं होने वाला था और हम दोनों कुछ भी हासिल होने की सीमा के बाहर थे। किसी नयी शुरुआत की भी कोई सम्भावना नहीं थी। भले ही मैंने पुनर्विवाह नहीं किया था, लेकिन अभिनव ने तो अवश्य कर लिया होगा। पुरुषों को प्रायः अकेले जीवन गुज़ारते कम ही देखा गया है।

क्या अभिनव अपनी पत्नी और बच्चों के साथ मिलने आयेगा? वह आख़िर सिद्ध क्या करना चाह रहा है? क्या पंकज ने उसे बुलाने का ग़लत निर्णय ले लिया है? क्या मुझे उसे इन्कार कर देना चाहिए?

तार इतने उलझ गये थे कि उनका कोई भी सिरा पकड़ में नहीं आ रहा था। मुझे आवश्यकता थी एक ऐसे व्यक्ति की, जो मुझे निष्पक्ष सलाह दे सके। पर कोई भी नहीं था जो मुझे मेरी इस अनिर्णय से भरी मनःस्थिति से बाहर ला सके। ममा–पापा से बात करने का कोई अर्थ नहीं था। एक समय था, जब वे अभिनव को पसन्द किया करते थे, लेकिन उसके नौकरी छोड़ देने के निर्णय से उनका भी मोह भंग हो गया था...ऐसे में आदमी कितना अकेला हो जाता है। अकेला और असहाय।

दो दिन इन्ही विचारों में गुज़र गये। एक पल भी ऐसा नहीं गुज़रा होगा, जब मैं अपने अन्तर्द्वन्द्व से बाहर निकल पायी होऊँ। रात रात भर जाग कर अँधेरे में सूनी छत ताका करती थी। कभी उठकर खिड़की पर आ जाती, जैसे वहाँ कोई समाधान छिपा हो। दिन के समय व्यर्थ के कामों में ख़ुद को उलझा कर रखती। पर शाम! यह सबसे नाजुक वक़्त होता है, जब उड़ते परिन्दे घर लौटते हैं, दिन भर की थकी हवायें अपने ऊष्म कपड़े उतार कर सुस्ताने लगती हैं, शहर की छत पर आकाश उतर आता है और किसी पुराने गाने की आवाज़ मन में उदासी घोलने लगती है। समय मानो थम सा जाता है और आप कुछ नहीं कर सकते।

पिछले दो दिनों से मैं अपना मोबाइल बार–बार चैक कर रही थी। लगता था, शायद अभिनव का कोई मैसेज हो। जब कि मुझे यह मालूम था कि वह तो ख़ुद मेरे मैसेज की प्रतीक्षा कर रहा होगा। उस दिन फ़ोन पर उससे बात होने के बाद उसकी आवाज़ मेरे पास रह गयी थी। जब उसका चेहरा याद करने की कोशिश करती, तो कोई स्पष्ट तस्वीर उभर कर नहीं आ पा रही थी। छब्बीस साल पहले जो छवि अंकित थी, समय ने उसका अधिकतर हिस्सा झाड़–पोंछ कर साफ़ कर दिया था। केवल एक प्रोफ़ाइल बचा था, वह भी धुँधला–सा।

यह तीसरी रात थी, पिछली दो रातों की ही तरह तन्हा। आँखों की नींद किसी भटके हुए मुसाफ़िर की तरह रास्ता भूल चुकी थी। जीवन की ढलती शाम के समय यह कैसी उथल–पुथल मच गयी थी! जिस व्यक्ति को कभी मैंने अपने जीवन से निकाल बाहर किया था, आज वह फिर क्यों दस्तक दे रहा था? और इससे भी ज़्यादा महत्त्वपूर्ण बात यह थी कि मैं इतनी बेचैन क्यों हो गयी थी? क्या कोई उम्मीद बाक़ी रह गयी थी? पर कैसी उम्मीद? और वह भी इस उम्र में!

उम्मीद? हाँ, शायद उम्मीद ही थी, जो मेरा हाथ थामे किसी ख़ुशनुमा सुबह के गीत गा रही थी। इतने वर्षों बाद ऐसी भटकती उम्मीद क्या सुखों की पोटली लेकर आयी थी? क्या यह किसी दूसरी भटकन की शुरुआत थी या पहली का अन्त!

कहीं कोई उत्तर नहीं था। यदि थी तो बस काम्पोज की गोली में, जिसकी एक डोज़ मुझे गहरी नींद में सुला दिया करती थी।

*　　　*　　　*

सोच की गाँठें यदि खुल जायें, तो रास्ते साफ़ दिखायी देने लगते हैं। रात की उन अँधेरी घड़ियों में, जब पता नहीं मैं सो रही थी कि जागी हुई, सहसा मुझे सब कुछ साफ़–साफ़ दिखायी देने लगा था। अभिनव का आना, पंकज या अंकिता की नहीं, मेरी समस्या थी, उसका हल मुझे अपने तरीक़े से ही निकालना था। एक ऐसा हल, जो विगत को किनारे सरका कर ही लिया जा सकता था, अपने आज को गवाह बनाकर।

मेरे लिए अभिनव को बुलाना किसी भी समझ से परे की क्रिया थी। हालाँकि मेरे मन में उसके प्रति सहानुभूति क्यों पैदा हो गयी थी, इस प्रश्न का भी कोई सटीक उत्तर मेरे पास नहीं था। कहते हैं, समय सब कुछ भुला देता है। तो क्या बीच के लम्बे अन्तराल ने मेरी सारी कटुता को हर लिया था? पर सभी प्रश्नों के सटीक उत्तर नहीं होते! अनेक बार मन का क्षणिक आवेग भी हमें बड़े फ़ैसले लेने के

लिए बाध्य कर देता है...शायद अभिनव से अलग हो जाने का निर्णय भी ऐसे ही आवेग में लिया गया था।

मैं बालकनी में चली आयी, जहाँ धूप खिली हुई थी। थोड़ी देर में दोपहर हो जायेगी। अक्टूबर के महीने में वैसे भी दिन जल्दी ढलना शुरू नहीं करते, देर तक जमे रहते हैं, जैसे किसी बुढ़िया की प्रार्थनाएँ हों, जो अपने सुने जाने की प्रतीक्षा में देर तक हवा में तिरती रहती हैं। मेरे पास कोई प्रार्थना नहीं थी। इतने सारे देवी–देवताओं में से यदि किसी एक को अपने लिए चुन लेती, तो मेरे पास भी करने के लिए एक प्रार्थना होती। एक प्रार्थना, जिसके पीछे कोई सुख साँस लेता रहता।

मोबाइल स्क्रीन पर यथावत सन्नाटा छाया हुआ था। जब कॉलेज में पढ़ाया करती थी, तब वह सारा दिन बजता रहता था। अब कई–कई दिन गुज़र जाते हैं, कोई फ़ोन नहीं आता। किसी अपने से बात किये एक लम्बा अरसा गुज़र गया है। बस, एक ममा–पापा ही हैं, जिनके नम्बर रोज़ाना ब्लिंक करना नहीं भूलते थे। उनसे बात करना भी अब एक रुटीन में बदल चुका है।

मुझे ही अभिनव को मैसेज करना होगा। यह सोचकर मुझे अजीब–सा अहसास हुआ कि वह मेरे मैसेज की प्रतीक्षा में होगा। प्रतीक्षा केवल प्रतीक्षा नहीं होती। उसके साथ उस व्यक्ति की छवि भी जुड़ी रहती है और स्मृतियाँ भी। क्या वह मेरे बारे में सोच रहा होगा? ठीक वैसे ही, जैसे मैं उसके विषय में सोच रही हूँ।

आज चौथा दिन है। शायद उसने सोचा हो कि मैंने एक बार फिर उसे ख़ारिज कर दिया है। पर मैं कहना चाहती हूँ कि इस बार मैंने ख़ारिज नहीं किया है...मैं चाहती हूँ कि तुम आओ...एक पति की तरह नहीं, एक पिता की तरह भी नहीं, सिर्फ़ एक दोस्त की तरह। ठीक वैसे ही, जैसे हम विवाह से पहले मिला करते थे। तुम्हारे चेहरे और देह से शायद मैं तुम्हें नहीं भी पहचानूँ, पर तुम्हारी आवाज़ और आँखों से जान जाऊँगी कि यह तुम हो...जैसे तुमने मुझे ढूँढ़ लिया है, मैं भी तुम्हें 'ढूँढ़' लूँगी, ऐसे ही छिपे हुए संकेतों से...

देर तक हाथ में मोबाइल लिए बैठी रही थी। दिल कुछ ऐसे धड़क रहा था, मानों उम्र की शाम तक पहुँच चुकी किसी प्रोढ़ा का नहीं होकर किसी नवयौवना का हो। अछूता। कोरा। वर्जिन। कौन कहता है कि बीता हुआ समय लौटाया नहीं जा सकता! उम्र भले ही आगे भाग जाये, पर मन पीछे लौटने की कूवत रखता है। उसकी उम्र नहीं हुआ करती। उसकी उड़ान समय और काल से परे होती है। एक अक्षतयौवना की तरह कोई आँधी–तूफान उसे क्षतिग्रस्त नहीं कर सकता।

"तुम आ सकते हो।"

यही वह पंक्ति थी, जो अपने लिखे जाने की ऊहापोह में मेरे मन के अँधेरे कोनों में भटक रही थी। महज चार शब्द, जिन्हें लिखने में मुझे चार दिन का लम्बा समय लगा था, उन्होंने अभिनव तक पहुँचने में क्षण भर भी नहीं लगाया था। मोबाइल मेरे हाथों में था और वे थर–थर काँप रहे थे, मानो किसी लड़की ने अपने माता–पिता से छिप कर अपने प्रेमी को कोई संदेश दिया हो। मुझे स्वयं पर आश्चर्य भी हो रहा था। कहाँ गयी वह बोल्डनैस, जो मेरा सबसे बड़ा हथियार हुआ करती थी! मेरा आत्मविश्वास, मेरा स्वाभिमान और मेरा अहंकार, सब कहाँ तिरोहित हो गये थे! क्या अब मैं वह नहीं रह गयी थी, जो कभी हुआ करती थी? मुझे गहरा आश्चर्य हुआ कि कई बार किस प्रकार एक स्त्री का स्त्री होना उसकी अस्मिता पर भारी पड़ जाता है! पर हो सकता है, यह पुरुषों के साथ भी सच हो!

जीवन में कुछ क्षण ऐसे आते हैं, जब कोई युक्ति काम नहीं करती। हम सब कुछ समय पर छोड़ देते हैं और वे सब होने देते हैं, जो वह हमसे करवाना चाहता है, जैसे छोटे बच्चे काग़ज़ की नावें झील के ठहरे हुए पानी में छोड़ देते हैं। वे नहीं जानते कि उनकी नावें कहाँ जायेंगी। स्थिर पानी की सतह पर तैरती नावों को हवा का रुख अपने साथ बहा ले जाता है। मेरी स्थिति भी ऐसी ही थी। विवेक मेरा साथ छोड़कर दूर खड़ा मुझे देखकर हँस रहा था।

मोबाइल घनघनाया। मैंने देखा, अभिनव का मैसेज तुरन्त ही आ गया था—थैंक्स। डेट्स जल्दी ही बताता हूँ।

अनिश्चय की मनःस्थिति अब समाप्त हो चुकी थी। निर्णय लिया जा चुका था। अभिनव को आना ही था। मेरे लिए यह एक नयी भूमिका की शुरुआत थी, ऐसी भूमिका, जिसके संवाद मुझे लिखने थे, अभिनय भी मुझे ही करना था और परिणाम भी मुझे ही भुगतने थे। एक बार फिर असमंजस के क्षण मेरे पास आ बैठे थे, अपनी सम्पूर्ण नुकीलेपन के साथ। मुझे स्वयं को उसके आने से उत्पन्न होने वाली नयी परिस्थितियों के लिए तैयार करना अब ज़रूरी हो गया था। पता नहीं क्यों मुझे आभास हुआ, जैसे मैं किसी युद्ध में भाग लेने वाली हूँ।

वह एक प्रकार का युद्ध ही तो था और वह समय, युद्ध समय! एक ऐसा अन्तर्द्वन्द्व, जो मन के मैदान में अनवरत चलने वाला था, हार–जीत के किसी फ़ैसले के बग़ैर।

उन दिनों पहली बार मैंने पंकज को असहज सा महसूस किया। वह सीधे मुझसे आँख मिलाने से बचने लगा था। सम्भवतः सारा दिन वह भी यही सब सोचता रहता होगा। शायद उसे लगता होगा कि जो पिता उसकी स्मृति तक में नहीं थे, इतने लम्बे अन्तराल के बाद क्यों उसके शान्त जीवन में बवंडर उठाना चाह रहे हैं!

"तो फिर आपने क्या सोचा?" उसी ने पूछा। मैं पिछले कई दिनों से उसके इस प्रश्न की प्रतीक्षा कर रही थी।

"मैंने उन्हें आने के लिए कह दिया है।"

"तो आप चाहती हैं वे आयें।"

"मैं चाहती हूँ एक बार वे तुम सबको देख लें।"

"क्या वे अपनी पत्नी बच्चों को भी साथ लायेंगे?

"यह मैं नहीं जानती।"

"मुझे समझ में नहीं आ रहा है कि जब सालों पहले आप ख़ुद उनसे अलग हो गयी थीं, तो अब उन्हें क्यों बुलाना चाहती हैं?" उसकी आवाज़ में ज़रा भी उत्तेजना नहीं थी, पर उसके मन की

हलचल कोई भी पढ़ सकता था। जैसे आकाश में गहरे काले बादल छाये हुए हों, चाहे बरस नहीं भी रहे हों, पर उनमें अतिवृष्टि की सम्भावना कोई भी देख सकता है।

"उनसे अलग होने का निर्णय मेरा था। तब उन्होंने मेरी इच्छा का मान रखा था, अब मुझे उनके आग्रह का मान रखना होगा।" मैंने धीरे से कहा, इतना धीरे, कि मुझे अपनी ही आवाज़ सुनायी नहीं दी थी।

"जब मैं छोटा था और मुझे उनकी आवश्यकता थी, तब तो वे आये नहीं, अब आने से क्या अन्तर पड़ने वाला है?" उसका स्वर असाधारण रूप से वीरान था। उसने अपनी नाश्ते की प्लेट को अभी हाथ तक नहीं लगाया था।

"वे आये थे, अलग होने के अगले साल ही आये थे, पर उन दिनों हम दिल्ली में थे...और पंकज, बात अन्तर पड़ने की नहीं है। उन्हें तुम सबसे मिलने का हक़ है।"

"हक़ जताने का यह कौन सा तरीक़ा है?"

"वे जता कुछ भी नहीं रहे, सिर्फ़ एक बार मिलना ही तो चाहते हैं, वह भी यदि हम चाहें तो...हर स्थिति को तर्क के तराजू पर नहीं तोला जा सकता।"

"ये सब मैं नहीं जानता। जानना चाहता भी नहीं...पर आप मुझसे सामान्य व्यवहार की अपेक्षा मत रखना।" पल भर के लिए वह रुका, फिर मेरी ओर देखते हुए आहिस्ता से बोला, "और मैं उन्हें अपने पिता की तरह किसी हाल में स्वीकार नहीं कर पाऊँगा...ममा, आप ही मेरे पापा हो..."

मुझे याद आया, उस दिन भी पंकज ने यही कहा था। उसकी आवाज़ गीली थी। मैं उठी और उसके सिर को अपनी छाती में भर लिया, जैसे वह कोई दुधमुँहा बच्चा हो। मन भीतर तक भीग गया था। उसने भी अपनी दोनों बाहें मेरे इर्द–गिर्द बाँध दी थीं।

अंकिता वहीं बैठी चुपचाप देख रही थी।

*   *   *

क्या अभिनव ने विवाह कर लिया होगा!

जो प्रश्न पंकज ने अनायास पूछा था, मेरे मन में पहले दिन से ही कुण्डली मारकर बैठा हुआ था। बार–बार मन में यही विचार उमड़ने–घुमड़ने लगता था। अकेले हो जाने पर पुरुष का पुनर्विवाह कर लेना एक सामान्य–सी घटना होती है, पर स्त्री के लिए नहीं। उसके साथ बच्चे जुड़े होते हैं, उनका आने वाला कल जुड़ा होता है। स्त्री के लिए पुनर्विवाह करना एक सहज प्रक्रिया नहीं होती है, विशेषकर यदि वह माँ भी हो। उससे पहले उसे अन्तर्द्वन्द्वों के अनेक झंझावतों से गुजरना पड़ता है, विशेषकर मानसिक उलझनों से।

यह अनुमान लगाना कठिन था कि अभिनव ने इतने वर्ष कैसे व्यतीत किये होंगे। देखा जाये तो किसी के लिए भी उम्र भर अकेले जीते चले जाना आसान नहीं होता, चाहे वह पुरुष हो या स्त्री। केवल सेक्स ही कारण नहीं होता। पत्नी साथ हो तो पुरुष में एक प्रकार का उत्तरदायित्व बोध आ जाता है, जबकि पत्नी–पुरुष के साथ रहने पर एक प्रकार का अदृश्य सुरक्षा बोध महसूस करने लगती है। दोनों को एक–दूसरे की आदत हो जाती है। यह मेरी निजी सोच थी।

मुझे गहरा सन्देह था कि यदि अभिनव विवाहित हुआ तो वह अपनी पत्नी और बच्चों के साथ आयेगा। उसके जिस हिस्से से मेरा कोई परिचय नहीं थी, उसे वह हमारे सामने क्यों उजागर करेगा! लेकिन एक उत्सुकता अवश्य थी। स्त्री सुलभ उत्सुकता। कैसी होगी उसकी पत्नी? क्या मुझसे ज़्यादा सुन्दर? क्या मुझसे अधिक मोहक? क्या अपनी पत्नी के साथ अंतरंग क्षणों में उसे मेरी याद आती होगी? ऐसा होता हो, यह आवश्यक तो नहीं! आवश्यक तो कुछ भी नहीं। सम्भव है वह भी मेरी तरह अकेला ही हो!

क्या यही हमारी नियति थी?

शायद नहीं। अभिनव ने अपना आने वाला कल चुनने की धुन में हमारे साझा दिनों को बिसरा दिया था। एक दिन अचानक उसने अपनी बँधी–बँधाई नौकरी छोड़ दी थी, वह भी बिना मुझसे कोई

बात किये और बिना यह सोचे कि हमारे भविष्य का क्या होगा! वह तो अच्छा हुआ कि मैं कॉलेज में पढ़ाया करती थी, अन्यथा मैं नहीं जानती कि जीवन कैसे कटता! वह कुछ 'बड़ा और अलग' करना चाहता था और आश्चर्य तो यह था कि वह स्वयं भी नहीं जानता था कि वह 'बड़ा और अलग' आख़िर है क्या! यह मुझे पता था कि उसे कविताएँ लिखना अच्छा लगता था। उसकी यही विशेषता हमारी दोस्ती का कारण बनी थी। लेकिन मैं यह भी अच्छी तरह जानती थी कि कविताएँ लिखकर जीवन व्यतीत नहीं किया जा सकता। कुछ लोग अवश्य करते होंगे, पर गिने चुने। अभिनव उन गिने चुनों में होगा कि नहीं, यह मैं नहीं जानती थी। पर उसके निर्णय ने, जिसके पार्श्व में अनिश्चितता साफ़ दिखायी दे रही थी, हम सभी को एक अन्धकारमय और अनिश्चित भविष्य की सोच की ओर अवश्य धकेल दिया था।

अभिनव अपनी जॉब छोड़कर घर पर ही रहने लगा था। मैं कॉलेज जाती और वह सारा दिन पंकज का ध्यान रखता था। जब मैं घर लौटती और उसे हाथों में पंकज को सम्भालते हुए देखती, तो मेरा ग़ुस्सा आसमान छूने लगता था। क्या यही था उसका 'बड़ा' होना, जिसे वह पाना चाहता था! उसके दिवास्वप्न ने उसे नाकारा बना दिया था। कितनी बार मैंने उसे समझाया कि ऐसे कब तक चलेगा, वैल क्वालिफाइड हो, कोशिश करो, कोई न कोई अच्छी जॉब मिल ही जायेगी, पर उसने तो जैसे जॉब नहीं करने की ठान रखी थी। पता नहीं उसका विवेक कहाँ चला गया था! मैं जॉब करती थी और वह घर सम्भालता था। एक स्त्री के लिए यह असह्य स्थिति होती है। ऐसे में मेरे लिए उसके साथ ज़िन्दगी निकालना तो दूर रहा, कुछ दिन रहना भी असम्भव होता जा रहा था...

और प्रेम...सबसे पहले वही मरा था। अभिनव की बेरोज़गारी ने उसकी हत्या कर दी थी। हमारे बीच उग आये अ–प्रेम, उसके दिवास्वप्न और नाकारा होने के कारण यदि मैंने उससे हमेशा के लिए अलग होने का निर्णय लिया, तो क्या ग़लत किया था!

अभिनव से अलग होने के बाद मैंने सारा जीवन अकेले ही निकाला था। केन्द्र में यदि कुछ था, तो केवल पंकज। मेरा सारा समय उसी के इर्द–गिर्द घूमते हुए निकला था। ऐसा नहीं कि मेरे पुरुष मित्र नहीं रहे। याद करूँ तो एक चेहरा सबसे अलग खड़ा दिखायी देता है, विशेष भी और आत्मीय भी, जिस पर भरोसा किया जा सकता था...पर शेष उम्र उसके साथ व्यतीत कर पाना कभी सम्भव महसूस नहीं हुआ था। एक बार प्रेम के मर जाने के बाद दुबारा ठीक वैसी ही अनुभूति नहीं जग सकती। और अगर होती है तो वह प्रेम की अनुभूति नहीं होती, उसकी छाया भर जैसी कोई क्रिया होती है।

अब सोचूँ तो लगता है कि बहुत–सी घटनाओं का घटना पहले ही तय होता है। आप चाहें या न चाहें, उन्हें घटने से रोका नहीं जा सकता। अभिनव का मिलना, उससे विवाह होना और फिर अलग हो जाना, जैसे पहले से लिखा स्क्रीन प्ले था, जिसे हमें अभिनीत करना था। नाटक की निरन्तरता समाप्त हो चुकी थी, पर हम अब भी उसे खेले चले जा रहे थे।

मैं अनेक संशयों के बीच अटक रही थी। सारे संशय एक डर बनकर मेरे सामने आ खड़े हुए थे। बार–बार यह सन्देह उभर आता था कि कहीं उसे बुला कर मैंने ग़लती तो नहीं की? ऐसा क्या था, जो मुझे कमज़ोर बना रहा था? विगत दिनों की सारी दुःखद स्मृतियों के बाद भी मैं क्यों उसकी ओर एक अनजाना सा आकर्षण महसूस कर रही थी? क्या यह उसे अपमानित कर अपने जीवन से ख़ारिज करने की गिल्ट फीलिंग थी?

स्वयं से संघर्ष करते हुए हम अक्सर बहुत कुछ खो देते हैं। इस कोशिश में भीतर बहुत कुछ मर भी जाता है। पर जीवन गणित के सवाल तो होता नहीं। उसकी जटिलताओं के हल हमें किताबों में नहीं, ख़ुद अपने में तलाश करने पड़ते हैं। मैं जानती थी कि अपनी उलझनों का हल भी मुझे अपने आप में ही ढूँढ़ना पड़ेगा।

इन सारी ऊहापोहों से बाहर निकलने के लिए मैंने अभिनव से बात करना ठीक समझा। मेरा यह निर्णय ठीक निकला, क्योंकि उससे बात करने के बाद मुझे कुछ राहत अवश्य मिली थी।

"अभिनव...मैं बोल रही हूँ, शिप्रा...कैसे हो?"

"मैं ठीक हूँ...तुम्हें आज रात मैसेज करने ही वाला था।"

"कोई ख़ास बात?"

"मैं आ रहा हूँ वहाँ।"

"कब?"

"बीस अक्टूबर की फ्लाइट है...शाम तक पहुँच जाऊँगा।"

"तुम्हारे साथ और कौन आ रहा है?" कुछ संशय डेरा डाल कर बैठ जाते हैं। वह मेरा पीछा नहीं छोड़ रहा था।

"और कौन आयेगा?" उसने प्रतिप्रश्न किया। वह मेरे प्रश्न के पीछे झाँक नहीं सका था।

"शादी नहीं की?" मैंने झिझकते हुए पूछा।

वह हँस पड़ा। निर्मल हँसी, जो मीलों दूर मुझ तक चली आयी थी, "तुमने की?"

मैं चुप रही।

कुछ पल वह भी चुप रहा। शायद मेरी ख़ामोशी में उसे मेरा उत्तर मिल गया होगा। फिर उसकी आवाज़ आयी, "शिप्रा, तुम जानती हो, मैं शादी के लिए मिस फिट हूँ।"

राहत का झोंका ऐसे भी आता है, मैं नहीं जानती थी। वह मेरी तमाम चिन्ताएँ पल भर में अपने साथ बहा कर ले गया था। मैंने स्वयं को एक ऐसी नदी के किनारे खड़े हुए महसूस किया, जिसमें बहता पानी निर्मल और शुद्ध था, जिसे नीचे गहराई तक साफ़ देखा जा सकता था।

"क्या पंकज को मेरे आने का पता है?" कुछ देर बाद उसने पूछा।

"हाँ, वह जानता है...एक बात कहूँ।"

"मैं सुन रहा हूँ।"

"तुम उससे कोई उम्मीद मत रखना..."

इस बार वह थोड़ी देर चुप रहा। उबरने में उसे समय लगा। मैं उसकी मनःस्थिति समझ पा रही थी। वह चुप था पर उसकी ख़ामोशी बोलने लगी थी। भाषाविहीन भाषा, जिसके तार सीधे मन से मन तक जुड़े रहते हैं। पहली बार मुझे दुःख हुआ कि मैं उसके लिए कुछ नहीं कर सकी थी, न पहले, न अब।

"शिप्रा, इन वर्षों में बस यही समझ पाया हूँ कि उम्मीदों का टूटना दुःखों का एक प्रमुख कारण होता है। वह आपके छोटे–मोटे अर्जित सुखों को भी मार डालती हैं...इसी कारण अब मैं उम्मीदें नहीं बाँधता", उसकी आवाज़ सूखी हुई थी, भावविहीन और किसी हद तक निर्लिप्त भी। कुछ देर पहले की सौम्यता सहसा अब नहीं रही थी, पर वह भरसक सामान्य बने रहने के प्रयास में लगा हुआ महसूस हो रहा था।

मैं चुपचाप उसे सुन रही थी। अच्छा था कि वह बिना कुछ कहे ही सब कुछ समझ गया था। सम्भव था कि यदि हमारे बीच संवाद होते, तो फूलों के साथ कुछ काँटे भी उग आते। मुझे फूलों को सहेजना था।

"एयरपोर्ट से हमारा घर काफ़ी दूर है।" मैंने विषय बदला।

"मैं होटल में रुकूँगा..."

"नहीं, सीधे घर आना।"

"नहीं यार, तुम सब को असुविधा होगी।"

"वे सब छोड़ो...एयरपोर्ट उतर कर मुझे मैसेज करना, मैं लोकेशन शेयर करती हूँ।"

"एक बार फिर सोच लो।"

"सोच–समझ कर ही बोल रही हूँ।"

"ठीक है। फिर भी अगर तुम्हें लगे कि मेरे वहाँ आने से मुश्किलें खड़ी हो सकती हैं, तो मुझे बता ज़रूर देना। मैं नहीं आऊँगा।" उसकी आवाज़ में दृढ़ता थी, मानो किसी अनहोनी के घटने से बच रहा हो। हालाँकि मैं भी अनिश्चय की मनःस्थिति में भटक रही थी,

पर मैंने उसे बुलाना ही ठीक समझा था। पर तब मैं नहीं जानती थी कि उसे यूँ तिरस्कृत होकर पूना लौटना पड़ेगा।

सच कहूँ, उससे बात करके मुझे अच्छा ही लगा, जैसे पुरानी धूप उतर आयी हो, जो न सुख देती है न दुःख, लेकिन सान्त्वना की कोमल किरणें अवश्य दे जाती है। राहत की बात तो यह थी कि हमारे अलग होने के दिनों में हममें जो रूखापन आ गया था, वह अब नहीं था। हम सारंगी पर खरज की ध्वनि से बतिया रहे थे। पर क्या थोड़ी सी देर की बातचीत में स्वभाव में आये बदलाव को परखा जा सकता है? हम दोनों का जीवन को देखने का नज़रिया कितना अलग था, यह बात मैं उन दिनों अच्छी तरह समझ चुकी थी। आदमी का मूल स्वभाव कभी बदलता नहीं है, आप जो मर्ज़ी घुट्टी उसे पिला दें!

फिर भी मुझे एक नये सिरे से सोचने की ज़रूरत महसूस हो रही थी। बीते दिनों को याद करूँ, तो मुझे कभी नहीं लगा कि उससे अलग होने का मेरा निर्णय ग़लत था। जीने के लिए उसने जो रास्ता चुना था, वह भले ही उसके लिए सही रहा हो, पर मुझे पूरी तरह अस्वीकार था। मेरे लिए एक असफल, घुटनों के बल रेंगने वाले, दृष्टिहीन, नाकारा, कवि टाइप इन्सान के साथ उम्र गुज़ारना असम्भव था, जो सिर्फ़ दिवास्वप्नों में जीया करता हो। बँधी–बँधाई जॉब छोड़कर सपनों के सहारे भला कोई कैसे जी सकता है! ऐसी शर्तों पर चल पाना किसी भी औरत के लिए सम्भव नहीं होता, विशेषकर जब वह एक बच्चे की माँ भी हो!

उसे कविताएँ लिखने और किताबें पढ़ने का शौक़ था। मैं मन्त्रमुग्ध होकर सुना करती थी। कच्ची उम्र कुछ ऐसी ही होती है, जब भावुकता भरी अनेक बातें मन को संचालित किया करती हैं। उसकी कविताएँ ही हमारे बीच प्रेम की पहली वजह बनी थीं और वितृष्णा की भी। अब सोचती हूँ तो अजीब–सा लगता है कि कविताओं ने न सिर्फ़ हमें जोड़ा था, बल्कि तोड़ा भी था। समय कैसे चुपचाप संदर्भों के अर्थ बदल देता है, इसका पता विवाह के पहले

दो वर्षों में ही चल गया था। इन दो वर्षों की बुनियाद पर ही तीसरा वर्ष खड़ा था, जो हमारे अलग होने का साक्षी बना था।

वह कम बोला करता था। अपने में सिमट कर रहने की उसकी आदत से मैं परिचित थी। विवाहपूर्व मेरे साथ लगातार दो सालों की लम्बी दोस्ती के बाद भी मैं उसके उस आवरण को नहीं भेद पायी थी, जिसे वह अपने चारों ओर लपेटे रहता था। यदि भेद पाती, तो सम्भव है मैं उससे विवाह करती ही नहीं। कुछ लोग ऐसे ही होते हैं। दूसरों को प्रवेश की उतनी ही अनुमति देते हैं, जितनी देना चाहते हैं।

"यह तुम हमेशा क्या सोचते रहते हो?" एक बार मैंने पूछा था।

वह मुस्कराया, "तुम्हें सोचता रहता हूँ।"

"पर मैं तो तुम्हारे साथ हूँ!"

"तुम्हें सोचना अलग है और तुम्हारा होना अलग।"

"नहीं बताना चाहते तो मत बताओ..."

"सच कह रहा हूँ, बहुत सूक्ष्म सा अन्तर है।"

"मुझे नहीं पड़ना तुम्हारी इन उलझनों में।" बात समाप्त करने के उद्देश्य से मैंने कहा था। पर यह बात अब समझ में आयी है कि यदि उस दिन मैं उससे खुलकर बात कर लेती, तो शायद उसे समझने में बहुत सहूलियत होती। कुछ बातें देर से समझ में आती हैं। और जब समझ में आती हैं, तब तक बहुत देर हो चुकी होती है।

कई बार अतीत में लौटना निरर्थकता के अन्धकूप में लौटना बन जाता है। बहुत दिनों तक यदि आप अकेले अपने मन के अँधेरे कोनों में भटकते रहो, तो यह तय कर पाना कठिन हो जाता है कि दरअसल में आप चाहते क्या हो! अवसाद कम होने के स्थान पर गहरा होने लगता है। धूप निकलती है, हवायें चलती हैं, बारिशें बरसती हैं...पर मन है कि किसी भी घटना से जुड़ नहीं पाता, ख़ुद से लड़ता रहता है, किसी नतीजे पर पहुँचने के लिए नहीं, स्वयं को तसल्ली देने के लिए, कि जो कुछ घटा, उसमें आपकी कोई ग़लती नहीं थी, सारी घटनाएँ जैसे किसी अदृश्य डोर से संचालित थीं।

"जब तुम अपने को शादी के लिए मिसफिट मानते हो, तो फिर मुझसे शादी की ही क्यों?" अलग होने से पहले एक बार मैंने अभिनव से पूछा था।

वह चुप रहा था।

"बताते क्यों नहीं?"

"तालाब में डूबने पर ही पता चलता है कि वह कितना गहरा है।"

"तो तुमने मुझे मोहरा बनाया?"

"नहीं, विवाह का निर्णय हम दोनों का था। और यदि अब यह एक हादसा निकला, तो एक अकेला मैं कैसे ज़िम्मेदार हो सकता हूँ!"

"नहीं, तुम अकेले ही ज़िम्मेदार हो। शुरू से ही तुम ज़िम्मेदारियों से बचते रहे हो।" मैं प्रायः बिफर पड़ती थी, "कभी सोचा है कि यदि मैं भी तुम्हारी तरह जॉब छोड़ दूँ, तो पंकज का क्या होगा!"

"मैं तो अब भी यही चाहता हूँ कि तुम नौकरी छोड़ दो। हम पूना चलते हैं, वहाँ तुम्हें कुछ करने की ज़रूरत नहीं है, इतनी प्रॉपर्टी है मेरे पास कि आराम से परिवार को पाल सकूँ।"

"और मैं हाउस वाइफ बन जाऊँ! बात बात पर तुमसे पैसे माँगू। अपने अस्मिता की हत्या कर दूँ! यही चाहते हो न तुम?"

"मुझसे कुछ भी माँगने की आवश्यकता नहीं होगी। वे सब तुम्हारा ही तो है! तुम चाहो, तो सारी प्रॉपर्टी तुम्हारे नाम कर सकता हूँ।"

"ये सब मैं नहीं मानती। जिस दिन मैंने अपनी नौकरी छोड़ी, उसी दिन मैं तुम्हारी गुलाम बन जाऊँगी। मैं पुरुषों को अच्छी तरह जानती हूँ। कुछ मामलों में सब एक जैसे होते हैं। मुझे नहीं छोड़नी जॉब।"

"तो अब मैं तुम्हारा गुलाम बन गया हूँ?"

"यह तो मैंने नहीं कहा।"

"नहीं कहा, पर मतलब तो यही है।"

और फिर आरोप–प्रत्यारोप का एक लम्बा सिलसिला शुरू हो जाता, जिसका अन्त हमेशा अबोले पर होता। जो बातें मेरे लिए महत्त्वपूर्ण थीं, उन्हें सही सिद्ध करने के लिए मैं कोई न कोई तर्क ढूँढ़ लिया करती थी। सच तो यह था कि हम एक ऐसी सीमा पर

पहुँच चुके थे, जहाँ आपसी सामन्जस्य एक अर्थहीन शब्द बनकर रह गया था। बार–बार हम उसी दायरे में घिर आते थे, जिससे बाहर निकलने का रास्ता कटुता के गलियारे से होकर निकलता था। हमें ज़ोर से बोलते देखकर नन्हा पंकज रोने लगता था, जिसे चुप कराने मुझे उसके पास जाना ही पड़ता था।

अभिनव से विवाह करने से पहले लगता था कि उसे पा लेना ही जीवन का अन्तिम लक्ष्य है। उसे अपना बनाने और पाने के लिए मैंने अपने जीवन का एक बड़ा महत्त्वपूर्ण समय गँवा दिया था। यह बात अलग है कि उसे पा लेने के बाद इस लक्ष्य को मुरझाने में ज़्यादा समय नहीं लगा। बल्कि कई बार तो यह भी महसूस हुआ करता था कि आख़िर अभिनव में ऐसा क्या था, जिसके पीछे मैं दीवानावार भटका करती थी। यह बहुत देर बाद समझ में आया कि प्रेम में कोई लॉजिक काम नहीं करता। और जब लॉजिक काम करना शुरू करता है, तो प्रेम बुझ जाता है।

इन्तहा तो उस दिन हुई, जब कॉलेज के कुछ लेक्चरर एक शाम हमारे घर आये। उस दिन शायद मेरा जन्मदिन था या ऐसा ही कुछ रहा होगा। अच्छी ख़ासी पार्टी चल रही थी कि किसी ने अभिनव से पूछा, "आप करते क्या हैं?"

वह हँस पड़ा था, "कुछ नहीं, फ़िलहाल तो बेटे को पालता हूँ।"

"आप मज़ाक़ कर रहे हैं..." उस व्यक्ति ने भी हँसते हुए कहा।

"जी नहीं, मज़ाक़ नहीं कर रहा...पहले एक कम्पनी में वर्क्स मैनेजर था, पर अब जॉब छोड़ दी है।"

"क्यों?"

"मुझे कुछ बड़ा करना है।"

"क्या?"

"वह तो अभी पता नहीं।"

तभी मैं वहाँ पहुँच गयी थी और बात को सम्भाला, "ये मज़ाक़ कर रहे हैं। दरअसल इनकी दूसरी कम्पनी में जॉब लग गयी है। ऑफर लेटर की प्रतीक्षा कर रहे हैं।"

पार्टी का मेरा सारा मूड ऑफ़ हो चुका था। जब कोई काम मन मुताबिक़ न हो, तो ऐसा होना स्वाभाविक सी बात है। अभिनव अपना नहीं तो कम से कम मेरा मान रखने के लिए क्या एक छोटा सा झूठ नहीं बोल सकता था! जबकि उसे अच्छी तरह पता था कि जिस समाज में हम रह रहे हैं, वहाँ इन छोटी–छोटी बातों का कितना महत्त्व होता है!

"तो तुम चाहते हो कि सारे कॉलेज में मेरी थू–थू हो।" पार्टी समाप्त होते ही मैंने उससे कहा। मैं अन्दर तक भरी हुई थी। ऐसे में ज्वालामुखी तो फटना ही था।

"ऐसा मैंने क्या कर दिया?"

"क्या ज़रूरत थी उनसे यह कहने की मैं कुछ नहीं करता!"

"नहीं करता, तो नहीं करता...सच ही तो है!"

"कई बार झूठ का मोल सच से बड़ा होता है।" मैंने ग़ुस्से में कहा, "कभी सोचा है कि अगर मैं बात नहीं सम्भाल लेती, तो मेरे दोस्तों में मेरी कितनी फज़ीहत होती!"

"तुम्हारे एक झूठ से क्या सच बदल जायेगा?"

"बदले न बदले, पर इस झूठ ने राहत तो दे ही दी है। अब इससे पहले कि लोग बातें बनाने लग जायें, कहीं जॉब ढूँढ़ लो।"

वह कुछ नहीं बोला। चुपचाप सिगरेट फूँकता रहा। जब भी उसे कोई जवाब नहीं देना होता था, वह यही करने लगता था। शायद मुझे खिजाने के लिए, क्योंकि उसे पता था कि मैं उसका सिगरेट पीना पसन्द नहीं करती थी। मैं चाहती थी कि वह कुछ बोले, पर उसके मौन ने मुझे भी मौन कर दिया था। मैं चाहती थी कि कुछ हो, जिससे मुझे इस सन्त्रास से मुक्ति मिल सके, मेरा लावा बह सके। मुझे ऑकवर्ड स्थिति में धकेल दिये जाने ने उतना दुःख नहीं पहुँचाया था, जितना उसकी ख़ामोशी ने।

मेरी कभी समझ में नहीं आया कि कोई इन्सान अपने परिवार के रहते अपनी जॉब कैसे छोड़ सकता है! बात पैसे की नहीं थी, उसके लिए तो मेरी सैलरी ही काफ़ी थी। बात स्वाभिमान की थी।

क्या घर में बैठकर बच्चे पालना एक पुरुष की नियति हो सकती है! आप कितना भी बड़ा क्यों न करना चाहें, लौटकर तो आपको घर ही आना होगा, जहाँ बीवी–बच्चे और स्वयं घर आपसे अनेक अपेक्षाएँ लगाये बैठा होता है। अभिनव ने जो कुछ किया था, वह एक प्रकार का पलायन था।

लेकिन वह था कि कुछ समझने के लिए तैयार ही नहीं था। वह मेरे चश्में से दुनिया देखना ही नहीं चाहता था। जब भी मैं उससे अनिश्चित भविष्य की बात करने का प्रयास करती, वह पूना में अपनी प्रॉपर्टी का क़िस्सा लेकर बैठ जाता। उसका बस चलता तो कभी का मेरी जॉब छुड़वा कर पूना ले गया होता, जहाँ मैं एक हाउसवाइफ बनकर रह जाती, बच्चे पालती। मैं इसके लिए बनी ही नहीं थी। मेरा स्वाभिमान, मेरी पहचान और मेरी स्वतन्त्रता सर्वोपरि थी।

"तो तुम चाहते हो कि मैं अपने व्यक्तित्व की हत्या कर दूँ?" उन दिनों मैं हमेशा ही ख़ीज में रहने लगी थी, जिससे मेरी आवाज़ भी खुरदरी हो गयी थी।

"यह मैंने कब कहा! पूना कोई छोटा शहर नहीं है। वहाँ भी अनगिनत सम्भावनाएँ हैं।" वह भी कोई कम भरा हुआ नहीं रहने लगा था।

"यानी कि ग्राउण्ड जीरो से शुरू करूँ, और वह भी पंकज के हो जाने के बाद!" मैं रसोई में रात का खाना बना रही थी।

"बहुत से लोग पचास की उम्र के बाद नये तरह से जीना शुरू करते हैं। हमारी तो अभी उम्र ही क्या है!" वह पास ही डायनिंग टेबल पर बैठा हुआ था और सलाद काट रहा था।

"पर मैं अनिश्चय की अधरझूल स्थिति में साँस लेने की सोच भी नहीं सकती...प्रत्येक व्यक्ति की अपनी प्रवृत्ति होती है, उसका अपना सेफ जोन, आप उसे बदल नहीं सकते...और फिर तुम्हें ख़्याल हो न हो, पर मुझे पंकज का पूरा ख़्याल है।"

"तुम जो मर्ज़ी सोच सकती हो, पर मैं अच्छी तरह जानता हूँ कि मुझे किसका कितना ख़्याल है।"

कुछ देर मैं चुप रही, फिर सब्ज़ी बनाते हुए बोली, "तो इसका मतलब यह हुआ कि तुम सचमुच अब कुछ काम नहीं करोगे?"

"कुछ लोग नौकरी करने के लिए नहीं बने होते।"

"अच्छा, तो फिर यह बताओं कि तुम किसके लिए बने हुए हो?"

"यह मैं अभी नहीं जानता, पर कुछ है, जो मुझे करना है।"

तब तक मेरा ग़ुस्सा सातवें आसमान पर पहुँच चुका था, "तुम उन लोगों में से हो, जो जानते हो कि तुम अपने ही हाथों अपना और अपने परिवार का आने वाला कल बरबाद कर रहे हो, पर फिर भी कुछ करना नहीं चाहते...तुमसे तो बहस करना ही बेकार है।"

"तो मत करो न! कहता कौन है बहस करने के लिए!"

उसके उठकर चले जाने के बाद मैंने किसी तरह खाना बनाया और दूध की बोतल लेकर अपने कमरे में पहुँच गयी। पंकज सो रहा था। मैंने उसके मुँह में बोतल लगायी और उसके पास ही लेट गयी। मेरा मन रोने को कर रहा था। काश! कोई होता, जिससे अपना दुःख बाँट सकती। जिसे जीवन भर साथ निभाने के लिए चुना था, अब वही यन्त्रणाओं का कारण बन गया था। वह न तो मुझे समझने के लिए तैयार था और न ही स्थितियों की विकरालता को...पहली बार अकेलेपन के भयावह अँधेरे ने मुझे डसा था। पहली बार लगा था जैसे मैं इतनी बड़ी दुनिया में अकेली रह गयी हूँ। पहली बार मेरे आँसू पोंछने वाला कोई नहीं था...ममा–पापा भी नहीं।

सच तो यह था कि हम दोनों ही दो अलग–अलग दुनिया में रहने लगे थे, जहाँ एक–दूसरे का प्रवेश वर्जित था, जहाँ न तो सुखों का ही साझा था, न दुःखों का...विवाह के दो सालों के छोटे से अन्तराल में हम इतने अपरिचित हो जायेंगे, यह पहले नहीं सोचा था। सहसा विश्वास करना मुश्किल हो जाता था कि वे दोनों हम ही थे, जो एक–दूसरे के हाथों में हाथ बाँधे सड़कों पर यूँ ही घण्टों भटका करते थे, वे हम ही थे, जो शाम होने की बेताबी से प्रतीक्षा किया करते थे, वे हम ही थे, जिन्होंने साथ रहने का साझा सपना देखा था।

जब आप प्रेम में होते हैं, तब एक अलग ही दुनिया होती है, बहुत रोमानी, ख़ूबसूरत और सपनों से लबरेज, लेकिन जब प्रेम चुक जाता है, तब आप इन्हीं उपकरणों की मृत देह उठाये घूमने लगते हैं। आप भीतर तक ख़ाली हो जाते हैं और उम्मीद करते हैं कि शायद एक दिन सब कुछ ठीक हो जाये! पर कुछ ठीक नहीं होता। एक बार जो घटित हो जाये, वह अपना स्थायी प्रभाव छोड़ जाता है। मैंने भी नहीं सोचा था कि सब कुछ इतनी जल्दी बिखर जायेगा। शायद अभिनव ने भी नहीं सोचा हो। समय किसी घायल तितली सा हवा में उड़ता रहता था और हम बिना उसकी पीड़ा जाने छोटे बच्चों की तरह उसे पकड़ने इधर–उधर भागा करते थे...हम यातनायें जमा कर रहे थे और हमें मालूम ही नहीं था।

हम इतने अलग स्वभाव के इन्सान थे, इस बात का पहले हमें कभी आभास तक नहीं हो पाया था, कम से कम मुझे तो नहीं हो पाया था। जब मैं अपने विवाहपूर्व के उन ख़ुशनुमा दिनों के बारे में सोचती, तो मुझे लगता, जैसे मैं अपने नहीं, किसी दूसरे के दिनों के बारे में सोच रही हूँ। वे दिन किसी फ़िल्म की तरह हो गये थे, जिसे देखकर हम सिनेमा हॉल से बाहर आये और अजनबियों की तरह अलग–अलग रास्तों पर चलने लगे थे।

उन दिनों पहली बार मैंने अपने दुःख के कारणों को डीकोड करना शुरू किया था, जानबूझ कर नहीं, यह प्रक्रिया स्वतः ही प्रारम्भ हो गयी थी। जब आप अकेले होते हैं, तब आपके पास बहुत कुछ नया सोचने की सम्भावनाएँ खुल जाती हैं। कई बार मुझे स्वयं पर आश्चर्य होता था कि अभिनव को मैंने चुन कैसे लिया था! वह क्या था, जिसने मुझे उससे स्थायी आकर्षण में बाँध दिया था और मैं सब कुछ भूलकर उससे विवाह करने के लिए आमादा हो गयी थी। क्या वह निर्णय क्षणिक आवेश में लिया गया था? जिसे हम प्रेम समझते थे, क्या वह सिर्फ़ इनफेचुएशन था? यह विचार भी घर करने लगा था कि विवाह करने का निर्णय भावुकता भरा था। एक–दूसरे का साथ अच्छा लगना और साथ जीवन बिताना दो अलग–अलग बातें होती हैं।

मैंने उन दोनों को मिलाने की ग़लती की थी और अब उसे सुधारा नहीं जा सकता था...ऐसे में दुःख चुपचाप चला आया था। विवाह के उन दो वर्षों में कुछ भी वैसा नहीं रह गया था, जैसा मित्रता के शुरुआती दिनों में हुआ करता था। चुपचाप कुछ मर गया था और मुझे पता भी नहीं चल पाया था।

"दरअसल हमने कभी प्रेम किया ही नहीं। जिसे हम प्रेम समझ बैठे थे, वह मात्र दैहिक़ आकर्षण था।" एक बार मैंने अभिनव से कहा, "वरना क्या कारण है कि विवाह के मात्र दो वर्षों में ही हम इतने अकेले हो गये हैं! जिस अभिनव को मैं जानती थी, वह तुम नहीं हो।"

वह शेव बना रहा था। उसने मुड़कर मुझे देखा। उसकी आँखों में अजीब–सी तटस्थता थी, जैसे मैं हम दोनों के बारे में नहीं, किसी तीसरे व्यक्ति के विषय में बात कर रही थी। वह भी अपने से बाहर निकलकर कहीं दूर चला गया था। मैं सिर्फ़ उसकी देह ही देख पा रही थी।

"मैं शुरू से ऐसा ही हूँ। बदल तुम गयी हो।" उसने कहा था, "मुझे तुममें तुमको ढूँढ़ना पड़ता है।"

उसके इस आरोप को सुनकर मैं हतप्रभ रह गयी थी। इस विषय में मैंने पहले कभी नहीं सोचा था। पर मैं यह आरोप स्वीकार करने के लिए कतई तैयार नहीं थी, "ऐसा नहीं है। सच तो यह है कि तुम्हें डर है कि अपना अपराध स्वीकार करते ही तुम अपनी स्वतन्त्रता खो दोगे...तुम्हें जॉब करनी पड़ जायेगी।"

"जॉब का नहीं होना ही स्वतन्त्रता का पर्याय नहीं होता।"

"पर परिवार की यन्त्रणा का कारण तो होता ही है।"

फिर वही बहस शुरू हो जाती जिसका कोई अन्त नहीं हुआ करता था। उसके सामने आते ही मेरे भीतर एक दूसरी शिप्रा जन्म ले लेती थी, जिसका सिर्फ़ एक ही मकसद हुआ करता था–उसे किसी भी प्रकार अपमानित करना। ऐसा भी नहीं कि इससे मुझे कोई विशेष ख़ुशी मिलती हो। बल्कि मैं स्वयं भी आहत महसूस किया करती थी। ऐसी स्थिति कमज़ोर पड़ जाने का सबब बन जाया करती थी,

जब कि मैं दृढ़ रहना चाहती थी। मुझे लगता था कि मेरे इन आघातों के दबाव में आकर एक दिन वह अवश्य दूसरी जॉब ढूँढ़ लेगा और फिर ज़िन्दगी अपनी सामान्य गति से चलने लगेगी। पर वह दिन कभी नहीं आया।

उस रात तीख़ी बहस के बाद मैं अपने कमरे में पंकज के पास चली गयी थी। वह अपने माता–पिता की बहसों से निर्लिप्त मीठी नींद में सोया हुआ था। मुझे उस पर प्यार हो आया था। मैंने उसके माथे पर एक हल्का–सा चुम्बन अंकित किया। पहली बार मुझे लगा कि मैं उतनी अकेली नहीं हूँ। मेरे पास जीवित रहने की एक बड़ी वजह मौजूद है, जो मेरे भीतर की शिप्रा के ठगे जाने के भयानक अहसास से विस्मित थी।

देर रात तक नींद नहीं आयी। उन दिनों मैं और अभिनव अलग–अलग कमरों में सोने लगे थे। नाइट लैम्प की हल्की रोशनी में भी सारा कमरा देखा जा सकता था। कुछ परछाँइयाँ कभी पीछा नहीं छोड़तीं, अँधेरे में भी नहीं। आप चाहें, तब भी उनसे बच नहीं सकते। और यदि बच भी लिए, तो कब तक बचेंगे! एक मोड़, दूसरा मोड़, तीसरा और फिर चौथा। आख़िर एक दिन तो पकड़े ही जायेंगे।

मैं कमरे से बाहर आ गयी और लॉन में जाने के लिए दरवाज़ा धकेला, तो पता चला कि वह तो पहले से ही खुला हुआ था। मुझे अभिनव पर ख़ीज हो आयी थी। रात सोने से पहले सारे खिड़की दरवाज़े बन्द करने का काम वही किया करता था। आज वह कैसे भूल गया था?

बाहर घना अँधेरा था। चाँद आना भूल गया था। स्ट्रीट लाइट्स भी बन्द पड़ी थीं। इक्के–दुक्के घरों से छनकर आ रही रोशनी में कुछ भी स्पष्ट नहीं हो पा रहा था। लग रहा था, मानों किसी डरावनी फ़िल्म के फ्रेम में चली आयी हूँ।

तभी मुझे लगा, जैसे वहाँ कोई हो। मैंने ध्यान से देखने की कोशिश की। इतनी रात कौन हो सकता है! डर भी लग रहा था। मैं अभिनव को आवाज़ लगाने ही वाली थी कि सहसा मैंने उस छाया

को पहचान लिया। वह और कोई नहीं, अभिनव ही था, जो रात के अँधेरे में लॉन में घूम रहा था। मैं उसका चेहरा नहीं देख पा रही थी, केवल लॉन में घूमती उसकी देह मुझे दिखायी दे रही थी। उसकी जलती हुई सिगरेट अँधेरे में जलती हुई बिन्दी सी दहक़ रही थी। क्या यह वही अभिनव था, जिसे मैं जानती थी? मुझे लगा, जैसे मैंने उसे नहीं, किसी प्रेत को देख लिया हो। परिचित भी कैसे सहसा अपरिचित हो जाते हैं, यह उस रात जाना था।

मैं चुपचाप अपने कमरे में आकर लेट गयी थी। उसे भनक तक नहीं लग पायी कि मैंने उसे एक अपरिचित की तरह देखा था। एक रिक्तता उभरने लगी थी। जैसे कोई बर्तन ख़ाली कर दिया गया हो। मन में कुछ बुझ–सा गया था। जीवन बहुत लम्बा होता है। क्या उसे एक ऐसे व्यक्ति के साथ गुज़ारा जा सकता है, जो अपना न हो! जिसे आपने देखा तो हो, पर जाना नहीं हो!

उस रात पहली बार अभिनव से अलग होने की बात मेरे मन में आयी थी।

* * *

कई बार कोई समस्या आने से पहले दस्तक नहीं देती। शुरू में समस्या के स्वरूप का ठीक–ठीक पता चल पाना भी मुश्किल हुआ करता है। लेकिन वह भीतरी घात की अपनी तैयारी करती रहती है। हमारे साथ भी यही हुआ था। विवाह के शुरू के पहले साल तक सब कुछ ठीक चलता रहा था। प्रतिदिन हम सुबह उठने की तरह उठते थे, जॉब्स पर जाने की तरह जाते थे, शामें प्रायः बाहर घूमते हुए गुज़रती थीं और रातें एक–दूसरे की बाँहों में निकल जाती थीं। कहीं कोई उलझन नहीं थी। ज़िन्दगी एक निश्चित गति से अपने निर्धारित रास्ते पर चली जा रही थी। हालाँकि अनेक बार लगता था कि इतनी समरसता कहीं ज़िन्दगी को बोझिल न कर दे! जिसे हम समरसता समझ रहे हैं, वह कहीं लिजलिजा अनुभव न बन जाये!

मुझे यह स्वीकार करने में अपराधबोध महसूस होता है कि उन दिनों अभिनव के मन में क्या चल रहा था, इसका मैं ज़रा भी अनुमान नहीं लगा पायी थी। ख़तरे की पहली भनक मुझे तब लगी, जब हम दोनों मेरे एक रिश्तेदार के यहाँ एक आयोजन में गये हुए थे।

अभिनव हमेशा की तरह सिगरेट अँगुलियों में फँसाये हुए था और लगातार बतिया रहा था। यूँ तो उसकी ज़्यादा बात करने की आदत नहीं थी, पर दो–तीन पैग गले से नीचे उतर जाने के बाद आदमी वैसे भी खुल जाता है। ड्रिंक्स और कुछ करे न करे, वह गाँठें खोलने में मदद अवश्य करती है। हम अपने उन अँधेरे में छिपे कोनों के बारे में संवाद करने लगते हैं, जिनके विषय में होश रहते प्रायः एक शब्द भी कह पाना सम्भव नहीं होता।

"आप क्या सोचते हैं, मुझे यह ऑफर स्वीकार करना चाहिए?" मिलिन्द ने अभिनव से पूछा था, जिसकी पार्टी में हम गये हुए थे। उसकी हाल ही में मर्चेन्ट नेवी में नौकरी लगी थी और वह जॉइन करने को लेकर असमंजस में उलझा हुआ था। जॉइन करने का सीधा सा अर्थ था महीनों घर से दूर समुद्र में समय व्यतीत करना।

अभिनव सीधे ही सलाह देने की मुद्रा में आ गया था, "मैं मर्चेन्ट नेवी के विषय में ज़्यादा कुछ जानता नहीं, पर जॉब करने के बारे में अवश्य जानता हूँ।"

मिलिन्द उसे ध्यान से सुन रहा था। अभिनव अपने गिलास के ऊपर अँगुली घुमा रहा था। ऐसा वह प्रायः तभी करता था, जब उसे कोई गम्भीर बात कहनी होती थी।

"काम वह करना चाहिए, जिसके लिए तुम्हारा मन गवाही दे। पैसे तो तुम किसी भी तरह कमा ही लोगे, पर ज़रूरी है उस काम को चुनना, जो तुम्हारे मन के अनुसार हो।"

मिलिन्द ध्यान से उसे सुन रहा था, "पर कितने लोग ऐसा कर पाते हैं!" पीने के कारण उसकी आँखें गुलाबी हो आयीं थीं।

"वही तो...ऐसा नहीं कर पाने के कारण ही फ्रस्ट्रेशन जन्म लेने लगता है...अब मुझे ही देख लो, मैं हमेशा से कुछ बड़ा करना चाहता था,

पर एक कम्पनी में मैनेजर बनकर रह गया हूँ...यह मेरा सपना नहीं था।"

मैं वहीं बैठी हुई उनकी बातें सुन रही थी। पंकज होने को था और मैं बेसब्री से उसके जन्म की प्रतीक्षा कर रही थी। उनकी बातें सुनकर मैंने बीच में उन्हें टोका, "ज़रूरी तो नहीं कि हर सपना पूरा हो।"

"हम यही सोचते रहते हैं और ज़िन्दगी गुज़र जाती है। उन्हें पूरा करने का ख़्याल तक हमें नहीं आता...अच्छी नौकरी, बढ़िया सैलरी, बीवी–बच्चे...बस, यही जीवन का सच बन जाता है।"

"तो इसमें ग़लत क्या है?" मैंने ही प्रतिप्रश्न किया था। मुझे उसकी बात अजीब–सी लगी थी। उसका यह रूप मेरे लिए बिल्कुल अपरिचित था। जीने के प्रति उसके अलग नज़रिये से यह मेरा पहला परिचय था।

अभिनव ने उत्तर देने में एक क्षण भी नहीं लगाया था, "मैं कब कह रहा हूँ कि ये सब ग़लत है! ग़लत है अपने भीतर के उस इन्सान की हत्या करना, जो कि वास्तव में हम होते हैं। कभी अनजाने में तो कभी जानबूझकर हम अपनी ही हत्या कर देते हैं और हम पर कोई मुक़दमा भी नहीं चलाया जा सकता!"

"तो तुम कहना चाहते हो कि सपनों के पीछे भागते रहना ही सही रास्ता है? इस स्थिति में तो हमने जो कुछ पाया है, उसे भी खो देंगे?" मैंने उसकी बात काटते हुए कहा था, "जो मिल रहा है, उसे छोड़ना कहाँ की समझदारी है! दुनिया पाने से चलती है, पाने की उम्मीदों से नहीं।"

"यह बहस का विषय हो सकता है। पर यदि सपनों को पाना है तो कुछ तो खोना ही पड़ेगा।" उसने कहा। मुझे सन्देह हुआ कि वह नशे में नहीं बोल रहा था। उसकी आवाज़ में एक ऐसी दृढ़ता थी, जिसने मुझे आतंकित कर दिया था। अभिनव के भीतर एक और भी अभिनव रहता था, यह मुझे मालूम नहीं था। डर का गर्म लावा मैंने पहली बार अपनी रगों में बहता हुआ महसूस किया था। यूँ तो उसने

ऐसा कुछ नहीं कहा था, जो मुझे व्यथित करता, पर उसकी आवाज़ में एक प्रकार की छटपटाहट थी, जिसने मुझे भीतर तक छील दिया था।

मिलिन्द ने दोनों के पैग बनाये और अपना गिलास चीयर्स के लिए ऊपर उठाया। अभिनव के हाथ भी हवा में उठ गये थे। मिलिन्द अभिनव की बात समझने की मनःस्थिति में नहीं था। नशे की अपनी एक अलग दुनिया होती है। वह वहीं पहुँच चुका था।

पर मेरा सारा ध्यान अभिनव पर लगा हुआ था। इतना तो मैं जान ही गयी थी कि उसके मन में कुछ ऐसा चल रहा था, जिसके विषय में मैं अनभिज्ञ थी। पहले मुझे लगता था कि वह अपने होने वाले बच्चे को लेकर चिन्तित रहता है, कि वह सुरक्षित रूप से इस दुनिया में आये। पर असल बात कुछ और ही थी। वह अपने आप से लड़ रहा था। एक ऐसी लड़ाई, जिसमें मेरी कोई भूमिका नहीं थी।

बहुत–सी बातें अपने भेद तुरन्त नहीं खोलतीं। अपने को पूरी तरह उद्घाटित कर देना यूँ भी आसान नहीं हुआ करता, चाहे वह व्यक्ति हो या घटना। बल्कि कई बार तो सही अर्थ जानने में एक लम्बा समय खप जाता है...मैंने भी यह बाद में जाना कि मेरी भूमिका नहीं होने के बावजूद भी मैं उसके निर्णय से मैं पूरी तरह प्रभावित अवश्य होने वाली थी, जो मेरी और मेरे बच्चे की ज़िन्दगी बदलने वाला था।

घर पहुँचते ही मैंने अभिनव को मानो पकड़ ही लिया था।

"तो बताओ, तुम्हारा सपना क्या है?" मैंने साड़ी बदलते हुए पूछा था। मेरा स्वर सामान्य था, पर उत्सुकता से भरा हुआ।

"यही...तुम्हारी साड़ी की सरसराहट सुनना।" उसका नशा उतरा नहीं था।

"नहीं बताना चाहते तो मत बताओ।"

पल भर चुप रह कर वह बोला, "सच तो यह है कि मैं ख़ुद नहीं जानता। पर कोई आवाज़ है, जो मुझे अपनी ओर खींचा करती है। जैसे मुझे कुछ अलग करना है, अलग और बड़ा। पर वह क्या है, यह मैं अभी समझ नहीं पाया हूँ।"

तब मैं विषय की गम्भीरता को नहीं जानती थी। मैंने हँसते हुए कहा था, "पर मैं समझ सकती हूँ। तुम्हें अपने होने वाले नन्हे–मुन्हे की प्रतीक्षा है। तुम सपना देख रहे हो कि कोई तुम्हें पापा बोल रहा है।"

वह मुस्करा दिया था। मैं आश्वस्त हो गयी थी, जैसे ख़तरा टलते ही ख़रगोश बिल से बाहर निकल कर खुली हवा में साँस लेने लगता है। मेरे सन्देह मेरे भ्रम रहे होंगे। उन्हें मैंने एक ओर बुहारा और एक बार फिर यथावत अपनी दैनिक दिनचर्या में डूब गयी थी।

इस घटना के कुछ दिनों बाद ही पंकज का जन्म हुआ था।

एक नन्ही सी काया को अपनी गोद में पाकर मैं बहुत ख़ुश थी। अभिनव का क्या सपना था और वह कब पूरा होगा, यह तो मैं नहीं जानती थी, पर मेरा सपना ज़रूर पूरा हो गया था। एक औरत के लिए माँ बनना उसकी दैहिक़ ही नहीं, मानसिक आवश्यकता भी होती है। उसे अपनी स्त्री देह सम्पूर्ण हो गयी महसूस होने लगती है। एक जननी का सुख उसके अतिरिक्त कोई दूसरा कभी नहीं समझ सकता। पुरुष तो कभी भी नहीं।

मैं मैटरनिटी लीव पर थी। मेरे माता–पिता अस्पताल से सीधे मुझे अपने घर ले गये थे। ऐसे क्षणों में एक सद्यःप्रसूता को उसकी अपनी माँ ही सम्भाल सकती है। मुझे भी उनकी आवश्यकता थी। नन्हे पंकज को पाकर सारा परिवार ख़ुश था। मेरे चौबीस घण्टे कैसे गुज़र जाते थे, मुझे कुछ पता ही नहीं चल पाता था।

अभिनव हर शाम ऑफ़िस के बाद घर जाने से पहले आ जाया करता था। शुरू–शुरू में वह पंकज को गोदी लेने से डरा करता था। उसे लगता था कि कहीं फिसल कर गिर न जाये। पर जल्दी ही वह सम्भालना सीख गया था। और जब पंकज मुस्करा देता था, तब उसकी ख़ुशी का पारावार नहीं रहता था।

कौन जानता था कि ये ख़ुशियाँ ज़्यादा दिनों तक टिकने वाली नहीं थीं। मैं जब माँ के घर से अपने घर लौटी, तब तक पंकज चार महीने का हो चुका था और मैं अपना काम स्वयं ही करने लगी थी।

दो माह बाद ही मुझे कॉलेज भी जॉइन करना था। सहज, सामान्य–सी दिनचर्या चल रही थी। सब कुछ ठीक ठाक था, पर मैं उस 'ठीक ठाक' में छुपे हुए विस्फोट का अनुमान नहीं लगा सकी थी। बिल्कुल उसी प्रकार, जैसे किसी शान्त पड़े हुए ज्वालामुखी के भीतर चल रही हलचल का अनुमान नहीं लगाया जा सकता।

अभिनव को लेकर कभी मेरे मन में जो संशय उभरा था, वह शीघ्र ही समय ने सोख लिया था। उस घटना के बाद हमारे बीच कभी कोई बहस नहीं हुई थी। वह मेरा और पंकज का वैसे ही ख़्याल रखा करता था, जैसे उसे रखना चाहिए था। मुझे लगता था कि मैंने एक परफेक्ट पति पा लिया था, मेड फोर ईच अदर टाइप। एक सिर्फ़ मैं ही नहीं, कोई भी लड़की उसके साथ सुखी रह सकती थी। वह मेरी कोई बात नहीं टालता था। पंकज के साथ उसे खेलते देख मेरा मन ख़ुशी से भर जाया करता था। मुझे पूरा विश्वास था कि वह एक बेहतरीन पिता साबित होगा।

पर एक दिन फिर उसी सोये हुए साँप ने फन उठा लिया था।

वह ऑफ़िस जाने के लिए तैयार हो रहा था। सहसा उसने पूछा, "तुम्हारी छुट्टियाँ कब ख़त्म हो रही हैं?"

"अगले हफ़्ते...क्यों?" मैंने जानना चाहा।

"फिर पंकज का क्या होगा?"

"कोई न कोई बाई तो मिल ही जायेगी।"

"बाइयों के भरोसे बच्चे ठीक से पलते नहीं हैं..." वह रुका, "मैं सोच रहा हूँ तुम कॉलेज जाने लगोगी, तो मैं छुट्टी ले लूँगा।"

"दो–चार दिन की बात नहीं है, जो तुम छुट्टियाँ लेकर काम चला लोगे...पुरुषों को हमारे यहाँ बच्चे पालने के लिए छः महीने की छुट्टियाँ नहीं मिला करतीं।" मैंने हँसते हुए कहा था।

"तो मैं जॉब छोड़ देता हूँ...वैसे भी इन दिनों मेरा काम में ज़रा भी मन नहीं लग रहा है।"

एक बार तो मैं हतप्रभ रह गयी। मेरी हँसी गायब हो गयी थी और मैं औचक उसे देख रही थी। पर फिर ज़ोर से हँस पड़ी,

"मज़ाक़ मत करो यार...चलो ऐसा करते हैं, कॉलेज जाते समय हम पंकज को माँ के घर छोड़ते हुए चले जायेंगे और लौटते समय ले आयेंगे...तब तक कोई न कोई इन्तज़ाम तो हो ही जायेगा।"

"मैं मज़ाक़ नहीं कर रहा...मैं सीरियसली जॉब छोड़ने की सोच रहा हूँ।" उसकी आवाज़ गम्भीर थी और कोई कारण नहीं था कि मैं उसकी बात पर विश्वास नहीं करती।

पहली बार मुझे लगा था कि उसके भीतर कुछ घट रहा है, जिसे मैं नहीं जानती थी, जो मेरे लिए उतना ही नया था, जितना कि पंकज के लिए यह संसार। किसी अनजान भय की सरसराहट ने मुझे भीतर तक कँप-कँपा दिया था। यह मैंने बाद में जाना कि उसने चुपचाप मुझसे एक दूरी बना ली थी और मुझे पता नहीं चल पाया था। उसने अपने मन में चल रहे तूफ़ान को कभी बाहर झाँकने नहीं दिया था।

"करोड़ों लोग पिता बनते हैं। क्या सब अपनी नौकरियाँ छोड़ते हैं?" मैंने प्रतिप्रश्न किया था।

"मैं पंकज के कारण नौकरी नहीं छोड़ना चाह रहा हूँ।"

"तो?"

कुछ देर वह कुछ नहीं बोला, जैसे कोई ऐसा भेद हो, जिसे वह बताना नहीं चाह रहा था, "आदमी या औरत सिर्फ़ नौकरी करने के लिए ही पैदा नहीं होते। कुछ और भी करना होता है।"

"और वह 'कुछ और' क्या होता है?"

"वैल, यह व्यक्ति-व्यक्ति पर निर्भर करता है। उसकी अभिरुचियाँ, जीवन के प्रति उसका दृष्टिकोण, जिस सोसाइटी ने उसे इतना कुछ दिया होता है, उसे लौटाने की चाहना...और भी बहुत कुछ।"

"और तुम्हारा 'कुछ और' क्या है?"

"यह तो मैं ठीक-ठीक नहीं जानता। पर कुछ है, जो मेरे भीतर कुलबुलाया करता है। देखना, एक दिन वह मेरे सामने आयेगा और उसे देखते ही मैं उसे पहचान लूँगा।" वह जैसे किसी स्वप्न में बोल रहा था।

"जैसे कि 'वह कुछ' कोई खिलौना हो, कोई झुनझुना, जिसके मिलते ही तुम ख़ुशी से झूमने लगोगे।" मैंने व्यंग्य करते हुए कहा।

मेरे व्यंग्य से तिलमिलाने की जगह वह हँस दिया था, "तुम कुछ भी कह सकती हो। पर देखना, एक दिन यही झुनझुना मेरी पहचान बनेगा।"

बात वहीं समाप्त हो गयी थी। अभिनव के ऑफ़िस चले जाने के बाद भी उसकी बातें मेरे पास छूट गयी थीं। एक गहरी काली छाया ने मुझे अपने घेरे में क़ैद कर लिया था। उसका तर्क मेरी समझ के बाहर था। मैं क्या, वह तर्क किसी भी व्यक्ति के गले नहीं उतरने वाला था। उसके पास सम्भावनाओं से भरी अच्छी ख़ासी जॉब थी, वह उसे ठुकरा कर किस अनिश्चित सम्भावना की तलाश में जाना चाहता था! आदमी के पास काम न हो, तो वह कुछ भी काम करने के लिए तैयार हो जाता है, लेकिन अकारण ही फन उठाती विषैली इच्छा के सम्मुख आत्मसमर्पण कर अपनी निर्विघ्न गुज़र रही ज़िन्दगी को ठोकर मारना कहाँ की बुद्धिमानी है! यह न सिर्फ़ आत्महत्या होगी, वरन मेरे और पंकज के प्रति हिंसा भी!

सारा दिन मेरा मन किसी काम में नहीं लगा। कोई अन्तर्द्वन्द्व जब उथल–पुथल मचा रहा हो, तब वैसे भी हमारा व्यवहार सामान्य नहीं रह पाता। मैं अभिनव की बातों के अलग–अलग अर्थ निकालने लगी थी। वह क्या करना चाह रहा है? कुछ बड़ा करने से उसका क्या अर्थ हो सकता है? क्या वह सचमुच जॉब छोड़ने की बात सोच रहा था?

किसी निष्कर्ष पर पहुँच पाना आसान नहीं था। यूँ भी अगर आप मंथन की सघन प्रक्रिया में एक बार उलझ जाओ, तो फिर उलझते ही चले जाते हो। हर सीधी चीज़ भी उलटी दिखायी देने लगती है और अपने लिए निर्णय तक सन्देह के घेरे में खड़े हो जाते हैं।

प्रयास करने पर भी मुझे याद नहीं आया कि विवाह से पहले हमने कभी जीवन के प्रति अपने दृष्टिकोणों के बारे में कोई बात की हो! दोस्ती के शुरू–शुरू में हमें एक–दूसरे के साथ रहना भला लगा करता था। यही बाद में ऑब्सेशन बन गया था। मुझे याद नहीं कि

हमने कभी धीर गम्भीर टाइप बातें की हों, छुटपुट, हल्की–फुल्की पर अन्तहीन बातें। वैसे भी वह उम्र ऐसी थी, जिसमें दोनों के पास एक–दूसरे को बताने के लिए बहुत कुछ होता था। अपना मन खोल कर रख देने का मन किया करता था, जैसे अपने सारे भेद बता कर हम एक–दूसरे के और पास आ जायेंगे। दरअसल वह एक साथ रहने का बहाना भर होता था। हम यह नहीं जान पाये थे कि सहसा ही हम दिवास्वप्नों की दुनिया में रहने लगे थे।

जब हम मिलते थे, वह प्रायः कविताएँ सुनाया करता था और मैं मन्त्रमुग्ध सी सुनती रहती थी। मुझे न तो कविताओं की कोई विशेष जानकारी थी और न ही समझ। मैं बस उसकी आवाज़ सुना करती थी, जो शब्दों पर सवार होकर मुझमें समा जाती थीं। कविताएँ तो कान पर दस्तक देकर ही लौट जाया करती थी। वैसे भी वह मुझे हिन्दी में कविताएँ सुनाया करता था, जबकि मुझे अंग्रेज़ी भाषा पसन्द थी। यही कारण था कि मैं अंग्रेज़ी में रिसर्च कर रही थी। मैंने विषय भी अंग्रेज़ी भाषा पर चुना था, न कि अंग्रेज़ी साहित्य।

अभिनव मुझे एक सहज, इन्टेलिजेन्ट और प्यारा व्यक्ति लगा था, जिसके साथ जीवन व्यतीत किया जा सकता था, सुख–दुःख बाँटे जा सकते थे। उसमें एक सहज आकर्षण था, एमबीए किये हुए था और अच्छी ख़ासी जॉब करता था। और क्या चाहिए? उसके साथ घर बसाने का अहसास मुझे अन्दर तक ख़ुशियों से भर दिया करता था। वैसे भी जब आप किसी के साथ रिलेशनशिप में होते हैं, तो शुरुआती दिनों में उसकी हर बात आपको सहज ही पसन्द आने लगती है। बाद में वही बातें आपके लिए बचकानी हो जाती हैं। अभिनव की कविताओं के साथ भी ठीक यही हादसा घटा था। दरअसल एक बार आप किसी को पूरा–पूरा पा लो, तो फिर उसके प्रति वह ऊष्मा शेष नहीं रह जाती। कौन जाने सम्बन्धों की यह एक सहज सम्भव त्रासदी होती हो!

पंकज के हो जाने के बाद आहिस्ता–आहिस्ता हमने पहले की तरह बतियाना बन्द कर दिया था। अभिनव को ऑफ़िस जाना होता था

और मुझे घर पर ही पंकज की देखभाल करनी होती थी। सारे दिन की व्यस्तताएँ हमें इतना अवकाश नहीं देती थीं कि हम पहले की तरह अपनी शामें सड़कों पर घूमते हुए निकाल सकें। पंकज के जन्म से पहले हम घर की छत से सूरज का डूबना देखा करते थे, पर वह भी चुपचाप एक दिन चुक गया था। कई बार यह सोचकर आश्चर्य होता था कि अभिनव को पा लेने के बाद जो बातें रोमानी लगा करती थीं, वे अब मन को पहले की तरह छू नहीं पाती थीं। न तो उसकी आवाज़ और न ही उसका स्पर्श। प्रेम तो शायद जीवित था, पर जिन संवेदनाओं से उसे अनुभव किया था, वे ख़ामोशी के साथ दम तोड़ने लगी थीं।

दिन चुपचाप गुज़र रहे थे। हम दोनों ही बहस से बचा करते थे। पर मुझे हमेशा लगता था कि कुछ है, जो अभिनव के मन में लगातार उथल–पुथल मचाए हुए है। उसकी सोच के बारे में कोई निश्चित मत पर पहुँच पाना मेरे लिए कभी उतना मुश्किल नहीं रहा था, जितना कि उन दिनों हो गया था। पहली बार जैसे हमारे निर्विघ्न जीवन पर कुछ सन्देह के बादल तैरने लगे थे। मुझे स्वयं को लेकर कोई दुविधा नहीं थी, बल्कि एक प्रकार की निश्चिन्तता थी कि जो रास्ता मैंने चुना था, वह ग़लत नहीं था।

वे सर्दियों के दिन थे। उन्होंने अपने हिस्से की लम्बाइयाँ रातों को सौंप दी थी। अभिनव के घर लौटने तक परछाइयाँ लम्बी होने लगती थीं। उसके आने तक मैं भी सारा दिन पंकज को सम्भालते हुए थक जाती थी और प्रतीक्षा करती थी कि कब अभिनव घर लौटे और मुझे कुछ आराम मिले, हालाँकि वह भी थका हुआ होता था, पर आते ही वह पंकज की सारी ज़िम्मेदारी ले लिया करता था। मुझे याद नहीं कि उसने कभी ना–नुकुर की हो।

पर जल्दी ही सब कुछ बदलने लग गया था।

* * *

रात ने अभी शाम के दरवाज़े पर दस्तक दी ही थी। न पूरा अँधेरा था और न ही पूरा उजाला। अभिनव पंकज को अपनी गोद में लिए हुए था

और उसने उसके मुँह में दूध की बोतल लगा रखी थी। उसने कुछ दिन पहले ही बोतल से दूध पीना शुरू किया था। मैं कॉलेज से लौटी ही थी और वहीं पास में रिलेक्स होकर लेटी हुई थी। दिन भर की थकान तारी थी। यूँ तो मुझे नींद नहीं आ रही थी, पर मेरी आँखें बन्द थीं।

"कुछ दिनों की बात है, फिर तुम्हें सारा दिन अकेले पंकज को नहीं सम्भालना पड़ेगा।" अभिनव ने आहिस्ता से कहा था। यह उसकी पुरानी आदत थी, जब भी कोई ज़रूरी बात उसे बतानी होती थी, वह हमेशा लो टोन में बात शुरू किया करता था।

"क्यों? कुछ दिन बाद क्या हो जायेगा?" मेरी आँख एक झटके में पूरी खुल गयी थी, जैसे किसी ने थप्पड़ मार दिया हो। जो साँप सोया पड़ा था, अचानक फुँफकारते हुए उठ खड़ा हुआ था।

"मैंने रिज़ाइन कर दिया है। अगले महीने वे मुझे रिलीव कर देंगे।" उसकी आवाज़ में कोई उतराव–चढ़ाव नहीं था, जैसे कुछ हुआ ही नहीं हो। इतनी महत्त्वपूर्ण घटना की सूचना मुझे वह कुछ इस प्रकार दे रहा था, जैसे कि कार सर्विसिंग पर डाल कर आने की सूचना दे रहा हो। इस बार साँप ने डस लिया था। मैं उठ बैठी, "क्या कह रहे हो! मुझसे पूछना तक ठीक नहीं समझा!"

"पूछना क्या था! क्या मैं अपने जीवन के निर्णय भी नहीं ले सकता! मुझे यही ठीक लगा।" उसने पंकज की बोतल हटाते हुए उसे पलंग पर लिटा दिया था।

"पर तुम्हारे निर्णय हमसे भी जुड़े हुए हैं। कभी सोचा, मेरा और पंकज का क्या होगा? ज़रूरी तो नहीं कि जो कुछ तुम्हारे लिए ठीक हो, वह हम सब के लिए भी ठीक हो!" मैं उठ बैठी थी। सारे दिन की थकान मेरे ग़ुस्से में परिवर्तित हो गयी थी।

"तो? तो तुम क्या चाहती हो कि मैं तमाम उम्र पैसा कमाने वाली मशीन बन जाऊँ!"

हमारे बीच उभरा मतभेद अब एक दुर्घटना बनकर सामने आ गया था। वह भी ऐसा, जहाँ समझौते की कोई गुंजाइश नहीं थी।

कारणों का महत्त्व नहीं हुआ करता, वे या तो बन जाते हैं या बना दिये जाते हैं। उनकी आड़ में प्रायः हम अपने दोष दूसरों पर मँढ़ा करते हैं। हमारे बीच भी एक रस्साकसी का खेल चल रहा था, जिसमें कभी मेरा पलड़ा भारी हो जाता था तो कभी उसका। रोज़ होने वाली बहसों से बचने का एक ही रास्ता था–चुप रहना। चुप रह कर असहमति व्यक्त करना सबसे आसान तरीक़ा होता है, और वही तरीक़ा हमने अपना भी लिया था। संवाद का सीधा सा बस एक ही अर्थ होता था–अवान्छित बहस।

अपनी जॉब छोड़ने के पीछे अभिनव के पास अपनी पैतृक सम्पत्ति होने का ऐसा बेतुका तर्क था, जिसे मेरे लिए स्वीकार कर पाना असम्भव था। किसी के पास कितना भी धन क्यों न हो, क्या उसे इस कारण काम काज छोड़कर घर पर बैठ जाना चाहिए? मुझे उसका घर में रहकर बच्चे को पालना अश्लील लगा करता था।

कभी–कभी हम क्या चाहते थे, इसे समझ पाना आसान नहीं होता। पर यह तो स्पष्ट ही था कि जीवन के प्रति हमारे नज़रिये बिल्कुल भिन्न थे। दुर्भाग्य की बात तो यह थी कि यह सच हमने साथ रहने के बाद जाना था कि हम साथ रहने के लिए नहीं बने थे।

आहिस्ता–आहिस्ता हमने एक प्रकार का मूक समझौता कर लिया था कि हम दैनन्दिनी के आवश्यक कामों के अतिरिक्त कोई बात नहीं करेंगे। हम ही नहीं, हमारे कमरे भी बँट गये थे। जब मैं पंकज को सम्भलती तो वह अपने कमरे में होता और जब मैं किसी काम में लगी होती, तो वह उसे सम्भाल लेता था। असंवाद से उपजी यन्त्रणा दिन प्रतिदिन तीख़ी होती जा रही थी। केवल तीख़ी ही नहीं, सघन भी!

पर दिन थे कि रुकते नहीं थे। अभिनव का ऑफ़िस छूट गया था और मैंने कॉलेज जॉइन कर लिया था। सारा दिन वह घर पर पंकज को सम्भालता और मैं नौकरी करती। अभिनव को इस प्रकार घर में व्यर्थ बैठे देखना मेरे लिए असह्य होता जा रहा था। मैं मौक़ा मिलते ही उसे चोट पहुँचाने का एक भी अवसर नहीं चूकती थी।

शायद उसकी मनःस्थिति भी ठीक मेरी ही तरह की हो गयी थी। हमारे संवाद दिन प्रतिदिन अधिक कटु और व्यंग्य भरे होने लगे थे। हम कुछ भी समझ सकने की स्थिति से परे जा चुके थे, सिवाय एक–दूसरे को आहत करने के। कई बार सोचती थी कि मैंने आख़िर क्या सोचकर अभिनव को अपने जीवन में शामिल किया था! लेकिन अब वह मेरे जीवन में था, मेरे बच्चे का पिता था और मैं कुछ नहीं कर सकती थी। चाहने लगी थी कि कुछ ऐसा हो, जहाँ विगत की धुँधली छाया तक न हो।

ऐसी अन्तर्द्वन्द्व भरी स्थिति में प्रायः माँ–बाप ही साथ देते हैं। प्रारम्भ में मैं उनके साथ अपना दुःख साझा नहीं किया करती थी, लेकिन अपने अकेलेपन से लड़ने में मुझे उनके अतिरिक्त कोई दिखायी भी नहीं दे रहा था। उनका स्पष्ट मत था कि यदि मैं अभिनव के साथ नहीं रह सकती, तो अलग हो जाना ही बेहतर विकल्प होगा। पर वे यह भी चाहते थे कि मैं इतना बड़ा निर्णय लेने से पहले सब कुछ अच्छी तरह सोच–विचार कर लूँ, ताकि बाद में पछताना न पड़े...एक समय था, जब अभिनव हर शाम पापा से मिलने घर आया करता था। वे छत पर बैठा करते थे और मैं उनके लिए चाय बना कर लाया करती थी...वही पापा अब उसका चेहरा देखना भी पसन्द नहीं करते थे।

"तुम्हें अभिनव से बात कर लेनी चाहिए।" पापा ने एक बार कहा था, "अलग होने के विषय में वह क्या सोचता है, यह तुम्हें पता होना चाहिए।"

"उससे बात करना बेकार है। वह बखेड़ा खड़ा कर देगा।" मैंने कहा था। मैं उसे जानती थी। रिश्ते इतने बिगड़ जाने के बाद भी उसने एक बार भी अलग होने के बारे में एक शब्द भी नहीं कहा था।

"तो अब क्या करें?" ममा पूछा करती थीं।

"मैं नहीं जानती।"

यूँ तो अभिनव को हमारी प्रतिदिन बढ़ती कटुता साफ़ दिखायी दे रही थी, लेकिन उसे तनिक भी आभास नहीं रहा होगा कि मैं

अलग होने जैसा बड़ा क़दम उठाने वाली थी। सम्भव है उसे उम्मीद रही हो कि एक दिन सब कुछ ठीक हो जायेगा। शायद हो भी जाता, पर मेरे पास उस 'एक दिन' तक की प्रतीक्षा करने का धैर्य शेष नहीं बचा था।

अन्दर ही अन्दर द्वन्द्व चलता रहता था। मैं जानती थी कि कभी तो अन्दर की यह हलचल विस्फोट बनकर बाहर अवश्य आयेगी। इसी डर ने विस्फोट को हमारे अबोले ने देहरी पर ही रोक रखा था। एक ख़ाली स्पेस सी उत्पन्न हो गयी थी, जो टकटकी लगाये हमारा मुँह ताका करती थी। कौन सी बात विस्फोट का कारण बनेगी, हम यह भी नहीं जानते थे।

"एक–दूसरे को समझने के लिए विवाह के तीन वर्ष की अवधि कम नहीं होती और यूँ देखो तो सारी उम्र ही कम पड़ती है।" एक बार मैंने उससे कहा था। तब तक मैंने उससे अलग होने का निर्णय ले लिया था, पर उसे बताया नहीं था। मैं उसे अचानक बताना चाहती थी, वह भी पूरी तैयारी के साथ, ताकि उसके पास कोई विकल्प न बचे।

"तीन वर्ष ही क्यों, विवाह पूर्व के वे दो साल जोड़कर पूरे पाँच साल हो जाते हैं, पर हम एक–दूसरे को ठीक से समझ नहीं पाये। और जो थोड़ा बहुत समझा, वह समझ भी कितनी अधूरी थी, यह बात हम जानते हैं।" उसने कहा था, "यह एक त्रासदी है, जो मेरे साथ घटनी थी।"

"एक अकेले तुम्हारे साथ ही क्यों? मुझ पर क्या गुज़र रही है, इस बात का ज़रा भी अन्दाज़ा है तुम्हें?" मैं बिफर गयी थी। मैं कोई ऐसी चुभती हुई बात कहना चाहती थी, जो उसे दंश की तरह चुभ जाये, पर अन्तिम समय में मैंने ख़ुद को रोक लिया था।

"मुझे अच्छी तरह अनुमान है। मैं संवेदनहीन नहीं हूँ...दरअसल हम दो अलग नावों के यात्री हैं, जिन्हें असमान दिशाओं में जाना था, पर दुर्भाग्यवश एक ही नाव पर सवार हो गये हैं।" उसने कहा। उसकी आवाज़ शान्त थी, जैसे कि कोई ठहरी हुई शाम हो।

उसकी इस बात के अनेक अर्थ निकाले जा सकते थे। क्षण भर के लिए मुझे लगा, मानो वह भी अलग होने के बारे में सोच रहा हो।

"यह तुम्हें विवाह से पहले सोचना चाहिए था। अब कुछ नहीं हो सकता।" मैंने भी शान्त होते हुए कहा। यह एक प्रकार का युद्ध विराम था, जिसमें हम दोनों लाइन ऑफ़ कन्ट्रोल के इधर–उधर हो जाया करते थे। मैं नहीं चाहती थी कि वह मेरे मन में चल रहे अन्तर्द्वन्द्व की झलक भी पा सके।

उस दिन के बाद से मैंने अभिनव से बात करना और भी कम कर दिया था। कुछ छुटपुट बातों के अतिरिक्त हमारे बीच कोई संवाद शेष नहीं रह गया था। मैं घर का काम करती, कॉलेज जाती। वह दिन में पंकज को सम्भालता। कोशिश किया करती थी कि कहीं मन में चल रही उथल–पुथल चेहरे पर न झलक जाये! संवादहीनता की स्थिति मन में गहरे घाव बनाती जा रही थी। असहजता की कड़ी धूप में ख़ुद की अस्मिता पर ही प्रश्नचिह्न लग गया था।

चुप रहना और लगातार अपने ही बारे में सोचते चले जाना भी एक प्रकार की यातना होती है। सोचते हुए लगता था कि विवाह पूर्व के दिन घने कोहरे में डूबे हुए थे, जहाँ कुछ भी स्पष्ट दिखायी देना बन्द हो गया था। अभिनव के साथ वे लम्बी–लम्बी शामें बिताना, भोपाल ताल के आस–पास घण्टों यूँ ही भटकना, नाटकों को देखने के लिए हमेशा उतावली में रहना...वह सब क्या था? मुझे आज भी याद है कि 'देवदास' फ़िल्म हमने रोते–रोते देखी थी। क्या वे क्षण अब कभी लौट नहीं सकेंगे?

लौटता कोई नही...न क्षण, न लोग, न अनुभव।

लौटती हैं तो सिर्फ़ स्मृतियाँ।

* * *

"ज़िन्दगी को एक आर्ट की तरह जीना चाहिए, किसी रुटीन की तरह नहीं।" उन दिनों अभिनव हर बात को फिलोसोफाई करने लगा था, जबकि मुझे लगता था कि उसकी बातें किताबी होती जा रही थीं।

"पर रुटीन जीवन जीना दुनिया का सबसे बड़ा सच है। लाखों करोड़ों लोग ऐसे ही अपनी पूरी उम्र ऐसे ही गुज़ार देते हैं। ठीक है, कभी–कभी ब्रेक भी चाहिए होता है, पर हमेशा नहीं।" यह मेरा अपना विज़न था, "बिना व्यवहारिक हुए कोई भला कैसे जी सकता है!"

"मैं कब इन्कार कर रहा हूँ! व्यवहारिक होने के साथ क्या आर्टिस्टिक नहीं हुआ जा सकता? लेकिन कला के अपने तर्क होते हैं। वह समझौतों पर नहीं टिक सकती।" वह बोला।

अभिनव के तर्क मेरी समझ से बाहर थे। जॉब छोड़ने के बाद वह दिन प्रतिदिन कटु होता जा रहा था। वे यातना भरे दिन थे। बहुत सारी दुश्चिंताएँ बिना दस्तक दिये मन के घर में आ बैठी थीं। ऐसे व्यक्ति के साथ रह पाना दुश्वार होता जा रहा था, जो जीवन से किसी भी प्रकार का समझौता करने के लिए तैयार नहीं था। सबसे दुःखद बात तो यह थी कि अभिनव स्वयं नहीं जानता था कि वह चाहता क्या था! हमारे बिगड़ते सम्बन्धों का पंकज पर प्रभाव पड़ने वाला था।

"तू एक बार फिर सोच ले।" माँ ने मुझे सलाह देते हुए कहा था, "अलग होना कोई मामूली बात नहीं होती। छोटी–मोटी बातों को लेकर भी कहीं कोई घर तोड़ता है!"

"जिस आदमी के साथ मैं कुछ घण्टे नहीं गुज़ार पा रही, उसके साथ पूरी ज़िन्दगी कैसे निकालूँगी माँ!"

"पर बिना बाप के पंकज को कैसे पालेगी?"

"पाल लूँगी माँ। नौकरी करती हूँ। अभिनव मुझ पर निर्भर है, मैं उस पर नहीं।"

यह एक ऐसा तर्क था, जिसके आगे माँ ख़ामोश हो जाया करती थी। मेरे लिए अभिनव से मुक्ति पाना जीने का एकमात्र ध्येय बन गया था। यही वह रास्ता था, जो मुझे उन दिनों की भीषण यन्त्रणा से निजात दिला सकता था। वह क्या सोचेगा, मेरे लिए इस बात का कोई महत्त्व नहीं था। वैसे भी वह घर में मेरे सामने होता था और मैं मन ही मन उसके साथ अपने सम्बन्धों को समाप्त करने के विषय

में सोचा करती थी। एक छत के नीचे रहने के बावजूद भी हम दो अलग संसारों में रहने लगे थे।

लेकिन जब पापा ने मुझे डायवोर्स पेपर्स दिये, मैं भीतर तक काँप गयी थी। देर तक मैं उन्हें उलट–पलट कर देखती रही थी। दिल इतनी ज़ोर से पहले कभी नहीं धड़का था। मेरे हाथ में काग़ज़ के वे चन्द टुकड़े थे, जो हमें अलग करने वाले थे। हमें साथ लाने में उनका कोई हाथ नहीं था, पर अलग करने में वे महत्त्वपूर्ण भूमिका निभाने वाले थे। न चाहते हुए भी मेरी आँखें नम हो आयीं थीं। काग़ज़ों पर छपे अक्षर धुँधले होकर बिखर गये थे। जिस मुक्ति की चाहना मेरा सपना बन गयी थी, वह अब मुझसे सिर्फ़ एक दस्तख़त भर दूर थी, लेकिन मन था कि डूबे जा रहा था। मैं स्वयं अपनी यह मनःथिति देखकर गहरे विस्मय में थी। आप अपने मन की पर्तें पूरी तरह नहीं उधेड़ सकते। नीचे क्या छिपा हुआ है, यह हमेशा रहस्य बना रहता है।

मैं उस शाम वे पेपर्स अभिनव को नहीं दे पायी थी। मन में चल रही उथल–पुथल निर्णय के क्षण को लगातार टालती चली जा रही थी। जब कॉलेज में होती थी, तब कई बार उसके साथ बिताये अनेक ख़ुशनुमा पल आँखों के सामने घूम जाते थे, लेकिन घर लौटते ही जब उसे बच्चा पालते देखती, तो उसके साथ एक क्षण भी और गुज़ारना असम्भव लगने लगता था। यह वह अभिनव नहीं था, जिसे मैं जानती थी, जिसके साथ अनगिनत ख़ुशनुमा पल बिताये थे...

व्यस्तताओं ने दिन छोटे कर दिये थे और रातें लम्बी। अभिनव अपने कमरे में होता और मैं पंकज के साथ अपने कमरे में। दोनों कमरों के बीच का गलियारा इतना लम्बा हो गया था कि उसे पार कर पाना अब मेरे बस की बात नहीं रह गयी थी। वहाँ सन्नाटा बजता रहता और हम अपनी–अपनी दुनियाओं में खोये रहते। तब नहीं सोचा था कि संवादहीनता दूरियाँ बढ़ाने का सबसे बड़ा कारण होती है।

उस दिन जब मैं घर लौटी, तब मैंने देखा कि पंकज अभिनव की गोद में लेटा हुआ हाथ–पैर मार रहा था। अभिनव की अँगुलियों

में सिगरेट फँसी थी और वह मज़े से कश लगा रहा था। यह दृश्य देखते ही मेरा क्रोध सातवें आसमान पर पहुँच गया था।

"ये तुम क्या कर रहे हो? बच्चे ऐसे पाले जाते हैं?" मैं बिफर पड़ी थी।

"क्यों क्या हुआ? गोदी में खेल तो रहा है!"

"और तुम उसके मुँह पर सिगरेट का धुँआ उड़ा रहे हो। जानते नहीं, इससे वह मर भी सकता है!"

"उसके मुँह पर नहीं उड़ा रहा हूँ।"

"बेवकूफों की तरह बातें मत करो। तुम्हारा बस चले तो तुम उसे अभी से नशेड़ी बना दो।"

बहस का तीख़ा होना तो लाजमी था। आदमी भी क्या ग़ज़ब फितरती जीव होता है! जब उसे किसी को गिराना हो, तो ख़ुद उससे भी ज़्यादा नीचे गिर जाता है। उसे सिर्फ़ दूसरे का घायल होना दिखायी देता है। ख़ुद पर पड़ी एक भी ख़रोंचे नज़र नहीं आती। बाद में, बहुत बाद में, जब गर्म सनसनाती हवाएँ रुक जाती हैं, सारे तूफ़ान थक कर चुक जाते हैं, तब उसे पता चलता है कि उसने भी कितना कुछ खो दिया है। पर तब तक बहुत देर हो चुकी होती है।

उस शाम मैं भी सहज नहीं रह पायी थी। मेरे अन्दर बैठे व्यक्ति ने एक ऐसे इन्सान के साथ रहने से इन्कार कर दिया था, जिसमें कोई सम्भावना शेष नहीं बची थी। अभिनव की न समझ में आने वाली महत्त्वाकांक्षाएँ मेरे लिए बोझ बनती जा रही थीं। यातना सहने की भी एक सीमा होती है। मुझे लगने लगा था कि अभिनव से मुक्ति पाना ही मेरी तमाम समस्याओं का एकमात्र समाधान है।

अभिनव अपने कमरे में चला गया था। पल भर सन्नाटा छाया रहा। वे निर्णय लेने के क्षण थे। कभी न कभी तो मुझे उनका सामना करना ही था। मैं उठी और कबर्ड से डाइवोर्स पेपर्स लेकर फिर वहीं आ गयी और सोफ़े पर बैठ गयी। पंकज मेरी गोद में था। शाम अभी गयी नहीं थी और रात दिन के मुहाने पर खड़ी यह तमाशा देख रही थी।

एक अजीब–सी रौशनी चारों ओर पसरी हुई थी, जो न तो पूरा उजाला थी और न ही अँधेरा। मुझे ख़ीज हुई कि यहाँ से अपने कमरे में जाते हुए अभिनव ने लाइट भी नहीं जलायी!

ट्यूब लाइट जलते ही कमरे में दूधिया रोशनी चारों ओर फैल गयी। उसने शाम के धुँधलके को बाहर ही रोक दिया था। मुझे लगा, जैसे कमरे में पसरी मनहूसियत सहसा कहीं चली गयी हो। पर इस बार मैं अपने को कमज़ोर नहीं होने देना चाहती थी। मैंने पेपर्स सेन्ट्रल टेबिल पर पटके और अभिनव को आवाज़ लगायी। जिस निर्णय को मैं लगातार टालती चली आ रही थी, उसे लेने का समय आ गया था। हालाँकि मैं बहुत ग़ुस्से में थी, पर फिर भी मेरा दिल तेज़ी से धड़क रहा था। मेरी यह मनःस्थिति ग़ुस्से के कारण नहीं, उन सम्भावित तीख़े संवादों के कारण थी, जो डायवोर्स पेपर्स अभिनव को दिखाने के बाद होने वाले थे।

उसे आने में कुछ देर लगी। उसने दिन वाले कपड़े उतार कर नाइट ड्रेस पहन ली थी।

"अब क्या हुआ?" आते ही उसने पूछा।

मैं सोफ़े पर बैठी हुई थी और पेपर्स ठीक मेरे सामने पड़े हुए थे। मैंने पेपर्स की ओर इशारा करते हुए कहा, "इन पर साइन कर दो।"

"ये क्या हैं?"

"ये डाइवोर्स पेपर्स हैं। अब मैं तुम्हारे साथ नहीं रह सकती।"

वह एक़दम स्तब्ध रह गया था, सन्न, जैसे मैंने उसके मुँह पर थप्पड़ मार दिया हो। उसने उन पेपर्स की ओर देखा तक नहीं, बस, चुपचाप मुझे देखता रहा। उसकी आँखों में वह दुःख अपने प्रति था कि मेरे प्रति या हमारे प्रति, मैं आज तक समझ नहीं पायी हूँ, पर कुछ था, जो मेरे भीतर तक उतर गया था। क्षण भर के लिए मैं मन ही मन काँप गयी थी, लेकिन मैंने फ़ैसला कर लिया था कि अब दृढ़ रहना है। बिना उसकी ओर देखे मैं अभिनव की प्रतिक्रिया की प्रतीक्षा करने लगी। मुझे लगा था कि वह बहस पर उतर आयेगा। मैं किसी भी प्रकार की बहस के लिए तैयार थी।

लेकिन वह एक शब्द भी बोले बिना अपने कमरे में जाने लगा।

"मैं जानती थी, तुम साइन नहीं करोगे। तुम पैदा ही मुझे दुःख देने के लिए हुए हो।" मैं ज़ोर से चीख़ी।

मेरी आवाज़ उसके कानों से अभी टकरायी ही होगी, कि मैंने उसे वापस आते देखा। वह ख़ाली नहीं था, उसके हाथ में पैन था।

"कहाँ करने हैं?" उसने पूछा। उसकी आवाज़ बिल्कुल शान्त थी, जैसे कुछ घटा ही नहीं हो। मैंने पेपर्स की ओर इशारा किया।

वह वहीं सोफ़े पर बैठ गया और प्रत्येक पृष्ठ पर अपने साइन करने लगा। उसने पढ़ा तक नहीं कि उनमें क्या लिखा हुआ था। मैं चुपचाप उसे साइन करते हुए देख रही थी। यह वह समय था और ये वे साइन, जो हमें हमेशा के लिए अलग करने वाले थे। इतिहास लिखा जा रहा था और हम दोनों के अतिरिक्त यदि वहाँ कोई उपस्थित था, तो नन्हा पंकज, जो नहीं जानता था कि इसके साथ ही उसका भविष्य बदलने वाला था।

दस्तख़त करने के बाद वह एक पल के लिए भी वहाँ नहीं ठहरा, और न ही उसने एक शब्द भी बोला। वह तुरन्त अपने कमरे में चला गया। ये सब इतना तेज़ी से घटित हुआ कि मैं ठीक से कुछ सोच भी नहीं पायी। उसके जाने के बाद मैंने पेपर्स देखे। वह हर उस जगह उपस्थित था, जहाँ उसे होना चाहिए था।

मुझे पहली बार ख़ाली सा लगा। वैसा ख़ालीपन नहीं, जो गड्ढा उलीच दिये जाने पर होता है, बल्कि कुछ ऐसा, जैसे उस ट्रेन के चले जाने के बाद महसूस होता है, जिसमें आपका अपना कोई ख़ास बैठकर हमेशा के लिए कहीं चला गया हो। मेरे लिए ख़ुद को समझाना कठिन हो रहा था। जब वह मेरे सामने होता था, मेरे लिए उसे सहन करना स्वयं को यन्त्रणा देने से कम नहीं होता था, पर अब, जब उसने मुझसे अलग होने में एक क्षण भी नहीं लगाया था, मैं इतनी क्यों डूबती जा रही थी!

पता नहीं कितनी देर तक मैं वहीं लगभग पीड़िता सी बैठी रही। यह पीड़ा मैंने स्वयं चुनी थी। मुझे लगा था कि इस पीड़ा के उस

पार सुख होगा। ऐसा सुख, जो इस पीड़ा को भुला देगा। शायद इसी प्रकार हम सुख की तलाश में भटकते रहते हैं, यह जानते हुए कि सुख आ भी सकता है और नहीं भी!

जब मुझे होश आया, मैंने अभिनव को अपने सामने जाने के लिए तैयार खड़े पाया। उसके हाथ में उसका सूटकेस था।

"मैं जा रहा हूँ।" उसने कहा।

"कहाँ जा रहे हो?"

"पता नहीं...पर अब तुम्हें परेशान नहीं करूँगा। अब तुम अपनी ज़िन्दगी अपनी तरह से जीने के लिए स्वतन्त्र हो।"

"अभी हमारा तलाक़ नहीं हुआ है...तुम चाहो तो अपने कमरे में रह सकते हो।"

"नहीं...मुझे अभी जाना होगा। तुम जानती हो अब रुकने का कोई अर्थ नहीं रह गया है।"

मैं चुपचाप उसे देखती रही।

कुछ देर वह यूँ ही खड़ा रहा, निःशब्द। कमरे में सन्नाटा छाया रहा, जैसे किसी हादसे की ख़बर ने उसे भी हतप्रभ कर दिया हो। हवा रुक गयी थी और खिड़की के पर्दे बिना हिले–डुले स्थिर लटके हुए थे। पिछली दीवार पर टँगी पेन्टिंग, जिसे अभिनव ने बड़े मन से लगाया था, अपनी उदास निगाहों से हमें ताक रही थी।

पर वह तुरन्त गया नहीं था। एकटक पंकज को देख रहा था, जिसे मैं अपनी गोदी में लिए कुछ खिला रही थी। मैंने उसकी ओर उड़ती हुई निगाहों से देखा। पल भर के लिए मुझे लगा था कि वह मुझसे लड़ पड़ेगा। लेकिन उसने एक शब्द भी नहीं कहा और जाने लगा। वह असाधारण रूप से शान्त था, किसी हद तक निर्लिप्त।

जाने से पहले वह एक क्षण के लिए ठिठका, "तुम चाहो तो मेरा सूटकेस चैक कर सकती हो...मैं कोई वैल्यूएबल्स नहीं ले जा रहा हूँ!"

मैंने कुछ नहीं कहा।

उसने एक बार फिर घर पर भरपूर निगाह डाली, फिर मुड़कर मेरी ओर देखा और दरवाज़ा खोलकर बाहर चला गया।

जाते–जाते वह दरवाज़ा बन्द करना नहीं भूला था।

*　　　　*　　　　*

बहुत सी घटनाएँ ऐसी होती हैं, जिन्हें भूलने में केवल समय ही हमारी मदद कर सकता है। कुछ समय बाद हम उन्हें भूल जाते हैं, पर कुछ घटनाएँ ऐसी भी होती हैं, जो तमाम उम्र हमारे साथ घिसटती रहती हैं, स्मृतियाँ बनकर उतनी नहीं, जितनी यातना बनकर। आप चाहते हैं कि आप उन्हें किसी दुःस्वप्न की तरह भूल जायें, पर वे आपका पीछा नहीं छोड़तीं और कभी भी आपको पकड़ लेती हैं। कई बार उन अनजाने क्षणों में, जब आप उनके विषय में सोच भी नहीं रहे होते हैं...किताबों की दुकान में, शाम को सूने आकाश की ओर ताकते हुए, किसी रात अधूरे चाँद को देखते हुए, अलसभोर में परिन्दों की चहचहाहटों के अधबीच, कार में पेट्रोल भरवाते हुए, पहली बारिश की गंध्य महसूस करते हुए...वे औचक आ दबोच लेती हैं।

काश! भूलना सहज क्रिया होती, या फिर कोई ठोस चीज़, जिसे पोटली में बाँध कर किसी तालाब में फेंका जा सकता। फिर कोई समस्या खड़ी ही नहीं होती। तब हम जब चाहते, अपने अतीत को बिसार सकते। बीते हुए कल के तार कोई पीछे की ओर नहीं खींचता। पर ऐसा होता कहाँ है! न तो कोई ऐसी पोटली होती है, जिसमें अतीत को बाँधा जा सके और न ही ऐसा कोई तालाब, जिसमें उसे फेंका जा सके। गुज़रे हुए पलों ने मेरा साथ भी कभी नहीं छोड़ा था। अभिनव के चले जाने के बाद पुराने समय को साथ ढोते हुए नये सिरे से प्रारम्भ करना मेरी विवशता बन गया था। मेरी आर्थिक आत्मनिर्भरता ने इसमें मेरी बड़ी मदद भी की।

ज़िन्दगी का नया सिरा पकड़ो तो शुरू–शुरू में कुछ भी आसान नहीं होता। एक स्त्री के लिए तो बिल्कुल भी नहीं। लोगों की भेदती निगाहें और अनगिनत प्रश्न मेरी पीठ पर चुभते रहते थे। दुःख मुझे यह सोचकर नहीं होता था कि हम अलग हो गये थे, बल्कि यह जान कर होता था कि लोग मुझे परित्यक्ता समझते थे, एक छोड़ी हुई औरत!

जब कि बात इसके ठीक विपरीत थी। छोड़ा मैंने था, अभिनव ने नहीं। कई बार मेरा मन करता था कि मैं ज़ोर से चिल्ला कर लोगों को यह सच बता दूँ, पर किस–किस को सफ़ाई देती! बहुधा आपकी सफ़ाई शोर बनकर रह जाती है। लोग उसे सुनते अवश्य हैं, लेकिन उसका महत्त्व किसी विमन्दित व्यक्ति के अनर्गल प्रलाप से अधिक कुछ नहीं होता। इसलिए मुझे चुप रहना ही श्रेयस्कर लगा था। एक स्त्री को ऐसा बहुत कुछ सहना पड़ता है, जो पुरुष कभी सोच भी नहीं सकते!

कभी सुना था कि लोगों की मेमोरी बहुत शोर्ट होती है। कालांतर में यह कथन मैंने सच पाया। जल्दी ही वे भेदती निगाहें और अनगिनत प्रश्न कमज़ोर पड़ने लगे थे और मेरे मन पर पड़े घावों ने भी भरना शुरू कर दिया था। मेरे अपने जुझारू व्यक्तित्व ने भी इसमें मेरी मदद की थी। आहिस्ता–आहिस्ता उनके प्रश्न मेरी निजी ज़िन्दगी से इतर कॉलेज की गतिविधियों तक सिमट कर रह गये थे।

पंकज बहुत छोटा था और मैं नहीं चाहती थी कि मेरे विगत का ज़रा सा भी असर बेटे पर पड़े। इसलिए मैंने उस घर को ही छोड़ देने का निर्णय लिया, जहाँ अभिनव की स्मृतियाँ हर जगह बसी हुई थीं। उसके चले जाने के बाद मैं शीघ्र ही अपनी माँ के घर शिफ्ट हो गयी थी। इसका एक बड़ा लाभ यह भी हुआ कि मुझे पंकज की फ़िक्र करने की आवश्यकता नहीं रही। मेरी माँ के पास वह आराम से पलने लगा था।

अजीब बात तो यह हुई कि अभिनव का साथ नहीं होना एक अदृश्य छाया की तरह मेरे इर्द–गिर्द लिपट कर रहने लगा था। साथ होने से साथ नहीं होना अधिक भयावह हो सकता है, यह पहली बार जाना था। यह एक ऐसा अहसास था, जिसे मुझसे अधिक मेरे सहयोगी महसूस किया करते थे। सम्भवतः यही कारण रहा होगा कि अकेले होते ही अनेक पुरुष मेरे इर्द–गिर्द जमा होने लगे थे। शायद उन्हें लगता होगा कि अब मैं सहज ही उपलब्ध हूँ। पर हर स्त्री के

पास एक तीसरी आँख भी होती है, जो ऐसे लोगों को ताड़ने की पर्याप्त क्षमता रखती है। भले ही मैं ऐसे लोगों को अपनी निगाह से डाँट दिया करती थी, पर मन आहत हो जाया करता था। कई बार मन में प्रश्न उठा करता था कि आख़िर एक अकेली औरत के लिए अपनी स्वतन्त्र इयत्ता स्थापित करना इतना कठिन क्यों होता है!

पर सारे पुरुष एक से नहीं होते। दिवांग इन सब पुरुषों में सबसे अलग था। वह मेरे ही विभाग में मेरा कलीग था। हालाँकि उसका अवसाद से भरा चेहरा देखकर न जाने क्यों मुझे महसूस होता था कि वह अपने भीतर बहुत कुछ छिपाये हुए था। जब वह बात करता था, तब मुझे कभी ऐसा नहीं लगा कि वह मेरे अकेले होने का फ़ायदा उठाने का प्रयास कर रहा हो। उसके साथ होना एक दोस्त के साथ होने जैसा था। एक वही था, जो मेरे और अभिनव के बीच घटे घटनाक्रम को जानता था।

"सबके अपने–अपने दुःख होते हैं। हमें उनके साथ जीने की आदत डालनी पड़ती है, तभी जीवन एक निश्चित क्रम में चल पाता है। एक दिन उसने कहा, जब हम टीचर्स रूम में चाय पी रहे थे।

मिसेज़ मेहरा सहमत नहीं थीं, "आदत डालने से कहीं बेहतर है, उस का डट कर सामना किया जाये। तभी नया सुख जन्म लेगा।"

"माई फुट! हम सब अपने भीतर से बेहद संवेदनशील इन्सान होते हैं, चाहे स्त्री हो या पुरुष, और ख़ुद पर आ पड़ने पर महज संघर्षरत होने का दिखावा भर कर सकते हैं। सच तो यह है कि हम सब काँच की तरह तड़के हुए लोग हैं, जो एक हल्का–सा झोंका लगते ही बिखर जाते हैं..." दिवांग ने मिसेज़ गुप्ता की बात काटते हुए कहा। उन्हें उसका तर्क पसन्द नहीं आया और वे अपनी चाय समाप्त कर क्लास में जाने के लिए उठ खड़ी हुई थीं।

इस अप्रत्याशित बहस से सन्नाटा छा गया था। आदमी व्यावहारिक होते हुए भी क्या भावुक नहीं हो सकता? ये स्थितियाँ एक ही सिक्के के दो पहलू भर हैं। मैंने सोचा था, पर कहा नहीं था, हालाँकि देर तक सोचती अवश्य रही थी। मुझे दिवांग की बात

रह रहकर याद आ रही थी। क्या मैं ऐसी ही मनःस्थिति में नहीं जी रही थी? अपने अन्तर्द्वन्द्वों से लड़ते हुए कई बार मन उचाट हो जाया करता था। पर राहत कहीं नहीं थी, न बाहर और न ही भीतर।

क्लासेज ख़त्म होते ही मुझे घर जाने की जल्दी होती थी। वहाँ नन्हा पंकज मेरी प्रतीक्षा कर रहा होता था...और तब मुझे अपनी पीड़ाओं के बावजूद भी एक सुख घेर लेता था, एक अनिर्वचनीय ख़ुशी, कि कहीं कोई है, जो मेरे इन्तज़ार में है, जिसे मेरी आवश्यकता है, जो मेरा हिस्सा है! मुझे लगता, यह एक ऐसा दुर्लभ सुख है, जिसे कोई पुरुष कभी महसूस कर ही नहीं सकता। यह नहीं कि घर पर कोई उसकी प्रतीक्षा कर रहा है, बल्कि यह कि प्रतीक्षा करने वाला उसके अपने शरीर का एक हिस्सा हैं।

दिवांग यह सुनकर हँस पड़ा था, "तो तुम सोचती हो कि एक पिता अपने बच्चे को अपने शरीर का हिस्सा नहीं मानता?"

"मानता है, पर स्त्री की तरह नहीं।"

"यह तुम कैसे कह सकती हो?"

क्षण भर के लिए मैं झिझकी। इस प्रश्न का उत्तर मेरे जीवन में घटी घटना से सीधा जुड़ा हुआ था और मुझे बताने में संकोच हो रहा था, "अगर ऐसा होता, तो अभिनव इतनी आसानी से पंकज को छोड़कर नहीं चला जाता। जाते समय उसने एक बार भी पंकज पर अपना अधिकार नहीं जताया, बस, सिर्फ़ एक बार उसे मेरी गोदी में देखा और बिना कुछ कहे चला गया।"

दिवांग कुछ देर चुप रहा। फिर आहिस्ता से बोला, "पुरुषों की कुछ अपनी सीमाएँ होती हैं। महज आठ महीने के बच्चे की ज़रूरतें एक पुरुष उस तरह पूरी नहीं कर सकता, जिस तरह एक स्त्री। बच्चे को अपने साथ ले जाकर वह तुम तीनों की मुश्किलों का कारण बन सकता था।"

मैंने पहले इस प्रकार नहीं सोचा था। बल्कि मन ही मन आहत थी कि अभिनव ने एक भी बार पंकज को अपने साथ ले जाने की

ज़िद नहीं की थी। यह अलग बात है कि मैं उसे देती ही नहीं, पर पिता होने के कारण उसका अधिकार तो जताना चाहिए था!

लेकिन दिवांग के सधे हुए उत्तर ने मेरी सारी दुविधा हर ली थी।

कई बार आप सोचने लगते हैं और सोचते चले जाते हैं। किसी एक निश्चित अन्त तक की यात्रा दुरूह हो जाती है। फिर सहसा एक पल आता है और आपकी तमाम दुविधाएँ ऐसे झर जाती हैं, जैसे कभी थीं ही नही...और तब विस्मय आता है, एक अनोखा विस्मय, जो दुविधाओं के बुहारने के दूसरी ओर खड़ा आपकी प्रतीक्षा कर रहा होता है और आपको यह सोचकर आश्चर्य होता है कि जिन उलझनों ने आपको अपने दायरे में बाँध रखा था, उसका दरअसल अस्तित्व ही नहीं था।

यह एक तरह की सान्त्वना थी, जो दिवांग ने बिना मेरे कन्धों पर अपना हाथ रखे दी थी। अभिनव के जाने के बाद पहली बार किसी पुरुष ने मेरे मन को इस तरह स्पर्श किया था। यूँ देखा जाये तो घटा कुछ भी नहीं था, पर उस कुछ नहीं घटने के पार्श्व में बहुत कुछ घट गया था। पहली बार जाना था कि छोटी–छोटी अर्थहीन सी दिखने वाली घटनाएँ अपने भीतर कितना कुछ छिपाये रहती हैं।

*   *   *

अभिनव के जाने के बाद माँ के घर लौटना घर वापसी नहीं था। घर कोई सा भी हो, चाहे पति का या पिता का, एक बार छोड़ दो तो पहले जैसा नहीं रह जाता। विवाह के बाद माँ का घर भी वैसा नहीं रह गया था, जैसा विदा होने से पहले हुआ करता था। इसी घर में पली–बड़ी, कैसी स्वच्छन्दता से पूरे घर में घूमा–फिरा करती थी, उसी घर को विवाह ने बेगाना कर दिया था। कई बार मन करता था कि किसी दूसरी जगह चली जाऊँ, पर फिर लगता कि पंकज का क्या होगा! मेरा ही स्वार्थ आड़े आ रहा था। बेटे के आने वाले कल ने मेरे तमाम तत्कालीन दुःखों को बौना कर दिया था। जब मैं माँ से इस बारे में बात करती, तो वे प्रायः मुझे झिड़क दिया करती थीं।

"बहुत सारी समस्याएँ जब चारों ओर से आपको घेर लें, तब आप कभी भी सही निर्णय लेने की स्थिति में नहीं रह पाते।" एक बार मैंने दिवांग से कहा था। कॉमन रूम में हम दोनों ही कॉपियाँ जाँच रहे थे।

"इसीलिए तो कहता हूँ, उन्हें हावी मत होने दो, वे अभिशाप की तरह होती हैं।" उसने कहा।

"पर वे हावी हो जाती हैं, हम चाहें या न चाहें। अपने अतीत में विचरते हुए हम भूल जाते हैं कि अनजाने में ही हम भटकने के आदी होते जा रहे हैं।"

"वही तो! अतीत चाहे सुखद हो या त्रासद, उसका अपना एक सम्मोहन होता है, यह सम्मोहन ही भटकने का कारण बनता है।"

मैंने उसकी ओर देखा, "तुम्हारा कोई अतीत नहीं है?"

वह हँस पड़ा था, "ऐसा कौन होगा, जिसका अतीत न हो!"

"फिर तुम इतने सहज कैसे रह पाते हो?"

वह भी कॉपी जाँचते हुए ठिठक गया, क्षण भर रुका, जैसे कुछ सोच रहा हो, फिर बिना किसी दुविधा के बोला, "अपने बीते दिनों को बार–बार छीलते हुए हम अक्सर उन यन्त्रणाओं को याद करते हैं, जो हमने अपने असन्तुष्ट क्षणों में भोगी थीं और प्रायः उन ख़ूबसूरत पलों को भूल जाते हैं, जो कभी हमारे सुखों के कारण बने थे...वही व्यक्ति सहज रह सकता है, जो इन दोनों स्थितियों के बीच सामन्जस्य बना कर रख सके।"

मुझे लगा, जैसे उसने यह बात मुझे लक्ष्य करके कही थी। क्या मेरा दुःख मेरे चेहरे पर चस्पा हो गया था? उन दिनों मैं क्या सोचा करती थी, ठीक से मुझे भी मालूम नहीं था। एक प्रश्न से बाहर निकल भी नहीं पाती, कि दूसरे में उलझ जाया करती थी। लगता था, जैसे मैं पीड़ाओं की किसी अँधेरी सुरंग में फँस गयी हूँ। सहज होने के लिए इस व्यामोह से बाहर निकलना आवश्यक था, पर यह मेरे बस में नहीं रह गयी थी।

कई बार मुझे लगता कि काश! मैं भी दिवांग की तरह स्थिरमति हो पाती। पर उसके अनुभव मेरी संवेदनाओं की दीवार पर सिर पटक

कर अपना दम तोड़ देते थे। प्रत्येक व्यक्ति की सोच का अपना एक दायरा होता है, जहाँ दूसरों की अनुभूतियाँ आप सुनते अवश्य हैं, पर वे जाती हुई ट्रेन की आवाज़ की तरह होते हैं, जो उत्तरोत्तर कमज़ोर पड़ती जाती हैं। जीवन में आप केवल वही अनुभव इकट्ठे करते चलते हैं, जो आपकी अपनी कहानी से पैदा होते हैं।

एक स्थायी कसक मन की दीवारों पर जम गयी थी। बार–बार वही प्रश्न सामने आ खड़े होते थे। क्या मैंने अभिनव से अलग होकर ग़लती की थी? क्या मुझे हमारे रिश्ते को कुछ और समय देना चाहिए था? विवाह का केवल अन्तिम वर्ष ही तो खुरदरा व्यतीत हुआ था! सम्भव है कुछ समय बाद वह स्वयं ही समझ जाता कि ज़िन्दगी ऐसे नाकारा रह कर नहीं गुज़ारी जा सकती और कोई जॉब ढूँढ़ लेता! मेरा धैर्य कहाँ चला गया था?

"ये सब तुम्हारे मन का वहम है। जो होना होता है, होकर रहता है। तुम लाख चाहो, होनी को रोक नहीं सकती।" एक दिन दिवांग ने कहा था।

"यदि हम होनी को ही अन्तिम सच मान लें, तो फिर कोई कुछ करेगा ही नहीं! सब हाथ पर हाथ रख कर बैठ जायेंगे और प्रतीक्षा करेंगे कि जो कुछ होना होगा, होनी ही करेगी।" मैंने कहा। मैं अच्छी तरह जानती थी कि मेरे और अभिनव के बीच जो कुछ घटा, उसमें होनी की नहीं, मेरे और उसके निर्णयों की प्रमुख भूमिकाएँ रही थीं।

"नहीं, मेरा मतलब यह कतई नहीं था। हमें अपने निर्णय सोच–समझ कर लेने चाहिए। पर एक बार ले लेने के बाद उन पर हमारा बस नहीं रहता। यदि वे अच्छी तरह सोच–समझ कर लिए गये हैं, तो दुःख पाने की सम्भावना उतनी ही कम हो जाती है।"

मैं चुप रही।

"क्या सोच रही हो?" उसने मुझे चुप देखकर पूछा।

"काश! ये सब इतना आसान होता।"

"वही तो! आसान कुछ नहीं होता। और यदि होता है, तो हम उसे कोम्प्लीकेटेड बनाने में कोई कसर नहीं छोड़ते।"

"तो तुम कहना चाहते हो कि मैं ही थी, जिसने अभिनव के साथ अपने रिश्ते को उलझाया था? क्या उसकी कोई ग़लती नहीं थी?"

पल भर वह चुप रहा, फिर उसका धीमा सा स्वर मुझ तक आया, "शुरू–शुरू में जब तुमने ये सब बताया था, तब मुझे लगता था कि अभिनव सिरे से ग़लत था। यह उसकी ज़िम्मेदारी बनती थी कि वह अपने परिवार की देखभाल करे। शुरू में शायद उसने कोशिश की भी थी। पर फिर..."

"पर फिर...पर फिर क्या?"

"देखो शिप्रा, आदमी हो या औरत, वह सिर्फ़ वह नहीं होता, जो दिखता है या जैसा व्यवहार करता है। अपने भीतर वह एक ऐसी दुनिया लिए चलता है, जहाँ वह प्रायः स्वयं को भी एकाकी पाता है। तुम दोनों भी अपनी दुनियाओं में अकेले पड़ गये होंगे, जहाँ किसी दूसरे की आवाज़ महज फुसफुसाहट बनकर रह गयी होगी। ऐसे में साथ रह पाना सम्भव नहीं रहा होगा, न तुम्हारे लिए और न ही अभिनव के लिए।"

"तो तुम मानते हो कि मेरे अलग होने का निर्णय ठीक नहीं था।"

"यह तो मैं नहीं कह सकता, पर तुम्हें अभिनव को कम से कम एक मौक़ा तो देना ही चाहिए था।" उसने झिझकते हुए कहा। मैं समझ रही थी कि वह कुछ और भी कहना चाह रहा था, पर कह नहीं पा रहा था। यूँ तो हमारे बीच औपचारिकता की कोई दीवार नहीं थी, पर कभी–कभी एक धुँधला सा संकोच रास्ता रोक कर खड़ा हो जाता था।

"पापा भी यही मानते हैं...तो तुम भी यही सोचते हो कि मुझे अलग होने से पहले उससे बात कर लेनी चाहिए थी। क्या वह मान जाता?"

"शायद...जब तुमने उसे डायवोर्स पेपर्स साइन करने के लिए दिये थे, तब भी तो उसने बिना ना–नुकुर किये दस्तख़त कर दिये थे!"

दिवांग की इस बात का मेरे पास कोई जवाब नहीं था। मुझे कई बार लगता था कि डायवोर्स पेपर्स मैंने अभिनव के मुँह पर नहीं

दे मारे थे, बल्कि बिना एक भी शब्द बोले उन पर साइन करके उसने मेरे मुँह पर तमाचा जड़ दिया था। यह अहसास मुझे हमेशा बेचैन किये रखता था।

* * *

देखा जाये तो अभिनव के चले जाने के बाद मुझे राहत का अनुभव होना चाहिए था, पर हुआ नहीं। बार–बार एक आशंका डँक मारा करती थी कि कहीं मैंने ग़लत निर्णय तो नहीं ले लिया था! अन्यथा उसके चले जाने के बाद मैं इतना सूनापन क्यों महसूस करती? अजीब–सा विरोधाभास था कि अब जब वह नहीं था, इसलिए शायद और अधिक था। उसके नहीं होने से जो एक प्रकार की ख़ाली जगह मुझमें घर करने लगी थी, उसके विषय में कोई नहीं जानता था। दिन तो किसी तरह निकल जाता था, पर शाम किसी उदास विरहन सी मेरे पास आकर बैठ जाया करती थी। घर की छत पर पंकज के साथ खेलते हुए भी बार–बार निगाहें डूबते हुए सूरज की ओर चली जाती थीं और मन पता नहीं कैसा–कैसा होने लगता था। माँ अक्सर वहीं होती थीं, पर उन्हें मेरे मन में चल रही उथल–पुथल की भनक तक नहीं लगती थी...कितनी अजीब बात है, कई बार हम साथ होते हुए भी साथ नहीं होते, अपनी–अपनी दुनियाओं में खोये रहते हैं। यह तटस्थता नहीं होती, बस चुपचाप बिना बताये कहीं दूर चले जाना होता है, इतनी दूर, जहाँ पहुँच पाना किसी दूसरे के लिए कभी सम्भव नहीं होता।

पर ख़ुद को समझ पाने के लिए कहीं दूर चले जाना ही काफ़ी नहीं होता, अपने भीतर आना भी ज़रूरी होता है। और शायद यही मैं नहीं कर पा रही थी। नन्हा पंकज, माँ–पापा का घर और कॉलेज जैसी अनेक व्यस्तताओं ने मुझे अपने से दूर कर दिया था। हालाँकि दिवांग से बात करते हुए कई बार महसूस होता था कि मेरी संवेदनाएँ अभी मरी नहीं थीं, मैं सिर्फ़ अकेली रह गयी थी। अपने आस–पास के लोगों के बावजूद भी मैं अकेली थी।

यह एक अलग तरह का अकेलापन था, जो ममा–पापा, पंकज और दिवांग के पास होने के बाद भी जाता नहीं था। पहले मैंने इस विषय में नहीं सोचा था, लेकिन आहिस्ता–आहिस्ता यह अहसास घनीभूत होता चला गया और इसका मुझे पता भी नहीं चल पाया था। कोई नहीं था, जिसके साथ मैं अपना मन साझा कर सकती। यूँ तो माँ और पापा थे, पर वैसा कोई साथी नहीं था, जिसके साथ इस औचक आयी मनःस्थिति को बाँटा जा सके। दिवांग अवश्य था, पर उसके साथ भी एक सीमा तक ही खुला जा सकता था। वह प्रायः अपने विषय में चुप ही रहता था। यही कारण था कि मैं भी उससे अपनी मनःस्थिति साझा करने से संकोच किया करती थी। वन वे ट्रैफ़िक कहाँ सम्भव हो पाता है! लेकिन फिर भी उसके साथ सारा नहीं, तो बहुत कुछ शेयर किया जा सकता था।

और यह तब मैंने पहली बार जाना कि अकेला आदमी कितना निरीह प्राणी होता है! यह भी जाना कि इस स्थिति के लिए वह व्यक्ति स्वयं ही ज़िम्मेदार भी होता है, क्योंकि वह अपने अकेलेपन में सेंध लगा कर किसी दूसरे को अन्दर आने ही नहीं देता। वह ख़ुद को अपने बन्द किले में सुरक्षित महसूस करता है, पर नहीं जानता कि अनजाने में ही वह वीराने को निमन्त्रण दे बैठा है।

प्रेम भी अजीब चीज़ होती है। जब होता है, दुनिया भुला देता है। पर जब मर जाता है, तब मरे हुए प्रेम में जीना दुनिया का सबसे अधिक कठिन काम बन जाता है। मैं नहीं जानती हमारे बीच का प्रेम मरा था कि नहीं, पर उसने हमारे सम्बन्धों को अवश्य मार दिया था। सोचा था, एक दिन समय सब कुछ भुला देगा, पर यह नहीं जानती थी कि जीवन में किसी व्यक्ति को मन में ख़ास जगह देने के बाद फिर उसे भुला पाना सहज नहीं रह जाता, चाहे बाद के दिनों में सम्बन्धों में दरार ही क्यों न आ जाये!

अभिनव ऐसा ही एक व्यक्ति था। चले जाने के बाद भी वह अपना बहुत कुछ मेरे पास छोड़ गया था। पंकज बड़ा हो रहा था, मेरी उम्र भी बढ़ रही थी, पर अभिनव वहीं ठहर गया था।

उसके साथ गुज़ारे दिन वहीं ठहर गये थे, वो बारिश के दिनों में भीगना, थियेटर में उसका हाथ थामे हुए नाटक देखना, सड़कों पर घण्टों यूँ ही घूमना, किताबों के लिए दुकान–दुकान भटकना, कॉलेज की कैन्टीन में चाय पर चाय पीना...

पर विवाह होते ही सब कुछ बदल गया था। हमने एक–दूसरे को पा लिया था और इस पाने ने हमारे बीच के नैसर्गिक आकर्षण को आहिस्ता–आहिस्ता कम करना शुरू कर दिया था। पहले अधिकतर हम अपने से अधिक दूसरे के विषय में सोचा करते थे, वहीं विवाह के बाद हमारी अपनी अस्मिता तेज़ी से उभर कर ऊपर आने लगी थी। सब कुछ बदलने लगा था। न तो अभिनव वैसा रह गया था और न ही मैं! विवाह पूर्व के वे दिन क्या गये, उन्होंने फिर कभी लौटने का नाम ही नहीं लिया। कई बार मुझे आश्चर्य होता था कि वह सारा रोमांस इतनी जल्दी कैसे विलुप्त हो गया था! अब हम एक–दूसरे को सहज ही उपलब्ध थे। शायद यह सहज उपलब्धता भी एक महत्त्वपूर्ण कारक रही होगी, जिसने हमारे प्रेम को हाशिये पर डाल दिया था।

तो क्या विवाह प्रेम की हत्या कर देता है?

शायद नहीं। हम ही उसे सिराहने रख कर भूल जाते हैं, किसी अधूरी पढ़ी किताब की तरह। पर वह कभी बन्द नहीं होती, अधखुली पड़ी रहती है, प्रतीक्षा में कि उसे पढ़ने वाला एक दिन लौटेगा और उसे अन्त तक पढेगा...पर मैं किसी भी प्रतीक्षा के दायरे से बाहर थी। कोई लौटने वाला था भी नहीं। किताब का खुला होना या बन्द होना भी कोई मायने नहीं रखता था। जहाँ वह किताब रखी हुई थी, अब वहाँ सिर्फ़ निचाट सूनापन था। मुझे किसी से शिकायत करने का कोई जायज़ हक़ भी नहीं था, क्योंकि उसे मैंने ख़ुद चुना था।

तो फिर इतनी उदासी क्यों छायी हुई थी? अभिनव की अनुपस्थिति साये की तरह क्यों उपस्थित रहने लगी थी? पहली बार जाना था कि कोई व्यक्ति नहीं होकर भी किस प्रकार हो सकता है!

*   *   *

मुझे यह धारणा सिरे से ग़लत लगती है कि कभी भी नये तरह से जीवन शुरू किया जा सकता है। नयी शुरुआत के लिए जिस उमंग, जिस उत्साह की आवश्यकता होती है, वह यदि एक बार चुक जाये, तो फिर उसे ठीक वैसी ही ऊर्जा के साथ में नहीं पाया जा सकता। सोचा था, अभिनव के चले जाने के बाद ज़िन्दगी फिर से जीना प्रारम्भ कर दूँगी, सब कुछ नया होगा, नये दोस्त, नया घर, नयी धूप, नयी शामें...तब नहीं जानती थी कि एक बार किसी के साथ घर बसा लो तो फिर नये जैसा कुछ नहीं रह जाता। बहुत से लोगों के लिए फिर से शुरू करना सरल होता होगा, पर मैं वैसी नहीं थी। इस बात का पता मुझे अभिनव के जाने के बाद लगा था। नयी शुरुआत तो दूर की बात है, मुझे तो बीते दिनों को बिसारना भी मुश्किल लगने लगा था।

"आप कितना भी विगत से तटस्थ होने का प्रयास करें, वह आपको अपनी सही मनःस्थिति के आकलन में कोई मदद नहीं करता।" एक दिन दिवांग ने चाय पीते हुए कहा था।

"सही मनःस्थिति का आकलन कौन कर सकता है? यह एक ऐसा भुलावा है, जिसमें प्रायः हम अपने को झोंक दिया करते हैं।" मैंने उसकी बात काटते हुए कहा था।

"दरअसल यह एक तरह की तसल्ली है, जो हम ख़ुद को देते हैं...कि कोई निर्णय ग़लत नहीं लिया गया था, सब ठीक है, हम सब सम्भाल लेंगे।"

"हाँ, तुम यह कह सकते हो, क्योंकि तुमने कभी कुछ खोया नहीं है।" मैंने कहा। शायद मैं कुछ ज़्यादा ही तल्ख़ हो गयी थी। ऐसा कौन होगा, जिसने जीवन में कुछ न खोया हो! मैं यह बात नहीं कहना चाहती थी, पर फिर भी ख़ुद को कहने से रोक नहीं पायी।

उसके चेहरे पर एक गहरी काली छाया उभरी, क्षण भर के लिए, फिर जैसे आयी थी, वैसे ही चली गयी। वह हँस पड़ा था,

हालाँकि उसके चेहरे पर हँसी का कोई भाव नहीं था, "हाँ, तुम ऐसा कह सकती हो, क्योंकि तुम मेरे बारे में जानती ही कितना हो..."

"तो क्या मैंने सब कुछ सम्भाल नहीं लिया? अभिनव के जाने के बाद क्या सब कुछ ठीक नहीं चल रहा?" मैंने तुरन्त पलटते हुए कहा।

"यह प्रश्न तुम अपने से पूछो...और मैं पंकज को सम्भालने की बात कर भी नहीं रहा, क्या तुम ख़ुद को सम्भाल पायी हो?" उसने भी बिना एक क्षण विलंब किये कहा।

मेरे पास उसके प्रश्नों के सटीक उत्तर नहीं थे। जिन सवालों से मैं बचा करती थी, उसने उन्हीं को एक बार फिर मेरे सामने ला खड़ा किया था। बल्कि उसने मुझे फिर उसी दायरे में पहुँचा दिया था, जहाँ उन दिनों मैं प्रायः स्वयं को अकेले खड़ा पाया करती थी। आप कितनी भी कोशिश कर लें, उन स्थितियों से नहीं भाग सकते, जो दिन–रात आपको घेरे रहती हैं। और मैं तो सिर्फ़ प्रश्नों के ही नहीं, संशयों के अनगिनत घेरों में भी घिरी हुई थी।

यह स्वीकार करने में मुझे कोई संकोच नहीं कि दिवांग को लेकर कई बार मेरे मन में एक मीठा सा अहसास जागा करता था, विशेषकर जब वह अपने में डूब कर किसी बात को फिलोसिफ़ाई कर रहा होता था। तब उसकी भंगिमा किसी पूर्ण पुरुष में बदल जाया करती थी और मैं उसे प्रकृति की तरह एकटक देखते हुए सोचा करती थी कि यदि किसी दिन उसने मुझसे वह विशेष अपनापन चाहा तो मैं क्या प्रत्युत्तर दूँगी! कभी–कभी अवकाश के दिन लम्बी, सूनी दोपहर मुझे लगता, जैसे किसी ने दरवाज़ा खटखटाया हो। मैं दरवाज़ा खोलती, पर वहाँ कोई नहीं होता था। मैं किसकी प्रतीक्षा करने लगी थी, मुझे स्वयं नहीं मालूम। लेकिन उन दस्तकों के पीछे एक चेहरा अदृश्य खड़ा मुझे ताक़ता हुआ महसूस होता था।

लेकिन उसके मन में क्या चल रहा था, उसने इस बात का मुझे कभी कोई संकेत नहीं दिया था। वह हमेशा एक अच्छे दोस्त की तरह बात करता था। उसकी बॉडी लैंग्वेज, उसकी आँखें,

उसकी आवाज़...सभी में एक तरह की निर्लिप्तता थी। अनेक बार मेरे बराबर की कुर्सी पर बैठने के बाद भी उसने कभी मुझे स्पर्श करने का कोई प्रयास नहीं किया था और न ही कभी कोई ऐसा संकेत दिया था, जिसे चाहना कहते हैं।

"तू उससे बात क्यों नहीं कर लेती?" एक बार माँ ने कहा था। वह मेरी और दिवांग की दोस्ती के बारे में कुछ–कुछ जानती थी। कई बार पापा मेरी कार ले जाया करते थे और मैं ऑटो से कॉलेज जाया करती थी, तब वह मुझे अपने स्कूटर पर घर तक छोड़ने आता था। तभी वे उससे मिली थीं।

"वह मुझ जैसी लड़की से भला क्यों शादी करेगा, जिसने अपने पति को छोड़ दिया हो और जो एक बच्चे की माँ भी हो!" मैंने अपना तर्क प्रस्तुत किया था, जो प्रत्येक कोण से मुझे ठीक भी नज़र आ रहा था। हालाँकि 'लड़की' कहने के बाद मैं स्वयं ही चौंक गयी थी। क्या अब कोई मुझे एक 'लड़की' की तरह से ट्रीट कर सकता है!

"पर बात करने में क्या जाता है!"

"नहीं माँ, मुझमें एक और हादसा झेलने की ताक़त नहीं है।"

माँ कुछ और कहती, उससे पहले मैं अपने कमरे में चली गयी थी। पंकज बाहर खेल रहा था। कमरा ख़ाली पड़ा था। हवा भी नहीं चल रही थी। खिड़की दरवाज़ों पर पड़े पर्दे अपनी जगहों पर स्थिर खड़े थे। वहाँ न अभिनव था और न ही दिवांग। एक काटने वाला सन्नाटा था। इतना भीषण अकेलापन मुझे पहली बार महसूस हुआ। सबकी अपनी–अपनी दुनिया थी, यहाँ तक कि नन्हे से पंकज की भी, वीराना सिर्फ़ मेरे ही हिस्से आया था।

मैं बिस्तर पर धम्म से निढाल होकर गिर ही गयी थी...आँसू चुपचाप बहने लगे थे, ढेर–ढेर आँसू, जिन्हें न जाने कब से इन आँखों ने अपने भीतर छिपा रखा था। बड़ी मुश्किल से मैं अपने रोने की आवाज़ को दबा पा रही थी। वे मेरे दुःख के घर में जमा थे, सजावटी सामान की तरह नहीं, दीवारों पर लगी तस्वीरों की तरह भी नहीं, बल्कि उन यातनादायक स्मृतियों की तरह, जिन्हें हम सबसे

छिपा कर आलमारी में कपड़ों के नीचे छिपा देते हैं। कोई उन्हें नहीं ढूँढ़ पाता, कई बार हम स्वयं भी नहीं, फिर किसी दिन वे अपने आप हमारे सामने आकर खड़ी हो जाती हैं, और हम विस्मित से सोचने लगते हैं कि क्या ये हमारी ही स्मृतियाँ हैं?

आदमी अपने विगत से भाग नहीं सकता। कोई बीता हुआ पल, कोई संकेत, कोई आवाज़ परछाईं की तरह आपके साथ लगे रहते हैं। कई बार कोई नयी घटना आपके अतीत को सामने ला खड़ा कर देती है। और तब आप भागना छोड़कर वैसा करने लगते हैं, जैसा नियति करवाना चाहती है। दिवांग का साथ भी मेरे अपने अतीत को बिसारने का नहीं, बल्कि उसके समानान्तर जीने का पर्याय बनता जा रहा था। अभिनव अब कभी नहीं लौटेगा, यह नियति मैंने स्वयं तय की थी। मैं नहीं चाहती थी कि उसकी स्मृतियाँ भी लौटें। लेकिन दिवांग की सदेह उपस्थिति मुझे अभिनव को छोड़ने नहीं दे रही थी। मुझे लगने लगा था कि मैं एक ऐसे जाल में उलझती जा रही हूँ, जिससे बाहर निकलने का कोई रास्ता नहीं है।

अभिनव के जाने के बाद मेरा मन पूरी तरह बुझ गया था। फिर कभी कोई चाहना जन्म लेगी, यह मैंने नहीं सोचा था। पर आहिस्ता–आहिस्ता मुझे यह समझ में आने लगा था कि दिवांग के बहाने मेरा अपना ही अन्तरमन चुपचाप कुछ और तलाश करने लगा है। मेरे अवचेतन में जो घटित हो रहा था, उसका हल्का–सा अनुमान अवश्य था मुझे। शायद अभिनव ही वह पर्दा था, जिसकी आड़ में दिवांग के नज़दीक हुआ जा सकता था। सम्भवतः मेरे अवचेतन पर दिवांग ने धीमे से दस्तक दे दी थी, अन्यथा दिवांग का साथ मन में इतना मीठा सा अहसास कैसे सम्भव हो पा रहा था!

माँ के साथ हुए संवादों ने मुझे अस्थिर कर दिया था। यह अलग बात थी कि मैं उनके सामने व्यावहारिक दिखने का प्रयास कर रही थी, लेकिन मन के किसी कोने में चुपचाप एक सुगंधित पुष्प पल्लवित होने लगा था और मैं उसके रंग, खुशबू और कोमल अहसासों में डूबने लगी थी। माँ को कही सारी बातें जैसे सपने में कही बातें थीं।

कितनी अजीब बात है! देह वही होती है पर मन किसी और दिशा में जाता है तो जुबान किसी ओर! दोनों का एकमेव हो जाना ही शायद ऋषि हो जाना होता हो!

पर वह ख़ुशनुमा दिन कभी नहीं आया, जब दिवांग ने अपनी मन की गाँठों को खोला हो। उन्हीं दिनों उसे मुम्बई में एक अच्छी जॉब मिल गयी थी और उसने यह सूचना मुझे बहुत उत्साह के साथ दी थी।

"तुमने कभी बताया नहीं कि तुमने कहीं और अप्लाई कर रखा है?" मेरी आवाज़ बुझी हुई थी, जिसे यथासम्भव मैं सामान्य बनाये रखने का प्रयास कर रही थी। सच तो यह था कि मैं दिवांग की बात सुनकर हतप्रभ रह गयी थी। मैंने स्वप्न में भी कभी नहीं सोचा था कि एक दिन मुझे यह समाचार सुनने को मिलेगा और मेरे मन की सारी उथल–पुथल यूँ सहसा दम तोड़ देंगी।

"क्या बताता! मुझे तो ख़ुद नहीं पता था! तुम्हें याद है पिछले साल मैं बम्बई गया था...तब इन्टरव्यू देकर आया था। अपोइंटमेंट लेटर अब आया है।"

दिवांग का उत्साह देखते ही बनता था। नयी कम्पनी, नयी जगह, नये लोग। वह देख ही नहीं पाया कि मेरे चेहरे पर एक पीली छाया चुपचाप उतर आयी थी। वह यह भी नहीं देख सका कि मुझे अपने आँसू छिपाने के लिए बार–बार इधर–उधर देखना पड़ रहा था। कभी मैं उठकर अपने पीछे आलमारी से किताबें लेने जाती, तो कभी ज़मीन से पैन उठाने के बहाने नीचे झुककर आँखें पोंछ लेती थी। उस दिन माँ से बात करने के बाद अकेले कमरे में रोते हुए सोचा था कि सारे आँसू ख़त्म हो गये होंगे, पर वे बचे रह गये थे। मुझे आश्चर्य हुआ कि आख़िर इतने आँसू सबसे छिप कर रहते कहाँ हैं!

मैं ठीक से उस बिन्दु पर अँगुली नहीं रख सकती कि मैं क्यों इतना टूटा हुआ महसूस कर रही थी! बेहतर भविष्य के लिए कौन प्रयास नहीं करता! इसमें दिवांग का दोष ही क्या था!

अभी उसकी उम्र ही क्या थी! आगे बढ़ना उसका जायज़ हक़ था... मैंने अपने मन को समझाने के सारे तर्क अपने पल्लू से बाँध रखे थे, पर टूटन थी कि कम होने का नाम नहीं ले रही थी। आँसुओं का क्या है, वे तो कभी भी चले आते हैं!

फिर एक दिन दिवांग सचमुच चला गया। उसने फेयरवेल पार्टी भी नहीं ली और न ही रेजिग्नेशन पीरिएड समाप्त होने की प्रतीक्षा की। अपने पीछे छोड़ गया एक भयावह अकेलापन। पूरे कॉलेज में कोई दूसरा व्यक्ति ऐसा नहीं था, जो उसका स्थान ले पाता। वैसे भी एक व्यक्ति की जगह दूसरा व्यक्ति कभी ले भी नहीं सकता। दिवांग ने भी अभिनव का स्थान नहीं लिया था, उसे थोड़ा सरका कर अपने लिए जगह बनायी थी।

जाने से पहले वह मुझसे विदा लेना भी भूल गया था।

* * *

दिवांग के जाने के बाद मुझे सम्भलने में लम्बा समय लगा। इतनी यन्त्रणा मुझे अभिनव के चले जाने के बाद भी नहीं हुई थी। कई बार यह सोचती, तो मन आश्चर्य से भर जाया करता था। कहीं इसका कारण यह तो नहीं था कि मैंने अभिनव को पूरा–पूरा पा लिया था, मन से ही नहीं, तन से भी। अब उससे कुछ भी अतिरिक्त पाने की उम्मीद नहीं बची थी। ख़ाली बर्तन से आप पा भी क्या सकते हैं! जब कि दिवांग को पाना अभी शेष था। उसका केवल वह हिस्सा ही मैं छू पायी थी, जितना उसने मेरे सामने खोला था। कहीं मेरा दुःख उस नहीं पाये हिस्से के लिए तो नहीं था!

"यह तुम्हें क्या हो गया है?" माँ ने एक बार मुझसे पूछा था।

"क्या हो गया है?"

"यह तुम अपने से पूछो। पता नहीं सारा–सारा दिन क्या सोचा करती हो?"

मैं चौंक गयी थी। क्या मेरी मनःस्थिति इतनी पारदर्शी हो गयी थी कि उसे कोई भी पढ़ सकता था! सिर्फ़ मैं ही स्वयं से अनजान थी।

बात को सम्भालते हुए मैंने कहा था, "कुछ नहीं माँ। आजकल कॉलेज में बहुत काम करना पड़ रहा है।"

पर उन्होंने मेरा झूठ पकड़ लिया था। आख़िर वे माँ थीं। वे मेरे पास आयीं, मेरा हाथ अपने हाथों में लिया और पास बैठ गयीं, "देख शिप्रा। अभी भी कुछ नहीं बिगड़ा है। पति–पत्नी का रिश्ता यूँ आसानी से नहीं टूटा करता...तू चाहे तो अभिनव से बात कर सकती है। तेरे पापा को मैं मना लूँगी...और अब तो दिवांग भी चला गया है।"

माँ का यह वाक्य किसी भयानक विस्फोट के लिए काफ़ी था। मैं फट पड़ी थी, "पर क्यों माँ? एक औरत के लिए पुरुष का साथ आपको इतना ज़रूरी क्यों लगता है? क्या मैं अपने पैरों पर खड़ी नहीं हूँ? क्या मैं अकेले ज़िन्दगी नहीं गुज़ार सकती? या फिर क्या मैं पंकज को अच्छी तरह नहीं पाल सकती?"

"मैंने ऐसा कब कहा?"

"नहीं कहा, पर मतलब तो यही निकलता है...माँ, आप समझो इस बात को। मैं अपने निर्णय ख़ुद ले सकती हूँ...अभिनव को छोड़ने का निर्णय भी मेरा अपना था, उसका नहीं...और अब यदि मैं उसके पास लौटी, तो क्या वह मेरा सम्मान कर पायेगा?"

माँ औचक मुझे देखे जा रही थीं। उनके लिए इन बातों को समझ पाना कठिन था। वे जो संस्कार लेकर पली–बढ़ी थीं, उनमें मेरी इन बेहूदा हरकतों के लिए कोई जगह नहीं थी। प्रत्येक व्यक्ति की अपनी कुछ निश्चित मान्यताएँ होती हैं, जिन पर चलते हुए वह अपनी पूरी ज़िन्दगी गुज़ार देता है। कई बार तो उम्र के अन्तिम छोर पर पहुँच कर भी उसे ठीक–ठीक पता नहीं चल पाता कि वे मान्यताएँ ग़लत थीं या सही!

सच तो यह भी था कि मैं स्वयं भी नहीं जानती थी कि क्या सही था और क्या ग़लत! न जाने कब से मैं एक अंधड़ में फँसी हुई थी, जो मुझे धकेले जा रहा था और मैं एक तिनके की तरह उड़ती फिर रही थी। इस बात का पहला अनुभव मुझे तब हुआ था,

जब मैंने अभिनव को ठुकरा दिया था और दूसरा तब, जब मैं दिवांग के मोहपाश में बँध गयी थी। दोनों ही बार मैं होश में थी, पर बेहोश थी। जो घटनाएँ घट रहीं थीं, उन पर मेरा कोई नियन्त्रण नहीं रह गया था। एक आँधी थी, जो मुझे उड़ाये लिए जा रही थी। परिस्थितियाँ मेरे वश में नहीं रह गयी थीं। मैंने अपने आपको उन हवाओं के हवाले कर दिया था। जैसे पाल वाली नावें हवा के रुख के साथ बहती रहती हैं, ठीक वैसे ही मैं स्वयं समय की हवाओं के साथ बहने लगी थी। समय मेरा नियन्ता बनकर आया था।

उन्हीं दिनों पापा ने दिल्ली ट्रान्सफर ले लिया था और चूँकि पंकज छोटा था, मैं भी उनके साथ एक साल का अवैतनिक अवकाश लेकर दिल्ली चली गयी। यह तो मुझे बहुत बाद में पता चला कि उसी एक साल के दौरान ही अभिनव मुझसे मिलने भोपाल आया था। मैं उसे कैसे मिलती, मैं तो दिल्ली में थी! वह निराश होकर लौट गया था। शायद उसने सोचा हो कि मैंने भोपाल हमेशा के लिए छोड़ दिया है।

इस अवधि में पंकज किन्डर गार्टन स्कूल जाने लायक हो गया था। मैं भी वापस भोपाल लौट आयी थी। कॉलेज के पास ही एक अपार्टमेंट ले लिया था ताकि पंकज का ध्यान रख सकूँ। वह किड्स स्कूल जाने लगा था और उसे सम्भालना अब इतना मुश्किल नहीं रह गया था। उसके स्कूल से लौटने के समय मैं थोड़ी देर के लिए घर आ जाया करती थी और उसे खिला–पिलाकर वापस कॉलेज चली जाती थी। एक सिंगल पेरेन्ट के साथ कैसे बड़ा हुआ जाता है, वह स्वतः ही सीख रहा था।

माता–पिता के साये से दूर अलग भोपाल में अपने अपार्टमेंट में शिफ्ट होने के कारण मेरी निजी स्वतन्त्रता स्वतः ही स्थापित हो गयी थी। वहाँ अकेले रहने का एक लाभ यह अवश्य हुआ कि अब मैं किसी पर भी निर्भर नहीं रह गयी थी। एकान्त के अनगिनत क्षणों ने मुझे पुनर्वालोकन का अवकाश दिया और स्थितियाँ स्वतः ही स्पष्ट होने लगी थीं। यूँ तो पंकज के रहते कभी मुझे फुर्सत के अधिक क्षण नहीं मिलते थे, लेकिन जब वह अपने दोस्तों से साथ सोसाइटी के

मैदान में खेलने चला जाता था, तब प्रायः मैं बॉलकनी में आकर बैठ जाया करती थी। सातवीं मंज़िल से सड़कों पर बहता ट्रैफ़िक बच्चों के खिलौने सा नज़र आने लगता था। जब रात होती, गाड़ियों की लाइटें ज़मीन पर तैरती हुई सी महसूस होती थीं। आधी रात के बाद सारा ट्रैफ़िक गायब हो जाता और सड़कों के किनारे लगे लैम्पपोस्ट उदास सी धुन बिखेरा करते थे।

एक दिन था, जब मैं इन्हीं सड़कों पर अभिनव के साथ हाथ में हाथ डाले घूमा करती थी। मेरे सारे सुख उसके हाथ की पाँच अँगुलियों में बँधी हथेली के बीच साँस लिया करते थे। हमारे हाथों की लकीरें आपस में बतियाया करती थीं और क़दम जैसे मखमली चादर पर पड़ा करते थे। मैं प्रायः आश्चर्य किया करती थी कि क्या इतना सुख किसी के भाग्य में हो सकता है! मुझे याद है बड़े तालाब के किनारे घूमते हुए जब शाम उतर आती, तो वह उदास हो जाया करता था। मेरा जाना उसे अच्छा नहीं लगता था। मुझे उसका जाना अच्छा नहीं लगता था। इसीलिए हमने तय किया था कि अब हमारा अपना एक घर होना चाहिए, जिससे बिछुड़ने का दुःख और नहीं झेलना पड़े।

पर विवाह के बाद हमारा पहले की तरह सड़कों पर भटकना बहुत कम हो गया था। हाथ की लकीरें भी पहले की तरह नहीं बतियाया करती थीं। वह सुख जो एक बार गया, तो फिर कभी लौटकर नहीं आया। शायद हर समय एक–दूसरे के साथ रहने के कारण वह कोमल अनुभूति लगातार कमज़ोर पड़ती जा रही थी। पर तब नहीं जानती थी कि सुख की उम्र बहुत छोटी हुआ करती है। इसलिए जब भी वह आये, उसे पूरा–पूरा निचोड़ लेना चाहिए। बाद में आप उस पर जमी धूल झाड़ते रहते हैं लेकिन वह नहीं लौटता।

यदि सब कुछ सहज सामान्य हो, तो ज़िन्दगी भी अपनी सामान्य गति से चलती रहती है और सब कुछ ठीक ठाक घटित भी होता रहता है। स्वतः ही एक रुटीन स्थापित हो जाता है, जो तब तक नहीं खलता, जब तक कोई दहला देने वाली घटना न घट जाये।

अभिनव के नौकरी छोड़ देने का निर्णय एक ऐसी ही दुर्घटना थी। यह उसका बेहद अव्यावहारिक निर्णय था। विशेषकर तब, जब उसे स्वयं ही मालूम नहीं था कि उसे जीवन में करना क्या है! उसका आने वाला कल पूरी तरह अनिश्चित था। विवाह से पहले उम्मीद थी कि यदि कभी जीवन में मैं उलझ गयी तो अभिनव मुझे उन अभिशप्त गलियों से बाहर खींच लायेगा, पर अब तो वह स्वयं न जाने किन गुमशुदा राहों पर चल पड़ा था!

उसने ऐसा निर्णय क्यों लिया, यह मैं कभी नहीं समझ सकी। अभिनव को नहीं समझ पाने की वह एकमात्र महत्त्वपूर्ण घटना थी। विवाह के पूर्व उसने ऐसा कोई संकेत नहीं दिया था। ऐसी अनिर्णय की स्थिति को आख़िर कब तक बर्दाश्त किया जा सकता था! उसका नाकारा होना उसने स्वयं चुना था, जो मेरी समझ से बाहर था। शायद एक–दूसरे को नहीं समझ पाने की प्रक्रिया विवाह के कुछ समय बाद ही प्रारम्भ हो गयी थी, जिसका न तो मुझे पता चल पाया था और न उसे। ठहरे हुए पानी की सतह के नीचे की हलचल प्रायः किसी को दिखायी नहीं देती, उन्हें भी नहीं, जो उस सतह पर तैर रहे होते हैं।

अब भी जब मैं उन दिनों को याद करती हूँ, तो मुझे लगता है, अभिनव से अलग होने का निर्णय लेकर मैंने कोई ग़लती नहीं की थी। जब मैं कॉलेज से घर लौटती और उसे नन्हे पंकज को खिलाते हुए देखती थी, तो ख़ुश होने के बजाय मेरा दिमाग़ सातवें आसमान पर जा पहुँचता था। अभिनव को देखते ही मेरे मन में कोई अपरिचित प्राणी जन्म लेने लगता था, भयावह और हद दर्जे का क्रूर, जो उसे यातना देने के लिए किसी भी सीमा तक जा सकता था। कई बार मैं ख़ुद अपने इस अज्ञात रूप से सहम जाया करती थी। स्वयं पर विश्वास कर पाना कठिन हो जाता था कि यह वही मैं हूँ, जिसने कभी इस आदमी से टूटकर प्यार किया था!

सोच की गलियाँ भी अजीब होती हैं। उनमें भटकने के अतिरिक्त और कुछ नहीं किया जा सकता। बीते हुए समय में जाकर न तो आप

कोई निर्णय ले सकते हैं, न ही उन्हें बदल सकते हैं। एक मोड़ के बाद दूसरा मोड़, फिर तीसरा...एक ऐसा घना कोहरा, जिसमें सिर्फ़ ख़ुद को खोया जा सकता है।

*　　　*　　　*

अभिनव चला गया था, बिना एक भी शब्द बोले, बिना बहस किये, बिना कोई आक्षेप लगाये...और फिर एक दिन दिवांग भी चला गया, बिना मुझे सुने, बिना अपनी बात कहे, बिना मुझे जाने। क्या अकेले रह जाने के लिए मैं अभिशप्त थी? माना कि पहली बार का निर्णय मेरा अपना था, पर दूसरी बार? जब मैं अभिनव से अपने मन की बात कह सकती थी, तो दिवांग से क्यों नहीं कह सकी? यह कैसा संकोच था, जिसने मुझे एक बार फिर अकेलेपन के गहरे दलदल में धकेल दिया था। जब आँख खुलीं तो चारों ओर घना अँधेरा था। मैंने अपने आपको उस अँधेरे के हवाले कर स्वयं को अधर झूल में छोड़ दिया था। मेरी निराशा इतनी गहरी थी कि इस घटना के बाद मैंने फिर कभी किसी अन्य पुरुष को जानने या निकटता प्राप्त करने का कोई प्रयास नहीं किया।

धीरे–धीरे मैंने पाया कि मेरे जीवन का एकमात्र सच पंकज बन गया था। मेरी सारी दिनचर्या उसे केन्द्र बना कर उसके चारों ओर घूमने लगी थी। मैरी गो राउण्ड की तरह नहीं बल्कि रोलर कॉस्टर की तरह, कभी ऊपर, कभी नीचे, कभी समतल। मैं उसे एक सन्तुलित व्यक्ति की तरह देखना चाहती थी, न तो अपने पिता की तरह नाकारा और न ही दिवांग की तरह अतिमहत्त्वाकांक्षी। शायद मेरे पास इसके अतिरिक्त कोई दूसरा रास्ता शेष बचा भी नहीं था। यही मैं कर सकती थी और यही मैंने किया। जब तक पंकज इन्जीनियर बनकर नौकरी नहीं करने लगा, मैंने अपनी इस आस का दामन कभी नहीं छोड़ा।

और मेरा अपना जीवन? मैंने मनचाहे तरीक़े से जीना एक प्रकार से छोड़ ही दिया था। दिनचर्या एक उबाऊ रुटीन में बदल चुकी थी।

अब सोचती हूँ तो लगता है मानो उन दिनों जीवन की डोर छूट कर किन्हीं अदृश्य हाथों में चली गयी थी और मैं एक यान्त्रिक खिलौने की तरह जीवन व्यतीत कर रही थी। कभी मैं दीवार से टकराती, कभी फर्नीचर से तो कभी स्वयं से। चेहरे की ख़रोंचों को देखने वाला कोई नहीं था और मुझे उनकी आदत पड़ चुकी थी।

पर शायद यही मेरी नियति थी और नियति से भला कौन बच सका है!

तीन

हम-अभिनव और शिप्रा

शाम ढले किसने दी यह दस्तक

सीढ़ियाँ उतरती हैं नीचे
अँधेरे में
और तहख़ाने में गुम हो जाती हैं
तुम ढूँढ़ते हो वहाँ
इतिहास, जो बचा रह गया है लिखे जाने से
भाषा, जिसके अर्थ अभी खोजे नहीं गये
और ध्वनियाँ, जो भटक रहीं हैं निर्वाण की चाह में
इस सुते हुए समय में
जब ओस की एक बूँद तक मयस्सर नहीं
प्यास बुझाने के लिए
और पक्षी अपने झुलसे हुए पंखों के साथ
स्थगित किये हुए हैं उड़ान
तब तसल्ली देती है तहख़ाने की नमी
और उतरती हुई सीढ़ियाँ
बन जाती हैं
एक बार फिर ऊपर चढ़ने का ज़रिया।

उसने अपना ड्रिन्क बनाया और लाइब्रेरी में आकर स्टडी टेबिल पर बैठ गया। यही वह जगह थी, जहाँ वह सर्वाधिक सुकून महसूस किया करता था, जैसे वह जगह घर के भीतर दूसरा घर हो। रात का पहला अँधेरा आहिस्ता–आहिस्ता क़दम बढ़ा कर आने लगा था। लैम्प की पीली रोशनी फर्श पर अलसाई सी ऊँघ रही थी। चारों ओर शैल्फ में लगी किताबें उस हल्की रोशनी में उसे देख रही थीं।

वह अपनी कुर्सी पर बैठ गया। उसके सामने, राइटिंग टेबिल के दूसरी तरफ़, कुछ कुर्सियाँ रखी हुई थीं। यह वे कुर्सियाँ थीं, जिन पर कभी उसके साहित्यिक दोस्त आकर बैठा करते थे। क्या अद्‌भुत दिन थे वे! कविताएँ सुनायी जाती थीं, बहसें हुआ करती थीं, कार्यक्रमों की रूपरेखा बनायी जाती थीं। उसका साहित्य जगत में बड़ा नाम था। सारे मित्र उसकी प्रतिभा के कायल थे। यही वह चाहता था कि सभी मित्र उसे एक बड़े कवि की तरह स्वीकार करें। उसकी महत्त्वाकाँक्षाएँ पंख लगाकर ऊँची उड़ान भर रही थी...पर हर उड़ान की एक सीमा होती है, जिसके बाद निस्सीम अकेलेपन के अतिरिक्त कुछ नहीं होता। इसी कारण जैसे–जैसे उसका नाम होने लगा था, वह इन सबसे वे ऊबने लगा था। इतना कुछ पा जाने के बाद भी उसे एक भी ऐसा मित्र नज़र नहीं आता था, जिससे वह अपने मन की बात कर सके। अपनी ऊब उसने सबसे छिपाने की बहुत कोशिश की, किन्तु वह किसी से छिपी नहीं रह सकी थी। दोस्तों के किनारा करने का यह एक बड़ा कारण था। लोग अब उसे अध्यक्षता करने या व्याख्यान देने के लिए ही बुलाया करते थे। एक दिन उसने अपने आपको अकेला पाया।

उसने एक बड़ा सिप लिया। अपने सामने रखीं ख़ाली कुर्सियों पर उसकी निगाहें स्वतः ही जा टिकी थीं। उसके अपने ख़ालीपन ने कुर्सियों के ख़ालीपन से मिलकर और ज़्यादा ख़ालीपन को जन्म दे दिया था। तभी आलमारियों से निकल कर बहुत सारी किताबें उन कुर्सियों पर आ बैठीं। उन्हें उसने ही लिखा था। छपे हुए शब्द उससे बात करना चाहते थे। पर वह अपने ही क्रिएट हुए शब्दों से क्या बात करता! उसने उन्हें वापस अपने घरों में भेज दिया।

वे अभी अपनी जगह पहुँची भी नहीं थीं कि दूसरी ओर से ढेर सारे पुरस्कार और सम्मान पत्र उसके सामने आ खड़े हुए। वे भी उससे बतियाना चाहते थे। पर उन्हें भी उसने डाँट कर लौटा दिया। पुस्तकें और सम्मान जीवित व्यक्तियों की जगह नहीं ले सकते।

मित्र पीछे छूट गये थे, परिवार छब्बीस वर्ष पहले ही छूट गया था। तो क्या अब मित्र और परिवार विहीन ही मरना होगा!

"क्या आप सो रहे हैं?" यह सुखीराम था, जो पिछले अनेक वर्षों से उसके घर पर काम करता आ रहा था।

अभिनव चौंक कर उठ गया। क्या वह दिवास्वप्न में था? ड्रिंक्स के सुरूर में नींद और जाग की धूप छाँव में न जाने कब उसने स्टडी टेबिल पर अपना सिर टिका दिया था, "अ...नहीं। क्यों, क्या हुआ?"

"आपका मोबाइल बहुत देर से बज रहा है।"

उसने मोबाइल देखा। स्क्रीन पर शिप्रा का नाम अब भी चमक रहा था। शिप्रा का फ़ोन! उसका दिल मानो उछल कर बाहर ही आ गया था। क्षणांश में उसका सारा नशा हिरन हो गया था।

"ठीक है। तुम जाओ और खाना लगा दो। मैं आता हूँ।"

सुखराम के चले जाने के बाद भी वह एकाएक उसे फ़ोन नहीं लगा सका था। पहले वह संयत हो जाना चाहता था। दिल्ली से लौटे तीन महीने बीत चुके थे, पर न तो कभी उसने शिप्रा को फ़ोन किया और न ही उसका आया था। ऐसा नहीं कि वह बात करना नहीं चाहता था, पर उसने ही मना किया था। वह डरती थी कि पंकज और उसकी पत्नी पसन्द नहीं करेंगे...जब आपके हाथ में कुछ न हो, तो सिवाय प्रतीक्षा के शेष रह भी क्या जाता है!

वे असमंजस में उलझे हुए क्षण थे। उसकी खुमारी कुछ ऐसे उतर गयी थी, जैसे उस पर घड़ों पानी उँडेल दिया गया हो। एकाएक वह निर्णय नहीं कर पा रहा था कि वह ख़ुद फ़ोन करे या शिप्रा के दुबारा फ़ोन आने की प्रतीक्षा करे।

काफ़ी देर तक वह चुपचाप बैठा रहा। सम्भलने में उसे समय लगा। कमरे में पसरे लैम्प के पीले प्रकाश ने उसे अपने सीमित दायरे में क़ैद कर दिया था। वह बाहर आना चाहता था, ताकि कुछ निर्णय ले सके।

इन तीन महीनों में न तो कभी शिप्रा का कोई मैसेज आया था और न ही उसने उसे कोई मैसेज किया था। हालाँकि वह चाहता तो देर रात उसे मैसेज कर सकता था, लेकिन एक अनजानी झिझक ने उसे रोक रखा था...पर उस शाम बात कुछ अलग थी। शिप्रा ने आगे होकर उसे फ़ोन किया था। वह उसे मैसेज तो कर ही सकता था!

"हलो..."

"हलो...कहाँ थे तुम? मैं कब से तुम्हें ट्राई कर रही हूँ।"

"यहीं था...क्या हुआ?"

"मैं अगले हफ़्ते भोपाल जा रही हूँ।"

"भोपाल? क्यों?"

"तुम्हें बताया था न, यूनिवर्सिटी में मेरा कुछ पेमेन्ट ड्यू है। वहाँ कुछ पेपर्स साइन करने हैं।"

"हाँ, बताया था तुमने।"

कुछ देर तक शिप्रा ने कोई उत्तर नहीं दिया। दोनों मोबाइलों के बीच सन्नाटा खिंचा हुआ था। वह स्क्रीन पर अपनी आँखें गढ़ाये प्रतीक्षा कर रहा था। उसकी उत्सुकता अपने चरम पर थी। उसे आश्चर्य हुआ कि देख तो वह मोबाइल रहा था, लेकिन शिप्रा का चेहरा उसकी आँखों से हट नहीं पा रहा था...जैसे किसी कलाकार ने व्हाट्सएप के शब्दों को शिप्रा वाली आकृति में बदल डाला था।

अन्तत्वोगत्वा उसका मैसेज आया।

"क्या तुम आ सकते हो?"

"हाँ, बिल्कुल आ सकता हूँ। तुमसे मिलकर अच्छा लगेगा।"

"मैं एक–दो दिन में तुम्हें डेट्स बता दूँगी।"

"पंकज भी आ रहा है?"

"नहीं, वह क्या करेगा आकर! फिर तुम जानते ही हो मुझे अपने काम ख़ुद ही करने पसन्द हैं।"

इस बार वह ठहर गया। वैसे नहीं जैसे उसकी ज़िन्दगी ठहरी हुई थी, बल्कि जैसे कोई ट्रेन किसी स्टेशन पर फिर चल पड़ने के लिए थोड़ी देर के लिए रुक जाती है। इस बार ट्रेन सुख की पोटली उतार गयी थी। उसने उसे उठा लिया था। वह उसी के लिए ही थी।

"मन कर रहा है कि ज़िन्दगी का शुक्रिया अदा करूँ।"

"क्यों?"

"तुमसे एक बार फिर मिलने का अवसर जो मिल रहा है।"

"इतने रोमान्टिक भी मत बनो...कहीं कोई ख़ास उम्मीद लेकर मत आ जाना!"

"तुमसे मिलना क्या कम ख़ास होगा!"

"थैंक्स।"

"अब यार इतनी फॉर्मल भी मत बनो! न सही पति–पत्नी, दोस्त तो हो सकते हैं?"

"हाँ, वो तो हम हैं...ठीक है, फिर मैं तुम्हें मैसेज करती हूँ।"

"मैं प्रतीक्षा करूँगा।"

"और हाँ, प्लीज फ़ोन मत करना। मैं ही करूँगी।"

"मैं जानता हूँ।"

एक अपरिचित सी ख़ुशी ने चोर दरवाज़ा खटखटाया था। उसने उसे आने दिया। वह उसके साथ थोड़ी देर बतियाना चाहता था। वह बताना चाहता था कि दिल्ली से लौटने के बाद वह हर रोज़ शिप्रा के कॉल की प्रतीक्षा किया करता था। फ़ोन बजता नहीं था, पर उसे कभी–कभी ऐसी आवाज़ें सुनायी दिया करती थीं, जो शिप्रा की रिंग टोन से मिलती हुई हुआ करती थीं। तीन महीने पहले उम्मीद का एक झीना सा धागा उससे बँधा रह गया था। उस धागे का दूसरा सिरा शिप्रा से जुड़ा हुआ था।

सुखराम खाना लगा कर जा चुका था। शिप्रा से मिलने की ख़ुशी में उसकी भूख ही मिट गयी थी। स्टडी में अब भी टेबिल लैम्प का पीला आलोक पसरा हुआ था, पर अब वह उतना उदास नहीं लग रहा था। वह मोबाइल खोलकर उससे हुई चैट कई बार पढ़ चुका था। उन अक्षरों के पीछे से अब भी शिप्रा का चेहरा बाहर झाँक रहा था। ड्रिंक्स का सारा असर उससे हुई चैट के असर के आगे मुरझा गया था। वह उस महिला के नशे में डूबा गया था, जो कभी उसकी प्रेमिका थी, जो बाद में उसकी पत्नी बनी, जो उसके बेटे की माँ थी और जो दिल्ली में पीच कलर की साड़ी पहन कर कनॉट प्लेस उससे मिलने आयी थी। सपनों की एक पूरी दुनिया उसके सामने खुल गयी थी। वह भोपाल जायेगा, उससे मिलेगा, उन सभी जगहों पर उसके साथ घूमेगा, जहाँ वह कभी उसके साथ गया था, पुराने दिन फिर ताज़ा हो जायेंगे।

पर क्या वह उसके साथ उन जगहों पर जाना पसन्द करेगी?

उसे याद आया कि किन कड़वाहटों के बीच उसने शिप्रा का साथ छोड़ा था। पर अब उनका कोई औचित्य नहीं रह गया था। जो कारण उन दिनों उनके अलग होने के कारण बने थे, छब्बीस साल व्यतीत हो जाने के बाद वे किसी लावारिस सूटकेस से एक कोने में पड़े थे। उसने पहली बार घटनाओं के तात्कालिक प्रभाव को गहराई तक महसूस किया था। उसे आश्चर्य हुआ कि जब वे घटती हैं, तो हम सब कुछ भुला कर उसके भयावह प्रवाह में बह जाते हैं, लेकिन बाद में, बहुत बाद में, जब दुबारा सोचते हैं तो उनकी अर्थहीनता से चकित रह जाते हैं। वे कितने बेवकूफ थे कि महज छोटी–छोटी बातों को अनावश्यक तूल देकर अपने सम्बन्ध ख़राब कर बैठे थे!

क्या जीवन नये सिरे से शुरू किया जा सकता है?

उसने अपने सिर को एक ज़ोरदार झटका दिया। वह उस बारे में नहीं सोचेगा, जिस पर उसका कोई बस नहीं रह गया है।

*   *   *

शिप्रा ने अपना सूटकेस जमा लिया था और अब जल्दी–जल्दी बचा हुआ सामान पैक कर रही थी। फ्लाइट का समय हो गया था और वह एयरपोर्ट जाने के लिए तैयार हो रही थी।

"आपने दवाईयाँ ले लीं न!" अंकिता ने पूछा।

"हाँ, रख ली...दो दिनों की ही तो बात है। फिर तो मैं आ ही रही हूँ।" उसने कहा। वह अंकिता और पंकज से आँख मिलाने से बच रही थी। एक तो इन छब्बीस सालों में यह पहली बार था, जब उसने कहीं अकेले जाने का निर्णय लिया था और फिर वे दोनों यह भी नहीं जानते थे कि अभिनव वहाँ आ रहा था।

अंकिता उसके पास ही खड़ी हुई थी, "आप पहली बार अकेले जा रही हैं। अपना ध्यान रखियेगा।"

"हाँ, तुम यहाँ का ख़्याल रखना और पीयूष का भी।"

"कॉलेज के गेस्ट हाउस से आपकी कन्फर्मेशन आ गयी थी?"

"हाँ। पंकज ने कार निकाली क्या?" उसने पूछा। वह अधिक बात करने से बच रही थी। उसे डर था कि कहीं उन्हें अभिनव के भोपाल पहुँचने का शक़ न हो जाये। डर आदमी को कमज़ोर बना देता है तो वहीं सतर्क भी।

पंकज अपनी ममा के साथ भोपाल जाना चाहता था, लेकिन शिप्रा ने मना कर दिया था। उसने जब से आँखें खोली थीं, ममा को सब कुछ अकेले ही करते देखा था। वह ममा की बोल्डनेस से परिचित था और इस बात का सम्मान किया करता था। इसलिए जब शिप्रा ने अकेले जाना चाहा, तो उसने कोई प्रतिप्रश्न नहीं किया था।

घर से एयरपोर्ट काफ़ी दूर था। सारे रास्ते पंकज उसे हिदायतें देता रहा। वह सुनती रही। पंकज के शब्द उसके कानों से टकरा कर लौट रहे थे। कहना मुश्किल था कि कान बज रहे थे कि शब्द। वह उसे कैसे बताती कि उसका सारा ध्यान उस व्यक्ति पर केन्द्रित था, जो भोपाल एयरपोर्ट पर उसकी प्रतीक्षा कर रहा होगा!

उसे आश्चर्य हुआ कि कैसे महज उस दिन की ज़रा सी चैट ने उसका सारा ध्यान पंकज और अंकिता से हटा कर अभिनव पर लगा हुआ था, जबकि उससे कोई रिश्ता शेष भी नहीं रहा था!

मन क्या चाहता है, इसे समझ पाना आसान नहीं होता। एक दिन था, जब उसे अभिनव का चेहरा देखना तक गवारा नहीं था और आज, छब्बीस साल बाद, वह उसी से मिलने छिपते–छिपाते जा रही है! वह परिवार को धोखा दे रही थी और उसे इस बात का कोई अफ़सोस नहीं था। यह उसकी नितांत निजी यात्रा थी, परिवार से अलग, जहाँ दूसरे छोर पर उसका बीता हुआ कल उसकी प्रतीक्षा कर रहा था। बीच के अँधेरे छब्बीस बरसों को पाट कर वह आज को उस बीते हुए कल से जोड़ना चाहती थी। यह केवल उसके और अभिनव के बीच का मसला था, जिसमें परिवार की उपस्थिति किसी अपरिचित की उपस्थिति से अधिक कुछ नहीं थी।

दिल्ली से लौटने के बाद उसने सोचा था कि अब वह अभिनव से कभी नहीं मिलेगी। जो चैप्टर समाप्त हो चुका था, उसे नये सिरे से खोलने का अब कोई अर्थ नहीं था। यदि पंकज और अंकिता अभिनव को स्वीकार कर लेते, तब तो फिर भी हल्की सी सम्भावना बनी रहती। लेकिन वह रास्ता तो उसी दिन बन्द हो गया था, जिस दिन वह उनके घर से अपमानित होकर एक दिन पहले ही पूना लौट गया था।

पर इससे भी बड़ा प्रश्न यह था कि वह स्वयं क्या चाहती थी। इस प्रश्न का उत्तर ढूँढ़ पाना सहज नहीं था। जब भी वह इस विषय पर सोचती, उलझती चली जाती। ख़ुद को नहीं समझ पाने की उलझन से बड़ी कोई दूसरी दुविधा नहीं होती। पिछले छब्बीस सालों के लम्बे संघर्ष भरे समय ने उसे इतना थका दिया था कि उसे कभी किसी नयी योजना पर विचार करने का अवकाश ही नहीं मिला था। एक सिंगल पेरेंट के लिए जीवन बिताना कितना कठिन होता है, इस बात को उससे बेहतर और कौन जान सकता था! एक दुविधा समाप्त भी नहीं होती कि दूसरी सिर उठा लेती है। इन्हीं दुश्चिन्ताओं में फँस

कर उसका अपना अस्तित्व कब हाशिये पर चला गया था, उसे पता ही नहीं चल पाया था।

पर हर दुःखद अहसास किसी न किसी किनारे पर पहुँच कर वहनीय हो ही जाता है। शिप्रा की पीड़ाएँ भी आहिस्ता–आहिस्ता शिथिल पड़ने लगी थीं। सच तो यह है कि अभिनव के बैंगलोर आने से पहले सब कुछ शान्त, सहज हो चला था। उलझनें भी थककर सो चुकी थीं। जीवन एक निर्धारित गति से बढ़ता चला जा रहा था। पंकज यथावत उसके जीवन की धुरी बना हुआ था। परिवार बढ़ जाने के बाद उसकी व्यस्तताएँ भी बढ़ गयी थी...अभिनव एक बीता हुआ ख़्याल था, जो भूले भटके ही उसके दरवाज़े पर दस्तक दिया करता था। पर पिछली दिनों वह दरवाज़ा खोल कर अन्दर आ गया था।

"लो ममा, एयरपोर्ट आ गया है...उतरो।" पंकज की कार कॉरीडोर में खड़ी थी।

"ठीक है, मैं पहुँचते ही तुझसे बात करती हूँ।" उसने अपना सूटकेस सम्भाला और सीधे अन्दर चली गयी। उसे पीछे मुड़कर देखने का भी साहस नहीं हुआ, मानो पंकज एक निगाह में उसके भेद पा लेगा। उससे विदा होने के बाद वह जल्दी–जल्दी अन्दर चली गयी थी। एयरपोर्ट के लम्बे–चौड़े हॉल में उसे गहरे सुकून का अहसास हुआ। वहाँ उसका कोई परिचित नहीं था। अपने अपराधबोध के साथ वह अकेली रह गयी थी। एक अजीब–सी घबराहट थी। उन क्षणों में वह न तो पूरी तरह परिवार की रह गयी थी और न ही अपनी। कहीं नहीं होने के कौंचते अहसास ने उसे बीच की मनःस्थिति में ला खड़ा किया था।

बोर्डिंग पास बनवा कर वह लॉन्ज में आकर बैठ गयी। आराम दायक कुर्सियों, बड़े–बड़े काँच के बाहर दिखते रन–वे के व्यू और एसी से आती ठण्डी हवाओं से उसे राहत मिली। सबसे पहले उसने पंकज को मैसेज किया कि उसका टिकिट बन गया है। तुरन्त ही उसका 'ओके' का मैसेज आ गया। उसने तसल्ली की साँस ली। अब कोई और मैसेज आने वाला नहीं था।

प्लेन उड़ने में अभी एक घण्टा शेष था। यह समय उसे अकेले व्यतीत करना था, उसका अपना एकान्त था, जो बड़ी मुश्किल से उसकी झोली में आया था, उसे ताकता हुआ, सान्त्वना देता हुआ। इस एकान्त को वह चाह भी रही थी, ताकि अभिनव से मिलने से पहले सारी स्थितियों पर पुनर्विचार कर सके। छब्बीस वर्षों की अकेली यात्रा के दौरान उसके मन में यह बात घर कर गयी थी कि कोई लौटता नहीं है। और यदि कोई लौटता है तो अकारण नहीं लौटता। अभिनव के लौटने के अपने अवश्य ही कुछ कारण रहे होंगे, जैसे कि उसके हैं। वह उन कारणों को जानना चाहती थी।

उसे यह सचमुच जानना था कि वह क्या था, जो इतने सालों बाद उसे अभिनव से मिलने के लिए बाध्य कर रहा था! वह उससे क्यों मिलना चाह रही थी! वह चाहती तो दिल्ली भी नहीं जाती! पापा से मिलना तो बहाना भर था। पर गयी और अब भोपाल भी! लाख चाहने पर भी वह ऐसा नहीं करने से ख़ुद को रोक नहीं पा रही थी। कई बार उसे महसूस होता कि वह कठपुतली की तरह किसी अन्य हाथों से संचालित हो रही है। कहीं यह बैंगलोर में अभिनव को अपमानित लौटा देने का अपराधबोध तो नहीं था? या टूटे हुए सम्बन्धों को एक बार फिर सहेजने का प्रयास?

विचारों के उलझे हुए जाल में से किसी एक सिरे को पकड़ पाना आसान नहीं होता। हर बार आप ठिठक जाते हैं और पीछे मुड़कर देखने लगते हैं। किसी समाधान की आस में नहीं, बल्कि स्थितियों के पुनर्मूल्यांकन के लिए...कि कहीं कुछ छूट तो नहीं गया, कोई ग़लती तो नहीं हो गयी...असमंजस के सीमान्त अँधेरे किसी मन्द रोशनी की चाहना में अपने अतीत को टटोलते रहते हैं।

उलझनों से निजात पाने के लिए उसने अपना मोबाइल देखा। वहाँ सन्नाटा था। वह जानती थी कि अभिनव उसे मैसेज नहीं करेगा। कुछ देर तक वह ख़ाली स्क्रीन को ताकती रही, मानो वहाँ कोई फ़िल्म चल रही हो। फ़िल्म वहाँ नहीं, उसके मन में चल रही थी, एक आधी–अधूरी फ़िल्म, जिसका क्लाईमेक्स शूट होना अभी बाक़ी था।

अब वह अभिनव को फ़ोन कर सकती थी। उसे देखने वाला वहाँ कोई परिचित नहीं था। अपरिचितों के उस संसार में अचानक उसे अहसास हुआ, जैसे वह खुली हवा में साँस ले रही हो, जैसे बहुत दिनों बाद सारे बन्धन स्वतः ही शिथिल पड़ गये हों, जैसे वह अब कुछ भी करने के लिए स्वतन्त्र हो। यह एक अद्भुत अहसास था, मुक्त महसूस करने की सघन अनुभूति, जिसने सहसा उसे पंख लगा दिये थे...उसे अपने भीतर अतिरिक्त उत्साह महसूस हुआ, मानो वह सचमुच उड़ सकती हो!

यह उड़ान हवाई जहाज़ की उड़ान से अलग थी।

इस बार उसने फ़ोन लगाने में समय नहीं लगाया। उधर से घण्टी बजने की आवाज़ आ रही थी। वह इस रिंग टोन को पहचानती थी। वह अभिनव ही था। उसने तुरन्त फ़ोन उठा लिया था, मानो उसी की प्रतीक्षा कर रहा हो।

"हलो शिप्रा...एयरपोर्ट पहुँच गयी तुम?"

"हाँ, वहीं से बोल रही हूँ। तुम कहाँ हो?"

"मैं भोपाल एयरपोर्ट से ही बोल रहा हूँ। मेरा प्लेन दो घण्टे पहले ही यहाँ लैण्ड कर गया था।"

"मुझे अभी और टाइम लगेगा।"

"मैं जानता हूँ...कोई बात नहीं।"

"प्रतीक्षा कुछ ज़्यादा ही लम्बी हो गयी है...मुझे बुरा लग रहा है कि तुम्हें इस तरह अकेले मेरा इन्तज़ार करना पड़ रहा है।"

"नहीं शिप्रा, कोई बात नहीं...यह प्रतीक्षा भी एक प्रकार का सुख है...अकेले बैठे–बैठे तुम्हें याद करना भला लग रहा है।" पल भर के लिए वह ठिठका, "कितनी अजीब बात है, तुम यहाँ नहीं हो, पर फिर भी हो।"

"मैं भी यही महसूस कर रही हूँ...पहली बार परिवार से मुक्त होकर बाहर आयी हूँ। मैंने कभी नहीं सोचा था कि जीवन में ऐसा भी कोई दिन आयेगा!"

"मैंने भी नहीं सोचा था। पर अचानक ही यह हमारी झोली में आ गिरा है...यह एक अलग दिन है, जो किसी कैलेण्डर में नहीं समा सकता।"

वह हँस पड़ी, "तो क्या दिन कैलेण्डर के बाहर भी होते हैं?"

"हाँ, क्यों नहीं होते...दिल्ली में बिताये वे दो दिन ऐसे ही थे... जिन दिनों के विषय में कोई नहीं जानता, वे दिन भला कैलेण्डर में कैसे समा सकते हैं!"

इस बार वह कुछ सोचते हुए चुप हो गयी।

"क्या सोच रही हो?" अभिनव ने पूछा। उसकी आवाज़ कोमल थी, जैसे कोई थपकी दे रहा हो।

"कुछ ख़ास नहीं...बस, यूँ ही।"

"अब तुम आ रही हो तो ऐसा लग रहा है, जैसे सब कुछ नये सिरे से शुरू हो रहा हो।"

वह पल भर के लिए फिर ठिठक गयी। बीता हुआ बहुत सारा समय एक साथ सामने आकर खड़ा हो गया था। उसे केवल सुखद पल चुनने थे, "ऐसा लग रहा है, जैसे छब्बीस साल पहले के दिन लौट आये हों...तुम्हें याद है, हम शाम होने की कितनी बेचैनी से प्रतीक्षा किया करते थे!"

"मुझे सब याद है...बल्कि लग रहा है, जैसे आज भी मैं वैसे ही किसी क्षण का इन्तज़ार कर रहा हूँ...जैसे बीच के ये साल आये ही नहीं हों।"

"हाँ, लग रहा है जैसे कुछ भी नहीं बदला है...वही दिन हैं, वही रातें और वही शामें...सिर्फ़ हम बदल गये हैं।"

"शायद हम जैसे होते हैं, हमेशा वैसे नहीं बने रहने के लिए अभिशप्त होते हैं..."

वह चुप रही।

"क्या सोच रही हो?" अभिनव ने फिर वही प्रश्न किया।

"कुछ नही...तुम्हें सुन रही थी।"

"मैं वैसा ही हूँ, जैसा तुमने मुझे छोड़ा था...सिर्फ़ बाल सफ़ेद हो चले हैं।"

वह हँस पड़ी, "और जैसे मेरे अब तक काले हैं!"

"वही तो! पर क्या अन्तर पड़ता है!"

तभी उसकी फ्लाइट की घोषणा हुई, "अब मुझे जाना होगा। फ्लाइट की अनाउन्समेन्ट हो रही है।"

"ठीक है, फिर मिलते हैं कुछ देर बाद।"

"श्योर।"

बात कटते ही वह अपनी दुनिया में लौट आयी। अभिनव की आवाज़ ने उसे उससे जोड़ रखा था। इस बार वह आवाज़ अभिनव की संदेह उपस्थिति बन गयी थी। पहली बार उसे आश्चर्य हुआ कि मोबाइल के दूसरी ओर का व्यक्ति न तो दिखता है, न ही उसे स्पर्श किया जा सकता है, लेकिन फिर भी वह अपने सारे वजूद के साथ महसूस होने लगता है।

प्लेन में बैठते ही उसने एक बार फिर सुकून की साँस ली, मानो यह भी कोई महत्त्वपूर्ण काम हो। उसने विन्डो सीट चुनी थी, जहाँ आप एक साथ प्लेन के अन्दर और बाहर हो सकते हैं। उसे ख़ुद पर ग्लानि भी हो रही थी। यह पहली बार था, जब वह अपने बेटे से छिप कर कोई काम कर रही थी। वह करती भी तो क्या करती! बेटे ने अभिनव को स्वीकार नहीं किया था, लेकिन वह अस्वीकार नहीं कर पा रही थी। कोई कमज़ोर तार उससे जुड़ा रह गया था, जो बार–बार उसे उसकी ओर खींच रहा था। छब्बीस सालों के बाद अभिनव का एक बार फिर भोपाल में मिलना कुछ तो अर्थ रखता होगा!

क्या ये एक नयी शुरुआत के संकेत थे?

*   *   *

अभिनव ने घड़ी की ओर देखा। शायद दसवीं बारहवीं बार। सूइयाँ जैसे आगे सरकना भूल गयी थीं। क्या समय के पाँव घायल हो गये थे? शिप्रा की फ्लाइट पाँच बजे लैण्ड करेगी जबकि उसकी फ्लाइट दो घण्टे पहले ही आ गयी थी। उसने पहले पहुँचना स्वयं चुना था,

क्योंकि वह नहीं चाहता था कि शिप्रा को उसकी प्रतीक्षा करनी पड़े। उसे याद आया, दिल्ली में भी वह रीगल सिनेमा पर उससे पहले पहुँच गया था। वह फुटपाथ पर किताबें देख रहा था और वह उसके पीछे आकर खड़ी हो गयी थी...उसे वह दिन बहुत दूर लगा, जैसे इतिहास के पन्नों से बाहर झाँक रहा हो।

शिप्रा की फ्लाइट आने में हालाँकि अब ज़्यादा देर नहीं बची थी। जो चेहरा अब तक उसके मन में झिलमिला रहा था, वह कुछ देर बाद देह धर कर उसके सामने आने वाला था। क्या वह उसे पहचान लेगा? क्या वह उसे पहचान लेगी? कहीं अपहचान का संकट तो आ खड़ा नहीं होगा! वह केवल तीन महीने पहले ही तो उससे दिल्ली में मिला था! वे नवम्बर के दिन थे, जब क्नॉट प्लेस के फव्वारे पर कुनकुनी धूप फैली हुई थी, वे घास पर बैठे हुए थे और अपने सामने कबूतरों को दाना चुगते हुए देख रहे थे...फिर सहसा उसे अपने पर हँसी आ गयी। यह मन भी पता नहीं क्या–क्या अज़ीबोग़रीब बातें सोचता रहता है!

फ्लाइट आने पर पहले उसी ने शिप्रा को देखा था। वह अपना सूटकेस लेने के लिए रिवोल्विंग स्ट्रिप पर खड़ी हुई थी। उसने ब्राउन कलर की प्रिन्टेड साड़ी पहनी हुई थी और उसके कन्धे पर बड़ा–सा पर्स लटक रहा था। वह उसके पीछे था और उसका चेहरा नहीं देख सकता था। शिप्रा का सारा ध्यान अपने सूटकेस पर लगा हुआ था। कुछ पलों के लिए वह शायद भूल गयी थी कि वह भी वहीं उसकी प्रतीक्षा कर रहा था।

वह चुपचाप उसके पीछे जाकर खड़ा हो गया। जैसे दिल्ली में वह उसके पीछे आ खड़ी हुई थी। अब वह उसका प्रोफ़ाइल देख सकता था। साड़ी का पल्लू गले में लिपटा हुआ था। उसके अधखुले से बालों ने कानों को ढँक रखा था और वे कन्धों से होते हुए कमर के ऊपर तक चले आये थे...उसका वजन कुछ बढ़ गया था, पर ज़्यादा नहीं। उसे याद आया वह बिन्दी लगाया करती थी। क्या आज उसने बिन्दी लगायी होगी?

जब शिप्रा अपना सूटकेस उतारने लगी, तब अभिनव ने आगे बढ़कर उसे पकड़ लिया। शिप्रा ने घूम कर उसे देखा। वह मुस्करायी और एक ओर हो गयी। वे बात नहीं कर सकते थे, क्योंकि वहाँ बहुत भीड़ थी। फिर वे साथ–साथ बाहर की ओर जाने लगे। लोग तेज़ी से बाहर की ओर भाग रहे थे। उन्हें कोई जल्दी नहीं थी। दोनों ने अपने–अपने पहिये वाले सूटकेस सम्भाले हुए थे। कुछ आगे आकर उन्होंने खुली हवा में साँस ली।

"बहुत देर से इन्तज़ार कर रहे हो?" शिप्रा ने पूछा। उसने अपना चश्मा सिर पर चढ़ा लिया था।

"ज़्यादा नहीं...तीन महीने तो हो ही गये हैं..." वह हँस पड़ा।

वह भी मुस्करा दी, "बोल तो ऐसे रहे हो जैसे सदियाँ बीत गयी हों!"

"ऐसा ही समझो शिप्रा...जब इन्तज़ार के अलावा कुछ और करने को नहीं हो, तो तीन महीने भी सदियों में बदल जाते हैं।"

"और वे छब्बीस साल?"

"उनकी बात अलग है। वे ख़ाली और सूने साल थे। तुमसे मिलने की कोई आशा नहीं थी...पर ये तीन महीने...इनकी बात अलग है। इनके साथ एक आस बँधी हुई थी। हर क्षण लगता था कि तुम्हारा फ़ोन आ सकता है!"

"तो तुम्हीं कर लेते!"

"यार कमाल करती हो! कैसे करता! तुमने मना जो किया था!"

क्षण भर के लिए उसने चाहा कि वह पूछे कि फिर उन दिनों उसने उसकी कहीं जॉब करने की बात क्यों नहीं मानी थी। क्यों उसने नाकारा होना चुना था? यदि वह उसकी बात मान लेता, तो उनका जीवन कुछ अलग ही होता...पर वह चुप रही। वह कोई भी ऐसी बात नहीं कहना चाहती थी, जो कटुता पैदा करने का कारण बनें।

"हाँ, मना किया तो था। डरती थी कि कहीं घर पर किसी को पता न चल जाये...पर मन ही मन इन्तज़ार किया करती थी कि

शायद तुम्हारा फ़ोन आ जाये...पर फ़ोन छोड़, तुमने तो कभी मैसेज भी नहीं किया।"

वह कुछ कहता, उसके पहले ही शिप्रा के पास पंकज का फ़ोन आया। वह उसे अपने सकुशल भोपाल पहुँचने की सूचना दे रही थी।

तभी साथ चल रहे एक व्यक्ति ने उससे पूछा, "क्या आप अभिनव हैं?"

"जी हाँ...कहिए।"

"सर, मैं मधुकर त्रिपाठी हूँ...आपका फैन।"

वह चलते–चलते सहसा रुक गया। शिप्रा भी रुक गयी थी।

"नमस्कार सर...यह देखिए, आपका यह कविता संग्रह अभी–अभी बुक स्टॉल से ख़रीदा है...प्लीज, इस पर साइन कर दें तो आभारी रहूँगा।" और उसने उसी की किताब सामने कर दी।

वह उसी का एक पुराना संग्रह था, जिसे अनेक पुरस्कार मिल चुके थे। उसने उस व्यक्ति से वह किताब ली और उस पर लिखा –श्री मधुकर त्रिपाठी को, शुभकामनाओं सहित, भोपाल एयरपोर्ट पर अपनी एक पुरानी मित्र के साथ।

कुछ देर तक अभिनव उस व्यक्ति के साथ वहीं खड़े–खड़े बात करता रहा। अपनी प्रशंसा सुनकर उसे हमेशा संकोच हुआ करता था, पर उस दिन उसे एक अपरिचित सी ख़ुशी ने घेर लिया। भले ही उसका जीवन एकाकी रहा था, पर वह ऐसे अनेक पाठकों से घिरा हुआ था, जिन्हें वह जानता नहीं था, लेकिन वे उसे पसन्द किया करते थे। वह भीड़ का हिस्सा नहीं था, अब उसका एक अलग वजूद था, लोग उसे पहचानते थे, उसकी प्रशंसा करते थे। यह एक अह्लादकारी अनुभव था। ऐसा नहीं कि यह प्रतीति उसे पहली बार हुई थी। पहले भी अनेक बार उसके साथ यह सब हो चुका था। पर इस बार की बात बिल्कुल अलग थी। इस बार शिप्रा साथ थी। इस बार वह अपना दूसरों से अलग होना सिद्ध कर पा रहा था। इस बार वह ख़ुद को शिप्रा की निगाहों से परख रहा था। इस बार उसका संकोच बह गया था...और इतना सब केवल शिप्रा के कारण हुआ,

जो वहीं उसके पास खड़ी हुई थी और चुपचाप उसे साइन करते हुए देख रही थी। यह पल पिछले छब्बीस सालों की उसकी असली कमाई था।

उस व्यक्ति के जाने के बाद वह शिप्रा की ओर घूमा। वह उसे ही देख रही थी और कुछ दूर चुपचाप खड़ी हुई थी।

"चलें?" अभिनव ने पूछा।

वह मुस्करायी, "क्या बात है! तुम तो हीरो हो गये हो यार!"

वह भी हँस दिया, "दिल को ख़ुश रखने को ग़ालिब ये ख़्याल अच्छा है।"

"नहीं...तुम सचमुच हो। मैं दिल्ली में भी देख चुकी हूँ।"

अधिकतर लोग जा चुके थे। लॉन्ज ख़ाली हो चुका था। डिस्प्ले साइन्स पर आने–जाने वाली फ्लाइट्स की सूचना फ्लेश की जा रही थीं। उस समय वहाँ कोई यात्री खड़ा हुआ नहीं था। कुछ देर पहले अभिनव भी इसी डिस्प्ले के सामने खड़ा हुआ शिप्रा की फ्लाइट का अराईवल चैक कर रहा था। जब उसकी फ्लाइट फ्लेश होती, उसका मन सीधे शिप्रा से जुड़ जाया करता था। वही शिप्रा अब उसके साथ थी।

"तो अब?" शिप्रा ने पूछा। वह वहीं ठिठक गयी थी।

"पहले किसी होटल में चैकइन कर ले...फिर जैसा तुम कहो।"

"पर मेरा रूम तो यूनिवर्सिटी गेस्ट हाउस में बुक है!"

"तो तुम अलग रुकोगी...?"

वे दोनों सहसा अचकचा कर एक–दूसरे को देखने लगे, जैसे कोई विस्फोट हुआ हो। उनकी निगाहें एक–दूसरे पर टिकी हुई थीं। संवाद करने का काम निगाहों ने सम्भाल लिया था। अभिनव के लिए यह निर्णय कर पाना कठिन था कि शिप्रा के मन में क्या चल रहा था! वहीं शिप्रा के लिए वे पल अनिर्णय के थे। ऐसा नहीं कि पहले उसके मन में यह विचार नहीं आया था। पर वह हमेशा उसे टाल दिया करती थी, मानो यह सोच उसे दूषित कर देगी। अनेक बार ऐसे अवसर आते हैं, जब यकायक किसी निर्णय पर पहुँच पाना सम्भव नहीं होता।

वह ऐसा ही क्षण था, असहाय क्षण, जिसने सहसा उन्हें बेगाना बना दिया था।

थोड़ी देर बाद अभिनव ने ही बात शुरू की, "मैं तुम पर कोई ज़ोर नहीं डाल रहा। तुम अपना निर्णय लेने के लिए स्वतन्त्र हो और सच कह रहा हूँ, मैं तुम्हारे निर्णय का सम्मान ही करूँगा।"

शिप्रा चुपचाप उसे देखती रही। निर्णय लेने का समय आ गया था और अभिनव चाहता था कि निर्णय शिप्रा ले...बहुधा जो निर्णय एक पुरुष के लिए सहज हुआ करता है, एक स्त्री के लिए उतना ही असहज। यह स्त्री–पुरुष की देहों का अन्तर बीच में क्यों आ जाता है? हम क्यों दो दोस्तों की तरह एक कमरे में नहीं ठहर सकते?

"मैं भी किसी होटल में ठहर जाता हूँ।" अभिनव ने झिझकते हुए कहा। वह शिप्रा पर स्वयं को थोपना नहीं चाहता था। उसका अनुमान था कि यदि शहर में प्रवेश करते ही वह असहज हो गयी, तो फिर शेष दो दिन भी असामान्य ही व्यतीत होंगे। सहज संवादों के लिए कोई स्थान शेष नहीं बचेगा। दोनों के बीच सहजता उनके साथ रहने की एक आवश्यक शर्त थी।

"तुम क्या सचमुच यही चाहते हो?" शिप्रा ने प्रतिप्रश्न किया। उसका प्रश्न स्वयं उसकी अनिश्चिताओं के बीच से उभरा था। एक ही कमरे में साथ रुकना अलग बात थी और साथ होना अलग। वह साथ होने के लिए आयी थी, इसके लिए यदि साथ रुकना पड़े, तो वह तैयार थी।

"नही...मैं तो चाहता हूँ कि हम एक साथ रहें। इतने सालों बाद बड़ी मुश्किल से यह दिन आया है, जब हम कुछ समय साथ बिता सकते हैं...हर पल साथ रह सकते हैं...ये ऐसे दिन हैं, जिनमें किसी और का साया तक नहीं होगा...बच्चों का भी नहीं।"

इस बार शिप्रा अनायास ही मुस्करा पड़ी, "चुराये हुए दिनों की तरह?"

"कुछ ऐसा ही समझ लो।" अभिनव भी हँस दिया, "वे लोग भाग्यशाली होते हैं, जिन्हें चुराए हुए दिन नसीब होते हैं।"

पर उस समय शिप्रा भाग्य के बारे में नहीं सोच रही थी। बच्चे, नसीब, ये सब दूर की बातें थीं। उसके मन में सहसा एक गहरी मरोड़ ने जन्म ले लिया था। एक झुरझुरी से उसकी देह काँप सी गयी थी। छब्बीस साल बाद किसी पुरुष के साथ अकेले होने के क्या अर्थ हो सकता है, यह वह अच्छी तरह समझती थी, विशेषकर जब वह व्यक्ति एक समय में पति भी रह चुका हो!

वे दोनों वैसे ही चुप खड़े रहे। उनकी हँसी जैसे आयी थी, वैसे ही चली भी गयी थी। वह ठहरने के लिए आयी भी नहीं थी। वह उस ख़ाली स्पेस को भरने चली आयी थी, जो अनिर्णय के उन भयावह पलों में आ खड़ी हुई थी। ऊपर से कोई हवाई जहाज़ गुज़रा। उसके शोर में भी इतनी ताक़त नहीं थी कि वह उन दोनों के मन में चल रही हलचल की आवाज़ों को दबा सके। वे जानते थे कि उन्हें स्वयं ही उस ऊहापोह की मनःस्थिति से बाहर आना होगा।

"कॉफ़ी पीओगी?" सहसा अभिनव ने पूछा।

वह चौंक गयी, मानो किसी हादसे से बाहर आयी हो, "हाँ, यह ठीक रहेगा...मुझे ज़रूरत भी है।"

दोनों के बीच उग आयी जड़ता को तोड़ने में उनके संवादों ने बहुत मदद की थी। वह जड़ता सहसा ही ढह गयी थी। वैसे नहीं जैसे इमारतें ढहती हैं, वैसे भी नहीं जैसे ढह जाते हैं बाँध, बल्कि जैसे ढहता है सन्नाटा, बल्कि जैसे ढहती है दुविधा। मन की उथल–पुथल अचानक थम गयी थी और अब वहाँ एक नन्हा गुलाब खिल आया था। उसकी मोहक़ महक़ ने सारे असमंजस एक ओर सरका दिये थे। अब केवल सुकून था, जैसे कोई तूफान आने वाला था, पर अचानक टल गया हो।

अपने–अपने लगेज के साथ वे कॉफ़ी शॉप के सामने लगी टेबिल पर बैठ गये। वे आमने सामने बैठे थे और एक–दूसरे को अच्छी तरह देख सकते थे। शिप्रा ने अपने पल्लू को खींचकर कस लिया था।

"यह साड़ी तुम पर फब रही है।" अभिनव ने कहा।

वह मुस्करायी, "सच में! पर अब मैं साड़ियाँ ख़रीदने नहीं जाती। यह साड़ी भी अंकिता ने ऑनलाइन मँगवाई थी।"

"पता नहीं अंकिता की पसन्द अच्छी है या तुम पर हर साड़ी अच्छी लगती है!"

"फ्लर्ट कर रहे हो?"

वह हँस पड़ा, "चलो, ऐसा ही समझ लो...पर यह सच है।"

तभी कॉफ़ी उनकी टेबिल पर आ गयी थी। झाग से लबरेज कॉफ़ी की सौंधी महक़ उनके नथुनों में भरने लगी। पहली ही घूँट में वे जान गये थे कि कॉफ़ी अच्छी थी। उन्हें कॉफ़ी की ज़रूरत भी थी।

"तुम्हें याद है, उन दिनों हम यहाँ कॉफ़ी पीने होटल शिराज जाया करते थे।" अभिनव को सहसा याद आया। एक बहुत पुराना वाकया, जो समय की पर्तों के नीचे दब गया था।

"हाँ, याद है। एक बार तो तुम अपना वॉलेट वहीं भूल आये थे। इधर–उधर ख़ूब ढूँढ़ा था, पर मिला नहीं था। फिर जब दुबारा वहाँ जाना हुआ, तब उन्होंने उसे वापस किया था।" शिप्रा मुस्करायी। जो सहजता चुक गयी थी, आहिस्ता–आहिस्ता पिछले दरवाज़े से लौटने लगी थी। शिप्रा की निगाहों में न तो बैंगलोर वाली तटस्थता थी और न ही दिल्ली वाली दूरी। एक अपनापन था, जो भोपाल में बिताये अच्छे दिनों की याद दिला रहा था। अभिनव का मन एक अपरिचित ख़ुशी से भर गया। उसने यहाँ आकर कोई ग़लत निर्णय नहीं लिया था।

"वे भी क्या दिन थे! हम कल फिर जायेंगे वहाँ।"

"अब वह होटल नहीं रहा। उसकी जगह एक मॉल बन गया है।"

"ओह!"

वे फिर चुपचाप कॉफ़ी पीने लगे। इस बार उन ख़ास स्मृतियों के बिखर जाने का दुःख उनके बीच आ बैठा था। पर वे किसी भी दुःख को आने देना नहीं चाहते थे। पर अच्छा हुआ कि उन्होंने उसे सरकाने का प्रयास किया भी नहीं। वह जैसे आया था, वैसे ही चला भी गया था।

"तुम्हें यूनिवर्सिटी में कितनी देर का काम है?"

"ज़्यादा नहीं...यही कोई एक घण्टा।"

"तो वहाँ मैं कितने बजे वहाँ आऊँ?"

"हम साथ चलेंगे..."

"क्या सच में!" अभिनव की हैरानी उसकी आँखों से बाहर झाँकने लगी थी।

शिप्रा धीरे से हँस दी, "साथ रुकते हैं यार। जो होगा, देखा जायेगा।"

अभिनव शिप्रा के हाथ को अपने हाथ में लेने से स्वयं को रोक नहीं पाया। उसे लगा, जैसे अनायास ही उसे कोई असम्भव सी ख़ुशी मिल गयी हो। बहुत दिनों बाद उसने शिप्रा को छुआ था, बहुत दिनों बाद शिप्रा ने अभिनव को छुआ था, बहुत दिनों बाद दो पुराने दोस्त मिल रहे थे।

एक नया समय नये दिन की तरह खुल रहा था। कुछ ख़ुशबूएँ महक़ उठी थीं, कुछ रागनियाँ छिड़ गयी थीं, कुछ कविताएँ निःशब्द हवा में लिखी जा रही थी...पर उन दोनों को आभास तक नहीं हो पा रहा था। वे एक–दूसरे में ऐसे मिल रहे थे, जैसे कभी अलग ही नहीं हुए हों!

* * *

जिन वर्षों में वह भोपाल में थी, कई बार सोचा करती थी कि एक दिन आयेगा, जब वह यह शहर हमेशा के लिए छोड़कर कहीं चली जायेगी, कहीं भी, जहाँ उसे पहचानने वाला कोई नहीं होगा, शायद नये शहर में उसकी वेदना कम हो सकेगी...वह दिन आया, पर उसने आने में बड़ी देर कर दी थी। तब तक वह भूल चुकी थी कि एक दिन उसकी ऐसी कोई अभिलाषा भी हुआ करती थी। सालों बाद भोपाल छोड़कर बैंगलोर बस जाना उसके बेटे पंकज की जॉब के कारण घटित हुआ था, न कि उसकी अपनी चाहना के कारण।

यह वही शहर था, भोपाल, उसकी स्मृतियों वाला शहर, जहाँ उसके जीवन का एक बड़ा भाग गुज़रा था...वह शहर कैब के साथ–साथ चल रहा था। जाने पहचाने रास्ते, इमारतें, ताल...उन्हें देखते हुए उसे आश्चर्य हुआ कि जो शहर उसके लिए अतीत बन गया था, अब भी उसी शिद्दत के साथ जीवित था।

"तुम पिछली बार यहाँ कब आये थे?" सहसा उसने अभिनव से पूछा।

"सिर्फ़ एक बार...भोपाल भवन में एक कार्यक्रम था, उसी में निमन्त्रित था...पर सच कहूँ, वे तीन दिन बहुत यन्त्रणादायक थे...एक पल भी ऐसा नहीं बीता होगा, जब तुम्हारी याद नहीं आयी हो! और तभी मैंने सोच लिया था कि अब फिर कभी नहीं आऊँगा।" उसने कहा। वह भी बाहर देख रहा था। यही वह शहर था, जिसने उन दोनों का जीवन पूरी तरह बदल डाला था।

"हम स्मृतियों से पीछा नहीं छुड़ा सकते।" शिप्रा की निगाहें अब भी बाहर लगी हुई थीं।

"वही तो..." उसने कहा, "जानती हो, मैं तब न तो यूनिवर्सिटी गया और न ही उस घर, जहाँ हम रहा करते थे। उन जगहों पर जाना नयी पीड़ाओं को जन्म देने का कारण बन सकता था।"

"मैं समझ सकती हूँ।"

फिर बहुत देर तक कोई कुछ नहीं बोला। चुके हुए समय की साझा स्मृतियों ने उन्हें जहाँ एक ओर अकेला कर दिया था, वहीं दूसरी ओर एक बार फिर उसी पुराने मंच पर ला खड़ा किया था। वे दोनों इसके लिए ज़िम्मेदार थे। यह यात्रा उनके साझा निर्णय का परिणाम थी।

होटल पहुँच कर वह रिसेप्शन पर ठिठक गयी थी। बड़ा–सा आलीशान रिसेप्शन, शानदार एम्बीयेन्स, छत से लटके हुए बड़े–बड़े झाड़फानूस, बिना आवाज़ चलते एसी...पहली बार किसी अपरिचित भय ने दस्तक दी थी। यह भय किसी ऐसे व्यक्ति के साथ अकेले ठहरने से उपजा था, जो अब उसका पति नहीं था।

वह सोफ़े पर बैठ गयी और अभिनव को रिसेप्शन पर कमरा बुक कराते हुए देखती रही। वह एक अनुभवी व्यक्ति की तरह काउन्टर पर बात कर रहा था...नहीं, कहीं कुछ ग़लत नहीं है। यदि आपका मन साथ दे, तो वह निर्णय ग़लत कैसे हो सकता है! भय का जो बोध क्षण भर पहले उभरा था, सहसा लोप हो गया था।

कुछ देर बाद वह उसके पास लौटा।

"हो गया?" उसने खड़े होते हुए पूछा।

"हाँ...चलो।"

इसी बीच पोर्टर दोनों के सूटकेस एक पहियों वाली गाड़ी में लाद चुका था। वे दोनों उसके पीछे चुपचाप चल रहे थे। लिफ्ट से होते हुए उसने उन्हें उनके कमरे में पहुँचाया...इतने शानदार कमरे को देखकर वह चकित रह गयी थी।

"एक बात पूछूँ?" पोर्टर के जाते ही उसने पूछा। वह खिड़की पर खड़ी हुई थी पर देख उसे रही थी।

अभिनव सूटकेस आलमारी में रखते हुए ठहर गया, "हाँ, पूछो न!"

"रिसेप्शन पर मेरे बारे में क्या लिखवाया?" उसकी दुविधा चेहरे पर उतर आयी थी, हालाँकि इससे कोई अन्तर पड़ने वाला नहीं था, पर वह जानना चाहती थी। होता है, कई बार छोटे–छोटे आग्रह हमारा हाथ कस कर पकड़ लेते हैं और तब तक नहीं छोड़ते, जब तक उन्हें अपने उत्तर नहीं मिल जाते।

इस बार अभिनव ने उसे पल भर के लिए देखा, "क्या लिखवाता शिप्रा? पत्नी ही लिखवाया...क्या ग़लत किया?"

शिप्रा चुप रही।

"यही सच है शिप्रा।" वह भी सूटकेस आलमारी में रखकर उसके पास आ गया था, "महज कागज़ों पर दस्तख़त कर देने से रिश्ते नहीं टूटा करते।"

"पर यदि मैंने या तुमने विवाह कर लिया होता, तब तो टूट ही जाते न!" शिप्रा ने अपनी ख़ामोशी तोड़ते हुए कहा।

"पर हमने विवाह किया तो नहीं न! क्या यह इस बात का प्रमाण नहीं कि हाथ छूटने से रिश्ते समाप्त नहीं हो जाया करते!"

अभिनव उसके इतने पास खड़ा था कि वह उसकी साँसों की आवाज़ों को सुन सकती थी। उसे बेचैनी महसूस हुई। न जाने कितने अहसासातों को वह भुला चुका थी। वह वहाँ से हट कर सोफ़े पर बैठ गयी।

"चाय पीओगी?" अभिनव ने विषयान्तर करते हुए पूछा।

"अभी एयरपोर्ट पर कॉफ़ी पी ही तो है!"

"चलो फिर फ्रेश हो जाओ..."

"हाँ, यह ठीक रहेगा।" और अपने कुछ कपड़े निकाल कर वह बाथरूम में चली गयी।

* * *

अभिनव ने हाथ बढ़ा कर खिड़की का पर्दा हटाया। सूरज दिन भर की यात्रा के बाद थक कर दूर कहीं क्षितिज में जा छुपा था और अब बाहर उतना उजाला नहीं रह गया था, जितना एयरपोर्ट से बाहर आते ही उन्होंने देखा था। फ़रवरी के अन्तिम दिनों की शाम अपने सम्पूर्ण शीतल सौन्दर्य के साथ पसरी हुई थी जबकि रात का अँधेरा खिड़की के रास्ते अन्दर आने की तैयारी में कहीं दूर ठिठका हुआ था। ठण्डा आकाश किसी शामियाने सा पूरे शहर पर तना हुआ था।

उसे सहसा छब्बीस वर्ष पहले की शामें याद हो आयी थीं। बेफिक्र, बिंदास पसरी शामें, जो उनके मिलते ही दिन भर के जमा अनुभवों को खोलने लगती थीं। तालाब के पानी में रोशनियाँ झिलमिलाने लगतीं और वे दोनों मानों किसी अनजाने सुरूर में डूबे रहा करते थे...पर अब शहर पहले जैसा नहीं रह गया था। जहाँ कभी खुला आकाश हुआ करता था, अब वहाँ बड़ी–बड़ी इमारतें उग आयी थीं। सड़कों पर भागता–दौड़ता ट्रैफ़िक कई गुना बढ़ कर ठीक वैसा ही हो गया था, जैसा महानगरों में प्रायः हुआ करता है।

शिप्रा उसके पास आकर खड़ी हो गयी थी। अभिनव की आँखें सहसा उस पर ठिठक गयी थीं। होटल में चैकइन करने के बाद वह फ्रेश होने बाथरूम में चली गयी थी। और अब जब वह लौटी, तो अपनी उम्र का एक बड़ा हिस्सा बाथरूम में ही छोड़ आयी थी। उसने बैंगलोर की ही तरह साड़ी पहन रखी थी, ऑफ़ व्हाइट कलर की साड़ी, जिस पर ख़ूबसूरत गहरे हरे रंग की पत्तियाँ बनी हुई थीं। हल्के से मेकअप ने उसे तरोताज़ा बना दिया था। अब उसके बाल एयरपोर्ट की तरह बँधे हुए नहीं थे। उसने उन्हें खुला छोड़ रखा था। तो उसे याद था कि अभिनव को उसके खुले बाल पसन्द थे!

"अच्छी लग रही हो।" अभिनव ने मुस्करा कर कहा।

वह कुछ नहीं बोली। बस, मुस्करा भर दी। एक ऐसी मुस्कान, जो केवल उसकी बात का प्रत्युत्तर भर नहीं थी, अपनी सदेह उपस्थिति का दस्तावेज़ भी थी। वह भी बाहर देखने लगी थी, खिड़की के बाहर, जहाँ साँझ किसी नवयौवना सी सकुचाई हुई उन्हें ही देख रही थी। अभिनव को लगा, जैसे सहसा पुरानी शामें एक साथ पास आ खड़ी हुई हों। वे भी क्या शामें थीं, जब वे बड़े तालाब किनारे साथ–साथ घूमा करते थे, हाथों में हाथ लिए, दुविधामुक्त, एक प्रकार से उन्मुक्त...भविष्य अनिश्चित था, पर दुरूह नहीं। उनके मन में एक अदृश्य सा आश्वासन था कि एक दिन सब कुछ ठीक हो जायेगा।

"क्या सोच रही हो?" अभिनव ने वहाँ छाया हुआ मौन तोड़ा।

"कुछ नही...एक दिन अपने शहर में इस प्रकार चोरों की तरह लौटना होगा, यह पहले नहीं सोचा था।"

"हाँ, ठीक कह रही हो तुम...चोरों की तरह हम यहाँ हैं भी और नहीं भी।"

"पर मैं ये सब नहीं सोचना चाहती...मैं सब कुछ भूल जाना चाहती हूँ...सिर्फ़ आज को छोड़कर...और तुम?"

"मैं भी...यदि याद रखने के लिए हम कुछ जमा कर रहे हों, तो बाक़ी सब कुछ भूल जाना ही बेहतर होता है।"

“वही तो...जानते हो, दिल्ली में मैंने सोचा था, अब तुमसे कभी नहीं मिलूँगी। इसलिए नहीं कि तुमसे मिलना अच्छा नहीं लगा था, बल्कि इसलिए कि हमारा मिलना नयी उलझनें खड़ी कर देता है।”

कुछ देर वह चुप रहा, मानों बोलने से पहले तोल रहा हो। लेकिन वह कुछ तोल नहीं रहा था, बल्कि एक झिझक ने उसे रोक लिया था, “पर पता नहीं क्यों, मेरा मन कहता था कि हम एक बार फिर मिलेंगे...चाहे वह मिलना पल भर के लिए ही क्यों न हो!”

“तुम ऐसा सोच सकते थे, क्योंकि तुम अकेले रहते हो। पर मैं नहीं। मेरी सोच में पूरा परिवार जुड़ा रहता है...मैं उन्हें हर्ट करना अफोर्ड नहीं कर सकती...उन्हें बिना बताये तुम्हें यहाँ बुलाने के पीछे भी यही कारण था ताकि हम मिल भी सकें और वे लोग परेशान भी न हों।”

वह उसे सुन रहा था और समझ भी रहा था। उसके शब्दों में केवल परिवार के ही नहीं, उसके आहत नहीं होने की ध्वनि भी आ रही थी। यही वह शिप्रा थी, जिसे कभी उसने चाहा था, जो कभी उसे चाहती थी, जिसके साथ उसने घर बसाया था...चीज़ें वृत्ताकार घूम कर वहीं पहुँच रही थीं, जहाँ से उन्होंने अपनी यात्रा शुरू की थी। पर इस यात्रा के दौरान जो रास्ते खुरदरे होकर बिखर गये थे, एक बार फिर स्निग्ध और समतल दिखायी देने लगे थे।

“मैं समझ सकता हूँ।”

कुछ देर ख़ामोशी छायी रही। वह ख़ामोशी उनकी अलग–अलग मनःस्थितियों का परिणाम थी। ये मनःस्थितियाँ उनके अलग और अकेले जीवन निकालने की वजह से पैदा हुई थीं। यह बात वे समझते थे। कोई लाख कोशिशें क्यों न कर ले, वह अपने विगत से छुटकारा नहीं पा सकता।

शहर की लाइटें जलने लगी थीं। शाम का अकेला तारा अब अकेला नहीं रह गया था। उसके बहुत से पुराने दोस्त आ जुटे थे। लेकिन वह चाँद, जो उनके जीवन का आधार था, अभी नहीं निकला था। वे दोनों चुपचाप ये सब देखते रहे, जैसे बरसों पहले देखा करते थे,

मन्त्रमुग्ध, बिना उदास हुए। साथ होने की ख़ुशी ने उदासी को पीछे छोड़ दिया था।

फिर अभिनव ने ही ख़ामोशी तोड़ी, "बाहर घूमने चलोगी?"

"मैं भी यही सोच रही थी...कहीं चलें?" शिप्रा की निगाहों में एक बेफिक्र क़िस्म का खुलापन था, जो न तो उसने बैंगलोर में महसूस किया था और न ही दिल्ली में। यदि आप अपनी पीड़ा पीछे छोड़ने की कूवत रखते हैं, तो बहुत कुछ आसान हो जाता है। यह नये सिरे से जीना नहीं होता, लेकिन दुःख बिसार कर सुख बटोरना अवश्य होता है।

"चलते हैं। मैं बस चेन्ज करके अभी आया।" अनायास ही वह बहुत हल्का-सा महसूस कर रहा था, जैसे सहसा कोई भार उतर गया हो। यह हल्कापन शिप्रा के लौटने के कारण नहीं, उस दुःस्वप्न से छुटकारा पाने के कारण पैदा हुआ था, जो उनके अलग होने का कारण जन्मा था।

जब अभिनव कपड़े बदल कर बाथरूम से बाहर आया, उसने देखा कि शिप्रा उस कमरे में रखे मिनी फ्रिज़ पर झुकी हुई थी, जो वहीं साइड में रखा हुआ था।

"क्या देख रही हो?" उसने पूछा।

"ये ड्रिंक्स तुमने मँगवाई हैं?"

"नहीं तो..." वह भी वहीं पहुँच चुका था। फ्रिज़ अनेक प्रकार की सॉफ्ट और हार्ड ड्रिंक्स से भरा हुआ था, "ये सब तो आजकल होटल्स में होती ही हैं। वहाँ देखो, इलेक्ट्रिक केटल और चाय-कॉफ़ी का सामान भी रखा हुआ है। अन्तर इतना है कि चाय-कॉफ़ी के पैसे नहीं देने होते, जबकि इन सबका पेमेन्ट करना होता है।"

"ओह..."

"बीयर लोगी?"

पल भर वह चुप रही। फिर उसने फ्रिज़ का दरवाज़ा बन्द किया और सोफ़े पर आकर बैठ गयी, "अब मैं नहीं लेती...आख़िरी बार तुम्हारे साथ ही ली थी...उस बात को बरसों गुज़र गये हैं।"

उसकी निगाहें अभिनव पर लगी हुई थीं। वह भी शिप्रा को देख रहा था, "तुम चाहो, तो हम ले सकते हैं।"

"यह ठीक नहीं होगा..."

अभिनव उसके पास आकर बैठ गया, "शिप्रा, क्या ठीक है क्या ग़लत, यह सोचकर हम अपने आज को मार देंगे...क्या तुम एक बार फिर उन दिनों की तरह जीना पसन्द नहीं करोगी? भोपाल से लौट कर तो हमें फिर पहले की ही तरह उन्हीं एकाकी दुनियाओं में खो जाना है।"

शिप्रा एकटक उसे देखती रही।

"मैं तुम्हें फोर्स नहीं कर रहा...निर्णय तुम्हारा है।"

कमरे में सन्नाटा बिछ गया था। थोड़ी देर पहले जो शाम खिड़की के बाहर उतर आयी थी, वह अब रात का शिकार हो गयी थी। शहर की लाइटें झिलमिलाने लगी थीं और कुछ तारे कमरे में झाँक रहे थे। छब्बीस साल कोई छोटा समय नहीं होता और न ही उसे यूँ बिसार देना कोई सहज काम होता है। इतना लम्बा यह समय, जो उन्हें साथ गुज़ारना चाहिए था, एक मूक प्रश्न बनकर उनके सामने खड़ा हुआ था और उत्तर किसी के पास नहीं था।

"नहीं लेनी तो कोई बात नहीं यार...इतनी उदास क्यों हो रही हो! कोई जबरदस्ती तो है नहीं!!" अभिनव ने उसे सहज बनाने का प्रयास करते हुए कहा। वह धीरे से हँस दिया था।

"नहीं, मुझे लेनी है..." पल भर के लिए वह रुकी। यह कुछ कहने से पहले की ख़ामोशी थी। उसके लिए यह भूल पाना सहज नहीं था कि वे इतने लम्बे अरसे बाद मिल रहे थे, "कितनी अजीब बात है न! पता नहीं क्यों हम व्यर्थ ही अपनी भावनाओं को छिपाते हुए कठोर होने का दिखावा करते रहते हैं।"

अभिनव उठा और फ्रिज़ से दो बीयर की केन निकाल लाया। वे काफ़ी ठण्डी थीं। फ्रिज़ से बाहर आते ही उनकी सतह पर पानी की बूँदें छलछलाने लगी थीं। उसने एक केन शिप्रा को दी और एक ख़ुद लेकर वहीं सोफ़े पर बैठ गया।

"आज कितने दिनों बाद हथेलियों ने ठण्डी–ठण्डी बीयर को छुआ है...एक युग बीत चुका है, दुनिया बदल गयी है और हम भी..." सहसा वह मुस्करायी, "और तो और, बीयर भी बदल गयी है...तुम्हें याद है, उन दिनों बीयर बॉटल्स में आया करती थी।" शिप्रा केन को अपनी दोनों हथेलियों के बीच भर कर सहला रही थी।

"हाँ, मुझे याद है...कई बार हम बॉटल्स तो ले लेते थे और ओपनर लेना भूल जाया करते थे...फिर ओपनर के लिए भटकना पड़ता था।"

शिप्रा हँस पड़ी। वह अभिनव को केन खोलते हुए देख रही थी। उसे देखकर शिप्रा को भी खोलना आ गया था। उसने भी एक ही बार में केन खोल दी। दोनों के हाथ हवा में लहराये।

"चीयर्स शिप्रा...हमारे बीते हुए दिनों के नाम..."

बीते हुए दिनों के नाम...शिप्रा सहसा ठिठक गयी थी। बहुत कुछ बीत चुका था और बहुत कुछ था, जो बीत कर भी बीता नहीं था। आदमी भी क्या अजीब प्राणी होता है! न तो पूरा बिसार पाता है और न ही पूरा सहेज पाता है। यह बीच की मनःस्थिति ही उलझनों का कारण बनती है।

"क्या सोच रही हो?" अभिनव ने शिप्रा को सोचते हुए देखकर पूछा।

"कुछ नही..." शिप्रा ने बात टालते हुए अपनी केन ऊपर उठायी।

दोनों की केन टकरायीं, चीयर्स की हल्की सी झिझकती हुई आवाज़ आयी और फिर दोनों ने अपनी–अपनी बीयर मुँह में लगा ली। वह बहुत ठण्डी थी। उसकी सोंधी सी गन्ध उनके नथुनों में भर गयी थी। बहुत दिनों बाद इस गन्ध ने शिप्रा के नथुनों को छुआ था। उसे लगा, जैसे चुके हुए किसी साल के कैलेण्डर से कोई दिन बाहर निकल आया हो।

"इतनी उम्र गुज़र जाने के बाद वही सब करना, जो कभी बरसों पहले किया था, कुछ अजीब–सा लग रहा है..." शिप्रा ने कहा।

"हाँ, अजीब तो है...दिन गुज़र जाते हैं, साल गुज़र जाते हैं, पर स्मृतियाँ साथ घिसटती रहती हैं। उन्हें कोई देख नहीं सकता, उनके विषय में जान नहीं सकता, केवल हम ही उनका अनुभव कर सकते हैं।"

"वही तो!"

"कभी–कभी तात्कालिक घटनाओं को भुला देना बेहतर होता है...इसलिए नहीं कि वे अवास्तविक होती हैं, बल्कि इसलिए कि वे हमारे आज में उलझने भर देती हैं। उलझनों से लदा जीवन भला कौन पसन्द करेगा।"

"चाहती तो मैं भी नहीं...पर उलझनें हमारे जीने का एक हिस्सा होती हैं...थोड़ी देर के लिए हम उन्हें भले ही एक ओर सरका दें, पर हमेशा के लिए टाल नहीं सकते।"

"हाँ, पर कई बार वह 'थोड़ी देर' के लिए मिला समय भी काफ़ी होता है। यह वही समय है, जो हमारे साथ आ बैठा है।"

शिप्रा ने मुस्कराकर कहा, "जानते हो, जब मैं दिल्ली से बैंगलोर लौटी थी, तब ऐसे ही किसी दिन की कल्पना किया करती थी...यह सब दिल्ली में तुमसे मिलने के बाद शुरू हुआ था। शायद ही ऐसा कोई दिन जाता होगा, जब तुम्हें याद नहीं करती होऊँ।"

"तो फिर कभी फ़ोन क्यों नहीं किया..."

"कई बार कोशिश की...मोबाइल पर तुम्हारा नम्बर भी निकाला, पर फिर ख़ुद को रोक लिया...मन की हलचलों ने तुम्हें फ़ोन करने ही नहीं दिया।"

थोड़ी देर अभिनव चुप रहा। फिर उसकी धीमी–सी आवाज़ आयी, "पर जानती हो, मैं हर रोज़ तुम्हारे फ़ोन की प्रतीक्षा किया करता था...हर सुबह इसी आस से आँख खुलती थी और पर हर शाम निराशा में डूब भी जाती थी।"

"सोचकर अजीब लग रहा है और यह जानकर सुख भी मिल रहा है कि हम दोनों अपने–अपने मोबाइल पर आँख लगाये एक–दूसरे के फ़ोन की प्रतीक्षा किया करते थे...उस प्रतीक्षा ने मुझमें तुम्हें पूरी तरह भर दिया था। तुम नहीं होकर भी मेरे सामने हुआ करते थे...

अच्छा ही हुआ, क्योंकि अब लग रहा है कि यदि प्रतीक्षा नहीं करती, तो आज तुमसे मिलने का साहस नहीं जुटा पाती।" शिप्रा ने धीरे से कहा, मानों कनफेस कर रही हो।

वह शिप्रा के पास ख़िसक आया और उसके कन्धे पर हाथ रख कर अपने पास खींच लिया। उसके नरम कन्धे के स्पर्श ने उसमें एक मीठा अहसास भर दिया था। शिप्रा ने भी कोई विरोध नहीं किया और अपना हाथ उसकी हथेलियों पर टिका दिया। छब्बीस साल बाद पहली बार वे इतने पास बैठे थे। बैंगलोर में एक औपचारिक दूरी बनी हुई थी। दिल्ली में सड़कों पर भटके अवश्य थे, लेकिन इतनी पास बैठने का अवसर नहीं आया था, हालाँकि साथ होने का अहसास अवश्य बना हुआ था।

अभिनव की निगाहें झुकी हुई थीं, "मैं कैसे फ़ोन करता शिप्रा! मैं डरा हुआ था कि कहीं फिर कहीं कुछ ऐसा न कर बैठूँ, जो तुम्हें अच्छा नहीं लगे...दिल्ली में मुझे लगा था कि मैंने एक बार फिर तुम्हारे मन में थोड़ी बहुत जगह बना ली है...और इस बार मैं तुम्हें खोना अफोर्ड नहीं कर सकता था।"

शिप्रा उसकी ओर घूमी। अब वे सोफ़े पर पास–पास एक–दूसरे को देखते हुए बैठे थे। उसने उसे सीधा देखते हुए कहा, "पता है, दिल्ली में मैंने सोचा था कि अब तुम्हें कभी फ़ोन नहीं करूँगी। जिन सम्बन्धों पर पूर्ण विराम लग चुका हो, उन्हें दुबारा जीवित करना एक बार फिर यन्त्रणा को निमन्त्रण देना होगा...पर जब भोपाल आने का मौक़ा मिला, तो चाह कर भी ख़ुद को रोक नहीं पायी।" शिप्रा ने केन होंठों से लगाते हुए कहा।

"बहुत अच्छा किया...तीन महीनों की लम्बी प्रतीक्षा के बाद जब तुम्हारा फ़ोन आया, तो ख़ुशी के साथ–साथ मेरा मन भीग गया था... बहुत दिनों बाद तुम्हारी आवाज़ सुनी थी। आवाज़ ही नहीं, तुम्हारी आती–जाती साँसें मेरे कानों से होती हुई समूचे अस्तित्व में समा गयी थी...मुझे लगा था, जैसे किसी मृत होते किसी व्यक्ति में प्राण फूँक दिये गये हों।" वह झिझक रहा था।

वह हँस दी, "तुम तो ऐसे बता रहे हो जैसे कोई युवक पहली बार अपने प्रेम प्रकट कर रहा हो।"

"ये छब्बीस साल निकाल दो तो आज भी युवक ही हूँ।" वह भी मुस्करा दिया था।

"कोई हमें इस तरह बात करते देखे तो यही कहे कि इन बुड्ढों का दिमाग़ सठिया गया है।" इस बार फिर वह ज़ोर से हँस पड़ी थी।

वह झेंप गया, "कितने दिनों बाद आज तुम्हारी हँसी सुनी है... कोई देखे, तो कभी नहीं जान सकता कि इस हँसी ने मुझे कितनी ख़ुशी दी है...तुम भी नहीं।"

शिप्रा सहसा रुक गयी। पर मुस्कराहट बची रह गयी थी। वह अभी भी अभिनव को देख रही थीं। गुज़रे हुए अकेले समय की बहुत सारी कड़वाहट उस क्षण ने हर ली थी। यह उन्होंने पहली बार जाना कि लम्बे अरसे का अलगाव कड़वाहट दूर करने में भी मदद करता है।

इस बार शिप्रा ने एक बड़ा–सा घूँट भरा, "कुछ मँगवाओ यार! बिना स्नेक्स के पीने की आदत छूट चुकी है।"

"ओह! सौरी। मैं तो भूल ही गया था...क्या लोगी?"

"भूल गये?"

"नहीं, भूला नहीं हूँ..." वह उठा और उसने पास रखी साइड टेबिल से इन्टरकॉम उठाया, नौ नम्बर मिलाया और बोला, "एक प्लेट फ्राइड चिकिन, सींक कबाब, पापड़ और सलाद, जल्दी।"

शिप्रा अब भी मुस्करा रही थी, "तुम्हें तो सचमुच याद है यार!"

उसे बहुत कुछ याद था। वह जब भी अपने भीतर से ख़ुश हुआ करती थी, यह मुस्कान उसके चेहरे पर चस्पा हो जाया करती थी। मुस्कान की भी अपनी सतरें होती हैं, अलग–अलग सतरें, सच की अलग, झूठ की अलग। उन्हें अलग–अलग करके देखा जा सकता है।

"आज मैं बहुत ख़ुश हूँ अभिनव..."

"मैं भी...बल्कि कुछ ज़्यादा ही।"

"बहुत दिनों बाद..."

"हाँ, बहुत दिनों बाद।"

वे समान वेवलेन्थ पर थे। इसी ने उन्हें चुप कर दिया था। बाहर रात चुपचाप गहरा रही थी, बिना किसी आवाज़ के, मानों दबे पाँव उतर रही हो...न कोई हवा का शोर था और न ही किसी क़िस्म की सरसराहट। एक ख़ामोशी थी, जो प्रकृति के साथ देने से नहीं, सुख की अधिकता से उपजती है। वह बीता हुआ सुख नहीं था, वह एक अलग ही क़िस्म का जन्म लेता हुआ नया सुख था, जैसे किसी छोटे बच्चे को बहुत दिनों बाद नये कपड़े पहना दिये गये हों और वह ख़ुशी से झूम रहा हो।

अभिनव उठा और उसने कमरे की लाइटें जला दी थीं।

उसने ही बात शुरू की, बहुत धीरे, मानो ज़रा सी तेज़ आवाज़ वहाँ छाये सम्मोहन को तोड़ देगी, "मुझे ख़ुशनुमा सा भ्रम हो रहा है, जैसे बीच के बरस झूठे हों, जैसे वे कभी गुज़रे ही नहीं हों...हम आज भी वहीं खड़े हैं, जहाँ एक दिन मिले थे..."

शिप्रा पल भर उसे देखती रही, जैसे कुछ तोल रही हो, फिर सोचते हुए बोली, "नहीं अभिनव, सच तो वे बीच के बरस ही हैं...यह आज का दिन एक झूठा दिन है, भूले से आ गया है...या कहो कि चुराया हुआ दिन है यह...याद है, एयरपोर्ट पर मैंने यही कहा था।"

वह चुप रहा। यह सच वह भी जानता था, पर विश्वास नहीं करना चाहता था। होता है, कई बार हम सच आँखों के सामने होते हुए भी उस पर विश्वास नहीं करना चाहते, जैसे वह कोई बहरूपिया हो, जो वेश बदल कर सहसा प्रकट हो गया हो।

शिप्रा थोड़ी देर के लिए ठिठक गयी थी। फिर कहने लगी, "मैंने कभी सोचा नहीं था कि यह दिन भी आयेगा...सारा जीवन पंकज को पालने और फिर उसका कैरियर बनाने में निकल गया...अपने लिए जीना तो मैं जैसे भूल ही गयी थी।"

"बहुत बार मेरा जी दुःखता है कि मैं तुम्हारे और पंकज के लिए कुछ नहीं कर पाया...काश! कुछ कर पाता। लेकिन कई बार कोई

किसी के लिए कुछ नहीं कर सकता। हरेक को अपने दुःख ख़ुद ही उठाने पड़ते हैं।" अभिनव कठिनाई से इतना ही बोल पाया था। यह उसकी अपनी पीड़ा थी, जिसे उसने इतने सालों से ढो रखा था।

शिप्रा ने उसकी बात समाप्त होते ही कहा, "ऐसा मत सोचो यार। दुःख आने होते हैं तो आने का बहाना ढूँढ़ ही लेते हैं..."

इस बार अभिनव मुस्कराया, "और शायद सुख भी...आज की शाम ऐसी निकलेगी, क्या कभी कहाँ सोचा था!"

डोर बैल से उनका ध्यान टूटा। रूम सर्विस बॉय ऑर्डर ले आया था। उसके जाते ही शिप्रा ने जल्दी से अपनी प्लेट में खाने का सामान लिया और खाने लगी, "बड़ी भूख लग रही है।"

"मेरी बीयर तो ख़त्म हो गयी।" अभिनव ने कहा।

"मेरी भी..." शिप्रा ने अन्तिम घूँट भरी और ख़ाली केन को हिला कर दिखाया। अभिनव मुस्कराकर उठा और दो केन और निकाल लाया। उसने दोनों केन खोलीं और एक शिप्रा की ओर बढ़ा दी। शिप्रा के एक हाथ में फोर्क था। उसने केन बाँये हाथ में पकड़ ली थी।

"यार इतनी लाइटें क्यों जला रखी है...?" शिप्रा ने एक घूँट भरते हुए कहा।

अभिनव बिना कुछ कहे उठकर कमरे की सभी लाइटें बुझा दीं। अब सिर्फ़ उनके ऊपर लगी डिम लाइट जल रही थी। उसकी पीली रोशनी ने कमरे में उतना ही उजाला छोड़ा था, जो उन्हें अँधेरे में डूबने से बचा सके। खिड़की के बाहर लगी होटल की एक फोक्स लाइट से रोशनी की एक फाँक अन्दर चली आयी थी। वह बिस्तर पर पसरी हुई थी। वह उन पलों की गवाह बनना चाहती थी, पर न तो अभिनव ने उसकी ओर ध्यान दिया और न ही शिप्रा ने।

शिप्रा को सचमुच भूख लगी हुई थी। बीयर के साथ उसका ध्यान खाने पर भी लगा हुआ था। अभिनव बहुत दिनों बाद उसे यूँ खाते हुए देख रहा था। वह शिप्रा की यह आदत जानता था। पेट में दो घूँट जाते ही उसे भूख सताने लगती थी। कुछ आदतें कभी

जाती नहीं, उम्र गुज़र जाने के बाद भी वैसी ही बनी रहती हैं, उसने सोचा था।

"आज सुबह से ही मैं तुम्हें अपने बिल्कुल पास महसूस कर रही थी...लग रहा था, जैसे मैं बहुत दिनों बाद सिर्फ़ अपने लिए भोपाल जा रही हूँ...इसी कारण मैं तुम्हारे साथ यहाँ होटल में भी चली आयी। अपने इस पुराने शहर में मैं एक भी पल बिना जीये नहीं गुज़ारना चाहती।"

अभिनव मुस्कराया, "मैं भी यही चाहता था। पर कुछ संशय बने हुए थे...पता नहीं तुम क्या चाह रही होगी? अब सारे संशय मिट गये हैं। लग रहा है, जैसे ये उपहार में मिले दिन हों...सच तो यह है कि जीया हुआ समाप्त नहीं होता, सिर्फ़ स्थगित हो जाता है...वह मौक़े की तलाश में रहता है और एक दिन अवसर पाते ही स्थगित जीवन फिर शुरू हो जाता है।"

शिप्रा की आवाज़ लहराने लगी थी, "अजीब है इतने सालों बाद हमारा यूँ मिलना, जब मैं तुम्हें एक साथ पाना और खोना चाहती हूँ...और भी अजीब बात तो यह है कि तुम्हें पाकर कुछ खोऊँगी नहीं और खोकर कुछ पाऊँगी नहीं।"

"मैं भी तुम्हें एक ख़ूबसूरत स्वप्न की तरह सँजो कर रखना चाहता हूँ...टूटने वाला स्वप्न नहीं, जागती आँखों वाला स्वप्न।"

शिप्रा की निगाहें पल भर के लिए उस पर टिक गयी थीं, जैसे पहली बार देख रही हो, जैसे अब तक का जीवन झूठा हो, जैसे साँसें अभी–अभी आना शुरू हुई हों। कमज़ोर पीली रोशनी में उसे वह एक अजूबे की तरह लगा, जो अनायास उसकी ज़िन्दगी में आ गया था। क्या यह बीयर के सुरूर का असर था?

"ऐसे क्या देख रही हो?"

"कुछ नही..." उसने अपनी नज़रें झुका ली थीं।

"तुम बाहर घूमना चाह रही थी।"

"अब? क्या अब देर नहीं हो गयी?"

"अभी नौ ही तो बजे हैं!"

"मैं शायद ठीक से चल नहीं पाऊँ।"

अभिनव ने कुछ देर चुप रह कर वहीं बाउल में अपने हाथ धोते हुए कहा, "जैसी तुम्हारी मर्ज़ी।"

अब तक शिप्रा अपना खाना ख़त्म कर चुकी थी। वह चुपचाप अभिनव को देखती रही, जो हाथ धोने के बाद नेपकिन से अपने हाथ पोंछ रहा था। उसकी केन अभी ख़ाली नहीं हुई थी। एक ही घूँट में उसने उसे समाप्त कर दिया।

सहसा शिप्रा को लगा कि उसे अभिनव के साथ घूमने जाना चाहिए। छोटी–सी ही तो बात है और यह प्रस्ताव उसी ने रखा था। ये पल लौटने वाले नहीं। यदि नहीं गयी तो उसे तमाम उम्र दुख रहेगा कि उसे अभिनव के साथ एक शाम साथ घूमने का अवसर मिला पर उसने वह अवसर गँवा दिया।

"पर हम नीचे होटल के बग़ीचे तक तो चल ही सकते हैं!" शिप्रा ने अभिनव का असमंजस टालते हुए कहा।

अभिनव उठ खड़ा हुआ, "वही तो...तुमने मेरे मन को पढ़ लिया है।"

शिप्रा को खड़े होने में थोड़ी सी दिक्कत हुई, लेकिन जल्दी ही उसने अपने आप को सम्भाल लिया था। वह सीधी वॉश रूम में चली गयी थी। अभिनव खड़ा खड़ा उसकी प्रतीक्षा करता रहा। जब वह बाहर आयी, फ्रेश लग रही थी। उसके बाल कन्धों पर बिखरे हुए थे, माथे के बीचों–बीच एक बिन्दी लगी हुई थी और उसने साड़ी को भी सलीक़े से बाँध लिया था...उसे लगा, जैसे किसी पत्रिका के मुख्य पृष्ठ पर छपी कोई तस्वीर बाहर निकल कर उसके सामने आ खड़ी हुई हो।

"चलें?" शिप्रा ने पूछा।

वे कमरे से बाहर आ गये। अभिनव दरवाज़ा बन्द कर ही रहा था कि शिप्रा ने कहा, "वहाँ सूखे–सूखे जाकर क्या करेंगे?"

इस बार अभिनव खुलकर हँस दिया। अधखुला दरवाज़ा अन्दर की ओर धकेल कर वह सीधे फ्रिज़ के पास पहुँचा, दो केन निकालीं,

और वापस लौट आया। दोनों केन शिप्रा को पकड़ा कर उसने दरवाज़ा बन्द किया और फिर वे दोनों सीढ़ियाँ उतर कर बग़ीचे में आ गये।

दोनों केन अभी भी शिप्रा के हाथों में थीं।

*   *   *

स्याह अँधेरा दूब पर छितराई कन्सील्ड लाइट्स में उतना घना नहीं रह गया था। रात में हर शहर की अपनी कुछ रोशनियाँ होती हैं, जो अंधेरा होते ही मुँह उठाने लगती हैं। उन रोशनियों में दिन के उजाले सी कूवत तो नहीं होती, पर इतनी अवश्य होती है कि घटाटोप अँधेरे को एक ओर धकेल सकें। वहाँ बग़ीचे में भी ऐसी ही स्निग्ध–सी रोशनी फैली हुई थी, जो आँखों को भली लग रही थी।

"क्या सोच रही हो?" शिप्रा को चुप देखकर अभिनव ने पूछा।

"कुछ नही...ज़रूरी तो नहीं कि चुप रहो, तो कुछ सोचो भी! तुम्हारे साथ होने के ये क्षण कुछ और सोचने की इजाजत दे भी नहीं रहे।" वह धीरे–धीरे बोल रही थी। बीयरों का सुरूर जो था!

"यह सुनकर अच्छा लगा...मैं भी ठीक ऐसा ही महसूस कर रहा था...जानती हो, इतने दोस्त हैं, जिनमें महिलाएँ भी हैं, पर कभी किसी के साथ यह अहसास महसूस नहीं हुआ...लग रहा है, जैसे सहसा सब कुछ बदल गया हो, जैसे बेमौसम बसन्त आ गया हो, जैसे मखमली बर्फ़ पड़ने लगी हो..."

वह हँस पड़ी, "तुम्हारी कविताएँ क्या कभी तुम्हारा पीछा नहीं छोड़तीं?"

"सच कह रहा हूँ यार! मेरा हाथ पकड़ कर देखो, बिल्कुल ठण्डा है।" उसने अपनी केन दूसरे हाथ में ली और उसे छुआ, "देखा, ठण्डा है न!" वह हँस रहा था।

वह एक बार फिर हँस दी, "ऐसी बर्फ़ तो मेरे हाथों में भी पड़ रही है...देखो।" उसने भी अभिनव को छुआ। उसकी हथेली भी ठण्डी थी। ठण्ड केन से होती हुई हथेली पर आ जमी थी।

अभिनव हँस दिया। इस हँसी ने उन्हें और पास कर दिया था। ठण्डी बीयर उन्हें भली लग रही थी। वहाँ घूमते हुए वे भूल गये थे कि वे दोनों अपने शहरों से दूर किसी तीसरे शहर में मिल रहे थे, एक ऐसे शहर में, जहाँ उनका अतीत ठिठका हुआ था।

थोड़ी देर बाद शिप्रा ने कहा, "तुमसे अलग होने के बाद पंकज को लायक बनाना ही मेरा एकमात्र मकसद रह गया था।"

"मुझे ख़ुशी है कि तुम अपने मकसद में कामयाब रही।"

पल भर चुप रहकर शिप्रा ने अपनी बात जारी रखी, "लेकिन जो हुआ, शायद अच्छा ही हुआ...तुम्हें भी अपने लिए समय मिल गया, इसीलिए तुम जो करना चाहते थे, कर सके।"

"हाँ, किसी हद तक यह ठीक है...जब आदमी एक दरवाज़ा बन्द करता है, तो कई बार दूसरा अपने आप खुल जाता है।"

"मुझे भी ख़ुशी है कि तुम अपने लक्ष्य तक पहुँच गये...काफ़ी नाम हो गया है तुम्हारा।" शिप्रा ने प्रशंसा से उसे देखते हुए कहा।

उसकी बात सुनकर अभिनव एक बार मुस्कराकर उसे देखा। उसे याद आया एयरपोर्ट पर भी उसने यही बात कही थी। तब भी वह ख़ुश हो गया था। यह एक ऐसी ख़ुशी थी, जो सिर्फ़ शिप्रा ही दे सकती थी। दुनिया भर की तालियाँ, मालाएँ, सम्मान, पुरस्कार, प्रशस्ति पत्र उस प्रशंसा के सामने फीके पड़ गये थे, जो शिप्रा की इस एक पंक्ति ने उसे दी थी। सम्भव है, यह बीयर का प्रभाव रहा हो...पर वह अभिभूत था। हो सकता है उसे भी बीयर का हल्का–सा सुरूर रहा हो!

"जानती हो यह सब मैं क्यों कर पाया...क्योंकि मुझे अपने आप को प्रूव करना था...किसी और को नहीं, सिर्फ़ और सिर्फ़ तुम्हें..."

इस बार शिप्रा फिर ठिठक गयी, जैसे कुछ सोच रही हो। फिर उसका निर्णय से भरा स्वर आया, "नहीं अभिनव, मेरे कारण नहीं... मैं सिर्फ़ बहाना थी। तुममें प्रतिभा थी, जिसे किसी न किसी रास्ते बाहर आना ही था..."

"शायद तुम ठीक हो...पर देखो, कितनी बड़ी क़ीमत चुकायी है मैंने...अपनी पत्नी और बेटे से दूर होना पड़ा...और अब बेटे की वितृष्णा झेलनी पड़ रही है।" अचानक अभिनव के मन पर विषाद ने हल्की सी दस्तक दे दी थी। अकेले बिताये जिन वर्षों को वह भुला देना चाहता था, वे साथ आ खड़े हुए थे।

"अब इन सब बातों को सोचने का कोई अर्थ नहीं है। जो घटित हो चुका है, उसे वापस नहीं लौटाया जा सकता।"

यह वाक्य अनेकार्थी था, अनेक सम्भावनाओं से लबरेज। पर जो घट चुका था, वह उसके नये अर्थ नहीं निकालना चाहता था। उसे आश्चर्य हुआ कि यह वही शिप्रा थी, जिसने एक दिन तलाक़ के काग़ज़ उसके मुँह पर दे मारे थे। इसी शिप्रा ने अभी कुछ महीनों पहले उसे अपमानित कर घर से बाहर निकाल दिया था। यह वह शिप्रा ही थी, जो दिल्ली उससे मिलने आयी थी और यही वह शिप्रा भी थी, जिसने अभी कुछ दिन पहले ही उसे भोपाल पहुँचने के लिए कहा था...अभिनव के लिए किसी ठोस निर्णय पर पहुँच पाना लगभग असम्भव था। साथ ही वह कोई ऐसी बात भी नहीं सोचना चाहता था, जो उसके आज को ख़राब कर दे। सच तो यह था कि उन क्षणों में वह भुगती हुई यन्त्रणा के विषय में नहीं, बल्कि मिल रहे सुख के बारे में सोचना चाहता था।

फ़रवरी की रात उतनी ठण्डी नहीं थी कि ठण्ड लगे। आकाश में चाँद निकल आया था। चिथड़े बादलों के बीच से जब वह नीचे झाँकता, एक उज्ज्वल सा आलोक चारों ओर बिखर जाता था और उसके पीछे जाते ही आकाश में बादल बर्फ़ के तैरते आइसबर्ग से दमकने लगते थे। पर वे दोनों प्रकृति के इस खेल की ओर ध्यान नहीं दे पा रहे थे। वे एक-दूसरे में खोये हुए थे।

थोड़ी देर बाद अभिनव ने कहा, "तुम्हारा इस तरह मेरे साथ होना किसी चमत्कार से कम नहीं है, ऐसा लग रहा है, जैसे बिछुड़ी नहीं हो तुम, मैं हाथ बढ़ाकर तुम्हें छू सकता हूँ, तुम्हें महसूस कर सकता हूँ।"

शिप्रा ने बिना एक भी पल गवाये कहा, "मुझे भी तुम्हारे साथ चलते हुए कई बार भ्रम होता है जैसे पीछे बीता हुआ कल नहीं हो, मैं वही छब्बीस साल वाली पुरानी शिप्रा हूँ, जिसने अभी–अभी जीना सीखा है।"

"हाँ, फिर एक दिन मैं तुम्हें मिला...बार–बार मिला, और फिर हममें प्रेम हो गया।"

"अब सोचती हूँ तो आश्चर्य होता है कि प्रेम होने के पहले और फिर तुमसे बिछुड़ जाने के बाद जीवन कितना मशीनी था। प्रेम हो जाने के बाद सब कुछ बदल गया था...जी तो पहले भी रहे थे, पर कभी माँ–बाप के लिए, कभी दोस्तों के लिए, कभी डिग्रियाँ हासिल करने के लिए...अपने लिए जीना, सिर्फ़ और सिर्फ़ अपने लिए जीना क्या होता है, यह प्रेम हो जाने के बाद ही पता चला था..."

"और वह सुख हमने छोटी–छोटी उलझनों में उलझ कर भुला दिया था।"

"हाँ...पर सुनो अभिनव, मैं आज उन्हें याद करना नहीं चाहती।"

"मैं भी..."

वह चलते–चलते रुक गयी, एक घने पेड़ की आड़ में, जहाँ घना अँधेरा था। वह एकटक अभिनव को देख रही थी, "मैं जानती हूँ तुम मुझे बहुत प्रेम करते हो, मेरे कारण तुम्हें बहुत दुःख झेलने पड़े है...और तुम्हारे कारण मुझे। शायद विरह की यातना हमारे प्रारब्ध में लिखी थी।"

अभिनव मुस्कराया। उसने अपना केन ऊपर उठाया, "यह क्या कम है कि अलग हो जाने के बाद भी हम एक–दूसरे के दिलों में धड़कते रहे? रही बात ज़िन्दगी की, तो वह जीने के लिए अपना रास्ता खुद ढूँढ़ लेती है...यह बात चीयर्स की नहीं, चीयर अप होने की है।"

विषाद के सारे बादल मानो तेज़ हवा में कहीं दूर बह गये थे। शिप्रा ने भी अपनी केन लहराई और उसे मुँह से लगा ली। उसकी आँखें भी मुस्कराने लगी थीं। वे फिर टहलने लगे थे, पर उनके पाँव ज़मीन पर ठीक से पड़ नहीं रहे थे। कोई भी उन्हें देखकर बता

सकता था कि उनके पेट मशक की तरह भरे हुए थे। लेकिन वहाँ उन्हें देखने वाला कोई नहीं था।

सुख चोर दरवाज़े से आया था। उसने उस अपरिचित घर के दरवाज़े पर दस्तक दी थी, जो उन दोनों में से किसी का नहीं था, पर वे वहाँ रह रहे थे। सुख के स्वागत में उन्होंने दरवाज़ा खोल दिया था। वे उसे अपने मन के ड्रॉइंग रूम में ले आये थे।

आकाश में आधा चाँद आ टिका था। शहर की रोशनियों के बावजूद भी उसकी चाँदनी अलग से महसूस की जा सकती थी। तारे छोटे बच्चों की शरारती आँखों से टिमटिमा रहे थे। हवा थमी हुई थी, पर जब भी हल्का–सा झोंका आता, शिप्रा के खुले बाल उड़ने लगते थे। हर बार वह उन्हें समेट लिया करती थी।

इतनी बीयर उन्हें नहीं पीनी चाहिए थी। विशेषकर शिप्रा को, उसने सालों के अन्तराल के बाद बीयर ली थी। अभिनव को सन्देह हुआ कि कहीं शिप्रा लड़खड़ा कर गिर न जाये।

"खाना नहीं खाना?" अभिनव ने पूछा।

"खाना है न..."

"चलो फिर डायनिंग हॉल में चलते हैं।" वह लौटने के लिए पीछे घूमा और शिप्रा से एक क़दम आगे निकल गया।

"सुनो..." यह शिप्रा थी।

"क्यों? क्या हुआ?" वह पीछे घूमा।

"कुछ नहीं..." वह आगे बढ़ी, "मेरा हाथ थाम लो।"

अभिनव ने उसे थाम लिया था।

* * *

स्वयं पर अंकुश लगाने के सारे प्रयास अनेक बार व्यर्थ जान पड़ते हैं। आदमी करना कुछ चाहता है, पर परिस्थितियाँ करवा कुछ और लेती है...और तब वह लगभग असहाय–सा वह सब करता चलता है, जो वे उससे करवाना चाहती हैं। अभिनव ने भी स्वयं को उनके हवाले छोड़ दिया था।

डायनिंग हॉल में शिप्रा उसके पास बिल्कुल सट कर बैठी हुई थी। वह, वह सब सुन पा रहा था, जो शिप्रा की देह बोल रही थी, जबकि वह ख़ुद को संयत किये हुए था। उसे शिप्रा की कही बात भी अच्छी तरह याद थी कि कोई उम्मीद मत रखना। वह नहीं चाहता था कि लौटी हुई शिप्रा उसके ज़रा से अवान्छित प्रयास के कारण एक बार फिर वापस लौट जाये। वह उसे किसी कोमल ख़्याल की तरह सम्भाल कर रखना चाहता था।

खाने के साथ उन्होंने एक–एक बीयर और ली थी। अभिनव को ड्रिंक्स की आदत थी, पर शिप्रा के लिए चार बीयर सह पाना कठिन होता जा रहा था। उसकी आँखें ठीक से खुल नहीं पा रही थीं और वह अपनी देह भी कठिनाई से सम्भाले हुए थी। बड़ी मुश्किल से वह थोड़ा बहुत खा पायी थी। अभिनव को उसे लगभग ढोकर कमरे तक लाना पड़ा था। शिप्रा की पूरी देह उसकी बाँहों में थी। वही स्पर्श, वही गन्ध...कुछ भी नहीं बदला था।

लेकिन उस समय वह ये सब नहीं सोच रहा था। वह चाहता था कि शिप्रा किसी तरह कमरे में सुरक्षित पहुँच जाये। बिस्तर पर लेटते ही शिप्रा की आँख लग गयी थी। उसमें इतनी भी हिम्मत नहीं बची थी कि अपने कपड़े बदल ले। अभिनव ने उसकी चप्पलें उतारीं और बेडशीट उढ़ाकर पास ही रखे सोफ़े पर बैठ गया। वह कुछ देर शिप्रा को देखता रहा। उसने इस प्रकार सोते हुए उसे बहुत दिनों बाद देखा था। इस वक़्त वह उसे किसी भूली हुई कविता की पंक्ति सी लग रही थी।

सहसा उसे सिगरेट की तलब लगी। काफ़ी देर से उसने पी भी नहीं थी। वह उठा और खिड़की पर चला आया। सिगरेट जलायी और एक लम्बा कश लगाया। उसे सुकून सा मिला। सिगरेट पीने से उतना नहीं, जितना शिप्रा के सो जाने से। उसके जागे रहने से जो अवान्छित स्थितियाँ पैदा हो सकती थीं, वे स्वतः ही समाप्त हो गयी थीं। ऐसा नहीं कि उसे इन सबसे विरक्ति हो गयी थी, वह बस शिप्रा को दिये अपने वादे को निभाना चाहता था।

क्षण भर के सुख से कहीं ज़्यादा महत्त्वपूर्ण था एक बार फिर उसके साथ होने का सुख।

रात धीरे–धीरे गहराती जा रही थी और शहर भी धीरे–धीरे सोने लगा था। फ़रवरी माह होने के बाद भी अधिक सर्दी नहीं थी। ऊँची–ऊँची इमारतों की लाइट्स बुझने लगी थीं। बादलों के झुण्ड को हवा अपने साथ उड़ा कर ले गयी थी और अब चाँद भी अपने सम्पूर्ण वैभव के साथ दमकने लगा था। चाँदनी अब खिड़की से होती हुई कमरे में आकर पसरी हुई थी। भागते–दौड़ते ट्रैफ़िक का शोर बुझने लगा था और ख़ामोशी धीरे–धीरे अपने पाँव पसार रही थी...खिड़की पर खड़े–खड़े वह ये सब तब तक देखता रहा, तब तक उसकी सिगरेट समाप्त नहीं हो गयी।

जब वह मुड़ा, उसने देखा, शिप्रा वैसी ही बेसुध सोयी हुई थी। कुछ पल वह उसे सोते हुए देखता रहा। कविता की पंक्ति अब पूरी कविता में बदल चुकी थी...उसने आहिस्ता से बैड से तकिया, चद्दर उठायी और सोफ़े पर रख दी। फिर वह नाइट ड्रेस बदलने बाथरूम में चला गया। चार बीयर इतनी कम भी नहीं होतीं। लेटते ही उसे भी गहरी नींद ने आ घेरा था।

*　　　　*　　　　*

दिन निकलने को था। सुबह का उजाला खिड़की पर लगे पर्दों के बावजूद भी कमरे में भर गया था। रात के बाद दिन निकलने का क्रम कभी रुकता नहीं और न ही कोई एक समय सीमा के बाद तक सो सकता है। शिप्रा की आँखें भी स्वतः ही खुल गयी थीं। यकायक वह पहचान नहीं सकी कि वह कहाँ थी! बीयर, चाँदनी रात, डिनर, आहिस्ता–आहिस्ता पहचान लौटने लगी थी।

सबसे पहले उसने अभिनव को देखा, जो ठीक उसके सामने सोफ़े पर सो रहा था। उसे देखकर वह चौंक गयी, जैसे किसी अपरिचित को देख लिया हो। उसका मुँह नीचे की ओर झुका हुआ था और बाल माथे पर फैल गये थे। उसकी नाइट ड्रेस देखकर

सहसा उसका ध्यान अपने कपड़ों पर गया। वह उन्हीं रात वाले कपड़ों में थी। उसे स्वयं पर शर्म हो आयी। उसे इतनी नहीं पीनी चाहिए थी।

वह उठ खड़ी हुई। फ्रेश होकर कपड़े बदले, साइड टेबिल पर रखी इलेक्ट्रिक केटल पर चाय बनायी और चेयर पर बैठ गयी। पहली ही घूँट में वह जान गयी कि उसे चाय की कितनी सख़्त आवश्यकता थी। रात का हैंगओवर अभी तक गया नहीं था। पर वह कुछ भी भूली नहीं थी। उसे अच्छी तरह याद था कि रात खाना खाते समय वह अभिनव से सट कर बैठी हुई थी और खाने के बाद वह ही उसे सहारा देकर कमरे तक लाया था। पर बिस्तर पर लेटने के बाद उसे कब नींद आ गयी थी, यह उसकी स्मृति में नहीं था।

क्या अभिनव ने उसकी नीमबेहोशी का फ़ायदा उठाया होगा? वह ऐसा नहीं कर सकता। पर आदमियों का क्या भरोसा! दो पैग अन्दर जाते ही बदलने में उन्हें देर नहीं लगती। वह बिस्तर को ध्यान से देखने लगी, बेड शीट का दूसरी ओर वाला आधा हिस्सा बिल्कुल तहाया हुआ था, वहाँ एक भी सलवट नहीं थी। सलवटों के निशान सिर्फ़ वहीं थे, जहाँ वह सोयी हुई थी। कमरे के दूसरे हिस्सों पर भी उसे ऐसा कोई चिह्न दिखायी नहीं दिया। हालाँकि उसकी अपनी देह भी सारे सन्देहों को सिरे से अस्वीकार कर रही थी, पर एक बेचैनी ने उसे जकड़ लिया था।

वह खाना खाते समय उससे सट कर बैठी ही क्यों थी?

अभिनव ने आँख खुलते ही सबसे पहले उसे ही देखा। वह मुस्कराया और उठ बैठा। वह एक अलग ही तरह की सुबह थी और वे अलग तरह के व्यक्ति। वे एक–दूसरे को देख रहे थे। एक विस्मय ने उन्हें घेर लिया था। वह न तो अभिनव का सूना घर था और न ही शिप्रा का भरे पूरे परिवार वाला घर। इन दोनों घरों से बहुत दूर वह होटल का एक कमरा था, जो सहसा उनकी उपस्थिति से 'घर' में बदल गया था।

"तुम कब उठी?" अभिनव ने पूछा।

"अभी कुछ देर पहले ही। रात को ठीक से सोये कि नहीं?" शिप्रा का प्रतिप्रश्न बहुत कुछ जानने के लिए था।

"हाँ, तुम्हारे सोते ही मैं भी सो गया था।"

"उठो, फिर फ्रेश हो जाओ। मैं तुम्हारे लिए चाय बनाकर लाती हूँ।"

"मैं बना लूँगा। मुझे आदत है।"

"तुम उठो भी यार। फिर हमें यूनिवर्सिटी भी जाना है।"

"ठीक है...पर मेरे लिए गिलास भर कर बनाना। मुझे सुबह–सुबह ख़ूब सारी चाय पीने की आदत है।" उसने उठते हुए कहा और वह बाथरूम में घुस गया।

शिप्रा उठकर चाय बनाने लगी। लेकिन उसके मन का संशय अभी गया नहीं था। वह नहीं जानती थी कि कैसे इस बात का पता चलेगा। जब पहले से ही अनेक उलझनें हों, तो एक नयी उलझन ख़ीज पैदा कर देती है। काश! कोई ऐसा चश्मा होता, जिसे लगा कर सारी घटनाएँ साफ़ देखी जा सकतीं!

केटली का पानी खौलने लगा था और फिर वह एक आवाज़ के साथ बन्द हो गयी। अभिनव के साथ उसने अपने लिए भी एक कप चाय और बनायी और वहीं आकर बैठ गयी।

"यूनिवर्सिटी यहाँ से काफ़ी दूर है...आधा–पौन घण्टा तो लग ही जायेगा।" अभिनव बाथरूम से बाहर आते हुए बोला और शिप्रा के पास वाले सोफ़े पर बैठ गया। उसने बाहर आने में ज़्यादा समय नहीं लगाया था।

"तुम्हारी चाय" शिप्रा ने गिलास की ओर संकेत किया।

"हाँ।" अभिनव ने गिलास उठाते हुए कहा।

"मैं तो रात को लेटते ही सो गयी थी...कपड़े तक नहीं बदले।"

"बहुत दिनों बाद ड्रिंक्स लो तो ऐसा हो जाता है..."

"और तुम? तुम कब सोये?" उसने एक बार फिर वही सवाल पूछा। उसकी धड़कने अभी सामान्य नहीं हुई थीं।

"बस, थोड़ी देर बाद ही..." अभिनव ने चुस्की लेते हुए कहा।

यह 'थोड़ी देर' कितनी देर रही होगी? इस 'थोड़ी देर' में क्या कुछ नहीं किया जा सकता! शिप्रा को समझ नहीं आ रहा था कि वह कैसे पता करे! वह चुपचाप चाय पीती रही।

"जानती हो, तुम्हें यूँ सोते हुए देखना बहुत भला लग रहा था। एक कविता भी मन में आयी।"

"सुनाओ..."

"अभी लिखी नहीं है...वह कविता तुम्हारे बारे में नहीं, मेरे पास लौटने के बारे में है।"

अभिनव ने हालाँकि ऐसा कुछ विशेष नहीं कहा था, पर उसकी इस बात से वह कुछ–कुछ आश्वस्त अवश्य हो गयी थी। जो व्यक्ति एकान्त और अवसर दोनों उपलब्ध होने के बाद भी कविता के विषय में सोच रहा हो, वह कुछ ग़लत नहीं कर सकता। उसने पहली बार जाना कि कविता एक आदमी को आदमी बने रहने में भी मदद करती है।

इस बार वह मुस्करायी, एक सच्ची मुस्कान, जो उसके मन के सारे सन्देहों को चीरती हुई प्रकट हुई थी। उसे अपना भय निरर्थक लगने लगा था। कई बार हम व्यर्थ के सन्देहों को पाल कर अपने जीवन में अनेक उलझनें खड़ी कर लेते हैं, पर जब वे भरभरा कर गिर जाते हैं, तो स्वयं पर शर्म हो आती है कि हमने ऐसा सोचा ही क्यों!

कोहरे के बादल छँट चुके थे और शिप्रा बहुत हल्का महसूस कर रही थी। उसे यह सोचकर गहरा आश्चर्य हुआ कि अभिनव कभी जान ही नहीं पायेगा कि सुबह–सुबह उसके मन में क्या चल रहा था! साथ–साथ बैठे हुए, बात करते हुए, चाय पीते हुए सहसा उसकी दुनिया अभिनव की दुनिया से अलग हो गयी थी। इतनी अलग कि वहाँ अभिनव की उपस्थिति किसी खलनायक से कम नहीं थी। अनायास ही उसके मन में अभिनव के प्रति प्यार उमड़ आया था।

अभिनव ने सिगरेट जलायी और लम्बा कश लगाया। यह उसकी सुबह की पहली सिगरेट थी। वह हमेशा इसे अकेले ही पीया करता था। प्रायः अपनी स्टडी या बग़ीचे में अखबार पढ़ते हुए।

पर उस दिन वह वहाँ से बहुत दूर था और उस महिला के साथ बैठा हुआ था, जो कभी उसकी पत्नी हुआ करती थी।

"मैं आज की इस सुबह को हमेशा याद रखूँगा..." सहसा अभिनव ने कहा।

"क्यों?" शिप्रा की उत्सुकता से भरी निगाहें उस पर लगी थीं।

"क्योंकि ऐसी सुबह बहुत दिनों बाद आयी है, जब मैं सोकर उठा हूँ और तुम सामने बैठी हो!"

"क्यों! जब तुम बैंगलोर आये थे, तब नहीं आयी थी क्या?"

"बिल्कुल भी नहीं। वहाँ तुम अपने कमरे में सोती थी और मैं गेस्ट रूम में...और फिर वहाँ तुम अपने परिवार की मुखिया थी, यहाँ मेरी दोस्त।"

"दोस्त मानते हो मुझे?"

अभिनव चाय का गिलास मुँह पर लगाते–लगाते रुक गया। सिगरेट अभी भी उसके दूसरे हाथ की उँगलियों में फँसी हुई थी और वह शिप्रा की ओर ही देख रहा था, "शिप्रा, मेरे मन में तुम्हारी जो जगह थी, वह आज भी वैसी ही है...छब्बीस साल पहले जो कुछ घटा था, उसे इन सालों के अलगाव ने धो डाला है।"

"पर इन सालों में मेरा बहुत कुछ बदल गया है...अब मैं वह नहीं रही, जो कभी थी। मेरा 'मैं' मुझे ही पहचाना नहीं जाता।"

वह हँस पड़ा, "लेकिन तुम वही पुरानी वाली शिप्रा हो सकती हो, बशर्ते इन बीच के वर्षों को निकाल दो।"

"यह बात तुम अपने लिए भी कह चुके हो...पर क्या यह अब सम्भव है...?" उसकी उत्सुक निगाहें अभिनव पर टिकी हुई थीं।

अभिनव ने अन्तिम कश लगाकर बची हुई सिगरेट ऐश ट्रे में डाल दी थी, "ज़िन्दगी कभी भी शुरू की जा सकती है...नयी शुरुआत करना शायद मुश्किल हो, पर जो जीवन ठहर सा गया हो, उसे तो फिर शुरू किया जा ही सकता है!"

उसने अभिनव की बात सुनी पर कहा कुछ नहीं, चुपचाप चाय पीती रही। जीवन को फिर से शुरू किया जा सकता है, इस बात

को लेकर उसका कोई निश्चित मत नहीं था। वह ऐसी किसी बहस में पड़ना नहीं चाह रही थी, जो उपहार में मिले इस समय को कटु बना दे...उसने काफ़ी कटुता सही थी और अब उसमें और सहने की ताक़त नहीं बची थी।...पंकज, अंकिता और पीयूष को वह मानो बहुत पीछे छोड़कर यहाँ आयी थी। वह आयी थी तो सिर्फ़ अपने लिए। कुछ पल सिर्फ़ अपने जीने के लिए। ग़लत सही होने की उसे परवाह नहीं थी, बशर्ते कि इसमें उसी सहमति शामिल हो!

अभिनव उसके उत्तर की प्रतीक्षा करता रहा, लेकिन वह बिना कुछ कहे चुप बैठी रही। वह समझ गया था कि शिप्रा किसी विवाद को जन्म नहीं देना चाह रही थी। कई बार मौन अनेक अवान्छित क्षणों को परे सरका देता है, उस तरह नहीं, जैसे हम कमरे का फर्नीचर एक ओर खिसका देते हैं, बल्कि जैसे आने वाले तूफ़ान की आहट पाते ही हम खिड़की–दरवाज़े बन्द कर अपनी सुरक्षित खोह में समा जाते हैं। उसने भी विषय बदलना ही ठीक समझा।

"तुम तैयार हो जाओ...हमें यूनिवर्सिटी भी तो जाना है।" अभिनव ने बात बदलते हुए कहा।

शिप्रा कुछ कहती, उससे पहले ही उसका फ़ोन बज उठा। वह बात करने लगी। फ़ोन पंकज का था। उसने यही कहा कि वह यूनिवर्सिटी गेस्ट हाउस में ठहरी हुई है और आराम से है। उसके लिए झूठ बोलना आसान नहीं था। शब्द झिझक–झिझक कर निकल रहे थे, सहसा वह भारी बोझ तले दबा हुआ महसूस करने लगी थी।

* * *

कैब ने उन्हें यूनिवर्सिटी कैम्पस के मैन गेट पर ही उतार दिया था। वे वहीं ठिठक गये। यूनिवर्सिटी को वे एक लम्बे अरसे बाद देख रहे थे। सहसा उन दोनों को लगा, मानो वे रिवर्स टाइम ट्रेवल कर बहुत पीछे किसी परिचित दिन के मुहाने पर खड़े हुए हों। ये वो दिन थे, जब शिप्रा अपनी रिसर्च कर रही थी। उन दिनों वह अक्सर अपने ऑफ़िस के बाद सीधे यहाँ आ जाया करता था।

प्रायः वह लाइब्रेरी में होती थी या फिर इंगलिश डिपार्टमेन्ट में। उसे देखते ही शिप्रा के चेहरे पर मुस्कान आ जाती थी। लगता था, जैसे वह उसी की प्रतीक्षा कर रही हो। तुरन्त वह अपना काम बन्द कर देती और फिर वे कैन्टीन चले जाया करते थे। वह जानती थी कि अभिनव को वहाँ के कैन्टीन की चाय बहुत पसन्द थी।

"क्या सोच रहे हो?" शिप्रा ने पूछा।

"कुछ नहीं...वे दिन याद आ गये हैं।"

"मुझे भी...कल जब हम एयरपोर्ट से होटल जा रहे थे, तब भी मैं यही सोच रही थी।"

कैम्पस में प्रवेश करने के बाद वे लाइब्रेरी की बड़ी सी इमारत के पास पोर्च की सीढ़ियों के सामने अनायास ही ठहर गये थे। वहाँ कुछ लड़के–लड़कियाँ खड़े हुए हँस रहे थे...उन्मुक्त हँसी, जो उनकी उम्र का एक हिस्सा होती है...बाद में अधिकतर लोग इस हँसी को खो देते हैं...जीवन की आपाधापी आपसे बहुत कुछ छीन लिया करती है।

अभिनव ने शिप्रा को देखा। वह उसे ही देख रही थी।

"तुम्हें कुछ याद आया?" शिप्रा ने पूछा।

वह मुस्करा दिया। उसे भी सब कुछ याद था। वह उस मौसम की पहली बारिश थी। शाम अभी पूरी तरह उतरी नहीं थी। मिट्टी की सोंधी गन्ध उनके नथुनों में भर गयी थी। कुछ लड़के–लड़कियाँ बारिश का आनन्द उठाने लाइब्रेरी से बाहर आकर वहाँ खड़े हो गये थे। वे हँस रहे थे, बतिया रहे थे, एक–दूसरे पर पानी उछाल रहे थे...वे दोनों भी चुपचाप पोर्च के कोने में आधे भीगे, आधे सूखे से खड़े हुए बारिश का बरसना देख रहे थे...यही वह जगह थी, जहाँ बरसती बारिश के बीच अभिनव ने सबकी निगाहों से बचते हुए उसका हाथ पकड़ा था। यही वह जगह थी, जहाँ उन्होंने एक–दूसरे का पहला स्पर्श किया था। यही वह जगह थी, जो उनके प्रेम स्वीकारोक्ति की पहली गवाह बनी थीं और यही वह जगह थी, जहाँ से आने वाले दिनों की कहानी की शुरुआत हुई थी। उस शाम को भूल पाना उन दोनों के लिए ही सम्भव नहीं था।

उस बीते हुए क्षण की कौंध ने पल भर के लिए उन्हें हतप्रभ कर दिया था। वह क्षण अब भी जीवित था। वे उसे देख सकते थे, महसूस कर सकते थे। उस दोपहर की स्मृति बसन्त के झोंके की तरह थी, जिसकी महक् ताज़िन्दगी कभी मिटती नहीं।

उस सुबह वहाँ कोई नहीं था। न तो बरसती बारिश थी और न ही लड़के–लड़कियाँ। यदि कुछ थीं, तो केवल सबसे छिपा कर रखी हुई पहली स्मृतियाँ, जो अवसर पाते ही उन दोनों के मन के बाहर झाँकने लगी थीं। अभिनव ने शिप्रा के हाथ को हल्के से स्पर्श किया। वह जान गयी थी कि अभिनव कुछ भी भूला नहीं था। अपने पहले स्पर्श को भला कौन भूल सकता है! वह एक कभी न ख़त्म होने वाले ख़ुशनुमा स्वप्न की तरह हमेशा साथ बना रहता है। कालान्तर में वह एक अविस्मरणीय घटना में, एक असाधारण अनुभव में बदल जाता है। भले ही बाद में आपके सम्बन्ध स्नेहिल न रहें, पर वह पहला अनुभव कभी नहीं मुरझाता।

बिना कोई संवाद भी उन्होंने एक–दूसरे के मन को पढ़ लिया था। साथ–साथ वे लाइब्रेरी में चले गये, यन्त्रचलित से, मानो कोई डोर उन्हें भीतर खींच रही हो। वे सीधे रीडिंग रूम में चले आये, जहाँ शिप्रा अपने रिचर्स के दिनों में बैठा करती थी। अभिनव भी प्रायः सीधा वहीं चला आता था। खिड़की के पास वाला वह कोना खाली पड़ा हुआ था, जहाँ वह बैठा करती थी। वह टेबिल पर अभिनव के नाम को ढूँढ़ रही थी, जो कभी उसने वहाँ उकेरा था। वह जगह सपाट थी। बीत गये वर्षों ने उस उकेरे हुए नाम को निगल लिया था... स्टेक्स में किताबों के बीच घूमते हुए उन्हें अजीब–सा अहसास हुआ, मानो वे नहीं, उनकी प्रेतात्मायें वहाँ घूम रही हों...

जब वे बाहर आये, उदास थे। अब ऊर्जा से लबरेज वह समय कभी नहीं लौटेगा, न ही वे हृदय को छू लेने वाली अनुभूतियाँ अपने को दोहरायेंगीं, जो उनके प्रेम का प्रमुख कारण बनी थीं। उनके वहाँ नहीं होने के कारण अब एक सूखा सन्नाटा पसरा रहेगा। युवा लड़के–लड़कियाँ तो अब भी वहाँ आते होंगे, न जाने कितनी प्रेम

कहानियाँ भी लिखी गयी होंगी, पर उनमें वे कहीं नहीं होंगे...तस्वीर का फ्रेम वहीं छूट गया था, पर वे उससे बाहर आ गये थे।

सड़क के दोनों ओर पेड़ लगे हुए थे, सुबह–सुबह जिनकी छायाएँ दूर तक पसरी हुईं थीं। डिपार्टमेन्ट्स खुलने में अभी देर थी। सड़कें लगभग ख़ाली पड़ी हुई थीं, पर कुछ विद्यार्थी आ भी गये थे। अधिकतर के पास अपने स्कूटर या मोटरसाइकिलें थीं। उनकी तरह पैदल चलने वालों की संख्या बहुत कम थी। समय बदल गया था, पर उनके लिए नहीं। वे दोनों साथ–साथ देर तक यूँ ही घूमते रहे। अंग्रेज़ी विभाग, कैन्टीन...कोई कभी नहीं जान पायेगा कि इन जगहों पर उनका बीता हुआ कल साँस ले रहा था। उनका ही नहीं, बहुत से और लड़के–लड़कियों का भी, जिनके दिलों ने कभी वहीं धड़कना सीखा होगा...आज भी शाम ढलते ही प्रेमियों के झुण्ड इन जगहों पर आ जुड़ते होंगे...उनकी आँखों में भी आने वाले कल के सुनहरे सपने समाए होते होंगे, आशाएँ, आकांक्षाएँ कुलबुलाती होंगी...

वे देर तक कैम्पस में भटकते रहे थे। पेड़ों की छायाएँ उनके पाँवों के नीचे बिछी हुई थीं। इमारतें सुबह की पहली धूप में खिली खिली सी लग रही थी...उन्हें वहाँ सभी ने देखा होगा, इमारतों ने, पेड़ों ने, बाग़ बग़ीचों ने, अंग्रेज़ी विभाग ने, स्वीमिंग पूल ने, कैन्टीन ने...ये सब उनके प्रेम के गवाह थे। उन्हें यह सोचकर आश्चर्य हुआ कि वे दोनों बदल गये थे, पर उनके लिए कैम्पस वैसा ही बना हुआ था। वे न चाहते हुए भी उदास हो गये थे। यह उदासी उन दिनों के लिए थी, जो अब कभी लौटने वाले नहीं थे।

"अब ऑफ़िस चले...शायद खुल गया हो।" शिप्रा ने कहा।

अभिनव ने घड़ी देखी। ग्यारह बज चुके थे। वे यूनिवर्सिटी के एडमिनिस्ट्रेटिव ब्लॉक की ओर मुड़ गये, जो अधिक दूर नहीं था।

"तुम अन्दर आकर क्या करोगे? बोर हो जाओगे..." वहाँ पहुँच कर शिप्रा ने उससे कहा। वह अन्दर जाते–जाते ठिठक गया। जब कोई आपको इस प्रकार अचानक टोक दे, तो आप कुछ नहीं कर सकते, सिवाय उसकी बात मानने के।

"ठीक है, मैं यहीं लॉन में तुम्हारी प्रतीक्षा करूँगा।" अभिनव ने एक ओर संकेत किया। वहाँ लॉन में एक घने पेड़ के नीचे बैठा जा सकता था। वे फ़रवरी के अन्तिम दिन थे, पर ठण्डक इस बार जल्दी ही चली गयी थी। आकाश में छिटपुट बादल थे और कुनकुनी धूप सारे कैम्पस में बिखरी हुई थी। उसे वहाँ बैठना श्रेयस्कर लगा।

शिप्रा ने उसे देखते हुए कहा, "तुम चाहो, तो आ भी सकते हो।"

"नहीं, मैं बाहर ही ठीक हूँ...तुम जल्दी आने की कोशिश करना।"

शिप्रा के जाते ही वह लॉन में जाकर घास पर बैठ गया। उसने सिगरेट जलायी और लम्बा कश लगाया। शिप्रा के साथ होने पर उसे सिगरेट पीने में संकोच हुआ करता था। कैम्पस में चहल–पहल सहसा बढ़ गयी थी। पर उतनी नहीं, जितनी उन दिनों हुआ करती थी। वह जानता था कि पिछले छब्बीस सालों के दौरान विद्यार्थियों का ध्यान स्नात्कोत्तर क्लासेज से हट कर प्रोफ़ेशनल कोर्सेज़ की ओर अधिक हो गया था। उसे कैम्पस सूना–सूना–सा लगा।

वह यूँ ही बैठे–बैठे सिगरेट पर सिगरेट फूँकता रहा। लड़के–लड़कियाँ उसके पास से होते हुए गुज़र रहे थे। उनकी ऊर्जा, सपने, जीवन के प्रति गहरी ललक ठीक वैसी ही थी, जैसी उन दिनों उसकी और शिप्रा की हुआ करती थी। कुछ बातें कभी नहीं बदलतीं। एक पीढ़ी की जगह दूसरी पीढ़ी ले लेती है। बदलते हैं तो केवल जीवन मूल्य। कितना भी त्रासद क्यों न घट जाये, जीवन कभी रुकता नहीं, नये मान–उपमानों में ढल कर लगातार चलता रहता है।

ये क्षण भर के लिए उपजे विचार थे। वे जैसे उभरे थे, वैसे ही समाप्त भी हो गये थे...उसकी निगाहें ऑफ़िस के दरवाज़े की ओर बार–बार उठ जाती थीं, जहाँ से शिप्रा को बाहर आना था। कुछ लोग अन्दर जा रहे थे, कुछ बाहर आ रहे थे। वह उन्हें देखता रहा। उसके पास कोई काम नहीं था, सिर्फ़ शिप्रा की प्रतीक्षा को छोड़कर। और जब कोई काम नहीं हो, तो प्रतीक्षा करना भी एक काम बन जाता है। सिगरेट के ख़त्म हो जाने के बाद भी प्रतीक्षा बनी हुई थी।

काफ़ी देर बाद वह उसे दिखायी दी। उसकी लाइट ग्रे कलर की प्रिन्टेड साड़ी में वह उसे दूर से ही पहचान गया था। बाहर आते ही वह उसे ढूँढ़ने लगी थी। उसे एक अजीब–सी तसल्ली हुई कि वह उसे भूली नहीं थी, हालाँकि मन ही मन वह अपने इस बेहूदे ख़्याल पर हँस भी पड़ा था...क्षण भर बाद ही शिप्रा ने उसे देख लिया था। वह उसी जगह बैठा हुआ था, जहाँ उसके अन्दर जाने से पहले उसने संकेत किया था। वह सीधी उसके पास पहुँची।

“हो गया काम?” अभिनव ने उठते हुए पूछा।

“हाँ, हो गया। कुछ केल्कुलेशन्स चैक करनी थी और साइन करने थे...अब वे पेमेन्ट मेरे अकाउन्ट में ट्रान्सफर कर देंगे।”

“चलो, जिस काम से तुम यहाँ आयी हो, क़म से कम वह तो पूरा हुआ...”

"हाँ, आजकल के दिनों में यह कोई छोटी बात नहीं है।”

“वही तो...अब क्या करना है?”

“तुम बताओ!” शिप्रा का स्वर उस तक लुढ़क आया था।

“अरेरा कॉलोनी चलोगी?”

वह चौंक गयी थी। उसे आशा नहीं थी कि वह ऐसी बात कहेगा। यही वह जगह थी, जहाँ वे विवाह के बाद रहा करते थे। हालाँकि पूरे तीन साल भी साथ नहीं रह पाये थे, लेकिन कई बार समय का माप मायने नहीं रखता। समय कम हो या ज़्यादा, यदि उसे यातना देनी होती है, तो देकर ही रहता है। वे तीन साल यातना भुगतने के साल थे, पूरे तीन तो नहीं, पर अन्तिम दो तो थे ही! यही वह समय था जब उसने अभिनव के उन चारित्रिक रहस्यों को भी जाना था, जिनके विषय में वह कुछ नहीं जानती थी।

अपनी झिझक तोड़ने के लिए शिप्रा को कुछ समय लगा, "अभिनव, शायद तुम्हें अच्छा नहीं लगे, पर मैं वहाँ जाना नहीं चाहती। मैं इस शहर में तुम्हारे साथ कुछ अच्छा वक़्त बिताने आयी हूँ, न कि फिर उन्हीं यातनाओं को जीने। यहाँ आना बनता था, क्योंकि इस यूनिवर्सिटी में हमने अपने जीवन के बेहतरीन पल व्यतीत किये थे।

अरेरा कॉलोनी जाकर हम एक बार फिर उन्हीं कटु स्मृतियों में खो जायेंगे...हमें अपना आज ख़राब नहीं करना चाहिए...तुम क्या कहते हो?"

"हाँ, मैं भी ऐसा ही कुछ सोच रहा था। कोई ज़रूरी नहीं कि हम वहाँ जायें। हम कहीं भी जा सकते हैं, जहाँ तुम चाहो..." अभिनव उसकी उलझन पढ़ पा रहा था।

"क्या तुम चाहोगे कि हम कहाँ जायें?"

"मैं भी नहीं जानता। बाहर तक तो चलो, फिर सोचते हैं।"

बीता हुआ दुःख उनके बीच आ बैठा था।

वे साथ–साथ यूनिवर्सिटी के मैन गेट की ओर बढ़ गये। दोनों के बीच अचानक एक ख़ामोशी आ समाई थी। उनके सामने लगभग आधा दिन मुँहबाये खड़ा था। प्रश्न उस समय को व्यतीत करने का नहीं था, ऐसी जगहों को ढूँढ़ने का था, जहाँ जाया जा सकता था। वे होटल भी लौट सकते थे, पर यह सम्भवतः निकृष्ट विकल्प होता। अपने स्मृतियों वाले शहर में आकर कौन भला होटल के कमरे में रहना पसन्द करेगा! अभिनव जानना चाहता था कि शिप्रा क्या सोच रही थी। वह ऐसा कोई क़दम नहीं उठाना चाहता था, जिससे उसे दुःख पहुँचे...वे सोचते हुए साथ–साथ कैम्पस से बाहर निकल रहे थे। कई बार कुनकुनी धूप के साथ एक गन्ध भी उस तक चली आती थी। वह उस गन्ध को पहचानता था। कल रात बहुत दिनों बाद उसके नथुनों को इस गन्ध ने छुआ था...वह शिप्रा की अपनी ख़ुशबू थी, जिसे उससे अलग कर और कहीं भी महसूस नहीं किया जा सकता था।

फ़रवरी का सूरज सिर तक चढ़ आया था, लेकिन उसमें अभी इतनी ऊष्मा नहीं थी जो उन्हें परेशान कर सके। बाहर आकर वे कुछ देर यूँ ही खड़े रहे। उनकी देह भले ही वर्तमान में रही हो, पर उनका मन स्मृतियों के अनूठे संसार में चला गया था। इसी शहर में उनका जन्म हुआ था और यहीं पूर्ण विराम भी लगा था। वे सम्भलने के दिन थे, वे भटकने के दिन थे, वे बिछुड़ने के दिन थे।

अभिनव ने शिप्रा की ओर देखा। उसे भ्रम हुआ कि वह उसके पास होकर भी पास नहीं थी। लेकिन उसका चेहरा एक खुली किताब बन गया था, जिसे वह आसानी से पढ़ सकता था। वह समझ गया था कि शिप्रा को अपने आप से लड़ना पड़ रहा था। उसके चारों ओर एक कुहासा सा छा गया था, जिसे वह देख तो नहीं सकता था, लेकिन महसूस कर सकता था।

उन दो अन्तिम संवादों के बाद पसरा मौन मुश्किल से पिघल पाया था। वे दोनों ही उन दुःखद दिनों के अवसाद से बाहर निकल नहीं पा रहे थे। कितनी अजीब बात है कि आपका दुःख देर तक पीछा करता रहता है, जबकि सुख बहुत जल्दी रीत जाता है! पीड़ा के उस दायरे से बाहर आने की पहल शिप्रा ने ही की थी।

"घावों को कुरेदने से क्या फ़ायदा अभिनव? क्या हम कहीं और नहीं चल सकते?" शिप्रा ने कहा। उसकी आवाज़ धीमी थी, लेकिन उसमें कोई दुविधा नहीं थी, मानो तमाम दुश्चिन्ताओं से मुक्ति पाकर वह उस तक पहुँची हो।

"सच तो यह है कि मैं भी उस घर की ओर नहीं जाना चाहता। मुझे लगा, शायद तुम जाना चाहो। दुःखद स्मृतियाँ हमारे आज को ख़राब करने का माद्दा रखती हैं।" अभिनव को ख़ुशी हुई कि वह भी उसी की तरह सोच रही थी।

इस बार शिप्रा मुस्करायी। उसे अच्छा लगा कि वह और अभिनव एक ही वेव लैंथ पर ठहरे हुए थे। उसका मन हुआ कि वह अभिनव का हाथ पकड़ कर अपनी ओर खींच ले। पर किसी अपरिचित झिझक ने उसे रोके रखा। वे ट्रैफ़िक से भरी सड़क के किनारे खड़े हुए थे। कल सुबह की रिटर्न फ्लाइट के पहले उनके पास बहुत समय था, जिसे मनचाहे तरीक़े से बिताया जा सकता था।

"हम यूँ ही सड़कों पर भी तो भटक सकते हैं, जैसे कई बार उन दिनों भटका करते थे?" सहसा शिप्रा को यह याद आ गया था।

शिप्रा की बात सुनकर अभिनव उत्साह से भर उठा, "हाँ, यह ठीक रहेगा...हम सड़कों पर भटकेंगे, बाज़ारों में घूमेंगे, किताबों की दुकानें टटोलेंगे...या फिर जैसा तुम चाहो।"

"हाँ, यही ठीक रहेगा..."

एक बार यदि निर्णय ले लो, तो फिर बहुत कुछ आसान हो जाता है। इस बार अभिनव ने आगे बढ़ कर शिप्रा का हाथ छू लिया था। एक हल्का–सा स्पर्श, जो पूरी तरह स्पर्श भी नहीं था, लेकिन जो अपनत्व का अहसास देने के लिए काफ़ी होता है। शिप्रा यह चाह भी रही थी। एक भीनी सी मुस्कान उसके चेहरे पर चली आयी थी।

उनके पास सुख समय के कपड़े पहन कर आया, बिल्कुल ख़ाली समय, जिसे उन्हें अपने मनचाहे रंगों से भरना था। उन्होंने कैम्पस के बाहर से ही इसकी शुरुआत कर दी थी। जब कहीं जाना निश्चित न हो, तो उस अनिश्चय को कहीं भी जाकर भरा जा सकता है। वे भी यहाँ–वहाँ भटकने लगे थे, अधिकतर उन जगहों पर, जो पिछले छब्बीस सालों के दौरान उठ खड़ी हुई थीं...यह वह अन्तराल था, जो उनके अलग होने के बाद एक ओर ठिठका सा खड़ा हुआ उन्हें देख रहा था। वे उस शहर में साथ बिताये वर्षों के बारे में कोई बात नहीं कर रहे थे, क्योंकि वे जानते थे कि वे वर्ष अब महत्त्वपूर्ण नहीं रह गये थे। यदि कुछ महत्त्वपूर्ण था तो केवल आज! यह आज यदि हाथ से फिसल गया, तो फिर कभी आने वाला नहीं था।

"जानती हो, इस शहर में मेरे बहुत सारे परिचित हैं...साहित्यिक लोग...यदि उन्हें यह पता चल जाये कि मैं यहाँ आया हुआ हूँ, तो फिर वे मुझे नहीं छोड़ेंगे..." अभिनव ने कहा।

"बताना भी मत...आज के दिन तुम सिर्फ़ मेरे हो।"

पर शाम ढलते–ढलते किताबों के एक दुकानदार ने अभिनव को पहचान लिया था। उसने उसके सम्मान में कोई कसर नहीं छोड़ी थी। अभिनव ने जो किताबें पसन्द की थीं, उसने उनके पैसे भी नहीं लिए। शिप्रा मुस्कराते हुए चुपचाप ये सब देख रही थी।

"क्या बात है जनाब! बड़े जलवे हैं आपके तो!" दुकान से बाहर निकलते ही शिप्रा ने उसे छेड़ा।

वह मुस्कराया, "ये सब छोड़ो...बताओ, अब जाना कहाँ है?" बाहर आकर वे फुटपाथ पर असमंजस में ठिठक गये थे। उनके पीछे दुकानों की लम्बी कतार थी, जो बाज़ार के दूसरे छोर तक चली गयीं थीं। सड़क पर लगातार बहता हुआ ट्रैफ़िक था, जो रुकने का नाम नहीं ले रहा था।

"कहीं भी...तुम थक तो नहीं गये?" शिप्रा ने पूछा।

"नही...और तुम?"

"हाँ, थोड़ी थकान तो हो ही गयी है।" फिर सोचते हुए बोली, "चलो, आज के दिन का अन्त वहीं करते हैं...यूनिवर्सिटी लाइब्रेरी... याद है, वह भी शाम की ही बात थी।"

"वहाँ! वहाँ तो हम सुबह ही गये थे!"

"शाम की बात अलग होती है...तुम समझ रहे हो न, मैं क्या कहना चाह रही हूँ।"

जब वे कैब से यूनिवर्सिटी पहुँचे, साँझ अपने कपड़े समेट कर जाने ही वाली थी। इमारतों के ऊपरी हिस्सों पर कहीं कहीं कुछ धूप के आख़िरी टुकड़े अटके रह गये थे। वे वहाँ बिन्दियों से दमक रहे थे। सारा कैम्पस ख़ाली पड़ा हुआ था, थोड़े से लड़के लड़कियों को छोड़कर, जो सम्भवतः वहीं के हॉस्टलर्स होंगे। उन्हें कहीं जाना नहीं था। वे हॉस्टल लौटने से पहले सिर्फ़ एक–दूसरे के साथ थोड़ा वक़्त बिता रहे थे...

रुकी हुई हवा सहसा चलने लगी थी। जब वह ज़ोर से चलती, पेड़ एक ओर झुक जाते, सदके में नहीं, बल्कि जैसे पीछे से कोई उन्हें झुका रहा हो...हवा के थमते ही वे फिर सीधे खड़े हो जाते, मानो कुछ हुआ ही नहीं हो। क्या यातना को इस तरह बिसारा नहीं जा सकता!

"कैम्पस में इतना वीराना होगा, यह मैंने नहीं सोचा था।" शिप्रा के स्वर में हैरानी भरी हुई थी।

"ऐसा मत सोचो...हम तो हैं न!"

वे सड़क के किनारे–किनारे चल रहे थे। लाइटें अभी जली नहीं थीं। न पूरा उजाला था, न पूरा अँधेरा, वह बीच में ठिठका हुआ उजास था। इमारतें शाम की ख़ामोशी में डूबी हुई थीं। क्या ये इमारतें उन्हें पहचानती होंगी? सालों पहले उन्होंने उन दोनों को यहीं घूमते देखा होगा, हाथों में हाथ लिए?

घूम वे उस दिन भी रहे थे, पर बिना हाथों में हाथ लिए।

"कभी–कभी मुझे यहाँ की बड़ी याद आती है।" शिप्रा ने धीरे से कहा, मानो कोई भेद खोल रही हो, "उन दिनों की ही नहीं, जब मैं रिसर्च कर रही थी और हर शाम तुम मुझसे मिलने आया करते थे, बल्कि उन दिनों की भी, जब मैं यहाँ पढ़ाया करती थी...उन दिनों जीवन का एक रुटीन तय था, सुबह से रात तक का फिक्सड रुटीन, जिसमें साँस लेने तक वक़्त भी तय था...पंकज इसी रुटीन में बड़ा हुआ। उसने हमेशा अपनी माँ को व्यस्त पाया...बिना भाई बहन के उसका बचपन लगभग एकाकी सा बीता...धीरे–धीरे उसने दोस्तों के साथ जीना सीखा। ज़िन्दगी अपने आप बहुत सारी बातें सिखा देती है।"

शिप्रा ने उस दिन पहली बार अपने और पंकज के विषय में कुछ कहा था। उसकी आवाज़ में एक अजीब–सी उदासी थी, जिसने अभिनव को भी छू लिया था। वह कुछ कहना चाहता था, कुछ भी, जो शिप्रा को उसकी उस मनःस्थिति से खींच कर बाहर ला सके, लेकिन उससे एक शब्द भी नहीं सूझा।

कुछ देर वे यूँ ही चुपचाप चलते रहे। जो सूखे पत्ते हवा के साथ उड़ कर सड़क पर आ गये थे, जब उनके क़दमों के नीचे आते, चरमराने की आवाज़ें उनके कानों में भरने लगतीं। उन पत्तों का दुःख सड़क अपनी ख़ामोशी के साथ सह रही थी। सरसराती हवा, चरमराते पत्तों की आवाज़ें और कहीं दूर से आ रही लड़कियों के हँसने की आवाज़ें शाम की उदासी और बढ़ा रही थीं। रात भी शाम को एक ओर सरकाते हुए झिझकती हुई सी आहिस्ता–आहिस्ता उतरने लगी थी और आकाश में शेष बचा आलोक भी बुझने लगा था।

रोड लाइट्स की सफ़ेद रोशनी में सारा कैम्पस किसी स्टिल लाइफ के चित्र सा जान पड़ता था।

डिपार्टमेन्ट का गलियारा ख़ाली पड़ा था। वे वहीं गलियारे के पास की सीढ़ियों पर बैठ गये। उन दोनों को एक साथ वह शाम याद हो आयी थी, जब रात के अँधेरे में इसी जगह पर उन्होंने अपना पहला चुम्बन लिया था। उस चुम्बन की ऊष्मा न तो कभी गयी और न ही कम हुई थी। उस स्मृति को उन्होंने कुछ ऐसे सहेज रखा था, जैसे सात तालों के भीतर ख़जाना छिपाया जाता है। वह पल अब भी वहाँ थमा हुआ था, अछूता, निरमल, अकेला।

शिप्रा ने ही मौन तोड़ा, "मैंने सोचा था, मैं पुरानी बातें भुला कर केवल आज को याद रखूँगी...पर कितनी भी कोशिश करो, बीते हुए पल बीच में आ ही जाते हैं।"

अभिनव ने कुछ नहीं कहा, सिर्फ़ आगे बढ़कर शिप्रा की हथेलियों को ढाँप लिया था। उसने उसकी उदासी पढ़ ली थी। ढलती हुई शाम के अँधेरे ने उन्हें पास ला दिया था। वे दोनों समान मनःस्थितियों में जी रहे थे। ख़ामोशी भाषा बनकर गूँजने लगी थी, एक अनचीन्ही उदासी के साथ।

"क्या ऐसा नहीं हो सकता कि ज़िन्दगी नये सिरे से शुरू की जा सके?" शिप्रा की आवाज़ कँपकँपा रही थी। उसे यह कहने में अथक प्रयास करना पड़ा था। कल से अनेक बार उसके मन में यह बात आयी थी, पर चाह कर भी वह उसे शब्दों में रूपान्तरित नहीं कर सकी थी।

उसकी यह बात अनेक सम्भावनाओं से भरी थी। क्या जो तार टूट गये थे, उन्हें एक बार फिर जोड़ा जा सकता था? जैसे जो फ़िल्म चलते-चलते टूट जाती है, उसे जोड़कर फिर चलाया जा सकता है...यह कुछ ऐसा था, जैसे किसी यात्रा के दौरान हम किसी स्टेशन पर उतर जायें, वहाँ कुछ दिन रहें, और एक दिन फिर नयी ट्रेन आये, जिसमें चढ़कर अपनी पुरानी यात्रा फिर से शुरू कर दें!

"ज़िन्दगी कभी भी फिर से शुरू की जा सकती है, बशर्ते कि मन में चाहना हो।" वह अब भी शिप्रा के हाथ पकड़े हुए था।

शिप्रा की निगाहें कहीं और टिकी हुई थीं। वह उससे आँखें मिलाने से बच रही थी। उसका यह असमंजस वह पहले भी देख चुका था, जो उलझन में उतना नहीं डालता था, जितना उदास कर जाता था। उलझन उसके लिए भी कम नहीं थी, पर आप अचानक किसी ऐसे निर्णय पर नहीं पहुँच सकते, जिसके साथ केवल आप ही नहीं, कई अन्य लोग भी शामिल हों।

"हमारे साथ ऐसा क्यों हुआ?" शिप्रा की आवाज़ काँप रही थी। उसने अभिनव के हाथों को अपने गालों से सटा लिया। वहाँ आँसू थे, जो अँधेरे में चुपचाप बह रहे थे। वह उन्हें महसूस कर सकता था। उन आँसुओं में पिछले छब्बीस सालों की अकेली ज़िन्दगी की यातना छिपी हुई थी। जिन कारणों से वे अलग हुए थे, अब वे मृत होकर निढ़ाल पड़े हुए थे।

अभिनव ने अपने हाथों पर शिप्रा के आँसू ही नहीं, उसका पूरा अकेलापन थाम लिया था। सहसा उसने अपनी दोनों हथेलियों के बीच शिप्रा का चेहरा भरा और उसके होंठों पर अपने होंठ रख दिये। एक हल्का–सा स्पर्श उसे छू कर लौट आया था। कोई कामना नहीं, कोई चाहना नहीं, सिर्फ़ एक सान्त्वना से लबालब स्पर्श।

"मुझे तुम्हारे लिए दुःख है शिप्रा और अपने लिए भी, पर सबसे ज़्यादा दुःख तो पंकज के लिए है कि मैं उसके लिए कुछ नहीं कर पाया...मैं वह अभागा पिता हूँ, जो अपने होते हुए भी बेटे के लिए कुछ न कर सका।" उसने कहा। इस बार उसकी आवाज़ भी काँप रही थी, एक कातर सी आवाज़, मानो वह कन्फेशन कर रही हो।

कुछ देर वे चुप बैठे रहे। मौन अपनी तरह से संवाद रचता है। वे अभिव्यक्त न होकर भी सम्प्रेषित हो जाते हैं। फिर कुछ भी कहना, सुनना शेष नहीं बचता। मायने रखता है, तो केवल मौन में महक़ते उन संवादों को आत्मसात करना।

"चलें?" अभिनव ने उसकी ओर देखा।

वह उठ खड़ी हुई। वे चलने ही वाले थे कि शिप्रा ने उसे अपनी ओर खींच कर उसके होठों को चूम लिया। एक गहरा चुम्बन, जो साँस आने और जाने के बीच अटक गया था। यह चुम्बन उस पहले चुम्बन की स्मृति की छाया थी, जिसकी आत्मा शायद अब भी वहाँ भटक रही थी।

*   *   *

देर रात उसकी नींद टूट गयी। उसने उठना चाहा, पर उसे शिप्रा की बाहों ने घेर रखा था। शिप्रा की देह गन्ध उसके नथुनों में भरी हुई थी। कुछ तो दिन भर पैदल भटकने की थकान, कुछ ड्रिंक्स का खुमार और कुछ उन दोनों के एक साथ होने के सुख का मिला जुला असर रहा होगा कि वह बिना कपड़े पहने ही सो गयी थी, ठीक उसी की तरह।

अभिनव हिला भी नहीं। वैसे ही उसे देखता रहा। कमरे की डिम लाइट अभी भी जली हुई थी। यह उसकी पत्नी थी, उसके बेटे की माँ, जो परिवार से झूठ बोल कर उससे मिलने आयी थी और तब उसने पहली बार जाना कि सम्बन्ध विच्छेद केवल काग़ज़ पर लिखी कुछ पंक्तियों से नहीं हो जाता। भले ही उन पंक्तियों ने उसे अपनी पत्नी और बेटे से अलग कर दिया था, पर मन से न तो शिप्रा उससे अलग हो पायी थी, न वह उससे। छब्बीस साल बाद उनका यह पुनर्मिलन इस बात का जीवित प्रमाण था। एक आत्मीय ख़ुशी ने उसे भीतर तक भर दिया था। देर तक उस अपरिमित ख़ुशी के गहरे अहसास ने उसे जगाए रखा था।

जब सुबह उसकी आँख खुली, कमरे में एक उज्ज्वल आलोक भरा हुआ था। उसके पास वाली जगह, जहाँ रात को शिप्रा सोयी हुई थी, अब ख़ाली पड़ी हुई थी। वहाँ शेष रह गयी थीं कुछ सलवटें, कुछ उम्मीदें, कुछ आकांक्षाएँ और कुछ देह गन्ध...उसने उन्हें वैसे ही रहने दिया।

उसे बाथरूम से गुनगुनाने की आवाज़ आयी। वह शिप्रा ही थी। यह उसकी पुरानी आदत थी...निश्चिंत क्षणों में गुनगुनाना, कुछ भी, जो उसकी मनःस्थिति का परिचायक हो।

वह उठा, कपड़े पहने, चाय बनायी और खिड़की के पास कुर्सी लगा कर बैठ गया। उसने सिगरेट जलायी। उसे याद आया कि कल शिप्रा ने उसके लिए चाय बनायी थी। गिलास भर चाय, जो उसने शिप्रा के साथ बैठकर पी थी। हालाँकि यह कल सुबह घटी घटना थी, लेकिन उसे वह एक स्वप्न की तरह महसूस हुई, आज और कल के बीच झूलती हुई...उसने एक लम्बा कश लगाया।

एक तेज़ आवाज़ से उसका ध्यान टूटा। कोई प्लेन उतरने से पहले हवा में चक्कर लगा रहा था। वह चौंक गया। उसे याद आया ऐसा ही एक प्लेन अब से थोड़ी देर बाद शिप्रा को वापस ले जाने वाला था। उसने एक बार भी उसके जाने के बारे में नहीं सोचा था। उसे बेचैनी सी महसूस हुई, एक जकड़न, जैसे उसका सीना जंजीरों से कस कर बाँध दिया गया हो। चाय का गर्म गिलास और उँगलियों के बीच फँसी सिगरेट भी उसे तसल्ली नहीं दे पा रहे थे।

थोड़ी देर बाद शिप्रा बाहर आयी। उसे देखकर वह हतप्रभ रह गया। वह पूरी तरह तैयार थी, हल्के पीले रंग की साड़ी, सँवरे हुए बाल, हल्का–सा मेकअप...

"तुम तो तैयार भी हो गयी?"

"तो! जाना नहीं है क्या? दस बजे तक तो एयरपोर्ट पहुँचना ही होगा..."

"तुम्हारे लिए चाय बनाऊँ?"

"नहीं, मैं पी चुकी हूँ...तब तुम गहरी नींद में थे।" शिप्रा का सारा ध्यान अपने सूटकेस पर लगा हुआ था, वह जिस पर झुकी हुई थी और जल्दी–जल्दी अपना सामान पैक कर रही थी। अभिनव को लगा कि जैसे उसका 'कुछ' है, जो अब हमेशा के लिए उससे दूर जा रहा है। उस 'कुछ' को नाम देना सम्भव नहीं था। वह चुपचाप उसे देखता रहा।

सामान पैक करके वह घूमी और वहीं बैड पर बैठ गयी, "क्या तुम्हें दुःख है?"

"दुःख? किस बात का दुःख?" उसने आश्चर्य से पूछा।

"यही...हमारे मिलने का।"

"नही...तुम्हें है?"

"नही...बल्कि सच तो यह है कि मैं चाहती थी कि तुमसे मिलूँ। यह जानने के लिए नहीं कि मैंने जो निर्णय लिया था, वह सही था कि ग़लत, बल्कि हमारे सम्बन्धों को एक नयी दिशा देने के लिए।"

"जानती हो, हम अलग अवश्य हुए थे, पर मैं नही...मुझे लगता था कि एक दिन आयेगा, जब हम फिर मिलेंगे।"

"क्या इसीलिए दुबारा शादी नहीं की?"

वह हँस पड़ा, "मैं पहले भी तुमसे कह चुका हूँ, मैं शादी के लिए बना ही नहीं हूँ..." फिर ठिठक कर बोला, "पर अब तुमसे मिलकर इतना अवश्य कह सकता हूँ कि हम अच्छे दोस्त तो हो ही सकते हैं।"

शिप्रा ने कोई उत्तर नहीं दिया। पर वह उसे एकटक देख अवश्य रही थी। अभिनव सहसा असहज हो आया था, "क्या बात है शिप्रा? तुम ठीक तो हो?"

"ये दिन मैं हमेशा याद रखूँगी...एक अच्छी स्मृति की तरह।" शिप्रा ने धीरे से कहा।

"मैं भी...मेरे लिए तो ये दिन मानो किसी अनमोल खजाने की तरह हैं।" अभिनव ने कहा।

शिप्रा ने उसकी उदासी पढ़ ली थी। यह विदा से पहले की उदासी थी। वह उदासी कुछ यूँ चली आयी थी, जैसे कई बार बिन मौसम बादल चले आते हैं। कोई उन्हें बुलाता नहीं, लेकिन उनका आना रोक भी नहीं सकता। ऐसे बादल आपकी चाहनाओं के परे होते हैं, ठीक उसी तरह, जैसे उसकी उदासी थी।

वह अभिनव से कुछ कहना चाहती थी, पर उससे पहले ही उसका मोबाइल बज उठा। दूसरी ओर पंकज था। अभिनव ने उसे अकेला छोड़ना बेहतर समझा और बाथरूम में फ्रेश होने चला गया।

कुछ देर बाद जब वह लौटा, उसने देखा कि शिप्रा सोफ़े पर कुछ सोचती हुई सी बैठी हुई थी। एक़दम सन्न, मानो किसी ने उसे थप्पड़ मार दिया हो। उसका चेहरा उतरा हुआ था, मानो अभी रो देगी।

"क्या हुआ शिप्रा? सब ठीक तो हैं?"

"हाँ, सब ठीक हैं। वे सब मुझे मिस कर रहे हैं..." उसने आहिस्ता से कहा। वह समझ गया कि कुछ है जो वह उससे छिपा रही थी। वह पूछते पूछते रुक गया। शिप्रा का अपना एक निजी जीवन था, शान्त, सहज गति से चलता हुआ, जहाँ किसी अन्य व्यक्ति के प्रवेश की कोई सम्भावना नहीं थी, विशेषकर उसकी।

शिप्रा असाधारण रूप से चुप हो गयी थी। अभिनव समझ गया था कि यह वह शिप्रा नहीं थी, जो कल सारा दिन और रात को उसके साथ थी। वह बात करने की कोशिश करता रहा, लेकिन उसकी हर बात जैसे अनसुनी सी लौट आयी थी। ब्रेकफास्ट उसने कमरे में ही मँगा लिया था, जिसके दौरान भी उसकी चुप्पी टूटी नहीं थी।

अभिनव उसके बिल्कुल पास बैठ गया और उसने शिप्रा का हाथ कस कर पकड़ लिया था, "शिप्रा, क्या बात है? कुछ कहोगी नहीं, तो टूट जाओगी...मैं तुम्हें ख़ुश–ख़ुश विदा करना चाहता हूँ।"

इस बार वह सचमुच रो पड़ी और उसके सीने से लग गयी, "अब कुछ नहीं हो सकता अभिनव...एक उम्र गुज़र जाने के बाद फिर से जीवन शुरू नहीं किया जा सकता...हम जीना छोड़ चुके हैं, केवल साँस ले रहे हैं।"

"यदि मैं कहूँ कि मत जाओ, हमेशा के लिए मेरे पास लौट आओ, तो क्या लौट आओगी?"

"अब नहीं अभिनव...जब पंकज छोटा था, तब तो शायद सम्भव भी था, पर अब नही...अब बहुत देर हो चुकी है।" शिप्रा का रोना रुक नहीं पा रहा था। उसके आँसू उसकी शर्ट से होते हुए सीधे सीने तक पहुँच रहे थे। वह उन्हें महसूस कर सकता था।

पर वह बिना एक भी शब्द बोले चुपचाप उसे सुनता रहा।

"अभी पंकज का ही फ़ोन था...उसे पता है कि तुम यहाँ हो।"

"यह तुम क्या कह रही हो! उसे कैसे पता चला?"

"वह अब बड़ा हो गया है अभिनव। जिस तरह से मैं यहाँ आयी थी, उसे अनुमान हो गया था।"

"तुमने क्या कहा?"

"मैं मना नहीं कर सकी...आज मुझसे झूठ नहीं बोला गया।"

वह उसे एकटक देखता रहा। शिप्रा की पीड़ा अब उसकी पीड़ा बन गयी थी। यह मोड़ भी आना है, उसने पहले नहीं सोचा था।

"उसे बहुत बुरा लग रहा है...यह नहीं कि तुम यहाँ हो, बल्कि यह कि मैं झूठ बोल कर यहाँ आयी हूँ...अभिनव, मुझे बेटे से झूठ नहीं बोलना चाहिए था।" उसने अभिनव से अलग होते हुए कहा।

वह भी उसके कुछ दूर सरक गया, "यह कोई इतना बड़ा गुनाह तो नहीं! यदि वह मुझे थोड़ा बहुत भी स्वीकार कर लेता, तो तुम्हें झूठ नहीं बोलना पड़ता।"

"तुम्हारा कोई दोष नहीं है। ग़लती मुझसे ही हुई है...मैंने दो नावों पर यात्रा करनी चाही। यह भला कैसे सम्भव है!" शिप्रा की दुविधा उसके चेहरे पर स्पष्ट पढ़ी जा सकती थी। उसने बेटे को दुःख पहुँचाया था, जिसे इन अकेले सालों में उसने सबसे ज़्यादा प्यार किया था, जो उसके जीवन की धुरी था, उसका सम्बल, उसका एकमात्र आधार...फिर अभिनव के आ जाने से सहसा सब कुछ बदल क्यों गया था! ऐसा क्या हो गया था कि उसे झूठ बोलना पड़ा था!

कुछ प्रश्नों के उत्तर नहीं होते और अगर होते हैं तो आप उन्हें पूरे दिल से स्वीकार करने में हिचकते हैं। बीच में डर आ जाता है... अपनों को खो देने का डर, उनकी उपेक्षा का डर, असुरक्षा का डर... पंकज को खो देने की आशंका ने उसे छू लिया था।

"मुझे पंकज से झूठ नहीं बोलना चाहिए था...जो हुआ, ग़लत हुआ...नहीं होना चाहिए था। शायद यह सब पंकज की सहमति से होता, तो इतना यातनाप्रद नहीं होता।" वह एक बार फिर रो पड़ी थी।

अभिनव उसके पास खिसक आया और उसके कन्धे पर अपना हाथ रख दिया, "मन मत दुखाओ शिप्रा...ग़लती मेरी भी है। जब तुमने मुझे यहाँ बुलाया था, तब मुझे विवेक से काम लेना चाहिए था। तुम्हें कह देना चाहिए था कि घर पर सबको बता कर आना। पर शायद पंकज की वितृष्णा बीच में आ गयी थी...तुमसे मिलने की ख़ुशी में सही ग़लत की पहचान भूल गया था...सिर्फ़ तुम याद रह गयी थी..."

शिप्रा ने अपने आँसू पौंछे, "अब चलना होगा...फ्लाइट का टाइम हो रहा है।"

"तुम्हारी फ्लाइट के दो घण्टे बाद मेरी भी फ्लाइट है। मैं भी तुम्हारे साथ ही चलता हूँ। एयरपोर्ट पर दो घण्टे तो यूँ निकल जायेंगे।"

उसने अपना सूटकेस बैड पर रखा और अपना बिखरा हुआ सामान समेटने लगा। वे दोनों चुप थे और उदास भी। उनकी भोपाल यात्रा का अन्त इस तरह उदास होगा, यह वे दोनों ही नहीं चाहते थे...पर अब कुछ आँसू उनके बीच आ गये थे।

शिप्रा उसे चुपचाप सामान रखते हुए देख रही थी। किताब वाले ने जो किताबें उसे दी थीं, वे भी अभिनव ने सूटकेस में जमा ली थीं। पर उसने उसे बन्द नहीं किया, वह उसके पास ही बैठ गया।

"शिप्रा, एक बात कहनी है..." अभिनव ने धीरे से कहा।

वह उसे ही देख रही थी।

"शिप्रा, पंकज अब बड़ा हो गया है और समझदार भी। तुम भी अब उसकी ज़िम्मेदारियों से मुक्त हो चुकी हो...क्या यह ठीक नहीं होगा कि तुम अब उन्हें अपना जीवन उनके अपने तरीक़े से जीने दो? रही बात तुम्हारी, तो पूना में एक घर है, जो आज भी तुम्हारी प्रतीक्षा कर रहा है...तुम जब चाहो, वहाँ आ सकती हो।"

शिप्रा ने उसके हाथ पर अपना हाथ रख दिया, "बच्चों को छोड़कर हमेशा के लिए आना कहाँ सम्भव हो पायेगा अभिनव! पर कभी आऊँगी ज़रूर...तुमसे मिलने, और अगली बार किसी से छिप कर नहीं।"

"पंकज को बुरा लगा तो?"

"पता नहीं...पर आना चाहूँगी तो किसी से इजाज़त नहीं लूँगी, हाँ, उन्हें बता अवश्य दूँगी।" वह धीरे–धीरे सम्भलने लगी थी।

अभिनव ने उसके हाथ को सहलाया, जैसे सान्त्वना दे रहा हो, "देखा जाये तो पंकज अपनी जगह ग़लत भी नहीं है...मैं मानता हूँ कि मैं पंकज का गुनहगार हूँ...मुझे उसे तुम्हारे हवाले कर इस प्रकार नहीं जाना चाहिए था।"

"क्या दोषी मैं कम हूँ! भला कोई पत्नी अपने पति को इस प्रकार बेइज्जत करके घर से निकालती है! काश! मैं धैर्य से काम ले पाती!"

"पर मुझे अपनी भूल का अहसास बहुत जल्दी हो गया था। मैं भोपाल लौटा भी था, पर तब तक तुम कहीं जा चुकी थी। मैंने तुम्हें ढूँढ़ने की बहुत कोशिश की थी, पर ढूँढ़ नहीं पाया था।"

"मैं ममा–पापा के साथ एक साल के लिए दिल्ली चली गयी थी। पंकज बहुत छोटा था और मुझे उसे पालने का कोई दूसरा रास्ता नज़र नहीं आ रहा था।"

अभिनव कुछ देर चुप रहा और अपने हाथ पर रखे शिप्रा के हाथ को वैसे ही सहलाता रहा, "शिप्रा, मैं तुम्हें कुछ देना चाहता हूँ..."

"क्या?"

अभिनव ने अपना हाथ अलग किया और सूटकेस के नीचे से एक फ़ाइल निकाली, "ये लो।"

"यह क्या है? कविताएँ हैं?" शिप्रा की आँखें भी सूखने लगी थीं। वह ध्यान से फ़ाइल को देख रही थी।

इस बार अभिनव हँस पड़ा, "हाँ, कविताएँ ही हैं...पिछले छब्बीस सालों से अपने सही वारिस के पास जाने के लिए तड़फ रही हैं।"

शिप्रा ने फ़ाइल खोली। वहाँ कुछ टाइप किये हुए स्टेम्प पेपर्स थे। यकायक उसे कुछ समझ नहीं आया।

"ये सब क्या है?"

"ये मेरी वसीयत है। मैंने अपनी सारी प्रॉपर्टी, बैंक अकाउंट्स, शेयर्स...सब कुछ पंकज के नाम कर दिये हैं।

शिप्रा ने तुरन्त फ़ाइल बन्द की और उसके सूटकेस पर रख दी, "नहीं अभिनव, पंकज नहीं मानेगा...वह समझेगा कि तुम उसे प्रलोभन दे रहे हो।"

"यह कोई प्रलोभन नहीं है...इन सब पर उसका जायज़ हक़ है। वह मुझे पिता माने न माने, इससे कोई अन्तर नहीं पड़ता। रहेगा तो वह मेरा बेटा ही...मैं उस पर कोई उपकार नहीं कर रहा हूँ, उसे उसका हक़ दे रहा हूँ।" वह दृढ़ता से बोला।

शिप्रा कुछ नहीं बोली। उसने स्वप्न में भी नहीं सोचा था कि अभिनव ऐसा भी कर सकता है। वह गहरे असमंजस में थी। इस बार अभिनव उठा और उसने वह फ़ाइल शिप्रा के हाथों पर रख दी, "रख लो प्लीज! भले ही जाते ही मत देना...जब भी तुम्हें उचित अवसर लगे, दे देना...यार एक मौक़ा तो दो प्रायश्चित करने का!"

वह एकटक उसे देख रही थी, "हम क्यों अलग हुए अभिनव? तुमने डायवोर्स पेपर्स फाड़कर फेंक क्यों नहीं दिये थे? क्यों तुमने मुझ पर अपना हक़ नहीं जताया?"

शिप्रा का गला भर्रा आया था।

अभिनव से यकायक कुछ नहीं कहा गया। वह आगे बढ़ा और उसने शिप्रा को बाँहों में भर लिया। वह किसी छोटे बच्चे सी उसकी बाहों में सिमट गयी थी। इस छोटे से आलिंगन ने उनकी सारी पीड़ा को पोंछ डाला था। उन्हें पता ही नहीं चला कि उनकी आँखें आँसुओं में डूबी हुई थीं।

वह पल मानो सदियों की यात्रा के बाद दुनिया भर का सौन्दर्य समेट कर उनके पास लाया था। उनकी उम्र घट कर वही हो गयी थी, जो कभी इस शहर में हुआ करती थी। आँसुओं के सैलाब में तमाम पीड़ा बह गयी थी। जहाँ पीड़ा थी, अब वहाँ ख़ुशियों के लाल गुलाब खिले हुए थे, वह अपनापन, जो उन्हें इसी शहर में मिला था, एक बार फिर अपनी तमाम सहजता के साथ लौट आया था। उन्होंने अपनी ख़ाली झोलियों में उसे सहेज लिया था।

फ्लाइट का समय पास आता जा रहा था। दोनों ने अपनी अटेचियाँ बन्द कीं और साथ–साथ कमरे से बाहर आ गये। वे बात नहीं कर रहे थे, पर संवादहीनता नहीं थी। दोनों ही ऐसे दायरे में पहुँच चुके थे, जहाँ स्पर्श भी भाषा बनकर सामने आ गया था...शिप्रा ने एक क्षण के लिए भी अभिनव का हाथ नहीं छोड़ा था, होटल से चैकआउट करते समय भी नहीं। रिसेप्शनिस्ट भी उन्हें मुस्कराकर देख रही थी। पर उन्होंने कोई ध्यान नहीं दिया। इन अन्तिम पलों में वे अपनी–अपनी पोटलियों में बहुत कुछ समेट कर अपने साथ ले जाना चाहते थे।

"तुम सचमुच जा रही हो?" अभिनव ने उससे पूछा, जो होटल के पोर्च में उससे सटी खड़ी कैब की प्रतीक्षा कर रही थी।

उसने अभिनव को देखा। जब से वह भोपाल आयी थी, अभिनव की इतनी उदास आँखें पहली बार देख रही थी, "मैंने तुमसे कहा था न कि कोई ख़ास उम्मीद लेकर मत आना..."

वह पल भर चुप रहा, फिर उसकी काँपती सी आवाज़ आयी, "तुम्हारे साथ जीने की कोई सम्भावना नहीं है और तुम्हारे बिना जीने की कोई चाहना नहीं...शायद ऐसे ही किसी भयावह दोराहे पर उलझ कर अन्ना कैरेनिना ने अत्म–हत्या के बारे में सोचा होगा..."

"अभिनव...प्लीज..." उससे एक शब्द भी और नहीं कहा गया था।

तभी कैब आ गयी थी। एयरपोर्ट जाते समय भी वह कैब में अभिनव से सट कर बैठी हुई थी। वह भी बार–बार उसे सहला देता था। दोनों ने कोई बात नहीं की। बातों की आवश्यकता अब शेष रही भी नहीं थी। टूटे हुए तार जुड़ चुके थे और ख़ामोशी से ख़ामोशी कैसे संवाद करती है, यह भी वे जान चुके थे।

शहर पीछे छूट रहा था, पर वे अनुभूतियाँ साथ चल रही थीं, जो अभी स्मृतियाँ नहीं बनी थीं। वे उन्हें अकेला होने से रोक रही थीं। एक बार फिर यही शहर उनकी स्मृतियों के बनने का कारण बना था।

"ऐसा लग रहा है, जैसे परसों जब हम यहाँ आये थे, तब अलग थे, और आज जब लौट रहे हैं, तब अलग हैं।" शिप्रा ने कहा।

"हाँ शिप्रा...इस शहर का शुक्रिया...इसी शहर ने हमें पहली बार मिलाया था और अब दूसरी बार फिर मिला दिया है।"

शिप्रा ने कहना चाहा कि उन्हें अलग भी इसी शहर ने किया था। पर कहा नहीं। वह उनके अलग होने को नहीं, साथ होने को याद रखना चाहती थी। वह जानती थी कि इस बार का साथ होना फिर कभी नहीं बिछुड़ने के लिए ही बना था। उसने अभिनव की हथेली को आहिस्ता से दबा दिया...यह कृतज्ञता थी।

उन्हें देर हो गयी थी। जब वे पहुँचे, शिप्रा के नाम की घोषणा हो रही थी। उसने जल्दी से बोर्डिंग पास बनवाया और अन्दर की ओर भागी। अभिनव को कोई जल्दी नहीं थी, पर वह भी उसके साथ–साथ भाग रहा था।

"मैं पहुँचते ही तुम्हें फ़ोन करूँगी..."

"ठीक है..."

"और हाँ, अब तुम जब चाहो, फ़ोन कर सकते हो।"

"ओके।" उसने कहा। वह समझ रहा था। यह लौटना था, उस साहस का, जिसे पिछले दिनों वह खो चुकी थी। वह मुस्कराये बिना नहीं रह सका था।

एक सीमा के बाद उसे रुकना पड़ा। शिप्रा हाथ हिलाते हुए जा रही थी। वह भी उसे विदा कर रहा था। पर पूरा–पूरा नहीं। इस बार उसने अपने लिए बहुत कुछ बचा लिया था, ठीक वैसे ही, जैसे शिप्रा ने उसे अपने लिए बचा लिया था।

❑❑